LES THÉBAINES

*L'Ombre du Prince*****

Née au Mans, Jocelyne Godard a été journaliste d'entreprise et photographe. Après avoir publié des poèmes, elle a créé et dirigé une revue de poésie et fait paraître deux essais : *Elles ont signé le temps* et *Léonor Fini ou les Métamorphoses d'une œuvre*, ainsi qu'un roman historique, *Dhuoda ou le destin d'une femme écrivain en l'an 840*. Passionnée par les femmes célèbres du passé, elle est l'auteur de la saga des *Thébaines* qui comprend neuf volumes.

Paru dans Le Livre de Poche :

Les Thébaines :

LA COURONNE INSOLENTE
DE ROCHE ET D'ARGILE
VENTS ET PARFUMS

JOCELYNE GODARD

Les Thébaines

L'Ombre du Prince****

ROMAN

LE SÉMAPHORE

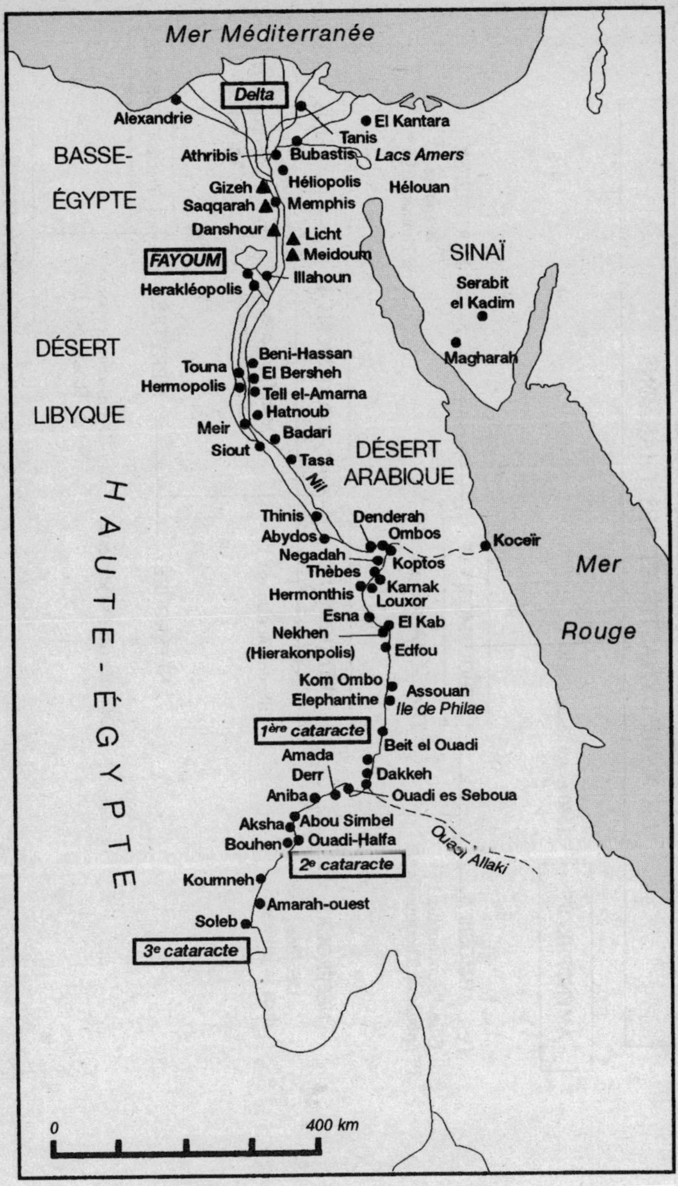

Carte de l'Egypte ancienne au temps
de la pharaonne Hatchepsout (XVIIIe dynastie)

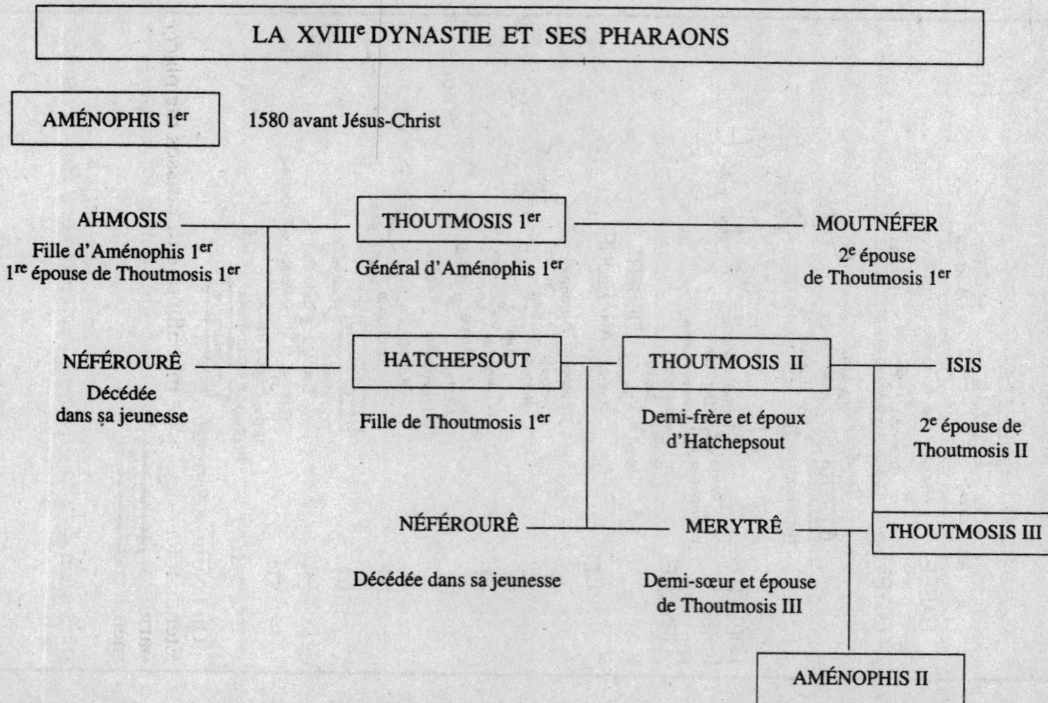
LA XVIIIe DYNASTIE ET SES PHARAONS
AMÉNOPHIS 1er
1580 avant Jésus-Christ
AHMOSIS
Fille d'Aménophis 1er
1re épouse de Thoutmosis 1er
THOUTMOSIS 1er
Général d'Aménophis 1er
MOUTNÉFER
2e épouse
de Thoutmosis 1er
NÉFÉROURÊ
Décédée
dans sa jeunesse
HATCHEPSOUT
Fille de Thoutmosis 1er
THOUTMOSIS II
Demi-frère et époux
d'Hatchepsout
ISIS
2e épouse de
Thoutmosis II
NÉFÉROURÊ
Décédée dans sa jeunesse
MERYTRÊ
Demi-sœur et épouse
de Thoutmosis III
THOUTMOSIS III
AMÉNOPHIS II

« Le Nil n'était pas venu à temps pendant une durée de sept ans. Le blé n'était plus abondant, les graines étaient desséchées, tout ce qu'on avait à manger n'existait plus. Chacun était frustré. On en venait à ne plus pouvoir marcher. L'enfant était en larmes, l'homme abattu, le vieillard avait le cœur triste ; ils étaient assis par terre, les jambes repliées, les mains ramenées vers eux. Même les courtisans étaient dans le besoin. Les temples étaient fermés, les sanctuaires poussiéreux. Tout ce qui existait était dans l'affliction. »

(Stèle de la Famine. Texte gravé sur un rocher de l'île de Sehel.)

« Oh ! Nout, déesse du ciel !
Etends-toi au-dessus de moi afin que tu puisses me placer parmi les étoiles impérissables qui sont en toi, et que je ne meure pas. »

(Fragment de texte gravé sur le sarcophage d'Hatchepsout.)

HISTORIQUE

Quand le père d'Hatchepsout — Thoutmosis 1er — meurt ne laissant que sa fille héritière du trône, celle-ci décide de régner en co-régence avec son époux et demi-frère qui, de son règne assez bref, ne laissera que peu de traces dans les annales de l'Egypte ancienne.

A cette époque de la XVIIIe dynastie, les envahisseurs sont tous refoulés des frontières, Hyksos au nord et Nubiens au sud. Seul, demeure le royaume du Mitanni qui, par la suite, devait devenir un redoutable adversaire.

Dans cette poussée plutôt favorable, reste à développer l'agriculture et l'artisanat qui, depuis longtemps, subissaient les aléas des guerres, accroître le commerce des matières premières : le calcaire, l'albâtre et les turquoises, enfin reprendre les échanges avec les pays voisins en favorisant davantage les transports et la navigation. Et, pour satisfaire ce vaste programme, il fallait un règne de paix qu'Hatchepsout s'apprête à suivre.

Ahmosis, Aménophis et Thoutmosis, les prédécesseurs d'Hatchepsout avaient, ainsi, ouvert une nouvelle dynastie qui, de prestige en prestige, devait durer des siècles.

Quand Hatchepsout se fait sacrer Pharaon des Deux Egyptes, endossant la double couronne, tenant le sceptre et le fouet symbolique, posant la barbe postiche sous son fin menton, elle prend conscience que son pays n'a plus besoin de guerre, mais d'harmonie intérieure.

Elle s'entoure de quelques vieux fidèles ayant servi son père comme le Grand Architecte Inéni et le Grand Trésorier Djéhouty. Elle s'adjoint de loyaux collaborateurs tels que Néhésy, Hapouseneb, Pouyemrê et, enfin, celui qui grandit dans son ombre, l'architecte Senenmout qui construira son temple funéraire Deir-el-Bahari.

Le règne de la pharaonne Hatchepsout se partagea entre le temps des constructions et le temps des voyages. Elle élèvera des obélisques, fortifiera et embellira Karnak et le temple d'Amon, les villes de Thèbes, Edfou, Abydos et, plus bas vers la 2e cataracte, celle de Bouhen et d'autres en Nubie.

Puis, du célèbre Pays du Pount qu'il fallait trouver en accédant par l'embouchure du Nil ou directement par le port de Quoser, sur la côte de la mer Rouge, elle rapportera les parfums indispensables au plaisir des dieux, ceux-là mêmes qui l'ont placée sur le trône et qu'elle ne veut pas trahir.

Après un règne d'environ dix-huit ans, Hatchepsout disparaîtra dans des circonstances que nous ignorons, laissant la place au troisième des Thoutmosis, fils bâtard de son époux qui, bien entendu, n'attendait que le jour où, enfin, il pourrait monter sur le trône des pharaons.

Malheureusement, bien des inscriptions ont été effacées sur les murs et bas-reliefs du temple de

Deir-el-Bahari, ce qui permet d'imaginer avec la fantaisie la plus audacieuse ce qu'aurait pu être la vie de la célèbre reine.

CHAPITRE I

Lorsque la pharaonne Hatchepsout posa le pied sur le sol de Thèbes, une onde de joie traversa son visage et l'éclat de ses yeux prit une telle ampleur que le peuple lui-même crut qu'elle était investie de nouveaux pouvoirs.

Tous les parfums de l'Egypte semblaient converger vers elle et le souffle des palmiers-dattiers balançaient silencieusement leurs ondes bienfaisantes sur ses fragiles épaules que l'on venait de recouvrir du lourd pectoral pharaonique.

Après ce long combat sur des flots dont elle était sortie victorieuse, elle retrouvait sa terre, ses dieux et ses mystères.

Serré entre les prêtres d'Amon, les musiciens du temple et les porteurs d'offrandes, Hapouseneb la regardait s'avancer. Ce ne fut qu'à la levée triomphante du son des trompettes et à la clameur prolongée des hérauts, qu'à son tour, il s'approcha.

Une double rangée d'hommes au crâne rasé luisant d'huile sacrée portait les dieux à tête d'animaux et les urnes divines. Quand ils entonnèrent les premiers hymnes, Hapouseneb se prosterna, le buste ployé jusqu'à terre.

— Salut à toi, Grand Prêtre d'Amon, jeta Hatchepsout d'une voix claire et forte afin qu'elle fût entendue de tous.

— Que les dieux d'Egypte accueillent leur souveraine avec amour et grandeur, répondit Hapouseneb en relevant son corps puissant et bruni par le soleil, et qu'ils poursuivent leurs actions bénéfiques en faveur de ton pays.

Debout devant sa reine, le visage impénétrable, mais les yeux pleins de cette admiration qu'il lui avait toujours accordée, il l'observait maintenant chaleureusement.

— Majesté, le pays que vous avez laissé à votre départ est, aujourd'hui, resté riche et puissant.

Il laissa flotter son regard sur elle quelques instants et reprit d'un ton plus bas :

— Si ce n'est encore plus.

Puis, il regarda Pouyemrê. Le Grand Trésorier avait les yeux tournés vers la foule. Il acquiesça d'un signe de tête.

— Et les caisses du temple ? jeta Senenmout qui s'était silencieusement faufilé près de lui, mais que chacun avait vu.

— Elles sont intactes, coupa sèchement Pouyemrê, resté lui aussi en Egypte durant le séjour de la reine au Pays du Pount. Pas une dépense inutile n'a été effectuée, si ce n'est la construction d'une annexe des greniers à céréales tant les récoltes ont été fructueuses après la crue de l'an passé.

— Et la réfection de la grande chambre d'Anubis dont les dégradations des murs étaient sur le point d'être prises en compte à votre départ, Majesté, intervint Djéhouty en s'inclinant devant Hatchepsout.

Le Grand Vizir du Sud n'avait pas perdu son charme depuis que l'expédition avait quitté le port de Thèbes et que trois crues du Nil étaient déjà passées. Sa silhouette restait svelte et son maintien noble. Seuls, sur son teint buriné et sillonné de multiples petites rides, les cheveux bouclés étaient devenus argentés. Djéhouty ne portait jamais de perruque.

Le regard qu'il dirigea vers Séchat, restée debout parmi les autres dignitaires, non loin de la reine, fut de courte durée. Mais l'éclat en fut si mordant qu'il attira l'attention de Neb-Amon, le médecin qu'Hatchepsout avait décidé d'attacher à son service personnel.

Comment Neb-Amon aurait-il pu ne pas entendre les bruits malveillants qui circulaient depuis le retour des vaisseaux au sujet de Séchat qu'il voulait épouser ? Certes, il avait appris par des bouches indiscrètes la liaison passionnelle qui avait lié Séchat et Djéhouty avant le départ du Pount*.

Trop fin psychologue et surtout trop épris de la jeune femme pour lui en tenir rigueur — la vie que celle-ci avait eue avant leur rencontre ne le concernait pas — il se disait que tout ceci n'était plus que du passé et que, seul, l'avenir importait.

Il ne pouvait s'empêcher tout au plus de reconnaître la valeur intègre de l'homme, le respect qu'il imposait par ses jugements toujours justes et sensés et les égards que chacun lui prodiguait.

Pour se rassurer, il jeta un regard prolongé sur l'enfant qui dormait dans les bras de la jeune femme assise aux côtés de Djéhouty. Le garçonnet devait avoir trois ans environ. Il avait la peau sombre de son père et les cheveux aussi bruns et frisés que ceux de Djéhouty avant qu'ils ne

* Lire *Les Thébaines / De roche et d'argile*, Le Livre de Poche n° 14909.

devinssent gris comme l'électrum qui recouvrait la paume de son poignard.

A voir le comportement tranquille de cette femme envers son époux, à juger par les petits poings tendus de l'enfant vers la silhouette paternelle, il se dit que rien n'avait l'air de brouiller cette harmonie familiale.

Enfin, son regard croisa celui de Séchat et le sourire qu'elle lui jeta acheva de le rassurer. D'ailleurs, la reine se tournait vers lui et le prenait à partie.

— Tu entreras au sein de notre conseil, Neb-Amon. Il est juste qu'un praticien de ta valeur soit au courant des affaires de l'Etat.

Elle observa le visage impassible du médecin, puis éleva ses deux mains au niveau de sa tête recouverte de la lourde perruque à l'effigie du vautour et reprit :

— Nous verrons tous ces détails dès notre première assemblée. Pour l'instant, j'affirme à mon peuple que les dieux nous ont été favorables et que, malgré la mort d'une dizaine d'hommes lors de l'épidémie qui nous a surpris au cours du voyage, malgré la disparition en pleine mer de quelques autres, notre expédition s'avère un succès triomphal.

L'Egypte entière semblait à l'écoute et la pharaonne jouissait pleinement de ce moment décisif qu'elle attendait depuis si longtemps.

Senenmout, le conseiller favori qui bénéficiait des largesses les plus intimes de la reine, l'observait avec toute l'acuité de ses yeux perçants et dominateurs. Trop conscient de l'importance de cet instant pour le distraire par une répartie qui en eût aussitôt brisé l'élan, il se tourna vers Hatchepsout et vit qu'elle aspirait discrètement une grande bouffée d'air.

Dans quelques secondes, les dignitaires les plus récalcitrants envers cette femme-pharaon qu'ils considéraient comme une usurpatrice auraient définitivement perdu la partie.

Ils ravaleraient leurs propos acerbes, ramenant la position du jeune prince Thoutmosis à son véritable rang, celui du bâtard de feu le pharaon précédent. Un prince, certes, mais qui resterait un sujet sous la domination d'Hatchepsout puisqu'elle seule détenait le lien suprême qui la retenait aux dieux. Hatchepsout abaissa ses mains et leva le visage.

— Peuple d'Egypte ! dit-elle à voix forte. Je vous rapporte ce qu'aucun pharaon de notre dynastie ne vous a jamais ramené. Les parfums indispensables à nos dieux. Ceux dont ils avaient besoin pour qu'ils protègent notre pays, le fassent vivre et prospérer, l'écartent des épidémies, des famines et divers fléaux qui peuvent anéantir notre peuple.

Un silence prodigieux s'était fait. Musiciens, chanteurs et porteurs d'offrandes étaient serrés les uns contre les autres, barrant de leurs corps anguleux recouverts de longues tuniques impeccablement blanches, une foule muette et observatrice.

Tous les revenants de l'expédition se tenaient là, attentifs et immobiles, scrutant de leurs yeux de félins les prêtres qui attendaient le déroulement des discours et des fêtes. Senenmout, le Grand Architecte, encadré par Néhésy, Chef des Polices et Thouty, armateur de la flotte royale, observait l'assemblée avec condescendance. Sur la foule flottait une béate admiration qui lui parut un heureux présage.

Sakmet, le petit scribe ambitieux que la réussite de l'expédition allait faire monter en grade, oubliait déjà les amours déçues qu'il avait entretenues quelque temps avec Séchat toujours avant que celle-ci ne rencontre Neb-Amon*. Et, pour l'instant, Sakmet pensait plus à son nouveau titre qu'aux bienfaits qu'il retirait entre les bras d'une femme.

Séchat, la Grande Intendante des Artisans, partie sur le vaisseau à la demande d'Hatchepsout, et Neb-Amon, le médecin qu'avait réclamé la pharaonne, restaient figés dans une attitude imperturbable, laissant leur cœur battre à l'unisson et leurs regards se croiser.

Les quelques dignitaires, restés aux postes de commandement du pays depuis presque trois années, semblaient tous se poser la question fatale qu'autorisait en ce cas toute longue absence royale : « N'y a-t-il pas eu lèse-majesté ? »

Mais, d'une voix ferme et assurée, la reine poursuivit, balayant doutes et scrupules :

— Le pays que je retrouve est sain, grand et prospère. Je referai ce voyage et je laisserai à nouveau l'Egypte entre les mains de ceux qui l'ont si bien gouvernée.

Senenmout dirigea un regard désapprobateur vers Hatchepsout. Il exécrait les moments où sa reine distribuait des éloges à d'autres qu'à lui. N'était-il pas le seul à pouvoir endosser les louanges qu'il méritait d'ailleurs ?

Hatchepsout le regarda, mais ne lui décocha aucun sourire. L'heure n'était pas aux attendrissements qu'attendait son fidèle conseiller dans un regard ambigu.

Elle reporta à nouveau ses yeux sur la foule.

— Outre les parfums et les encens pour nos dieux, affirma-t-elle, je rapporte des bois précieux, de l'ivoire, de la nacre, des fourrures, des peaux,

* *Lire Les Thébaines / Vents et parfums*, Le Livre de Poche n° 14956.

de l'or d'Afrique et des animaux jamais vus en Egypte. Tout un commerce nouveau va grandir, prospérer, se tourner vers d'autres frontières et notre pays sera riche.

Quand la foule se mit à l'ovationner, elle la quitta du regard et se retourna vers les dignitaires.

— Peuple d'Egypte, je t'ai ouvert une voie de commerce à la fois pacifique et génératrice de multiples bienfaits dont tu apprécieras les avantages.

*
* *

Les yeux de Séchat étaient embués de larmes. Tremblante, elle tenait Satiah entre ses bras. A présent, sa fille était presque une adolescente.

Grande, vive, l'œil alerte et le mot facile, Satiah souriait. Se remémorant cette mère qui, en partant au Pays du Pount, l'avait laissée au harem du palais, en compagnie des princesses et des nobles fillettes de la cour, Satiah ne semblait pas lui en tenir rigueur.

Ses prunelles rieuses fixaient celles de Séchat avec une candeur toute simple et sa bouche s'étirait en un plaisant sourire que la jeune femme cueillait comme un fruit délicieusement frais, sucré, juteux.

L'enfant n'avait pas plus d'arrière-pensée que sa compagne la princesse Mérytrê que sa mère avait, elle aussi, laissée aux bons soins des serviteurs du palais de Thèbes.

Elles attendaient ce retour avec une patience toute relative, scandée par leurs jeux, leurs promenades et leurs études, gérée par une organisation quotidienne dont elles acceptaient fort bien les contraintes, sachant que du débarquement final viendraient fleurir de merveilleuses histoires.

Mais, pour l'instant, Séchat se repaissait avec ardeur des caresses qu'elle dispensait à sa fille.

— Maman, tu vas m'étouffer, dit la fillette en riant.

Elle s'écarta un peu de la jeune femme et reprit, volubile :

— Thoutmosis dit que la prochaine fois que repartiront les grands navires, il s'en ira avec eux. Est-ce vrai ?

Séchat hésita. Comment lui répondre sur une question concernant le prince héritier ?

— Sans doute, fit-elle avec embarras.

— Alors, je souhaite que ce nouveau départ n'ait jamais lieu.

Séchat l'observa avec une attention accrue. Parlait-elle pour sa mère ou pour l'adolescent avec qui elle semblait si bien s'entendre ?

— Ma chérie ! Ces grands voyages ne peuvent se faire que rarement dans une vie.

— Parce qu'ils coûtent beaucoup d'argent ?

Décidément, sa fille avait de la répartie. Cela lui plut et, joyeusement, elle répondit :

— Ils en rapportent aussi. Depuis notre arrivée, l'Egypte s'est enrichie de multiples trésors.

— Que m'as-tu rapporté, Maman ? Thoutmosis m'a dit que la reine avait ramené un léopard. C'est quoi un léopard ?

— Une jolie bête toute tachetée de jaune, de brun, de beige. Et toutes ces couleurs-là se confondent si bien entre elles qu'on ne sait plus où sont les unes et où sont les autres.

Satiah parut subjuguée.

— Et moi ! fit Séchat en attirant de nouveau sa fille contre elle, je t'ai rapporté deux animaux.

— Deux ! fit la petite en ouvrant ses yeux d'étonnement.

— Oui deux, puisque Maâthor m'a assuré que tu aimais chats et chiens plus que tes propres jouets.

Satiah releva son buste et se fit importante.

— J'aime aussi les oiseaux et Thouty m'a donné une grande volière pour moi toute seule.

— Thouty ? Qui est-ce ?

— Mais, c'est Thoutmosis !

Séchat ne répliqua rien, surprise que la fillette appelât d'une façon aussi intime le jeune prince héritier. Plus étonnée encore qu'en quelques minutes à peine, elle le citât trois fois.

— Alors, Thouty a bien fait, si tu aimes les oiseaux, dit-elle simplement.

Mais, cette fois, sa fille revenait à des considérations plus intéressées.

— Que m'as-tu rapporté, Maman ?

— Une grande lionne qui m'a sauvé la vie et, en retour, j'ai sauvé la sienne.

— C'est une histoire d'amour, en sorte. Tu ne devrais pas t'en séparer. Pourquoi ne la gardes-tu pas ?

Décidément les répliques de sa fille la surprenaient. Elle sourit et répondit à Satiah.

— Alors, nous pourrons partager son affection.

— C'est entendu.

— A condition, toutefois, que tu conserves pour toi seule le petit singe que je t'ai aussi ramené. Il est tout noir, docile, affectueux et obéissant. Tu lui feras faire tout ce que tu veux.

La fillette exultait.

— Où est-il Maman ? Et où est la lionne ?

— Dans une cage où elle doit rester enfermée. C'est une bête sauvage qui vient directement d'une Afrique très lointaine où, jusqu'à présent, elle vivait en liberté.

— Ne sera-t-elle pas malheureuse en cage ?

— Crois-tu que le léopard de Thoutmosis sera satisfait, lui aussi, entre ses barreaux ? Hélas, ma chérie, c'est ainsi que la société est faite. Quand ces animaux-là sont prisonniers, ils sont encagés comme les esclaves qu'un pharaon ramène d'une campagne guerrière.

Séchat caressa la joue satinée de sa fille.

— Un lion ou un esclave encagé ! Tout dépend ensuite de la sagesse de celui ou de celle qui l'emprisonne. Parfois, il faut savoir desserrer les barreaux.

— Je comprends, fit l'enfant. Mais, si le léopard de Thouty et ma lionne se connaissent, nous pourrons peut-être les encager ensemble.

— Peut-être.

Cette idée sembla lui plaire. A nouveau, elle se mit à rire. Enjouée, radieuse, aussi tourbillonnante qu'un papillon, Satiah ne tenait plus en place et Séchat ne se lassait pas de la regarder.

Sa fille était jolie, saine, vive, spontanée, plus belle que la princesse Mérytrê qui, restée maigre et chétive, ne semblait pas respirer la joie de vivre. Comme elle était différente de sa sœur aînée morte juste avant leur départ au Pays du Pount !

Quand Maâthor vint vers elles, Séchat l'embrassa. Il y avait dans ce geste simple, naturel, sans calcul ni détours, tous les remerciements que Séchat rendait à sa servante pour avoir si bien su s'occuper de sa fille.

Jamais encore, elle n'avait eu ce geste affectueux envers la nourrice de Satiah. Celle-ci en fut si troublée qu'elle rougit jusqu'à la racine de ses cheveux noirs qu'elle coiffait en tresses voluptueuses retombant sur ses épaules.

— Tu as été à la hauteur, Maâthor, et je t'en remercie. Je retrouve une fille superbe, gracieuse et en parfaite santé.

Elle pointa sur elle un index long et fin dénudé de bijou. Séchat n'avait jamais eu de grands élans pour les parures exagérées de perles et de pierreries. Toujours sobre dans sa beauté naturelle, elle n'arborait aucun artifice.

De son index tendu, elle frôla le buste de Maâthor.

— Sais-tu que tu as bien changé ? De petite paysanne à moitié nubienne, te voici devenue une vraie jeune Thébaine.

Comme Maâthor devenait écarlate, elle ajouta en riant :

— As-tu un amoureux ?

— Je ne me suis consacrée qu'à votre fille, maîtresse. Vous l'aviez exigé à votre départ.

— C'est vrai.

En un tour de seconde, Séchat se remémora les pénibles aventures vécues dans le désert, puis dans le fayoum et le delta, à la recherche de Satiah kidnappée par ses ennemis les plus farouches. Elle l'avait retrouvée après plus d'un an de recherches dans la cabane d'une vieille gardienne de chèvres, perdue dans les méandres les plus mortels du delta*.

Néseth, la fausse nourrice, la prostituée à la solde du vizir Mériptah avait été autrefois la compagne de Maâthor et s'était lâchement servi d'elle pour accomplir son forfait.

Comprenant toutefois le désarroi de Maâthor qu'aucune mauvaise intention n'avait effleurée, et partant pour le Pount, Séchat lui avait exclusive-

* Lire *Les Thébaines / De roche et d'argile*, Le Livre de Poche n° 14909.

ment recommandé sa fille en la tenant pour responsable du moindre incident qui pouvait se passer.

Maâthor qui ne pensait plus qu'à racheter sa faute n'avait pas bronché. Lentement, elle avait acquiescé de la tête. « Je veux, avait insisté Séchat avec froideur, que tu goûtes chacun de ses plats et que tu la suives pas après pas, je veux que tu connaisses tous ses gestes et que tu apprennes à discerner chacun de ses désirs. Désormais, tu dois manger, dormir et vivre à ses pieds. M'as-tu compris, Maâthor ? »

A ces mots qui leur revenaient en mémoire, les deux jeunes femmes avaient glissé sur de sombres souvenirs engendrant pour chacune son propre destin. Puis, le visage de la nourrice revint à des couleurs plus normales.

— Reshot ! murmura-t-elle.

Comment pouvait-elle ne pas se souvenir de la tendre amie de Séchat tombée dans les flots enragés sans qu'on puisse l'en retirer ? Pour elle, le Pays du Pount n'avait pas eu de retour.

— Ne parlons pas d'elle, dit Séchat à voix basse. A présent, Reshot est parmi ceux qui l'ont aimée ici-bas.

Encore un souvenir qu'elle voulait oublier. Sa compagne engloutie dans une mer qui ne connaissait plus les limites de son tumulte et de sa rage. Une infinie quantité d'eau qui vous absorbait jusqu'à vous laisser dépendante et soumise.

Jamais plus Séchat ne remettrait les pieds sur un de ces gros vaisseaux qui l'emporterait loin des siens. Il était temps qu'elle pense à un avenir moins professionnel et, qu'enfin, elle s'efforce de maîtriser une vie familiale moins tourmentée, moins sinueuse. La tendre complicité amoureuse de Neb-Amon le lui offrait.

*
* *

Le lourd pectoral accroché sur son buste et la pesante coiffe de pharaon à la double rangée posée sur sa tête, Hatchepsout brandissait avec fermeté le sceptre d'or qu'elle tenait entre les mains.

La barbe postiche terminée en pointe et recourbée légèrement à l'extrémité affinait son menton déjà très effilé. Hatchepsout secoua d'un geste ferme le sceptre d'or, puis l'immobilisa net, comme on tranche sans hésiter le cou d'une oie grasse qu'on s'apprête à cuire à la braise.

— Thoutmosis n'a pas encore les qualités requises pour siéger à nos conseils, affirma-t-elle d'une voix où pointait la colère.

— Voulez-vous dire qu'il est encore nubile ? jeta Antef froidement, cherchant des yeux la complicité d'un autre personnage au sein de l'assemblée.

Un homme se leva.

— Marions-le, il ne le sera plus, fit Djéhouty d'un ton détaché.

Hatchepsout marqua un temps de surprise. Serait-il possible que son vizir du sud ne lui accordât plus la même fidélité ?

— C'est juste, déclara Antef d'un air satisfait. Marions-le.

— Mérytrê n'a que dix ans ! explosa Hatchepsout.

— Majesté ! Personne, ici dans cette assemblée, ne propose que le style de leur vie change et que l'organisation de leur quotidien subisse une transformation néfaste pour leur bon équilibre, insinua Antef avec lenteur. Marions-les simplement tout en laissant à votre fille le temps de devenir femme.

Que pouvait rétorquer la pharaonne face à une telle réplique ? Elle osa le seul argument qui pût jouer en sa faveur.

— Je n'ai épousé Thoutmosis II qu'à quinze ans.

— C'est votre père, Majesté, qui était à l'origine de cette faveur. Le prince actuel n'a que ceux qui le soutiennent pour le défendre. Pourquoi refusez-vous une co-régence avec votre neveu ?

L'homme qui, hardiment, jetait ces mots était un jeune notable au teint clair et aux allures audacieuses. Un nouveau venu qu'Antef, le vieil ennemi acharné d'Hatchepsout, venait d'imposer avec énergie au sein du conseil.

Antef sourit et ses traits crispés jusqu'à présent se détendirent. Cette fois, il tenait solidement sa complicité dans l'assemblée. Le reste allait suivre et il pourrait, enfin, amorcer le démantèlement du règne d'Hatchepsout.

— Que veux-tu dire, Nekmin ? s'enquit Hapouseneb assis à ses côtés.

Le jeune homme ne parut pas s'émouvoir de la surprise de son maître, le Grand Prêtre d'Amon, pas plus que son audace ne parut troubler l'assemblée.

Nekmin, jeune prêtre qui assistait Hapouseneb depuis deux ans au temple de Karnak, semblait prendre beaucoup d'ascendant sur les fidèles du prince que maîtrisait avec habileté le vieil Antef.

— Mon maître, fit Nekmin le sourire aux lèvres, je veux dire que la reine Hatchepsout avait son père pour la soutenir alors que le prince ne l'a plus. La nuance me paraît aussi élevée que le monument le plus haut de Karnak.

— Soit, signifia Hapouseneb, cette co-régence

interviendra après le mariage de Thoutmosis et de Mérytrê. Personne n'est contre cette idée, il me semble.

— Pourquoi attendre cette union que retarde à plaisir la reine Hatchepsout ?

— Le pharaon Hatchepsout ! vociféra la jeune femme en brandissant avec colère son sceptre. Si tu oses encore me nommer « reine » en public, je te fais jeter aux crocodiles. Ce n'est pas ton titre de Second Grand Prêtre qui m'impressionne et qui me l'interdira.

— Majesté, reprit Nekmin l'air hautain et désabusé, prenant garde toutefois à baisser le ton, aucune loi ne stipule qu'il faille attendre le mariage pour que votre neveu Thoutmosis règne à vos côtés. La co-régence est ouverte au prince, nubile ou non.

Quand le regard d'Hatchepsout croisa celui du jeune homme, elle sentit naître un nouvel ennemi que le bouillonnement de la jeunesse rendait plus virulent encore alors que Antef, dans son acharnement, ne cherchait qu'à perpétuer la branche des Thoutmosis.

La lueur de braise qui atteignit le regard d'Hatchepsout s'aviva dans ses prunelles tout aussi rougeoyantes. Les yeux de Nekmin lui jetaient un défi qu'elle s'efforça d'attraper en plein vol. Mais, remarquant l'inertie soudaine de l'assemblée à son égard, elle se sentit glisser sur une pente dangereuse.

Pour la déstabiliser davantage, un jeune Egyptien à la peau sombre, presque noire, les yeux bleus et la carrure plutôt forte malgré les vingt ans qu'il affichait à peine — encore un favori du vieil Antef — se leva.

— Qui vous demande une démission, Majesté ?

Nous exigeons simplement une co-régence. Acceptez-la.

Pinçant ses lèvres de dépit, Hatchepsout ignora le propos scabreux de cet insoumis et se retourna vers Antef, toute indignation disparue.

— Mon séjour au Pount t'a profité, Antef. Tu as su pleinement monter les chances du pouvoir de ton prince. Combien as-tu fait d'assemblées clandestines durant mon absence ?

— Majesté, ne détournez pas le sujet. Le prince est sain de corps et d'esprit. Son intelligence est vive et il ne désire qu'une seule chose, faire partie de ce conseil.

Antef avait jeté ces mots en observant la réaction qui s'inscrivait sur le visage des anciens dignitaires. Pour l'instant, aucun ne lui donnait raison, mais pas un n'avait pris la défense de la reine. Ils semblaient attendre avec patience la tournure des événements.

Hatchepsout fit, elle aussi, le tour de ses vieux amis. Senenmout était nerveux. Un vilain tic relevait le coin gauche de sa lèvre supérieure. Il savait qu'il devait attendre avant de placer les arguments qui pouvaient défendre sa reine. Tout à l'heure, il parlerait des dépenses inconsidérées qu'Antef avait faites pour les simples plaisirs du prince.

Hapouseneb jetait des regards contrariés et désapprobateurs sur le jeune prêtre d'Amon qu'il n'avait certes pas formé dans un esprit de rébellion.

Néhésy était blanc. Non de peur, mais de rage contenue. « Allons, pensa la reine, ces trois-là me sont restés fidèles, ils me serviront encore quoi qu'il arrive. »

Quant à Djéhouty, elle n'avait jamais su vraiment de quel côté penchait sa loyauté. Sa passion soudaine et passagère pour Séchat avait dû troubler la trajectoire de sa politique. Elle regretta, tout à coup, d'avoir stupidement cassé leur liaison. Ensemble, leur surveillance assidue et totale envers elle eût été invincible. Séparés, cette même vigilance devenait vulnérable. A présent, Séchat volait vers d'autres amours.

Elle soupira et eut un geste contrarié, imperceptible que, seul, Senenmout remarqua, ce qui le rendit irritable, sachant que ce soudain agacement avait justement pour cause l'absence de sa fidèle compagne. Séchat, la Grande Scribe, l'Intendante des Artisans, son amie de jeunesse, celle qui, à force d'énergie et de détermination, avait su s'imposer dans le climat corrompu d'une jungle dévorante que les technocrates entretenaient entre eux.

Hatchepsout réprima son agacement. Séchat s'était tout simplement fait excuser, prétextant une fatigue intense qui l'excluait de cette première séance tenue depuis le retour de l'expédition.

Allait-elle aussi délaisser sa reine ? Depuis qu'elle avait revu sa fille et qu'elle fréquentait assidûment Neb-Amon, le nouveau médecin du palais, celui dont la renommée montait sans cesse à Thèbes, Séchat n'était plus la même.

Pour se l'attacher davantage, Hatchepsout, en la personne du pharaon qui s'octroyait tous les pouvoirs, pouvait casser à nouveau cet amour.

Oui ! La reine était excédée. Séchat lui manquait. Ce premier conseil se présentait fort mal face à toutes ces hostilités qu'elle n'avait certes pas prévues.

La co-régence ! Fallait-il donc en arriver là ? Séchat aurait pu la tirer d'embarras. Dans tous ces cas douteux et troubles qui tournaient souvent en joutes périlleuses dont il fallait sortir vainqueur, elle avait la répartie juste, équilibrée, adéquate.

Elle tirait toujours, comme d'une pochette surprise, le texte d'une loi, d'un code, la ratification, l'abolition ou la prorogation d'une clause de contrat ou d'un décret appliqué antérieurement et dont personne ne se souvenait plus.

Combien de fois Séchat l'avait-elle ainsi sortie d'une situation dangereuse ?

— Allons, fit-elle, dans un esprit de conciliation, je vous propose que nous abordions tous les sujets qui sont à l'ordre du jour de ce conseil.

— Pas avant que nous ayons solutionné le problème de la co-régence, persifla Antef.

Senenmout se leva, le visage rougi par la colère qui l'étouffait depuis plus d'une heure.

— Et si nous commencions par les dépenses du palais ? fit-il en rejetant violemment la manche de son pagne par-derrière son épaule.

Antef arrondit sa bouche qui devint épaisse et lippue.

— Majesté, je réclame les comptes du palais avant que nous abordions tout autre point, reprit Senenmout sans laisser le temps à Antef de répondre.

La surprise que marqua Hatchepsout joua en sa faveur.

— J'ai eu le temps, Majesté, de lire le livre des comptes qu'Antef a tenu durant toute notre absence. Les dépenses ont toutes été attribuées au Prince.

— A son éducation, rétorqua le vieil homme dans un sourire fielleux.

— Veux-tu dire que le premier corps d'armée financé par le Palais était relatif au Prince ?

— Exactement.

— Alors, pourquoi as-tu formé un autre escadron militaire quelques mois plus tard ?

— Parce que le premier bataillon d'hommes avait une moyenne d'âge trop avancée pour le prince. Il ne pouvait s'entraîner avec des coéquipiers plus forts et plus compétents que lui.

Senenmout eut un rictus mauvais.

— Et pourquoi as-tu financé un troisième régiment qui, en fait, est une école d'entraînement pour garçonnets qui apprennent exclusivement l'art du combat ?

Antef ne répondit pas. Senenmout se tourna vers l'assemblée.

— Les désirs de ce jeune prince semblent bien fantaisistes et ne s'orientent que vers le côté militaire. Or, il n'y a aucun point à l'ordre du jour qui parle de guerre.

Il pivota soudain vers la reine, l'observa quelques instants et, à nouveau, se retourna vers l'assemblée.

— En quoi, dans ce conseil, cet enfant bien jeune encore pourrait-il nous être utile ? Notre pays est riche. Nos voisins territoriaux sont calmes. Aucun bruit d'invasion ne nous parvient. Pourquoi perdre de l'argent à renforcer des armées inutiles ?

Antef réprima une forte contraction de sa mâchoire proéminente. Il ne pouvait, certes pas, avouer que le jeune prince et ses amis ne vivaient plus que sur un pied de guerre et que, justement, s'il n'y en avait pas, il fallait en provoquer une.

Qu'aurait dit l'assemblée si, à cette heure, elle avait su que le futur Thoutmosis III devait être un des plus braves et des plus farouches guerriers de toute l'histoire des pharaons ? Prédiction qui pouvait plonger Hatchepsout dans d'interminables cauchemars et le conseil qui soutenait le prince dans une démente euphorie.

*
* *

Mérytrê était une fillette chétive. Délicate, certes, mais jamais malade ! Déplaisante plus volontiers que laide. Pourtant, le velouté de son regard était si absorbant que chacun pouvait se perdre dans les méandres incontournables qu'elle essayait de tendre à tous ceux dont elle voulait l'estime.

Elle compensait son manque d'énergie par des talents très féminins qui, plus tard, font de la femme une parfaite maîtresse de maison. Elle équilibrait aussi ses lenteurs à réagir et son absence d'esprit par les aptitudes qu'elle avait à manier les fils à tisser, à chanter parfois, à jouer du sistre, du tambourin ou des crotales.

Satiah était à l'opposé. Très peu compétente dans l'art de chanter et si peu experte dans celui de tendre des fils sur un métier à tisser, elle aimait bouger, nager, danser, tirer à l'arc, tenir les rênes d'un cheval et même, quand Thoutmosis la laissait faire, conduire son char sur un petit parcours.

Ses activités essentiellement sportives l'avaient inévitablement rapproché du prince qui, lui aussi, ne tenait guère en place. Et pourtant, c'était incontournable, il devait épouser Mérytrê dans quelque temps pour s'adjoindre le pur sang royal que détenait la princesse et devenir un jour pharaon.

Mais, Thoutmosis ne se tracassait guère. Un secret d'enfant le liait à Satiah depuis qu'un jour, sur le bord dallé de marbre rose d'une piscine, ils s'étaient juré de se marier. Satiah serait donc sa Seconde Epouse.

Comme tous les secrets qui se respectent, ils n'en avaient encore soufflé mot à personne. Seule, Mérytrê avait des doutes. Mais, comme il est d'usage que les pharaons aient plusieurs épouses, elle ne s'en formalisait pas, l'essentiel étant qu'elle soit la reine et restât la Première Epouse Royale.

Même adolescente, Mérytrê n'ignorait pas qu'un jour, le futur pharaon son époux ne pourrait plus compter ses femmes et ses concubines tant il en aurait dans son harem.

Déjà, attendaient dans les appartements du palais trois princesses syriennes, une de Basse-Nubie et deux autres de Libye, toutes filles d'otages ramenés en Egypte lors des incursions guerrières du pharaon précédent, son père.

Mais, ce jour-là, Satiah était absente et Mérytrê s'ennuyait. Il faut dire que son amie avait le don de l'amuser et que, sans elle, Mérytrê riait peu et tombait dans une mélancolie et un désœuvrement que ses servantes avaient du mal à combattre.

Mérytrê porta sa main en visière. Le ciel avait ce bleu intense et dur qui annonce une chaude et sèche journée. L'aridité de l'air la faisait un peu suffoquer, bien que l'heure de Râ ne fût pas encore au zénith.

Scrutant l'horizon avec attention, d'autant plus que les deux rangées de palmiers laissaient entrevoir à leur extrémité un rai de lumière intense, un large sourire vint détendre ses lèvres. Elle reconnaissait entre mille autres cette silhouette encore svelte, malgré ses trente-huit ans.

L'allure vive et souple qui se déhanchait devant elle et qu'aucun artifice pharaonique ne venait alourdir était celle de sa mère.

Mérytrê se leva et courut à elle.

— Mère, vous avez pu vous échapper de vos obligations !

— Je te consacre la matinée, ma fille. Es-tu heureuse ?

Mérytrê frôla de la main le visage de sa mère.

— Vous savez bien, Mère, que je regrette infiniment vos éternelles absences. Le peu de temps que vous m'accordez m'est aussi indispensable que l'air de ce palais. Les journées me semblent tristes sans vous. J'aimerais tant que nous passions des journées entières ensemble !

— Eh bien, fit gaiement Hatchepsout, passons au moins toutes les deux cette matinée-là.

Elle prit la main de sa fille et l'entraîna vers le bassin d'eau bleutée qu'elle venait de quitter.

— Pourquoi es-tu seule ? Te baignais-tu ?

— Je m'ennuie lorsque je ne suis pas avec Satiah.

— Où est-elle donc ?

— Avec sa mère, je suppose. Elle est venue tout à l'heure la chercher. Ce nouveau médecin que tu as engagé était avec elle.

Hatchepsout sursauta.

— Tu dis que Neb-Amon l'accompagnait ?

— Oui, mère. Et Satiah l'a embrassé, comme s'il s'agissait d'un frère ou d'un père.

— Et cela t'a choquée ?

— Pas vraiment. Satiah dit que sa mère veut l'épouser.

Hatchepsout se raidit imperceptiblement. Sa main se crispa un peu sur celle de sa fille, mais l'adolescente sembla ne pas s'en apercevoir. Presque gaiement, elle poursuivit :

— S'ils se marient, Satiah restera-t-elle au palais ?

Par tous les dieux ! Comment Hatchepsout

n'avait-elle pas senti plus tôt l'intimité qui se créait entre son médecin et Séchat ? Et voilà que sa fille lui révélait froidement ce que toute la cour devait sans doute savoir !

Elle lâcha la main de Mérytrê qui poursuivait encore :

— Je n'aurais pas voulu d'un autre père que celui qui m'a faite, dit-elle d'un air buté. Mère, est-ce parce que vous êtes Pharaon que vous ne pouvez pas vous remarier ?

— C'est exact, Mérytrê. Depuis que je suis pharaon, je suis dieu lui-même et non plus une femme. Je ne puis cumuler les deux états d'esprit.

— Mais, un pharaon se remarie bien, Mère !

— C'est une femme qu'il épouse.

— Et vous ne pouvez épouser une femme.

Hatchepsout se détendit et elles se mirent à rire. Dieu ! Pourquoi sa fille ne riait-elle pas plus souvent ? Qu'elle était terne lorsqu'elle était sérieuse. Comme elle manquait de vie, de maintien, de grâce !

Dans un éclair, Hatchepsout revit l'image de Néférourê, sa fille aînée, morte d'une fièvre inconnue avant son départ pour le Pays du Pount. Aucun médecin n'avait pu la sauver. Seul, Neb-Amon aurait eu des chances de la tirer d'affaire, mais il était arrivé trop tard dans la vie d'Hatchepsout.

Néférourê, sa fille aînée, si vive et si enjouée ! A quoi bon se souvenir de cette enfant qui rayonnait encore dans son esprit ? A quoi bon se remémorer l'adoration, l'admiration que Senenmout avait pour la fillette ? Il avait tant adulé Néférourê que des bouches malveillantes avaient chuchoté que la fillette était de lui.

Comment le Grand Architecte, l'ami, le conseiller fidèle aurait-il pu négliger l'enfant ?

L'étoffe de Néférourê était celle d'Hatchepsout. Une enveloppe toute spéciale, trempée dans le sang bleu et pur des pharaons de haute lignée.

Néférourê avait déjà le masque qui convenait aux pharaons. Telle mère, telle fille ! Avec cette envergure, Hatchepsout aurait pu tout lui apprendre.

Face à sa sœur, la pâle Mérytrê ne pouvait qu'être Grande Epouse Royale. Encore faudrait-il qu'elle se fasse appuyer par une Seconde Epouse de valeur. Hélas ! Voilà une idée qui agaçait fortement Hatchepsout.

Des concubines, soit ! Des concubines qui attendent le bon vouloir du pharaon dans l'ombre du harem. Hatchepsout répugnait déjà à l'idée que l'une d'elles puisse dépasser ses minces prérogatives. Que de questions ambiguës quand elle n'arrivait pas encore à résoudre la simple question du mariage de sa fille avec Thoutmosis !

— Allons, fit Hatchepsout, je crois que nous avons besoin de discuter ensemble. C'est par ma propre fille que je vais apprendre ce qui se passe dans le harem.

Elle tourna subitement son visage vers celui de l'adolescente.

— Aimes-tu Satiah ?

— Oui, Mère. Hélas, je ne suis pas aussi brillante qu'elle.

— Pourquoi dis-tu cela ?

Mérytrê passa une main aux doigts longs, presque diaphanes, sur son front moite. Elle leva les yeux au ciel et regarda sa mère.

— Parce qu'elle réussit tout ce qu'elle entreprend.

— Par exemple ?

Mérytrê réfléchit.

— Elle nage, elle tire à l'arc, elle conduit les

chevaux, elle manœuvre les barques. Tout l'émerveille, tout la fait vivre et bouger.

Elle soupira et jeta dans un souffle :

— Elle est belle et je crois que Thoutmosis la préfère à moi.

Encore une vérité qui devait longtemps abasourdir Hatchepsout. Pouvait-elle supposer un instant, le jour où elle avait conseillé à Séchat de laisser sa fille au Palais, qu'elle supplanterait sa propre fille, la princesse royale ?

— Que veux-tu dire ? s'enquit-elle aussitôt.

— Que Thoutmosis rit toujours avec elle, jamais avec moi. Qu'il lui propose sans arrêt des parties de tir à l'arc, des courses de natation, des promenades sur le Nil. Je sais qu'ils se cachent dans les marais de papyrus pour discuter ensemble.

La reine posa son bras sur les épaules de sa fille.

— C'est toi, Mérytrê, qui as le sang royal. Ne l'oublie pas. C'est toi qui engendreras un vrai pharaon. Et Thoutmosis le sait. Tu n'as donc rien à craindre.

La fillette sourit. Sa mère venait de lui redonner courage.

*

* *

— Le char royal est prêt, Majesté. Votre fille attend avec ses suivantes.

Depuis le retour de son voyage au Pays du Pount, c'était le premier passage officiel de la pharaonne dans les rues de Thèbes.

Déjà compacte, la foule grouillait, criait, s'agglutinait jusque dans les ruelles les plus sombres et vers les places les plus éloignées qui menaient toutes au port, là où débouchait la voie conduisant à la barque sacrée.

Les prêtres d'Amon, les porteurs d'offrandes et tout le personnel du temple de Karnak s'y étaient déjà réunis, attendant qu'Hatchepsout les assure de son soutien et que, face à la foule, elle sollicite de la bienveillance des dieux la prospérité nécessaire à son peuple.

Chanteurs, musiciens et danseuses s'intégraient toujours aux festivités sacrées qui se déroulaient en faveur d'un pharaon. Hatchepsout était le quatrième de sa dynastie et, malgré les heurts qui l'avaient opposée à la dernière séance du conseil, elle comptait bien poursuivre les traditions ancestrales de son pays.

Hatchepsout connaissait toutes les phases successives de la journée pour les avoir suivies maintes fois, adolescente avec son père, puis jeune épouse avec son demi-frère et seule, enfin, levant devant la foule le sceptre du pharaon des deux Egyptes.

Après son arrivée sur le port, juchée sur son char caparaçonné d'or, de cornaline et de turquoises, elle ferait une courte halte sur le port, balancée tranquillement de droite à gauche sous le dais de sa litière couleur de lapis-lazuli puis, acclamée par la foule en délire, elle monterait majestueusement sur la barque royale.

Sans être long, car il se terminait à l'autre bout du port, ce voyage symbolique était empreint d'éclat et d'autorité, car il reflétait toute la sagesse du Nil jointe à la générosité des dieux envers son peuple, engendrant ainsi la richesse que le limon fertile apportait à la terre.

Ensuite, Hatchepsout devrait redescendre de la barque, reprendrait sa place sous le dais de la litière que tireraient quatre chevaux — les plus beaux de l'écurie royale — et les acclamations se poursuivraient jusqu'à ce que les rayons solaires entament de leur pesanteur un ciel impitoyablement bleu.

Mais, pour l'instant, l'heure de midi était encore loin. Après un tour complet de la ville en compagnie de sa fille, car ce jour-là, Hatchepsout avait jugé bon d'accomplir ce que son père avait fait pour elle lorsque, adolescente, elle bouillait d'impatience d'être présentée à son peuple.

La foule devait à présent acclamer la princesse Mérytrê comme la future reine d'Egypte, celle qui descendait directement de la pure souche pharaonique par le lien qui la rattachait à sa mère.

— Allons, Mérytrê, fit-elle en tapotant l'épaule de sa fille. Lève la tête, redresse-toi et regarde fièrement la foule. Elle veut voir ton visage, elle va te jauger, t'admirer, t'ovationner.

Mérytrê sentit des larmes brûler ses paupières tant elle avait peur. C'était la première fois qu'elle accompagnait sa mère en tournée officielle. Cette multitude de gens curieux, agités et serrés sur les bas-côtés du chemin, l'impressionnait encore plus que les crocodiles qui sillonnaient hardiment les bords du Nil par temps de sécheresse.

Elle regarda sa mère, prit un peu d'assurance et, lentement, releva la tête.

Par bonheur, une diversion vint changer son humeur inquiète et une lueur fugitive éclaira son œil terne. A quelques pas de son char, celui de Thoutmosis vint se ranger. Il le conduisait lui-même avec une aisance et une maîtrise fort remarquées de tous d'ailleurs, tant il y mettait d'assurance.

C'était là un changement aux traditions ancestrales qu'autrefois Hatchepsout avait réussi à imposer. A vrai dire, son père n'y avait opposé aucune résistance, trop heureux d'imposer à la foule la vision d'une femme conduisant elle-même avec une dextérité étonnante son propre char.

Et le pharaon Thoutmosis, à qui les dieux n'avaient pas donné de fils, devait prouver au peuple qu'Hatchepsout n'était pas faite essentiellement que de soumission et de féminité.

En ce temps-là, Hatchepsout tenait les rênes de ses chevaux aussi adroitement qu'un homme. Elle les menait avec fermeté, maîtrisant la conduite et le parcours intégral, se tenant debout, jambes écartées sur la mince plate-forme réservée au conducteur, regardant droit devant elle.

Lorsque Hatchepsout pensait avec mélancolie à Néférourê, sa fille aînée morte dans les années de sa jeunesse, elle ne pouvait manquer d'associer sa propre audace à celle de l'enfant. Néférourê aurait eu l'aplomb et la hardiesse pour faire claquer son fouet au-dessus de la tête enharnachée de ses chevaux. Certes, son allure et son autorité le lui auraient permis.

Mérytrê, triste et déjà soumise, se contentait de regarder béatement la fière silhouette de son demi-frère, celui qu'elle devait prochainement épouser, puisque le destin voulait qu'en elle se perpétue la race des pharaons.

— Mérytrê, chuchota Hatchepsout nerveuse et contrariée, ne regarde pas le prince aussi stupidement. C'est la foule que tu dois observer.

Alors que le char de Thoutmosis s'alignait impeccablement aux côtés de celui d'Hatchepsout, les trompes se mirent à sonner suivies par le son des sistres et des crotales.

Malgré le dur avertissement de sa mère, Mérytrê ne put s'empêcher d'observer Thoutmosis. Il avait le corps un peu lourd, mais bien proportionné, le torse puissant, les cuisses musclées, les épaules rondes et le port de tête altier et dégagé. Un physique qui, sans aucun doute, reflétait le parfait critère de beauté masculine à cette époque de la dix-huitième dynastie.

Mérytrê était consciente de l'irréprochable allure de son futur époux et, de ses yeux admiratifs, elle se rassasia de cette image qui la rassurait, l'apaisait, replaçait sa confiance là où elle n'aurait pas dû s'écarter.

Mais, brusquement, le regard sévère de sa mère la rappela à l'ordre et poussant un soupir las et résigné, elle quitta la vision de Thoutmosis pour embrasser tristement celle de la foule.

Dans le bruit et l'agitation du rassemblement, le son des trompes et les chants psalmodiques qu'entamaient à présent les prêtres, on aurait pu dire que le jeune Thoutmosis brillait par l'impétuosité de son adolescence, mais ce qu'il dégageait était plus que cela. Une émanation de puissance et d'autorité se libérait incontestablement de sa personne. Trop d'ailleurs pour la tranquillité d'Hatchepsout. Il la toisa un instant. Le regard qu'elle lui jeta fut de courte durée. Ils s'affrontèrent en silence, prenant juste le temps de se défier quelques secondes. Puis, les applaudissements fougueux de la foule les ramenèrent à leurs devoirs de souverains et ils se retournèrent l'un et l'autre vers ceux qui les ovationnaient.

Hatchepsout crispa légèrement sa main sur le rebord de la litière qu'une couche d'or faisait étinceler plus encore que les rayons solaires qui, depuis quelques heures, tombaient dru sur la foule.

Ce n'était pas qu'elle ignorait, jusqu'à présent, l'ombre que lui portait le jeune prince, mais elle en mesura subitement toute l'importance et comprit que, désormais, elle aurait à subir son rival quoi qu'il arrive. En tout état de cause, il lui faudrait, à l'avenir, jouer serré pour garder le pouvoir.

Pour ne pas attirer l'attention du peuple par le dispersement de ses pensées, elle jugea plus sage de remettre à plus tard ses réflexions soudaines, se promettant, dans un premier temps du moins, de ne plus barrer la route au jeune homme en refusant les énormes dépenses consacrées à la formation de ses futures armées, puisque c'était là une solution qui apaisait son angoisse.

Eloigné de l'Egypte, parcourant des champs de bataille à la tête de ses armées, son neveu ne la gênerait pas. Rassurée par cette logique qui, certes, ne déplairait pas au fougueux prince, elle reporta ses yeux au-delà de la foule.

Sur le port, devant la barque sacrée, les prêtres alignés sur deux rangées — les plus proches de l'embarcation portaient la peau de léopard qui les distinguait du lot des communs — remuaient dans un va-et-vient silencieux leurs encensoirs qui dégageaient la précieuse myrrhe qu'Hatchepsout avait rapportée du Pount.

Une fumée dense les enveloppait. On ne voyait plus que le haut de leurs crânes rasés et leurs mains qui s'agitaient dans l'espace, balançant dans un rythme parfait les encensoirs d'or incrustés de cornaline et de lapis-lazuli.

Les musiciennes s'étaient accroupies, tenant leur petite harpe ou leur flûte entre les mains. Quand le balancement des encensoirs s'arrêta, elles entamèrent des mélodies voluptueuses qui montaient dans l'espace et se mêlaient aux vapeurs des parfums brûlant en volutes épaisses.

Les Grands Prêtres se prosternaient et la foule avait cessé son agitation, attendant que Pharaon, investi de tous les pouvoirs, les assurât des bienfaits que les dieux leur envoyaient.

Quand la pharaonne arriva près des danseuses sacrées du temple, elle aperçut Méryet, sa protégée. Invitée par le sourire engageant qu'Hatchepsout lui fit au passage, la jeune fille se détacha du groupe, fléchit le buste en avant et se courba gracieusement sans cesser de regarder sa souveraine.

Sa silhouette longiligne était gracieuse. Elle se mouvait comme une libellule argentée au-dessus des marais du Nil et son visage était l'un des plus beaux que le temple avait enfermé jusqu'alors.

A regarder la jeune fille évoluer aussi gracieusement devant elle, Hatchepsout se remémora la scène qui l'avait amenée à rencontrer l'adolescente qui, harcelée par la police de la ville, dansait sur les places publiques de Memphis pour survivre*.

Ce soir-là, sous le dais des ombelles qui se balançaient au-dessus d'elle pour la préserver de la chaleur d'un soir étouffant, Hatchepsout revit le scorpion qui, insidieusement, s'apprêtait à monter sur sa jambe, la menaçant de sa queue en spirale, prêt à y piquer son dard mortel.

Méryet s'était courageusement jetée sur elle et d'un coup sec, elle avait tranché en deux le scorpion avec l'angle saillant du petit tambourin sur lequel elle battait le rythme de sa danse.

Pour la remercier de son acte de bravoure, la Pharaonne l'avait invitée à suivre l'expédition et, puisque la fillette rêvait d'entrer au temple, faveur réservée exclusivement aux jeunes filles nobles, Méryet s'était nourrie des idées sacrées que l'on y cultivait, décidant de se consacrer corps et âme au dieu Amon de Thèbes.

* Lire *Les Thébaines / Vents et parfums*, Le Livre de Poche n° 14956.

C'est ainsi qu'au retour du Pount, Hatchepsout avait signé sa reconnaissance et l'adolescente s'était vue enrôlée à Karnak pour y suivre le dur apprentissage des danseuses sacrées.

Méryet releva son buste, éleva ses mains en plein ciel et murmura une incantation divine. C'était un long poème où elle parlait de la grandeur d'Hatchepsout et de la bienveillance des dieux. Son air était grave, ses yeux empreints de respect et d'adoration pour la reine. Elle se courba à nouveau, fit une torsion des hanches en rejetant sa tête en arrière, la balançant doucement de droite à gauche. Puis, la ramenant à sa juste place, elle s'immobilisa quelque temps, se leva et reprit son rang parmi les autres danseuses.

La durée du trajet en barque sacrée dura jusqu'au moment où le zénith éclaira de plein fouet le ciel.

Un peu plus tard, la reine faisait son entrée dans les rues de Thèbes. Le char de Thoutmosis côtoyait toujours le sien. Un jour, ils partageraient le même, reléguant Méryet à l'arrière et distribuant ensemble les gestes qui plaisaient à la foule.

Agacée, elle eut un léger pincement de lèvres quand elle vit que sa fille regardait encore Thoutmosis avec ce geste d'extase qui n'échappait plus à la foule. Pourtant, celui-ci n'attachait pas ses yeux sur ceux de la princesse et, à nouveau, Hatchepsout regretta la mort de Néférourê qui avait toujours su forcer l'admiration de Thoutmosis.

Lorsque la main de sa mère tira sur son bras, Mérytrê eut un soubresaut et revint à ses devoirs de princesse. Elle s'efforça de sourire au peuple. Mais, dieu que cela était fatigant !

En fait, Mérytrê n'était guère exigeante. Elle désirait que cette journée harassante en finisse, que ses habitudes simples et quotidiennes reprennent au plus vite et que ses suivantes l'accompagnent à nouveau dans ses jeux, ses promenades et ses discussions qui n'allaient pas plus loin que les préoccupations journalières du palais.

A présent, les chars empruntaient la grande voie qui menait à la place centrale de la ville. Celui d'Hatchepsout filait à bonne allure, les roues crissaient sur le dallage de pierre.

C'était la seule portion du trajet où les attelages devaient se hâter. Tout à l'heure, ils atteindraient la place et, dans un brouhaha indescriptible, commencerait l'interminable file qui les encerclerait jusqu'à les étouffer.

Des milliers d'hommes et de femmes se pressaient sur les bords du chemin. Ils riaient, criaient, se heurtaient parfois violemment, tapaient dans leurs mains encore poisseuses du sucre des dattes ou du miel des galettes qu'ils venaient d'absorber. Ils frappaient le sol d'un pied agité, nerveux. Certains, d'un coup de genou habile, délogeaient le voisin pour mieux apercevoir le passage des chars.

Et la foule s'épaississait d'heure en heure.

Dans tout Thèbes, c'était un jour de fête. Les commerçants fermaient leurs échoppes et, seules, les auberges et les tavernes offraient leurs tables, leurs vins, leurs chambres aux provinciaux de passage venus pour saluer la famille royale.

En ce jour férié, même les paysans des environs avaient le droit de ne pas travailler. Les champs de céréales, les plantations de papyrus, les jardins de fruits et de légumes se passaient pour un jour d'eau et de soins.

Le conducteur du char d'Hatchepsout connaissait bien son métier et menait d'une main de maître son attelage à trois chevaux. En vérité, il était fort envié pour ce privilège. Conduire ainsi la reine dans tous ses déplacements, ses voyages, ses pérégrinations personnelles et professionnelles lui attirait certaines jalousies qu'il préférait ne pas remarquer.

Youry avait un large buste, musclé, puissant où chaque épaule roulait comme celles d'un lutteur de compétition en plein exercice. Ses cuisses râblées, ses jambes fermes couvertes d'un épais poil noir et frisé s'arrimaient solidement au plancher de bois qui recouvrait la petite esplanade sur laquelle il se mouvait pour mener l'attelage.

Youry n'aurait pas changé de travail pour tout l'or d'Egypte. Peu importe — on l'a dit — si ses compatriotes l'enviaient et, plus encore, si quelques-uns d'entre eux cherchaient à déstabiliser sa carrière prometteuse.

Conscient de l'importance de sa tâche, Youry tenait les rênes avec cette assurance qui l'avait toujours caractérisé. Même Thoutmosis, parfois, n'arrivait pas à le distancer. A trois reprises, ils avaient engagé une course et Youry l'avait emporté par deux fois.

La chaleur était à son apogée. Pas un souffle d'air ne remuait les plis des tuniques ou des pagnes. De temps en temps, Youry jetait un coup d'œil sur ses deux passagères et s'assurait du bon équilibre qu'elles gardaient lorsque leurs mains quittaient la rambarde pour s'agiter dans l'espace à la rencontre de la foule.

Quand le char de Thoutmosis le rejoignit — car dans le virage qui amorçait l'entrée de la place il avait pris un léger retard — la vitesse des attelages était au maximum.

Youry entendit un crissement étrange, mais n'y prit pas garde, car dans une seconde à peine, son char devait s'arrêter sur la place, dans un dernier claquement de fouet, pour entamer le tour de prestige obligatoire sous les ovations de la foule.

Mais le crissement léger devint bientôt un craquement qui l'obligea à une seconde de concentration. Il raffermit la tenue de ses rênes par une pression instinctive. Fallait-il freiner l'allure des chevaux ? Une question bien superflue, car voilà qu'à présent, ils s'emballaient sans motif apparent.

Hatchepsout et sa fille se regardèrent, inquiètes. Youry ouvrit la bouche, incrédule, pétrifié. A présent, les yeux exorbités, les naseaux écumants, les trois chevaux se cabraient.

La reine et Mérytrê heurtèrent violemment le fond du char, sans pouvoir se rééquilibrer. Puis, dans un claquement sec et furieux, les chevaux reposèrent leurs sabots sur le sol et ce fut la course effrénée que Youry ne put maîtriser.

L'attelage emballé piqua droit sur le bas-côté du chemin, heurtant la foule épouvantée qui, trop dense pour reculer, se mit à hurler de frayeur.

Le premier rang fut touché et plusieurs personnes furent projetées violemment sur les rangs arrière, entraînant une panique extrême. Des femmes s'évanouirent et les enfants qui se trouvaient là se faufilèrent tant bien que mal entre les jambes adultes qui leur offraient un abri incertain.

Déséquilibré, Youry tenta de garder la maîtrise de la situation, mais la jeune Mérytrê se mit à crier et lui fit perdre son sang-froid. Il essaya pourtant d'attraper les rênes que la poussée des chevaux sur la foule lui avait fait brutalement lâcher.

« Ces chevaux ont été drogués, jura-t-il entre ses dents. Ils sont fous furieux et nous entraînent au drame. »

Il retomba deux fois avant de saisir les rênes, mais le bond violent que fit soudain l'attelage les lui fit lâcher aussitôt. Il sentit son dos douloureux et sa tête s'embua d'une brume opaque.

Quand les trois chevaux emballés reprirent le centre de la voie, le char était couché sur le sol et le côté extérieur, dont le bois se recouvrait d'une plaque d'argent, crissait sur le pavé de pierre, emportant à chaque instant un morceau de l'attelage.

La première roue se détacha et roula sur la voie. Thoutmosis, dont le char suivait, l'esquiva de justesse par une habile manœuvre que seule sa maîtrise dans l'art de la conduite des chars pouvait expliquer.

Néhésy, le Chef des Polices de Thèbes, dont l'attelage n'était pas loin, tenta de se rapprocher des chevaux emballés mais ceux-ci commençaient un parcours infernal et mortel, virant à droite, à gauche, hennissant de frayeur, rebondissant et s'emballant de nouveau en emportant le reste de ce qu'ils entraînaient avec eux.

Mérytrê ne criait plus, la peur avait eu raison d'elle et elle gisait inanimée.

« Par tous les dieux vengeurs d'ici-bas ! jura Senenmout dont le char talonnait celui de Néhésy, pour qu'une roue se détache ainsi, c'est que l'essieu a été desserré. Peste de satané crocodile ! Celui qui a fait ça mourra de mes propres mains ! »

Il tourna sur la droite et vint cravacher ses chevaux à côté de ceux de Thoutmosis qui essayait, en vain, de dépasser Youry qu'on ne voyait plus. La seconde suivante, ils en comprirent la cause lorsqu'ils virent son corps étendu sur la voie, offrant sa tête casquée à l'acharnement du destin.

Le corps gisait immobile. Néhésy frémit, les

roues de son propre char et celles de Thoutmosis ne purent l'éviter. Celles de Senenmout l'accrochèrent plus violemment encore et il fut traîné jusqu'à ce que, désarticulés, tranchés, les membres se détachent du corps.

Blanc de rage et de crainte pour la vie d'Hatchepsout, Senenmout jurait à voix basse, les yeux sortis de leurs orbites. Il jeta un bref coup d'œil vers la police de Néhésy qui, sur les bas-côtés, essayait de rétablir l'ordre dans la foule.

Il reporta son œil de rapace sur le triste spectacle qui lui faisait face. Un char disloqué, traîné par des chevaux furieux que l'on ne pouvait plus maîtriser et qui enfermait le corps de sa souveraine.

Impuissant, son sang bouillait dans ses veines. Il savait depuis longtemps qu'Hatchepsout avait des ennemis qui, désormais, chercheraient à l'évincer du pouvoir. Mais, saccager son char et attenter à sa vie représentait une sordide machination qui méritait la mort la plus atroce pour celui qui en était la cause.

Il cravacha durement ses chevaux. Par tous les dieux de l'au-delà ! Qu'Isis et Osiris n'accueillent pas encore en leur sein celle dont le règne n'était pas encore terminé.

Il trembla au spectacle qui s'offrait à ses yeux. Hatchepsout était-elle seulement encore en vie ?

Il vit que Néhésy avait réussi à se faufiler auprès des chevaux emballés et que, par un choc provoqué de son propre char, il tentait de les arrêter.

Cinq grands gaillards aussi hauts que larges, armés de lances et cuirassés de la tête aux pieds, surgirent brusquement de la foule paniquée et réussirent à attraper le col de l'un des chevaux qui s'effondra brusquement, terrassé, une bave blanche et mousseuse sortant de ses naseaux.

Ce fut Hatchepsout qui fut expulsée la première. Elle avait les yeux ouverts et, malgré la volonté qu'elle montrait à vouloir se relever, ses membres ne lui obéissaient plus. Il lui semblait que ses reins étaient brisés et que sa nuque se fendait en deux.

La tête coincée, elle tourna juste ses yeux en direction de sa fille, mais ne put l'apercevoir. Dieu d'Amon ! C'était normal puisqu'elle venait d'être éjectée sur le sol, et que Mérytrê avait dû rester bloquée dans le fond du char renversé.

Elle voulut parler, mais ne put sortir aucun mot. Des vrilles perçaient sa tête et une forte douleur dorsale la fit gémir.

Soudain, elle ne vit plus que le visage de Neb-Amon penché sur elle. Elle eut une grimace lorsque celui-ci souleva sa nuque.

— Où souffrez-vous, Majesté ?

Elle s'aperçut qu'elle ne salivait plus et que sa gorge était sèche. Prenant sa respiration, elle réussit à balbutier :

— Le dos, Neb-Amon. Le dos.

— Pouvez-vous le relever ?

— Je crains que non, fit-elle en regardant anxieusement la contrariété s'inscrire sur le visage du médecin.

Hatchepsout ferma les yeux. Même son agression dans le désert, près de Deir-el-Bahari, lorsqu'elle faisait construire son temple ne l'avait pas anéantie à ce point. Les pilleurs de tombes l'avait laissée inerte, mais intacte parmi le sanglant carnage de ses gardes*.

Neb-Amon la souleva avec précaution. Une litière était déjà là, prête à l'accueillir et la transporter en douceur.

* Lire *Les Thébaines / De roche et d'argile*, Le Livre de Poche n° 14909.

— Ma fille, murmura-t-elle.

— Elle est encore inconsciente, mais n'a rien de cassé, jeta le médecin d'un ton soucieux.

Approchant de ses lèvres une petite fiole en verre, il lui fit absorber un peu d'hellébore, seul narcotique efficace qu'il transportait toujours avec lui pour apaiser les douleurs. Il regretta, cependant, de ne pas avoir pris un peu d'opium avec lui. L'hellébore jouerait, tout à l'heure, son rôle de purgatif et cela n'arrangerait en rien le cas de la blessée.

Puis, il jeta un bref regard sur le reste du carnage qu'avait provoqué les chevaux emballés. Il n'y avait plus de char. Morceaux de bois, plaques de métal, lambeaux de cuir, harnais, essieux et cerclage de coques étaient disséminés sur la route. La deuxième roue détachée roulait encore le long des bas-côtés.

Il vit qu'un autre cheval s'affaissait pesamment sur le sol, l'écume à la bouche, l'œil blanc retourné, et que le troisième annonçait, lui aussi, des symptômes identiques.

Il fit un signe aux deux médecins qui l'accompagnaient, donna des ordres à quelques praticiens qu'on avait réquisitionnés pour soigner les blessés de la foule et saisit sa trousse de travail.

— Ne bougez pas, Majesté, reprit-il, laissez-vous conduire jusqu'au palais. Je vous examinerai en détail dès que vous serez tranquillement allongée sur votre couche. Vous n'êtes pas en péril. Pour l'instant, votre fille l'est plus que vous et je dois, de suite, la réanimer.

— Ne la laisse pas mourir, Neb-Amon. Je t'en conjure.

Elle eut un pâle sourire qui s'apparentait fort à une grimace de douleur.

— Faites-moi confiance, Majesté. Dès que votre

fille sera réanimée, je serai près de vous. Je préfère que vous attendiez mes soins personnels. Je vous l'ai dit, vous n'êtes pas en danger.

La pharaonne hocha la tête.

— Ne vous laissez pas impressionner par les nausées et les coliques qui vont vous surprendre. Le remède que je vous ai administré en sera la cause.

— Sauve ma fille et rejoins-moi, Neb-Amon. Notre sort est entre tes mains. Je sais que tu peux le préserver.

— Majesté, votre destin ne dépend pas de moi, mais de votre vigilance. Veillez sur vous et tout se passera bien.

Dès qu'Hatchepsout fut installée dans la litière entre les deux autres médecins qui, déjà, plissaient les yeux de plaisir tant l'aubaine était bonne, Neb-Amon leur jeta un regard soupçonneux, sachant fort bien qu'ils chercheraient à contrecarrer ses propres instructions.

Jaloux d'avoir été évincés de la première place qu'ils occupaient au palais, les deux médecins royaux s'appliquaient à déstabiliser leur rival. Ce petit médecin de province n'était pour eux qu'un arriviste conscient de l'ascendant qu'il prenait sur la reine. Or, avancer une preuve incontestable de son incompétence s'avérait aujourd'hui possible. Pourquoi laisseraient-ils passer une telle occasion quand ils savaient qu'aucune autre ne viendrait de sitôt se représenter ?

Depuis que Neb-Amon avait été affecté au palais, ils étaient quatre médecins attachés à la reine. De l'ancien trio, Mekyet était le plus âgé. Il avait autrefois soigné Thoutmosis, l'époux d'Hatchepsout, sans résultat d'ailleurs, puisque ce dernier était mort d'un mal dont il n'avait pu déceler ni les causes ni les effets.

Resté ce jour-là au palais, Mekyet avait sans doute été averti du drame par un coursier à la solde de ses deux comparses, et Neb-Amon se doutait qu'il se chargerait avec plaisir de prêter main-forte à ses collègues.

Seddy et Pénith qui, de leur sourire équivoque, observaient le visage pâle d'Hatchepsout, abaissèrent la tenture de la litière pour éviter le regard de quelques curieux, assez téméraires pour s'approcher, et que des soldats repoussaient pour qu'ils ne vissent pas que le puissant calmant venait de l'endormir.

Neb-Amon jeta un dernier coup d'œil à la litière d'Hatchepsout qui s'éloignait, encadrée de près par les cinq gaillards casqués et armés. Puis, impuissant, il soupira et revint au cas de Mérytrê qui lui paraissait ennuyeux.

Neb-Amon ne pouvait pas risquer la mort de la princesse pour sa propre quiétude. Le coma de la jeune fille l'inquiétait et s'il se poursuivait, elle risquait de ne plus jamais s'éveiller.

Soudain, un élément vint jouer en sa faveur. Séchat accourait vers lui.

— Je me suis pressée. Oh dieu ! Si tu savais comme je me suis pressée !

D'un geste instinctif, elle essuya la sueur qui perlait à son front et poursuivit :

— Les chars du convoi sont tous agités. Les conducteurs sont effrayés et leur anxiété se communiquent aux chevaux. Ils se cabrent et ne veulent plus avancer. Pour se frayer un chemin, la foule descend sur la route et la police ne peut plus la maîtriser. Des gens sont piétinés. D'autres sont étendus, inanimés. Néhésy a réquisitionné ses troupes d'élite. Elles vont tenter de dégager la voie.

Elle prit subitement conscience de l'autre face

de la situation et regarda avec effroi les débris du char d'Hatchepsout sur la route.

— Vite, Séchat, chuchota Neb-Amon, accompagne Hatchepsout à son palais. Ne la quitte pas d'une seconde et que les médecins ne lui donnent aucun remède. Je lui ai fait absorber un peu d'hellébore, elle risque d'avoir des coliques et des maux de ventre. Ce n'est pas grave. Tu dois la convaincre de m'attendre. As-tu bien compris ?

Séchat acquiesça. Puis, sans rien ajouter, elle se faufila dans la foule agitée et prit la direction du palais. Alors, Neb-Amon décida de faire confiance au destin. Il se pencha sur Mérytrê pour écouter le son qui se faisait entendre dans sa poitrine.

Sans lâcher son pouls, il aspergea son visage d'une solution dont l'odeur prenait désagréablement aux narines. C'était un mélange de résine de térébinthe et de natron. Puis, il lui fit respirer une lotion extraite de feuilles d'acacia diluées dans du vinaigre et attendit.

Allongée sur le sol, Mérytrê avait un visage cadavérique. Neb-Amon ne voulait pas la soulever avant qu'elle reprenne conscience. Il avait vu trop de cas semblables où le transport d'un accidenté inanimé avait été fatal.

Voyant que sa patiente ne reprenait pas conscience, il fut obligé d'en venir à la dernière extrémité. Il prit son bras, le retourna et chercha la veine la plus apparente. Puis, à l'aide d'une fine aiguille d'argent, à pointe presque invisible, il fit une injection de bryone en prenant soin de minimiser la dose, car le remède était aussi un poison mortel.

L'effet fut presque immédiat et Neb-Amon sentit des suées froides assaillir son front. Puis, sa peur disparut peu à peu. Etait-ce la chance qui le servit à cet instant précis plutôt que l'expérience qu'il avait à manipuler les doses de ce poison-remède ? Une infime partie en moins n'aurait eu aucun effet, une infime partie en plus tuait à coup sûr la blessée.

Neb-Amon passa la main sur son front. Il était encore moite. Puis, il s'assura de l'agitation, faible encore, qui s'expulsait du buste mince de Mérytrê, amorçant un souffle léger au travers de ses lèvres crispées.

Un grand bond se fit en lui, comme un claquement sec qui le rappelait à l'ordre. Il venait de sauver la pure descendance des Thoutmosides.

CHAPITRE II

Méryet s'avança, légère et gracieuse.

A présent qu'elle savait complètement lire et écrire, qu'elle connaissait les hiéroglyphes les plus compliqués, qu'elle pouvait aligner, ajouter, soustraire tous les chiffres pour les compter sans erreur, elle se sentait invulnérable. Plus audacieuse encore que le jour où, abattant l'arête tranchante de son petit tambourin sur le scorpion qui s'apprêtait à piquer Hatchepsout, elle s'était jetée dans l'incertitude de l'instant.

Séchat avait su l'initier aux enseignements les plus ardus, lui avait inculqué l'art du calcul et du dessin, l'avait amenée à préférer la lecture aux divertissements sportifs, sans pour cela mutiler les longues heures qu'elle passait pour assouplir son corps.

A l'ombre de la colonne de pierre, Hapouseneb la regarda s'approcher.

Depuis le départ d'Isis, la danseuse sacrée du temple qui, par désespoir d'amour, avait quitté le saint lieu pour s'enfermer au harem, il n'avait jamais vu d'aussi brillante danseuse.

Il est vrai que la trahison d'Isis — selon les propres termes du vieux prêtre Sétoui qui avait haussé sa nièce au rang le plus élevé des danseuses — avait déplu aux dieux. Et, devant l'incompétence des hommes à trouver l'équivalence d'Isis, ils se contentaient, depuis presque une décennie, du talent inférieur des secondes danseuses.

Isis partie, le vieillard s'était aussitôt désintéressé de l'affaire et, plus désabusé encore, voyant que son ami le pharaon en avait fait sa Seconde Epouse, il s'était enfermé dans ses appartements, n'en sortant plus que pour accomplir les rites qu'exigeaient les fêtes sacrées du temple.

Passées les premières rancœurs, le vieux prêtre s'était calmé. Mais, comment pouvait-il remplacer l'amour maternel dont sa nièce avait été investie après avoir mis au monde le petit bâtard du pharaon, le troisième Thoutmosis qui grandissait dans l'ombre d'Hatchepsout ?

Une danseuse sacrée devenue concubine ! Une vierge du temple devenue mère ! A nouveau, le vieux prêtre avait été frappé de désespoir. Il en était mort de chagrin, de dépit, de rage contenue.

Hapouseneb observa quelques instants Méryet. Elle avait relevé ses épais cheveux noirs en un lourd chignon tenu par une tresse dorée recouverte de petites perles d'or. Elle portait souvent ce ruban, car c'était un cadeau d'Hatchepsout, la reine.

— Veux-tu que je danse pour toi, Grand Hapouseneb ? fit-elle en inclinant son buste.

— Je n'osais te le demander.

Elle regarda de ses grands yeux verts allongés la silhouette harmonieuse d'Hapouseneb. Il était grand, ne portait pas d'âge, car son crâne rasé lui ôtait les années qu'il pouvait avoir en trop aux yeux de la jeune fille.

Hapouseneb se tenait devant elle. Une séduction étrange se dégageait de lui, allant du fond de son œil allumé de braise jusqu'à la pointe de ses pieds nus manucurés qui balayaient silencieusement le sol.

Méryet lui sourit. Avec réserve tout d'abord, puis avec une pointe d'audace ensuite, mêlant le piquant de ses yeux verts au mœlleux de ses lèvres charnues et roses.

Puis, la jeune fille figea son sourire. N'allait-elle pas au-devant de quelques complications ? Certes, Hapouseneb avait du charme avec son torse puissant et nu et ses hanches étroites recouvertes d'un pagne long en peau de léopard.

— Vous n'avez rien à me demander, mon maître.

Il haussa le sourcil.

— Rien ! Le crois-tu vraiment ?

Elle ne répondit pas et, allongeant les bras à l'horizontale, elle sautilla quelques secondes sur la pointe de ses pieds. Puis, prenant son équilibre sur une seule jambe, elle éjecta son corps tout entier dans un envol d'oiseau migrateur, comme si du fleuve où elle se trouvait, elle voulait rejoindre les océans les plus profonds.

Hapouseneb tourna la tête pour suivre des yeux cette subite envolée. En deux enjambées, la jeune fille avait attrapé le petit tambourin qui gisait à terre. Elle revint devant le Grand Prêtre et se prosterna devant lui.

Puis, se redressant tel un ressort abandonné à lui-même, elle se courba en arrière, toucha le sol de la tête et, de son pied agile, lança le petit tambourin d'une main qu'elle venait de libérer.

Elle l'agita et en fit tinter les grelots. Ils avaient un son cristallin, descendant, remontant, s'allongeant comme les petites voix aiguës des chanteurs aveugles du temple. Puis, sans qu'Hapouseneb s'y attende, elle se releva d'un bond et vint se piquer droite devant lui.

— Que me fais-tu là ? jeta-t-il d'un ton amusé. C'est de la danse profane !

Elle se mit subitement à rougir.

— Je croyais que cela vous plairait, murmura-t-elle.

Elle redéposa son tambourin sur le sol et parut contrariée.

— Je plaisantais, fit le Grand Prêtre, plus joyeux encore. Et, tu es tombée dans le piège. Allons, cela me change un peu de te voir danser sur des airs qui fêtent la fraîcheur de nos marais et la plénitude ocrée de nos déserts.

Il se baissa et attrapa le tambourin.

— Tiens, danse pour moi seul.

Comme elle ne bougeait pas, il reprit :

— Ce que tu dansais sur les places de Memphis lorsque tu étais fillette.

— Je quémandais, murmura-t-elle.

— Tu ne quémandes plus, à présent.

— Non, Maître. J'ai tout ce que je veux.

— Est-ce assez ?

Elle rougit encore.

— Tu ne réponds pas.

— Je préfère danser.

Il s'approcha d'elle et lui saisit la main. Méryet baissa les yeux, mais se laissa faire.

« Dieu ! soupira le Grand Prêtre, si ce corps onctueux inspire les dieux, il me provoque bien davantage. Que dois-je faire pour que mes yeux ne la regardent plus et pour que les siens se détournent des miens ? »

Hapouseneb eut un vertige. Jamais encore, il n'avait désiré son épouse Amenhotep comme il convoitait le corps souple et ondulant que lui offrait Méryet.

Hapouseneb eut un geste de désespoir. Son épouse l'étouffait, le happait, le suçait, le broyait, le traquait comme au premier jour de leur rencontre où, très vite, elle l'avait enfermé dans le filet du mariage pour ne plus qu'il se rétracte. Certes, aimante, fidèle, irréprochable, elle n'avait aucun défaut apparent.

Depuis la mort de son père, Thouty le riche et puissant constructeur des bateaux de la flotte royale, la jeune femme restait souvent avec sa mère anéantie, prostrée, ne pouvant réagir devant la disparition de l'être qu'elle avait aimé le plus au monde.

Or, depuis une semaine qu'Hapouseneb était seul, il ne rêvait qu'à Méryet. Cet instant-là, il l'avait tant de fois imaginé qu'il se trouvait, aujourd'hui, comme un enfant pris au piège.

Il lâcha sa main et caressa son front. Puis, là sur ses cheveux, il détacha le lien qui enserrait la tresse dorée et vit, aussitôt, une masse sombre crouler sur les épaules de la jeune fille.

Méryet hésita quelques instants. Ses joues s'empourprèrent davantage. Mais le Grand Prêtre n'y fit aucune attention et la serra soudainement contre lui.

Troublée, elle le repoussa sans violence.

— Je préfère danser pour toi, Grand Prêtre.

Et, de sa voix grave, elle entama une longue mélopée où il était question d'un souffle sec, violent et brûlant qui ravageait le désert arabique.

Face au Grand Prêtre qui la fixait de ses yeux interrogateurs, elle dansa jusqu'à ce que les torches qui brûlaient à la porte du temple s'éteignissent. Enfin lasse, elle s'arrêta, observa quelques instants Hapouseneb, saisit son petit tambourin et disparut.

*
* *

Séchat se prosterna devant la reine.

Hatchepsout fit quelques pas en avant, puis tendit les bras à sa compagne.

— Relève-toi, Séchat. Tu sais bien qu'entre nous aucun protocole n'a jamais effleuré nos entretiens.

Elle saisit chaleureusement les mains de la jeune femme qui, pour la circonstance, avait revêtu son long pagne blanc qu'agrémentait un corsage dont l'une des épaules restait dénudée.

Pas un bijou n'enserrait son cou. Seuls quelques bracelets d'ivoire, lesquels avaient été rapportés du Pays du Pount, encerclaient ses bras et ses chevilles.

Ce jour-là, elle ne portait pas de sandales. C'eût été déplacé de s'en chausser face à la pharaonne. Ses pieds nus parfaitement manucurés effleuraient le moelleux tapis qui recouvrait la chambre de la reine.

— La dernière fois que tu es venue ici, dit Hatchepsout, tu étais enceinte.

— Je le suis à nouveau, Majesté.

La reine cacha son désappointement. Ainsi, les propos qui circulaient jusqu'à elle étaient justes.

— Puis-je te demander qui en est le père ?

— Neb-Amon, le médecin de Votre Majesté.

— Ainsi c'était vrai.

— Vous l'avait-on dit, Majesté ?

Hatchepsout lâcha les mains de Séchat et soupira.

— Tout s'apprend au Palais. Tu le sais bien.

Séchat hocha la tête.

— Cela vous contrarie-t-il, Majesté ?

— Allons, cesse de m'appeler « Majesté ». Nous sommes seules, même Senenmout n'est pas là. Que crains-tu ?

Hatchepsout eut un autre soupir plus agacé que le précédent.

— Laisseras-tu ton enfant au harem, aux côtés de Satiah ?

Séchat ne répondit pas. La pharaonne comprit qu'un souci préoccupait l'esprit de sa compagne.

— Viens, fit-elle, en lui prenant le bras. Installons-nous confortablement sur ce fauteuil et discutons ensemble.

Elle frappa dans ses mains et Yaskat apparut.

— Apporte-nous des melons, des grenades et du vin doux au miel.

Puis, elle se retourna vers son amie.

— Es-tu satisfaite de Cachou ?

Cachou était une jeune Africaine rapportée du Pays du Pount et qui, tout naturellement, avait remplacé la douce Reshot disparue dans les flots tourmentés de la mer Rouge, lors de l'expédition pharaonique.

— Elle est jeune, un peu vive, mais gentille et dévouée.

Elle s'apprêta à recenser les autres qualités de sa jeune servante, mais se retint, releva le buste et jeta en regardant la reine dans les yeux :

— Majesté...

Au regard contrarié d'Hatchepsout, elle reprit :

— Hatty, dit-elle en reprenant le diminutif qu'elle lui donnait lorsqu'elles étaient jeunes, je démissionne. Je te rends le titre de Grande Intendante des Artisans. Si tu acceptes je conserve celui de Grande Scribe.

— Je ne peux t'empêcher d'épouser Neb-Amon.

Elle jeta un regard oblique sur son amie.

— Car, je pense que vous allez vous épouser.

Séchat acquiesça de la tête.

— Que tu démissionnes de ton poste de haut dignitaire n'entre pas dans mes projets, Séchat, et je sais que tu en es consciente. J'ai besoin de toi, comme j'ai besoin de tous mes sujets fidèles. Maintenant, plus qu'autrefois !

Elle replia ses jambes et prit la position du scribe lorsque Yaskat entra, portant un plateau de fruits, quelques sorbets rafraîchissants et deux coupes de vin sucré.

— Thoutmosis a treize ans, reprit-elle. Il va bientôt siéger à mes côtés lors des assemblées. Ses fidèles vont former une équipe, attentive, vigilante, peut-être acharnée contre moi.

— Je resterai dans ton sillage, Hatty ! s'écria Séchat en lui prenant les mains.

— Que pourras-tu faire si tu n'as plus aucun pouvoir ?

— C'est à vous, Majesté, de m'en donner d'autres, poursuivit la jeune femme en reprenant le terme protocolaire.

Hatchepsout réfléchissait. Certes, sa compagne avait raison. Elle savait que Séchat était trop brillante pour ne pas assumer d'autres fonctions que celles qu'elle assumait depuis presque dix ans.

— Hatty, reprenait déjà Séchat d'un ton où la conviction n'était nullement absente, que tu m'envoies en mission dans le nord, près de Memphis, Héliopolis, Tanis ou que tu m'expédies dans le sud, non loin de la troisième cataracte, j'effectuerai certes ma mission avec la fidélité que je te dois, mais je ne vois pas en quoi je t'aiderai si des heurts t'opposent au jeune Thoutmosis.

— Alors que ?... jeta Hatchepsout qui pressentait la proposition de sa compagne.

— Alors que si je reste à Thèbes, je peux te

rendre compte de chaque fait et geste qui se trame au harem, au palais, dans Thèbes même.

— Que veux-tu faire ?

— Diriger l'école du Palais.

D'un bond Hatchepsout se leva, renversant un plat de figues fraîches que Yaskat, restée devant la porte, s'empressa de ramasser.

— Depuis le Grand Parenefer, il n'y a plus aucun scribe de valeur dans cette école, jeta Séchat d'un ton significatif. Ma fille n'a rien appris si ce n'est poser quelques hiéroglyphes sur sa tablette d'écolière. Thoutmosis ne sait que lancer flèches et javelots, conduire son char, pêcher, chasser et parler de sa future armée. Ses camarades, d'ailleurs, n'en savent pas plus que lui. Hatty ! Est-ce là l'école où, enfants, nous avons tout appris ?

— Tu parles de me protéger contre mon neveu Thoutmosis et tu demandes à l'éduquer ! Je ne comprends pas, Séchat.

— Je demande à recréer l'école qui fait défaut au Palais et qui comprend, actuellement, une dizaine de petits analphabètes dont ma fille et la tienne font partie.

Elle fit quelques pas nerveux dans la chambre.

— Regarde Méryet, notre future danseuse du temple. Elle en sait dix fois plus que tous ces jeunes, alors qu'elle n'a suivi mes cours que par intermittence.

— C'est vrai, admit Hatchepsout. Et je te connais assez bonne pédagogue pour réussir, en ce domaine, un exploit. Mais cela ne m'explique pas pour autant en quoi tu pourrais m'aider en cas de difficultés.

— Majesté ! répliqua Séchat en arrondissant la bouche dans une mimique d'étonnement. Si je réside au Palais...

— Tu me rapporteras tous les faits et gestes !

— Ce n'est pas ainsi que je vois les choses. Je ne suis pas une espionne à ton service, Hatty. Je ne m'en sens nullement capable. Ce n'est pas de ma compétence. Mais, par contre, je peux atténuer certains propos virulents.

A son tour, la pharaonne s'était levée et, dubitative, arpentait la pièce de long en large.

— C'est à prendre ou à laisser, jeta-t-elle. Tu deviens Grande Scribe du Palais, tu diriges les classes de l'école et en contrepartie, tu me rapportes chaque parole, chaque mouvement. Je veux être tenue au courant du plus petit incident.

— Ce n'est pas de mon ressort, murmura Séchat.

— Ça le deviendra. Je te l'ai dit, c'est à prendre ou à laisser.

Séchat s'était assise. Elle picora quelques raisins noirs sans vraiment les goûter. Que pouvait-elle faire d'autre si, désormais, elle voulait une vie de famille avec Neb-Amon, sa fille et son nouvel enfant ?

— N'oublie pas, fit Hatchepsout pour la convaincre, que ton futur époux est attaché, lui aussi, au Palais. D'ailleurs, je compte le tenir prochainement au courant d'un projet de construction d'hôpital.

— Un hôpital ! fit Séchat abasourdie.

— Un hôpital dont il prendra la direction.

— C'est inespéré. Le sait-il ?

— Pas encore. Si tu acceptes ma proposition en ce qui te concerne, je te laisse le soin de lui apprendre.

Pâle de crainte, d'effroi et de plaisir, et bien qu'elle se sentît incapable d'espionner, même pour le compte d'Hatchepsout, Séchat se redressa.

— J'accepte.

*
* *

Satiah jeta un petit cri d'oiseau et s'approcha de la cible.

— Manqué ! dit-elle rieuse.

Amtou lui jeta un regard sombre.

— J'attends la flèche d'Amennheb, rétorqua-t-il en s'approchant à son tour de la cible en spirales accrochée entre les arbres.

— Et celle de Thoutmosis ! répliqua à son tour Satiah.

Amennheb banda son arc et tira. La flèche vint se ficher juste sous le point noir qui marquait le centre de la cible.

— A toi, Thouty ! jeta Satiah enthousiaste.

Jambes écartées, les pieds accrochés au sol, Thoutmosis se concentra à son tour. Il prit une longue inspiration et, tout à coup, la bloqua. La flèche qu'il s'apprêtait à tirer lui démangeait les doigts. Quand elle partit, elle alla se ficher près de celle d'Amennheb.

— Egalité, fit Satiah. Il faut recommencer. Amtou, tu es disqualifié.

Satiah jubilait. Tel un papillon volage et inconséquent, elle aimait perturber de ses rires et de ses ordres la petite équipe de garçons qui, à vrai dire, ne travaillait vraiment le tir à l'arc qu'en présence du maître-archer.

Mais, ce jour-là, Satiah avait réussi à s'échapper de la présence quasi permanente de Maâthor pour retrouver les quatre adolescents dans le parc ombragé de vieux sycomores où, chaque soir, ils s'amusaient à tirer l'arc.

Le perdant ne rétorqua rien et partit se ranger sur la ligne extérieure qui délimitait leur terrain de tir. Amtou était un jeune garçon, petit pour son âge, au teint pâle et aux boucles châtaines qui retombaient sur des yeux bleus et clairs.

Il prit le parti de s'asseoir et d'attendre. Certes, le tir à l'arc n'était pas son jeu favori. Il préférait la lecture et l'écriture, bien qu'à l'école du Palais, les plaisirs des jeux sportifs vers lesquels se tournait Thoutmosis se cultivaient plus volontiers que l'enseignement général.

Amennheb et Thoutmosis se placèrent côte à côte sur la ligne tracée au sol. Saisissant l'un et l'autre l'arc en bois d'acacia, ils fixèrent la plaque de bois tendue sur l'arbre et sur laquelle des spirales rouges tournaient autour d'un point central noir.

— A toi, fit Thoutmosis.

Comme toujours, il tirait sa flèche après celle d'Amennheb.

— Attendez, cria Satiah.

Les deux adolescents abaissèrent leur arc.

— Pourquoi voulez-vous tirer à vingt mètres ? C'est trop facile, vos flèches vont de nouveau se frôler.

— Et alors ? fit Amtou de mauvaise humeur en se relevant.

— Nous n'allons pas pouvoir les départager, fit Satiah têtue. Il faut placer la cible à quarante mètres.

Amennheb exulta.

— Elle a raison. Tirer à vingt mètres est un jeu d'enfant.

En quelques enjambées, Satiah fut auprès de la cible et, la décrochant avec vivacité, elle courut la placer vingt mètres plus loin.

Sa courte tunique bleue laissait apparaître ses jambes nues, longues, sveltes et son buste dénudé, comme tous ceux des fillettes de son âge, offrait en son centre juste deux petits points délicats que l'adolescence n'avait pas encore mûris.

Joyeuse, légère, elle virevolta autour d'un gros figuier qui tendait ses énormes branches au-dessus du sol un peu asséché par la chaude journée. L'air écrasait impitoyablement la poussière.

Avisant, à sa hauteur, un branchage touffu qui relevait sa courbe feuillue un peu plus que les autres, elle y suspendit la cible.

— Là, c'est parfait, fit-elle, satisfaite.

Amennheb se concentra. Une grimace étira sa lèvre supérieure, puis bandant les muscles de ses bras, il tira.

Sa flèche manqua le but, mais vint se placer juste au-dessus du point noir. Comme toujours, celle de Thoutmosis vint se ficher juste en dessous, là où la première spirale venait se fondre dans le point central.

Avec Amennheb, Thoutmosis avait pris le parti de rester bon joueur. Mais, tout autre adversaire qui lui faisait perdre la face le rendait mal à l'aise.

— Tu seras mon capitaine des archers, fit-il en passant ses bras sur les épaules de son compagnon. Je n'en veux pas un autre. Avec toi, nous évincerons tous nos voisins envahisseurs, qu'ils soient Syriens, Libyens, Crétois ou Nubiens.

— Et le Mitanni ? s'enquit Amennheb. Ne comptes-tu plus en faire l'objet de ta première expédition guerrière ?

— Pas que je sache, répliqua Satiah. Thoutmosis dit que c'est en Nubie qu'il exercera ses armées.

Amtou eut l'air étonné et Satiah regarda Thoutmosis. Puis, elle rehaussa le buste et se donna un air important, baissant dédaigneusement les yeux sur ses compagnons à qui elle apprenait, soudain, un élément essentiel.

— Et peut-être plus bas encore.

— Au Soudan ! jeta Thoutmosis.

— Et tu viendras à Bouhen. Je t'y recevrai comme le futur pharaon que tu seras, s'écria Satiah explosive. Tu verras des étendues de buffles et des colonies entières d'oryx. Je te montrerai comment le ciel, au-dessus du Nil, change de couleur entre la première et la dernière heure de Rê et pourquoi les poissons sont plus argentés.

Amtou et Amennheb haussèrent les épaules. Quand Satiah commençait à nuancer de lyrisme son vocabulaire pour éblouir Thoutmosis, ils savaient qu'ils n'avaient plus leur place auprès de leur compagnon. Thoutmosis s'en aperçut et chassa Satiah de la main.

Mais l'adolescente n'eut pas le temps de s'en offusquer, car Maâthor, sa nourrice, s'approchait d'eux.

— Satiah, dit-elle d'une voix fluette, ta mère est arrivée et demande à te voir.

La trentaine bien passée, Maâthor n'était pas sans charme. Plutôt grande, bien que parfaitement proportionnée, elle s'habillait avec un charme discret, sentait la myrrhe et le jasmin et, de ses grands pieds qu'elle passait soigneusement au henné, effleurait le sol aussi légèrement qu'une libellule.

Satiah se rua sur elle.

— Où est maman ?

— Elle t'attend au harem.

Ce fut alors une envolée grandiose. C'est à peine si elle prit le temps de prendre congé de ses amis et de voir au passage Isis, la mère de Thoutmosis, qu'accompagnaient la vieille Moutnéfer et deux de leurs suivantes.

Elle courait à perdre haleine au-devant d'une Maâthor qui s'essoufflait à la suivre, traversant les jardins, les cours intérieures, passant devant les salles communes, les salles de réception, d'audience, celles de musique et de danse.

Devant le logement qu'elle partageait avec Maâthor et deux autres servantes, Satiah arriva échevelée et haletante pour se jeter dans les bras de sa mère.

Depuis plus de dix ans qu'elle sillonnait l'Egypte pour accomplir les missions d'Hatchepsout, Séchat avait tant de choses à rattraper avec sa fille qu'elle ne savait jamais comment les aborder. Cette fois, pourtant, tout était décidé, ordonné, précis.

Rieuse et pleine d'entrain, Satiah s'écarta de sa mère. Elle s'apprêtait à jeter un déluge de paroles, quand ses yeux tombèrent sur les bagages accumulés au pied du mur de son logement.

— Nous partons, ma chérie.

— Nous partons, répéta Satiah sans comprendre.

Des étoiles d'espoir brillaient dans les yeux de Séchat. Enfin, sa grande fille lui appartenait. Après tout ce temps d'incertitude et de travail. Elle pouvait se consacrer toute à elle.

— Mais, où va-t-on ? fit encore Satiah incrédule.

— Chez nous, ma chérie. Là où nous allons vivre désormais. Là où je vais élever ton frère... ou ta sœur. Enfin, nous allons être en famille.

Elle vit sa fille ouvrir des yeux démesurés, rougir, puis pâlir et soudain, après l'explosion de joie qu'avait suscitée Maâthor en annonçant l'arrivée de sa mère, ce fut un violent débordement de colère.

— Je ne veux pas te suivre ! cria-t-elle. C'est ici que je préfère vivre. Je n'ai pas attendu après toi pour être heureuse, avoir des amis, être consolée quand j'avais de la peine ou rire quand j'étais contente.

— Mais... fit Séchat.

— Je refuse de te suivre. Je refuse cet enfant que tu portes dans ton ventre. Il n'est pas de mon père ni de mon sang. Il est en dehors de mes envies et de mes espoirs.

Elle tapait du pied et s'étouffait tant elle suffoquait en parlant. Ses yeux étaient noirs et colériques et ses joues plus cramoisies qu'une grenade trop mûre.

— Je ne veux pas de cet enfant et je ne veux pas d'un autre père que le mien ! cria-t-elle.

Elle toussa et frappa de nouveau le sol de son pied rageur.

— Et surtout, je ne veux pas bouger d'ici.

Maâthor la secoua pour tenter de lui faire retrouver ses esprits. Séchat voulut la prendre contre elle, mais l'adolescente la repoussa violemment.

Séchat vacilla. Soudain, elle se rappelait les rires brusques de l'enfant, ses éclats joyeux et ses yeux flamboyants de gaieté... Elle se rappelait aussi ses caprices et ses soudaines colères lorsqu'elle réclamait le sein de sa nourrice ou la toilette de son petit corps souillé ou tout simplement, la caresse du vent sur ses joues roses et satinées. Des moments si rares que la mère avait vécu avec la fille.

Anéantie, déstabilisée, Séchat reprit ses esprits.

— C'est pourtant un père que, dorénavant, tu trouveras à tes côtés, ainsi qu'un autre enfant dont je serai la mère.

— Je n'en veux pas. Je ne veux rien de toi. Tu pars, tu m'as toujours laissée seule et maintenant que tu réapparais, toi la Grande Scribe, il faudrait que j'accepte tes idées soudaines, tes désirs, tes dernières fantaisies ?

La fureur emplissait ses yeux et ses pieds irrités continuaient à frapper le sol. Séchat fit signe à Maâthor de saisir les bagages.

— J'ai beaucoup de choses à te dire, ma chérie, dit-elle à sa fille d'un ton calme. Ou bien je te les annonce par petites doses et tu les assimiles une par une, ou bien je te jette tout en bloc. Que préfères-tu ?

Mais, c'est à peine si la fillette l'écoutait. Alors qu'elle trépignait toujours de rage, une litière s'avança et une petite Africaine en sortit.

— C'est Cachou, fit-elle.

L'adolescente avait presque son âge. Elle portait un pagne court sur sa peau noire et mate qu'un torse nu rehaussait de deux petits seins déjà parfaitement galbés. Un arc de sourcils épais surmontait un regard naïf et ses cheveux longs et crépus s'entremêlaient d'une multitude de petites perles aux couleurs vives.

Les yeux tranquilles de Cachou observèrent un instant ceux de Satiah larmoyants et rouges et, brusquement, ce fut l'arrêt complet de sa colère.

Elle cessa de frapper le sol, suspendit en l'air un geste rageur et laissa tomber son bras de lassitude. Sans rien ajouter et, presque comme si rien ne s'était passé, elle monta dans la litière aux côtés de sa mère. Maâthor et Cachou lui faisaient face.

— Dis-moi tout, dit-elle à sa mère. Tout.

Soulagée, Séchat prit sa main dans la sienne. Mais, comment pouvait-elle écarter d'elle l'idée que sa fille ne serait jamais souple et docile ? Pouvait-elle prendre en main une éducation déjà faite ? Dans quelques années, Satiah prendrait un époux, Thoutmosis ou un autre.

Elle serra la main de sa fille.

— Chaque matin, dit-elle en se tournant vers elle, nous reviendrons ici, car je ne suis plus l'Intendante des Artisans. La pharaonne Hatchepsout m'a nommée Grande Scribe de l'Ecole du Palais. Je vais en prendre la direction après l'avoir réorganisée, restructurée pour vous enseigner beaucoup plus que vous ne savez.

Cachou observait Satiah de ses grands yeux en amande. Tout était noir chez Cachou, son regard, sa peau, ses cheveux. Mais aussi, tout était tendre. L'éclat de ses yeux sombres vous prenait dans le filet de sa candeur.

— Ainsi, tu continueras à voir tes compagnes, Mérytrê et les princesses étrangères du harem que je ne connais pas encore et auxquelles tu es sans doute attachée, Thoutmosis et ses amis. Rien ne changera vraiment pour toi, si ce n'est que nous vivrons ensemble, toi, moi, Neb-Amon que je vais épouser dans quelque temps et l'enfant qu'il m'a fait.

Comme Satiah se taisait toujours, elle reprit d'un ton identique, calme, posé, qu'elle voulait rassurant.

— Neb-Amon va ouvrir un hôpital situé à l'arrière du palais. C'est Hatchepsout qui le lui a demandé. Ainsi, il pourra continuer à soigner le peuple de Thèbes tout en restant près de la reine.

Elle porta la main de sa fille à ses lèvres et les y posa doucement.

— Peux-tu comprendre tout cela ?

Satiah vint se blottir contre elle.

— Voudras-tu me raconter la bataille du Mitanni où a péri mon père ? Personne n'a pu le faire jusqu'à ce jour et j'étais trop petite quand mon grand-père est mort. Lui seul pouvait le faire*.

Séchat laissa ses yeux se perdre au loin. C'était un bien triste matin quand elle avait vu Néhésy descendre de son char pour lui annoncer la mort glorieuse de son époux alors que dans son ventre grandissait la vie de sa fille.

Le Mitanni !

— Dès ce soir, ma chérie, je te raconterai la bataille. Je la tiens de Néhésy, le Chef des Armées de sa Majesté Hatchepsout. Et quand tu sauras tout, tu pourras à ton tour la conter à Thoutmosis. Aucun de ses compagnons ne pourra jamais l'entraîner dans un tel abîme de bien-être.

Satiah soupira. Ses yeux brillèrent d'un éclat serein, à moins que ce ne soit une intense lumière de joie qui avivât sa prunelle. Il est vrai que rien ne lui apportait plus de plaisir que l'idée de satisfaire Thoutmosis.

*
* *

Méryet avança vers la porte du temple. Elle sentait une présence dans son dos. Elle fit deux pas encore et brusquement, se retourna.

Amenhotep leva le bras et saisit brutalement celui de Méryet.

— N'entre pas dans ce temple, ordonna-t-elle d'un ton sec.

Méryet la toisa de ses yeux clairs.

— Pourquoi n'y entrerai-je pas ?

— Parce que tu es devenue une impie ! s'irrita Amenhotep.

* Lire *Les Thébaines / La Couronne insolente*, Le Livre de Poche n° 14886.

Méryet voulut se dégager violemment, mais la main crispée de son adversaire ne lâchait pas son bras.

— Une impie ! En quoi suis-je une impie ?

— Tu profanes ce temple. Tu le salis de tes intentions corruptrices et vicieuses.

— Je suis danseuse sacrée. L'oublierais-tu ?

Un rire brutal, agressif, presque dément vint casser la suite du propos que s'apprêtait à jeter Méryet.

— Une danseuse sacrée ! vociféra Amenhotep. Toi, une petite prostituée de Memphis qui dansait sur les places publiques attendant qu'une main vînt chatouiller ta croupe pour obtenir un oignon ou une poignée de figues.

Méryet ne se démonta pas et la colère n'empoigna ni ses yeux ni son cœur. Depuis son arrivée au temple, elle avait tant entendu ce propos malveillant qu'elle avait décidé de ne plus l'écouter. Mais, Amenhotep le lui jetait avec tant de haine qu'elle se sentit obligée de se défendre.

— N'as-tu jamais connu la faim et la peur ? dit-elle posément.

— Je n'ai connu et ne connais qu'un homme que tu ne me prendras pas, persifla-t-elle.

Puis, elle gifla Méryet.

Sous le choc, la jeune fille chancela. Mais, elle se rattrapa promptement, car la souplesse restait son atout essentiel et, en une seconde, elle vint détendre ses jambes comme un ressort sous le nez de sa rivale. Une pirouette très élastique qui déstabilisa Amenhotep.

— Et voilà ! fit-elle en riant. Jamais tu ne pourras faire ça. Et si ta croupe ne suffit pas à ton époux, apprends que la mienne ne lui appartient pas encore.

Ahurie, Amenhotep plissa les yeux.

— Qu'y puis-je si ton mari me désire ? jeta Méryet en élançant sa jambe et son bras gauche dans les airs comme si elle voulait décrocher un astre du ciel. Qu'y puis-je ?

Elle sauta sur le sol dans un bond de chat qui fit vibrer la lueur de la torche leur faisant face.

Pénétrant dans le temple, Amenhotep la suivit.

— Je vais te casser net, petite ordure ! cria-t-elle en écoutant sa propre voix faire écho dans la chambre d'Hathor que quatre immenses colonnes de marbre soutenaient de toute leur prestance.

— Tu oses me traiter de petite ordure, quand toi, pauvre musicienne sans talent, tu n'es qu'une bourgeoise médiocre doublée d'une catin qui, pour s'accorder les faveurs d'un Grand Prêtre, s'est jetée dans son lit avant même qu'il te connaisse !

— Qui t'a dit cela ?

— Probablement les mêmes gens qui rapportent que je suis une putain. Ils disent que tes élans sont ceux d'une fille de bar, tes yeux ceux d'une quémandeuse d'amour et tes fesses celles d'une chatte en chaleur.

Ce n'était pas le vocabulaire cru qui faisait peur à Méryet. Trop de réminiscences sur sa triste adolescence remontaient en elle. Pourtant, posant son regard sur la statue de la déesse Hathor, elle se dit que ses rêves étaient réalisés et qu'elle ne devait plus s'abaisser pour se disculper face à plus bas qu'elle.

Désormais, Méryet avait reçu instruction, éducation, savoir-vivre. Elle était belle, intelligente, sensible. Elle comptait des amis sincères pour lesquels elle éprouvait une réelle affection et envers qui elle rendait une fidélité exemplaire, à commencer par la pharaonne qui l'avait engagée au temple, Séchat qui lui avait appris à lire et à écrire et surtout Hapouseneb le Grand Prêtre.

Mais, en quelque sorte, Amenhotep avait raison de déclencher sa fureur et ses propos grossiers sur elle.

Depuis son arrivée au temple, Hapouseneb avait été subjugué par sa beauté et la distinction de ses danses. Peu à peu, il avait recherché son sillage, arrivant tel un chat silencieux lorsqu'elle était au temple, en prières devant l'autel qui honorait un dieu. Durant de longs mois, Méryet avait scrupuleusement repoussé les discrètes avances du Grand Prêtre jusqu'au jour où celui-ci avait pris ses lèvres entre les siennes et ne les lui avait rendues que bien plus tard.

Mais, ce n'était pas chose facile que de partager sa couche et, malgré toutes les calomnies qui couraient sur son compte, la jeune fille se trouvait toujours vierge.

— Sors de ce temple ! cria Amenhotep.

— Jamais.

A nouveau, elles se faisaient face, prêtes à s'étriper.

— Tu as trente ans, insinua Méryet. J'en ai seize. Tes reins sont ankylosés, les miens sont souples. Et, si tu t'opposes à mon entrée dans ce temple, je vais te battre et tu vas te retrouver aplatie sur le pavé comme une vieille galette molle que tu es.

Amenhotep se rua sur elle et lui tira si violemment les cheveux que le lien de perles qui enserrait ses nattes lui resta dans la main. Elle le jeta par terre d'un geste irrité et y posa le pied pour l'écraser.

Un instant, les petites perles crissèrent sous le talon rageur de la jeune femme et quand elle le releva, elles n'étaient plus que l'ombre d'elles-mêmes, laissant sur le sol des débris de verre colorés, des fragments de fils d'argent, un désastre aux yeux de la jeune danseuse. Le bijou était un présent que lui avait fait Hatchepsout. Méryet restait ahurie. Ses yeux se continrent quelques secondes, puis un voile rouge et violent vint les obscurcir. Alors, dans un assaut mutuel, elles s'empoignèrent dents et ongles sortis, avec une telle fureur, un tel abandon de tout contrôle qu'elles ne purent, en aucun cas, remarquer l'ombre qui glissait à leur côté.

Un pas souple, agile, silencieux, un souffle presque inexistant, un sourire fantomatique les frôla pourtant de si près qu'elles auraient pu flairer le parfum de myrrhe qu'il laissait derrière lui.

L'ombre du dieu Seth, sans doute ! L'ombre néfaste et dévastatrice de celui qui cherchait à corrompre le Grand Prêtre, le Tout Puissant du temple, celui dont l'épouse même assommait à l'instant sa rivale.

Petite, difforme, bleuissante dans le halo de lumière qui tombait sur le sol, l'ombre n'en était plus une. Memphès, le nain de Karnak se faufilait devant elles.

Ses bras rétrécis cachés dans ses manches et ses courtes jambes dissimulées dans sa tunique dont l'extrémité balayait le pavé du temple, Memphès regardait de ses yeux torves les deux formes féminines allongées à terre. L'une cognait l'autre de ses poings fermés.

Memphès allongea son cou — il en avait si peu que ses épaules semblaient s'encastrer dans sa tête — puis, sortant un bras de sa tunique, il esquissa dans l'air un grand signe et le vieil Horemm, l'eunuque du harem, s'approcha de lui à pas feutrés.

Dehors, tapi contre le socle d'une statue en

réparation, Nekmin, le Second Grand Prêtre, attendait.

*
* *

Depuis quelque temps, les contractions de Séchat se rapprochaient de jour en jour. Satiah ne la quittait plus, étonnée, tout à coup, qu'un événement essentiel vînt soudain éclairer la vie de sa mère et la sienne.

D'un moment à l'autre, Neb-Amon allait venir.

Une secousse vint foudroyer Séchat et elle resta anéantie, pantelante. Satiah regarda les accoucheuses avec effroi.

L'une d'elles lui cala un coussin derrière la tête. Soudain, Cachou accourut et s'arrêta devant Satiah qui tenait la main de sa mère.

— Voici le Maître. Il va mettre le bébé au monde.

Séchat sourit. Elle vit Neb-Amon s'approcher d'elle. Il releva le linge qui recouvrait son ventre et appuya doucement sur la rondeur excessive, tendue, durcie. Mais Séchat resta sereine et le sourire qu'elle avait esquissé à l'arrivée de son époux fendit tout son visage.

— Je crains bien que ce ne soit pas encore le moment.

— Mais, tu souffres ! cria Satiah en regardant le ventre distendu de sa mère.

— Ce n'est rien. Cela va passer.

Satiah approcha sa main. Neb-Amon la lui prit et la posa là où il sentait bouger l'enfant tout à l'heure.

Depuis quelque temps, Satiah avait perdu

l'agressivité qu'elle montrait à son beau-père, grâce aux efforts de celui-ci.

Un soir, alors que Séchat était rentrée tardivement de la bibliothèque du Palais pour en ramener quelques textes indispensables à l'enseignement qu'elle donnait à ses élèves, la fillette était restée seule avec lui.

Le médecin avait tout simplement parlé de ses malades, et plus précisément de ceux qu'il soignait avant d'avoir été remarqué par Sa Majesté Hatchepsout, Pharaon des deux Egyptes. Ceux-là n'étaient que les plus pauvres et les plus déshérités de Thèbes.

Le récit du médecin avait touché la sensibilité de l'adolescente et mise au-devant d'un examen de conscience. Depuis, sa rancune était tombée.

— Le bébé bouge beaucoup, dit-elle en sentant les heurts de l'enfant contre la peau tendue du ventre de sa mère.

— Oui ! Mais il ne viendra pas avant l'aube, assura le médecin.

— En es-tu si certain ? répliqua gauchement Satiah.

A nouveau Cachou arrivait. Pressée, essoufflée, le cœur battant à l'idée que l'enfant allait naître.

— Maître, Maître ! fit-elle en ouvrant ses grands yeux sombres. C'est affreux, on vous réclame à l'hôpital.

Elle regarda Séchat d'un air éploré.

— Et le bébé qui va sortir, ajouta-t-elle en se frottant les yeux d'un revers de main.

— Allons, fit Neb-Amon en riant, tu ne vas pas pleurer pour ce petit incident-là.

Il frappa dans ses mains et les accoucheuses s'approchèrent, portant des linges propres et une grande cuvette d'eau qu'elles disposèrent sur un brasero dissimulé au fond de la pièce pour entretenir l'ébullition indispensable de l'eau.

Neb-Amon avait des règles d'hygiène très strictes. Il exigeait que l'on apportât un minimum de précautions dans chaque maison qui en avait les possibilités.

— Cet enfant ne viendra pas avant quelques heures. J'ai le temps de me rendre à l'hôpital et d'en revenir, à moins, fit-il en embrassant sa femme, que tu ne craignes de rester seule.

— Je suis pleinement rassurée sur mon sort, affirma Séchat détendue. Il faut que tu ailles soigner cette urgence. C'est sans doute un cas dix fois plus important que le mien.

— Maîtresse, fit Cachou ulcérée, l'arrivée d'un enfant au monde est le cas le plus grave qui soit.

— Eh bien, Cachou, reste. Avec toi et Satiah à mon côté, nous pouvons attendre Neb-Amon.

Elle le regarda s'éloigner. Depuis qu'il avait créé l'hôpital, il avait repris goût à son travail.

Certes, ce n'était pas enfermé au palais, non loin de la pharaonne et de ses appartements, à discuter et à remettre en cause tous les principes de la médecine avec ses congénères praticiens que pouvait se ranimer la flamme de son sacerdoce.

— Que les dieux d'Amon soient avec toi, ma tendre épouse. Quand je reviendrai, ou bien l'enfant sera là, ou alors je le mettrai au monde.

Il traversa la voie dallée qui menait au grand parc ombragé par les vieux arbres qu'avait plantés Sobek, le père de Séchat et, tout en contournant la terrasse sud de la résidence, celle qui absorbait tout le soleil couchant du soir, il se prit à réfléchir.

Séchat avait eu raison de vouloir habiter cette vieille résidence, intime et confortable, grande, aérée, proche du palais, qu'elle connaissait si bien pour y avoir vécu heureuse et libre avec son vieux père parti retrouver, dans l'au-delà, le dieu Osiris.

Neb-Amon avait soigné Sobek au retour de l'expédition du Pays du Pount. Le vieil homme avait tant craint de ne plus revoir sa fille qu'il s'était laissé aller à de bien funestes idées et le médecin n'avait pu le sauver d'un trop fort encombrement des bronches.

Neb-Amon respira une grande bouffée d'air. Dans quelques instants, revenu de l'hôpital, il serait peut-être père. Cette idée l'inquiéta. Il souhaita avec ferveur que l'urgence du cas qui l'appelait aussi précipitamment se révélât assez bénin pour qu'il puisse mettre lui-même son enfant au monde.

Il contourna le lac de plaisance où libellules et nénuphars vivaient leurs pleines heures du soir. Une odeur de jasmin et de tamaris s'incrustait jusque dans le souffle le plus intime du petit vent qui se levait, léger, aérien, réparateur d'une journée trop lourde et trop chaude.

Quand il arriva aux contreforts du palais, côté ouest, la bâtisse de l'hôpital se dessina devant ses yeux. Son jeune assistant accourait à sa rencontre.

— Vite, trancha-t-il aussitôt. C'est la jeune femme de Menkeper.

— L'architecte ?

— Lui-même.

Neb-Amon fit la grimace. Il n'aimait pas cet homme. Menkeper était un arriviste, fourvoyé dans le sillage du jeune Thoutmosis sans que ses qualités professionnelles soient vraiment en jeu. Le médecin eut un haussement d'épaule. Son métier exigeait qu'aucun jugement ne vînt fausser son devoir.

Il déboucha dans une grande salle où plusieurs

couches étaient alignées. Les patients — du moins, ceux qui étaient éveillés — le saluèrent avec chaleur. Il répondit par un sourire avenant et d'un bref coup d'œil jugea l'état de ceux qui étaient endormis.

La salle contiguë enfermait quelques opérés récents qui n'avaient pas encore repris connaissance. Une forte odeur de natron et de résine de thérébinte prenait aux narines.

L'hôpital n'était pas grand, mais suffisamment important pour occuper Neb-Amon et son assistant. Par la suite, si Sa Majesté Hatchepsout lui accordait les crédits nécessaires pour agrandir les salles et ses dépendances, il développerait sans doute une annexe destinée aux enfants malades.

La patiente en question avait été allongée dans la petite salle d'opération qui jouxtait les bâtiments des momificateurs. Quand Neb-Amon vit cette femme jeune, belle, harmonieuse de formes, qui gémissait doucement, il oublia Séchat et son enfant. Encore une fois, il lui fallait sauver un être humain avant de penser à ses propres intérêts.

Un jeune homme était à son côté, le visage pâle et défait.

— Est-ce votre femme ?

— Oui, fit l'homme presque piteusement.

— Alors, laissez-nous. Votre présence peut nous perturber.

Mais, remarquant l'air malheureux et perdu de Menkeper, il reprit d'un ton plus affable.

— Restez dans le couloir de cet hôpital, mon assistant vous tiendra au courant.

Puis, il découvrit le corps de la femme et vit une atroce brûlure qui s'étendait du bas-ventre jusqu'en haut des cuisses.

— Rappelle son époux, fit aussitôt Neb-Amon en inspectant la blessure.

Menkeper revenu, le médecin se piqua devant lui.

— Comment est-ce arrivé ? questionna-t-il, soupçonneux.

Le jeune architecte ne répondit pas. Il laissa flotter sur son visage une expression de panique et fixa le médecin de ses yeux agrandis. Petit, carré d'épaules, sombre de peau, il avait des yeux bleus dont l'éclat était insoutenable. Mais le médecin en supporta l'intensité sans daigner baisser les siens.

— Comment est-ce arrivé ? répéta-t-il brusquement.

Menkeper se taisait.

— Est-ce un accident ?

Le jeune architecte acquiesça et prononça d'une voix éteinte :

— C'est un brasero qui lui est tombé sur le ventre.

— Tombé ! Comment un brasero peut-il tomber sur le ventre d'une femme ?

Il fouilla le visage de l'homme et y lut une gêne extrême.

— Le brasero a été jeté sur elle, fit-il encore plus décontenancé.

Voilà ce qui inquiétait bien le thérapeute. L'instrument plein de braises avait été appliqué sur la peau suffisamment de temps pour que la brûlure soit au troisième degré.

L'architecte dont l'attitude, à l'ordinaire, était plus qu'arrogante, à la limite parfois du mépris, n'en menait pas très large. Ses mains restaient crispées sur le pan raide du pagne qu'il portait court et ses lèvres esquissaient un tic nerveux qu'il ne contrôlait plus.

— Nous nous sommes violemment disputés,

jeta-t-il en relevant le bleu ardent de ses yeux sur ceux du médecin.

La victime gémissait et, à demi inconsciente, ses yeux restaient fermés. Neb-Amon observa la brûlure. Elle était vilaine, sentait mauvais et une couleur sombre auréolait la plaie.

— Cette brûlure remonte à quand ? s'enquit-il en regardant l'architecte.

— Je ne sais plus, fit Menkeper gêné. Hier, je crois.

— C'est faux, cette plaie est plus ancienne. Elle se gangrène déjà.

Il regarda froidement l'architecte et poursuivit :

— Je n'ai plus besoin de vous. Vous pouvez attendre à l'extérieur ou mieux encore rentrer chez vous. Nous ne pourrons rien vous dire avant deux ou trois jours.

Alors, commencèrent de longues heures où Neb-Amon essaya d'arracher à la mort cette brûlée vive que guettait le poison de la gangrène. La malheureuse s'affaiblissait d'heure en heure.

— Elle n'en a plus pour longtemps, dit l'assistant en soulevant la paupière de la victime.

— Peut-être pas, répliqua le médecin. Nous allons nous battre pour sa survie.

Après avoir glissé entre ses lèvres quelques gouttes d'extrait de mandragore qu'il mêla aussitôt avec un peu d'opium pour anesthésier la patiente, Neb-Amon entreprit de couper dans les chairs pour en extraire la partie la plus tuméfiée.

Quand l'hémorragie se déclencha, ils durent l'arrêter en épongeant avec de l'extrait de gentiane. Ce fut long, mais ils y parvinrent et dès que le sang cessa de couler, l'assistant poussa un triste soupir et Neb-Amon reprit son travail de chirurgie, coupant les chairs superficielles pour éviter de provoquer une autre hémorragie.

— Son pouls s'affaiblit, dit l'assistant. Elle ne passera pas la nuit.

— Si elle succombe, ce ne sera pas suite à ce découpage de chair, affirma Neb-Amon, mais bien par le poison de la gangrène. Il a eu suffisamment le temps de se distiller dans son organisme pour la faire mourir.

Puis, il s'épongea le front. Plusieurs heures s'étaient déjà écoulées quand les chairs taillées dans le vif se présentèrent plus saines et moins malodorantes. Mais la fièvre faisait délirer la patiente.

— Prépare du suc de lierre. Nous allons l'utiliser comme antiseptique et mêles-y de la coloquinte et de la poudre de cuivre.

Puis, d'un flacon en verre, il sortit quelques feuilles d'acacia, les écrasa et les mélangea à de l'extrait de racine de bryone. Broyant le bout dans de l'huile de cèdre, Neb-Amon confectionna un pansement gras et l'appliqua sur la plaie.

— A présent, il n'y a plus que la fièvre à combattre.

Ses yeux fatigués regardèrent la clepsydre dont le niveau atteignait la première heure du jour et, enfin, il pensa à Séchat.

Mais, avant de quitter l'hôpital, il prépara un mélange d'oxymel, de graines d'ancth, de coloquinte et de jus de dattes pour raviver l'effet du narcotique et faire tomber la fièvre.

— Fais-lui boire une gorgée toutes les heures, recommanda-t-il à l'assistant. Je pense qu'elle est sortie d'affaire. Si quelque chose d'anormal se présente, viens me chercher.

Puis, il tâta le pouls de sa malade, hocha la tête dans un signe interrogateur, mais au fond de lui-même, Neb-Amon savait qu'il était satisfait.

L'air frais lui parut vivifiant. La nuit obstruait

encore le ciel et pas une étoile n'en perturbait l'intensité profonde et silencieuse.

Son cœur battait lourdement à la pensée de sa femme enceinte qu'il avait dû laisser seule avec les accoucheuses et, soudain, ses jambes lui parurent pesantes. Allons ! Ce n'était pas le moment de faiblir. A présent, une longue matinée de travail l'attendait.

Quand il arriva devant sa maison, un grand silence tombait aux alentours et le vent soufflait doucement dans ses oreilles. Soudain, Cachou sortit de l'ombre et tomba littéralement dans ses bras.

— Maître, Maître, c'est un garçon ! Il est bien arrivé et il dort comme un petit dieu.

Neb-Amon faillit vaciller. Un fils ! Et Séchat ? Pourquoi Cachou ne parlait-elle pas de Séchat ?

— Et sa mère ? murmura-t-il.

— Votre épouse, mon Maître, dort avec l'enfant dans ses bras.

CHAPITRE III

Depuis l'accident du char, la pharaonne ne cessait de ressasser les images qui l'avaient éjectée, elle et sa fille, hors de l'attelage, fracassant la tête de l'une et brisant les reins de l'autre. A présent, il fallait que Mérytrê se reposât de longues heures et qu'Hatchepsout s'appuyât sur une canne au pommeau d'argent pour se déplacer.

Pourtant, Neb-Amon avait fait du bon travail et, par la suite, mère et fille devaient récupérer leur santé, s'efforçant l'une d'oublier l'accident et l'autre de retrouver l'équilibre indispensable pour gouverner son pays.

Mais ce n'était guère facile pour Hatchepsout d'oublier qu'on avait drogué ses chevaux pour la tuer. Qui voulait à ce point la supprimer ? Les partisans du jeune Thoutmosis s'avéraient de plus en plus puissants. Bientôt, il lui faudrait ouvrir l'œil sans discontinuer.

Certes, son fidèle Senenmout veillait nuit et jour. Depuis peu même, il ne la quittait plus, partageant ses nuits, restant le jour sur ses talons. Depuis longtemps, aucun secret ne circulait plus au Palais quant aux relations intimes de la reine et de son favori.

Ce matin-là, Senenmout s'était levé tôt. Dans

quelques heures à peine se tiendrait la séance du conseil. Et quelle séance ! La pharaonne Hatchepsout, Maître des deux Egyptes n'en avait pas fermé l'œil de toute la nuit.

Un autre aussi n'avait pas dû dormir beaucoup. C'était le jeune Thoutmosis qui, pour la première fois, allait tenir la séance avec sa tante. Régner en co-régence !

Hatchepsout attendait ses servantes. Elle essaya d'oublier les heures prochaines qu'elle s'apprêtait à vivre aux côtés de son neveu, le bâtard de feu son époux, mais ne put s'empêcher de penser aux fortes têtes qui le soutiendraient.

Elle se leva et fit quelques pas dans sa chambre. Regardant par la fenêtre, elle vit l'agitation qui commençait à se faire sentir sur la grande terrasse ouest du Palais. Elle revint à sa couche et repassa en mémoire les points essentiels qui seraient à l'ordre du jour. Heureusement, rien de très important.

La date du mariage de Thoutmosis et de sa fille Mérytrê serait enfin fixée. Ce point-là était débattu depuis trop longtemps pour y trouver, à présent, un nouvel obstacle.

Les questions financières, budgétaires seraient abordées. Là encore tout était en ordre. Pouyemrê, le Grand Trésorier, connaissait son travail et avait toujours soutenu la reine. Pourquoi glisserait-il soudain vers les partisans du jeune Thoutmosis ?

De même, les affaires commerciales et artisanales étaient en bon équilibre et si Séchat, la Grande Scribe, n'était plus là pour relever certains points délicats, commerce et artisanat se portaient bien.

Hatchepsout soupira. Restait le point sensible du temple d'Amon. Depuis quelque temps, la population de Karnak s'agitait. Certes, elle en connaissait le perturbateur. Nekmin ! Le propre assistant du Grand Prêtre Hapouseneb et celui-ci semblait fléchir sous le poids d'une passion soudaine qui lui faisait oublier ses devoirs élémentaires.

Ne circulait-il pas au harem des propos qui tenaient sans doute leur origine dans la véracité des faits ? On murmurait que Méryet, la jeune danseuse sacrée, peaufinait son art dans les bras du Grand Prêtre. Certes, les insinuations du harem n'oubliaient pas de rappeler que l'épouse d'Hapouseneb n'avait pas réussi, en douze ans de mariage, à lui faire un enfant.

Qu'importe puisque la charge du Grand Prêtre d'Amon n'avait jamais été héréditaire et, qu'Hapouseneb n'ait pas de fils pour reprendre son titre n'entrait nullement en cause. Par contre, les lois égyptiennes lui donnaient le droit de prendre une autre femme, sans abandonner la première, dans le but de procréer un fils.

Hatchepsout se passa la main sur le front, puis la descendit sur son menton qui, tout à l'heure, porterait la barbe postiche qu'elle attachait depuis le jour de la consécration de son règne pharaonique.

Elle caressa son menton resté lisse et fin, un peu plus rond pourtant depuis qu'elle approchait de ses quarante ans, et replongea ses esprits sur les points éventuels de la séance à venir.

Restait la question qui traitait de la guerre et qu'elle avait volontairement écartée depuis le début de son règne. Eh bien ! Qu'à cela ne tienne, Hatchepsout allait les surprendre. Et dans quel sens ! Depuis seize ans qu'elle régnait, elle avait maintenu la paix, redressant les temples ruinés, construisant des sanctuaires là où un dieu l'exigeait, élevant des obélisques, bâtissant sa gigantesque demeure éternelle, Deir-el-Bahari, une merveille architecturale qu'avait réalisée son cher Senenmout.

Elle avait même accompli ce qu'aucun grand pharaon de sa dynastie n'avait jamais fait, se propulser jusque sur des mers lointaines, inconnues, dangereuses, au risque de se perdre et de ne plus revenir, au risque de périr. La pharaonne Hatchepsout avait réalisé cet exploit pour plaire aux dieux de son pays.

Une réussite totale, brillante, exceptionnelle. Depuis, le temple d'Amon humait les encens les plus riches et les plus divers, car les narines des dieux restaient délicates et gourmandes.

De nouveau, Hatchepsout se releva. Mais cette fois d'un coup sec, nerveux. Sa poitrine battait à grands coups précipités. Oui ! Elle le tenait son coup d'éclat. L'armée ! L'armée de Thoutmosis. De bien jeunes bataillons, des troupes peu expérimentées, qui ne rêvaient que d'exploits et de conquêtes mais qu'importe ! Thoutmosis et ses favoris se laisseraient prendre précisément là où ils péchaient.

Yaskat entra suivie de trois servantes.

Le bain la délassa et le massage qui suivit exorcisa toutes ses craintes. Hatchepsout était libérée de ses angoisses.

Quand Yaskat peaufina son maquillage, ourlant ses yeux du khôl traditionnel qui allongeait son regard sombre jusqu'aux tempes, tapissant ses paupières de poudre de galène, rougissant ses lèvres du henné le plus pur qui soit, elle se sentit définitivement prête.

Le reste du temps ne fut plus qu'attente sereine.

Quand elle entra dans la grande salle aux pylônes gravés de hiéroglyphes représentant des scènes courantes de la vie pharaonique, Hatchepsout fit des yeux le tour de la table.

Ce qu'elle avait prévu était arrivé. Tout au fond, deux fauteuils aux dossiers recouverts d'or et de lapis-lazuli trônaient, faisant face à tous les membres de l'assemblée.

L'un était déjà occupé par un jeune garçon dont les gestes paraissaient malhabiles. Il redressait pourtant son buste nu que recouvrait un large pectoral fait de chaînes en bronze qui retenaient des médailles d'or serties de turquoises et de cornaline.

Hatchepsout eut un choc. Qui lui avait donné ce bijou ? Cette pièce d'orfèvrerie appartenait à son époux et ce n'était certes pas elle qui en avait fait don à cet enfant. De plus, le pectoral avait été soigneusement enfermé dans le trésor du temple d'Amon, généreusement mis en offrande par Hatchepsout pour le sanctuaire d'Hathor. Seuls, elle et le Grand Prêtre avaient le pouvoir de l'en faire sortir.

La pharaonne décida de ne pas étendre l'importance de l'incident et observa l'assemblée. Puis, elle prit place aux côtés de son neveu et, d'un signe autoritaire, réclama les attributs qui, aux yeux de son peuple, faisaient d'elle le Pharaon des deux Egyptes.

Le rituel se passa sans heurt. Les serviteurs apportèrent la crosse d'or, le sceptre et le fouet. Puis, la double couronne fut posée sur sa tête. Enfin, la barbe taillée en pointe fut accrochée à son menton.

Sans doute pour se donner du courage, l'adolescent se tourna vers Nekmin qui, intentionnellement, s'était placé sur sa droite tandis qu'à la gauche d'Hatchepsout siégeait le fidèle Senenmout.

Parée de ses attributs, Hatchepsout attendit. Un silence pesant entourait l'atmosphère. A sa gauche, Pouyemrê, Hapouseneb, Néhésy se taisaient. Soudain, le vieil Antef, le plus violent de ses adversaires se leva.

— C'est une attention fort généreuse, Majesté, que d'avoir fait don à votre neveu d'un bijou si célèbre.

Ses yeux ridés et à demi fermés se perdaient dans les plis qui sillonnaient abondamment son front dégarni.

Hatchepsout ne pouvait plus ignorer la question. Elle résolut de rester calme, mais elle sentit ses doigts se crisper de colère sur la crosse d'or qu'elle tenait fermement.

— De quel bijou parles-tu, Antef ?

Thoutmosis se tourna vers elle.

— Hélas, je n'ai pas eu le temps de vous remercier, ma tante. Et cette assemblée n'est ni le lieu ni l'instant pour le faire. Je me réserve donc quelques instants, après cette séance, pour le faire.

Pouyemrê semblait embarrassé et Néhésy perdait de son assurance. Quant à Senenmout, il rougissait, mais son regard n'avait pas perdu son acuité ni son insolence qu'il dirigeait vers Thoutmosis.

— Qui t'a donné ce collier ?

Thoutmosis parut surpris.

— Mais... fit-il

Puis, se tournant vers Antef, il l'interrogea du regard, réclamant l'explication qu'il ne pouvait fournir. Mais, Hatchepsout se leva et plongea son regard dans les petits yeux ridés du vieil homme.

— Tu sais fort bien que ce n'est pas moi. Qui s'est emparé de ce collier ?

— Majesté ! répliqua Antef, c'est vous qui avez

donné l'ordre de reprendre le pectoral de feu Thoutmosis II pour le remettre à son fils.

— Antef ! s'emporta la reine. Tu sembles ne pas comprendre ce que je te demande. Qui t'a dit que je réclamais ce bijou pour mon neveu ?

Un sourire ambigu au coin de ses vieilles lèvres décharnées et tombantes, Antef murmura :

— Mais, c'est Hapouseneb, le Grand Prêtre d'Amon. Ne lui avez-vous pas donné procuration de certains biens du temple, lors de votre départ pour l'expédition au Pays du Pount ? N'est-il pas resté le seul gardien de Karnak et des temples ?

Il se tourna vers ses alliés, mais personne ne vint à son aide. Hatchepsout sentit le sang bouillonner dans ses veines. Hapouseneb se leva, blanc de rage qu'il essayait pourtant de contenir pour amoindrir l'incident.

— C'est faux, et tu le sais ! jeta-t-il à la face d'Antef.

— Peut-être as-tu mal interprété les paroles de ta reine. Dans ce cas, Majesté, replaçons ce collier là où il était et ne faisons pas de cette affaire un incident majeur.

Visiblement, Antef paraissait déçu que ni Nekmin ni Menkeper n'interviennent en sa faveur.

— Senenmout est pourtant venu au temple, le dernier jour du mois de chemou, révéla Antef qui préféra jeter de suite sa dernière arme, la plus dangereuse peut-être. C'était pour y voir Hapouseneb.

D'un mouvement sec, Senenmout se leva en brandissant le poing vers lui.

— Tu m'espionnes ? fit-il.

— Non, je m'explique.

— Que veux-tu insinuer ? reprit Senenmout, un mauvais sourire aux lèvres.

— Simplement que tu as vu Hapouseneb le dernier jour du mois de chemou et que cela s'est passé dans le temple d'Hathor.

De blanc, le visage d'Hapouseneb était devenu verdâtre et celui de Senenmout cramoisi. Hatchepsout porta son regard effaré sur l'un et l'autre. Ce fut le Grand Prêtre qui parla le premier.

— C'est vrai, Majesté, Senenmout est venu me voir au temple, le dernier jour du mois de chemou. Mais, il n'a pas été question du pectoral déposé en offrande à la déesse Hathor.

Hatchepsout se tourna lentement vers son favori.

— Veux-tu m'expliquer ? jeta-t-elle d'une voix sans timbre.

— Je lui ai demandé conseil pour construire un monument funéraire. C'est tout.

— Un monument funéraire. Lequel ?

Senenmout hésita. Il fallait parler, sinon il serait accusé d'avoir dérobé le pectoral en accord avec Hapouseneb.

— Le mien, jeta-t-il d'une voix basse.

Hatchepsout crut rêver. Senenmout voulait bâtir sa propre tombe avec les finances du temple ! Un monument funéraire aux frais de l'Etat. Non ! C'était impossible. Pas Senen, son favori, son conseiller, son amant. Pas Senen !

Elle ferma les yeux et s'entendit murmurer :

— Cela pouvait attendre, Senenmout. Nous en reparlerons.

Puis, elle ouvrit les yeux et se tourna vers son neveu.

— Ce collier est à toi, désormais. Considère que c'est un cadeau de ton père, le pharaon Thoutomosis II.

Puis, elle tendit la crosse d'or au bout de son bras.

— Que l'on commence cette séance. Elle n'a que trop attendu.

On débattit des points à l'ordre du jour et il n'y eut aucun heurt. Les partisans de Thoutmosis étaient suffisamment satisfaits d'avoir jeté un double doute dans l'esprit d'Hatchepsout alors que, seule, était prévue l'affaire du collier. Celle de la tombe de Senenmout était une autre histoire. Un élément de poids qu'ils devaient ne pas perdre de vue.

Hatchepsout avait un peu pâli. Ses adversaires l'avaient déstabilisée, semant des idées gangrenées dans son esprit. Mais, peu à peu, elle se reprit et attaqua, sans attendre, le point essentiel qui lui tenait à cœur.

— Il me paraît souhaitable, mon neveu, que tu partes en Nubie. Tes troupes sont prêtes à ce qu'il me semble. Et puisque tu as l'âge, désormais, de siéger à ces assemblées, tu as celui de partir en mission étrangère à la tête de tes armées.

— Voulez-vous parler des régions au sud de Ouadi Halfa ? s'interposa aussitôt Sennefer, le chancelier des déserts de Nubie.

Il se leva et fit quelques pas devant la reine.

— Les pays du Nord me semblent avoir trop attendu. Il serait temps, Majesté, que l'on aille voir ce qui s'y passe.

— Les Nubiens bougent aussi, rétorqua aussitôt Djéhouty.

— Et les armées nubiennes se sont affaiblies depuis le début de votre règne, Majesté, insinua Khety, le commandant qui formait les nouveaux bataillons de Thoutmosis.

Il se tourna vers Dydou, son capitaine d'armée :

— N'est-ce pas ton avis ?

Le petit homme à qui il parlait acquiesça. Bien que de courte taille, Dydou, capitaine d'infanterie dont les armées étaient basées près de la deuxième cataracte, dégageait une force peu commune. Son visage carré avançait des traits saillants et anguleux.

Il se leva lui aussi et se plaça aux côtés de Khety. Puis, il regarda Hatchepsout et, comme si ce problème ne la regardait plus, il se planta droit devant Thoutmosis, se courba légèrement et demanda plein de condescendance :

— Est-ce aussi votre avis, fils de feu Thoutmosis ?

— A mon sens, jeta le jeune homme d'une voix nette, il me semble devoir faire passer le Sud avant le Nord. Certes, les peuples de la Mer s'agitent un peu, mais ils sont encore pacifiques et les transactions commerciales que nous avons avec eux sont bonnes, alors que du côté de Bouhen et plus bas encore, Ouadi Halfa, Soleb, Napata, les marchés passés autrefois s'amoindrissent.

Etonnée, Hatchepsout observa longuement son neveu et nota avec un malaise grandissant qu'il tenait un langage habile et juste. Ses conseillers en furent aussi conscients et un sourire ambigu fleurit aussitôt sur plusieurs lèvres.

— Nous pouvons mettre en place les premiers bataillons, affirma Khety.

— Quand pourrions-nous partir ? questionna Thoutmosis.

— Dès le mois de Mesoré, répondit Dydou, impatient de réaliser enfin quelque chose d'autre que rester cantonné dans une base immobile et mutilée.

Ce fut un déchaînement général et Hatchepsout sentit aussitôt qu'elle avait eu raison d'orienter ce débat sur le départ d'une éventuelle expédition étrangère. Son neveu prenait trop de poids et, désormais, avait trop d'appuis pour qu'il s'occupât de politique intérieure.

Il fallait voir comment ces hommes — à l'exception de ses fidèles — commençaient à se ranger du côté de Thoutmosis ! Dieu d'Amon ! Qu'ils étaient tous pressés de le voir placé sur le trône à sa place !

Amenphis, Capitaine de la Charrerie Royale, se leva. C'était un homme à la forte carrure, puissant, aux épaules et aux cuisses fortes et musclées.

Des bracelets en cuivre et en argent entouraient ses avant-bras et remontaient presque sur les épaules. Il avait un long pagne rouge retenu à la ceinture par une large boucle d'ivoire. Sa taille était celle d'un géant et le petit Dydou, qui commençait à s'émoustiller à l'idée de bientôt guerroyer, leva la tête à s'en décrocher le cou pour le regarder lorsqu'il vint se placer à son côté.

— Les chars sont en place, dit-il. Les chevaux sont prêts et mes archers ont le bout des doigts qui les démangent. Tirer sur les sarcelles et les pigeons ne les intéresse plus.

Khety se mit à rire, suivi aussitôt par Dydou et Thoutmosis. Mais, leur hilarité fut aussitôt coupée par la voix tranchante de Djéhouty.

— Toutefois, Majesté, dit-il en se tournant vers la reine, j'émets une grande réserve.

— Laquelle ? cria presque Amenphis, rendu agressif à l'idée d'abandonner l'idée d'un départ aussi prometteur.

— Certes, la Nubie s'agite, mais elle reste plus pacifique que les pays du Nord, et si j'approuve l'idée d'une expédition, je demande à ce qu'elle demeure une simple approche, non une guerre.

Soulagé, Amenphis approuva.

— A la jonction de Ouaouat et de Koush, nous

avons bâti un sanctuaire qui nous met à l'abri de tout danger éventuel, jeta Thoutmosis.

— Ce n'est pas suffisant, fit Djéhouty amusé par la remarque naïve du jeune homme. Surtout si nous voulons descendre plus bas.

— Pensez-vous à la troisième cataracte ? fit Menkeper en se levant. Nous n'y avons rien bâti. Je propose de descendre jusqu'à Koumneh ou même Soleb s'il le faut et d'y étudier un projet de construction. Nous pourrions y élever un obélisque !

Le jeune architecte rehaussa sa petite stature. Ses épaules carrées avaient repris de la prestance depuis que son épouse, étrangement accidentée, avait été vraisemblablement tirée de la mort grâce au talent du brillant médecin de Sa Majesté.

Menkeper redressait son buste et regardait l'assemblée d'un air assez suffisant. On le disait violent et jaloux. Ses compétences en architecture ne valaient certes pas celles de Senenmout, mais Hatchepsout ne s'en souciait guère, c'était l'affaire de Thoutmosis. Si Menkeper voulait bâtir des temples sur les terres nubiennes, cela n'était plus son affaire, dès l'instant qu'il ne touchait pas à l'architecture du pays.

— Tes armées, mon neveu, fit Hatchepsout sans plus s'occuper de l'architecte, feront donc leurs premières expériences.

— Je descendrai jusqu'à la boucle de la troisième cataracte, fit Thoutmosis bouillonnant de joie. M'y aideras-tu, Djéhouty, toi qui connais mieux que personne tout le sud de la Nubie ?

Djéhouty effleura de son regard gris métallique les yeux de la reine. Il soutint quelques instants la pression autoritaire qu'ils exerçaient sur les siens et, tranquillement, se tourna vers Thoutmosis.

— Je suis votre serviteur, murmura-t-il en inclinant légèrement le buste.

Comment Hatchepsout aurait-elle pu ne pas frissonner en voyant l'un de ses fidèles se tourner volontairement vers le jeune prince qui, satisfait de la tournure des événements, se fit affirmatif et convaincant tout le reste de la séance ? Comme la reine l'avait prévu, on ne parla que du départ de la prochaine expédition.

La pharaonne se garda bien d'amener le débat sur la politique intérieure. Désormais, c'est un sujet qu'elle n'aborderait qu'en l'absence de Thoutmosis, lorsque celui-ci serait en guerre aux portes de l'Egypte.

*
* *

Que faisait le vieil Antef à cette heure, aux portes de la classe ? Il rapetissait tant son corps, plié par les rhumatismes qui rongeaient ses os usés, qu'il ressemblait à une souche de sycomore que les ans avaient cassée en deux.

Sans bruit, Séchat se dissimula derrière le pylône qui conduisait à la terrasse de l'école. Antef avança prudemment la tête dans l'encoignure de la porte restée ouverte, puis pénétra dans la classe.

Séchat attendit. Certes, ce matin-là, elle avait de l'avance sur son horaire et Satiah n'était pas encore levée lorsque la jeune femme avait quitté la maison.

Chaque matin, elle venait à pied de son domicile, écartant le char — car la distance s'avérait trop courte — ou la chaise à porteurs, trop pompeuse, comme le faisait son prédécesseur. Rien de tel pour mettre Séchat en forme qu'une petite marche avant de commencer les cours de sa classe.

Depuis deux ans qu'elle dirigeait l'école, Séchat imposait peu à peu ses idées, inculquant aux élèves ses propres connaissances et le savoir qu'elle avait appris de ses maîtres.

Y venaient les fils des dignitaires, ceux du Grand Trésorier, du Chef des Armées, du Vizir du Palais, du Grand Capitaine de la Charrerie Royale, du Grand Scribe des Artisans, de l'Intendant des Greniers de Thèbes, et bien d'autres encore.

Y venaient aussi quelques filles : Baki, une jeune noble qui fréquentait le sillage de Thoutmosis, deux princesses syriennes élevées au harem et surtout sa propre fille Satiah que les études intéressaient moins que la pêche, le tir à l'arc ou la conduite d'un char.

Bien sûr, dans sa classe, Séchat avait aussi Thoutmosis et ses trois compagnons inséparables, Amennheb, Amtou et Néférouben. Cette année-là était la dernière qu'il passait à l'Ecole du Palais. Car le jeune Thoutmosis devait partir très prochainement pour sa première campagne expéditive en Nubie et ses trois compagnons suivraient bientôt l'école de cavalerie et d'infanterie de Thèbes pour perfectionner leur art militaire.

A tout ce petit monde qui s'étageait de six à quinze ans, s'ajoutait la présence de Méryet, la jeune danseuse du temple, que Séchat avait éduquée en lui apprenant à lire et écrire sur les navires de l'expédition du Pount. Mais à présent si Méryet désirait peaufiner sa culture, c'était pour mieux plaire au Grand Prêtre d'Amon que la séduction de la jeune fille avait emporté au-delà du ciel des dieux.

Dissimulée derrière son pylône, Séchat attendait que le vieil Antef ressorte. Que pouvait-il bien faire dans sa classe ? Venait-il dérober un document ? Espionner ? Elle le savait dangereux, pernicieux, dissimulateur avec suffisamment d'hypocrisie pour tromper son entourage. Il travaillait pour le jeune prince, ayant pris son parti dès sa naissance contre Hatchepsout et le règne qu'elle assumait depuis presque quinze ans.

N'avait-il pas fomenté, autrefois, plus d'une traîtrise, plus d'une rébellion, dont certaines avaient frôlé la complicité d'actes meurtriers avec deux notables de Thèbes, Mériptah et Ouser, que Séchat espérait bien ne plus jamais revoir ?

Comment Séchat aurait-elle pu oublier les odieux comportements de ces deux dignitaires qui, maintes fois, avaient tenté de contrecarrer sa carrière, allant jusqu'à kidnapper sa fille qui n'avait que quelques mois ?

Désormais, Séchat appréciait trop sa vie familiale — elle la dégustait avec délice comme un fruit savoureux et sucré dont elle ne pouvait plus se passer — surtout depuis que le petit Rekmirê poussait comme un melon dans un vert potager.

Certes, Séchat n'était plus prête pour vivre les dangers qui avaient sillonné les quinze dernières années de son existence. Ce temps-là était loin, si loin qu'il ne lui en restait plus que de merveilleux et pénibles souvenirs.

Enfin, elle vit Antef ressortir de sa classe. Il avait un papyrus enroulé dans ses mains. La jeune femme s'inquiéta. Devait-elle aller au-devant du vieil homme et demander qu'il lui montrât le document ?

Elle réfléchit et pensa que ce n'était pas la meilleure solution. Le vieux filou rétorquerait aussitôt qu'il avait ce papyrus en entrant et s'offusquerait de l'accusation de la jeune femme. Un blâme même pourrait se retourner contre elle.

Elle resta donc dissimulée derrière le pylône jusqu'à ce qu'Antef eût disparu complètement. Puis, elle entra dans sa classe.

Surprise, elle y vit le petit Djéhouty, son élève le plus jeune. Pour son entrée en classe, ses cheveux avaient été coupés et l'on avait noué une ceinture sur ses hanches, cachant ainsi sa jeune virilité.

Djéhouty était assis en scribe et jouait avec un petit singe qu'il tenait en laisse comme un chien. Séchat s'approcha de lui.

— Djéhouty ! Que fais-tu ici ? Qui t'a amené si tôt ?

— C'est ma nourrice, Grand Maître.

« Grand Maître ». Qu'un enfant l'appelât ainsi la faisait toujours sourire.

L'enseignante se rappelait du premier jour où Thoutmosis s'était planté devant elle et lui avait jeté avec arrogance :

— Comment faut-il vous appeler ?

— Comment appeliez-vous mon prédécesseur ? avait rétorqué Séchat.

— Grand Maître.

— Alors appelez-moi ainsi.

Les petits ne disaient rien, bien qu'ils restassent, eux aussi, étonnés qu'une femme vînt leur faire la leçon tandis que Thoutmosis et ses compagnons plus âgés s'agitaient, mal à l'aise.

— Mais vous êtes une femme ! avait jeté Amennheb.

— Ignores-tu, Amennheb, que j'ai été Grande Scribe et Intendante des Artisans ?

— Non, dans ma famille on parlait de vous.

— Alors, ne crois-tu pas que si je pouvais assumer les tâches ingrates d'un Grand Intendant, je suis capable d'assumer celles d'un Grand Maître ?

Amennheb avait hoché la tête, mais les doutes qui rongeaient encore son esprit furent repris aussitôt par l'insolence de son compagnon Amtou :

— Jamais une femme n'avait enseigné jusqu'alors.

— Jamais une femme n'avait été Grand Intendant, avait-elle jeté sèchement.

Prenant la relève, Thoutmosis avait susurré :

— Que nous apprendrez-vous ?

— Ce dont un jour tu auras besoin pour monter sur le trône. Sans culture et sans savoir, prince, tu ne seras rien.

Ciel ! Qu'avait-elle dit là ! Qu'Hatchepsout l'eût entendue à cet instant et son rôle d'enseignante eut été bien compromis. Aussi ajouta-t-elle promptement :

— Mais tu as beaucoup à apprendre, Thoutmosis, avant d'atteindre ce jour-là.

Ces deux phrases avaient peut-être été périlleuses pour Séchat, mais du moins lui avaient-elle assuré une large considération de la part du jeune prince qui, de ce jour, avait daigné respecter son nouveau professeur.

Et comme Thoutmosis n'était pas un être inintelligent, il sut imposer à ses compagnons un comportement déférent envers leur nouveau Grand Maître.

— Pourquoi es-tu venu avec ton singe ? s'enquit Séchat auprès du petit Djéhouty. Tu sais bien que c'est interdit d'amener un animal.

— Je ne voulais pas être seul en vous attendant, rétorqua le petit.

— Qui t'a obligé à venir si tôt ?

L'enfant se tortilla. Puis, il sortit l'une de ses

jambes repliées sous son corps et l'allongea malhabilement.

— Allons, qui t'a obligé à venir si tôt ?

Nerveusement, l'enfant fit une grimace avec sa bouche, ouvrant et fermant ses lèvres lippues qui soulignaient ses origines nubiennes.

— Donne-moi ton singe, nous allons l'attacher à l'extérieur.

— Non, cria l'enfant, en serrant la laisse qu'il tenait fermement en mains.

— Alors, si tu veux rester avec lui durant toute la leçon, dis-moi qui t'a dit de venir si tôt.

Pris au piège, l'enfant avoua.

— C'est Antef.

— Pourquoi ?

A nouveau, l'enfant se tortilla et Séchat attrapa la corde du singe.

— Parce qu'il voulait savoir où vous rangiez les papyrus.

— Tu l'as vu. Qu'a-t-il pris ?

Cette fois, le garçonnet tenait ses lèvres serrées.

— Allons, fit Séchat. Donne-moi ce singe. Je vais l'attacher dehors et tant pis si on te le vole.

— Il a pris un papyrus dans cette case-là.

Et, emmenant son singe derrière lui, il courut vers le fond de la salle où, derrière la grande statue d'albâtre du dieu Thot, les casiers de rangement étaient tous alignés les uns à côté des autres. Le compartiment, creusé dans le marbre du mur et fermé par une targette en bronze doré, enfermait les documents relatifs aux cours d'enseignement religieux.

— C'est bien, fit-elle à Djéhouty, retourne t'asseoir et garde ton singe durant tout le cours.

Puis, elle s'absorba aussitôt dans la recherche du document qui manquait. Les prières et les oracles aux dieux Thot, Anubis et Horus étaient tous là. Ceux consacrés aux déesses Hathor, Isis et Mout n'avaient pas été pris.

Pas un seul document relatif aux cérémonies religieuses, pas un seul papyrus concernant les traditions ancestrales et sacrées, le déroulement des fêtes d'Opêt ou d'Hapy ne manquait. Mais, soudain, Séchat eut un vertige. Le petit plan des nécropoles du temple d'Amon qu'elle avait dessiné avait disparu.

*

* *

Peu à peu, la classe s'emplissait. Après avoir salué la grande statue de Thot, petits et grands allaient s'asseoir en scribe dans un parfait demi-cercle au fur et à mesure de leur arrivée.

Thoutmosis entra suivi de ses trois compagnons. Ils s'installèrent en bout de file.

Baki, fille de Pouyemrê, le Grand Trésorier d'Egypte, apparut dans l'encadrement de la grande porte qui restait toujours ouverte. Elle était accompagnée des deux jeunes princesses syriennes destinées à devenir les concubines de Thoutmosis.

Quand Séchat vit sa fille, elle distingua la silhouette de Cachou et s'étonna que ce ne soit pas Maâthor qui accompagne ce jour-là Satiah à l'école. Mais, elle ne s'attarda pas plus qu'il ne fallait sur ce petit incident et jeta d'une voix claire et haute :

— Avez-vous tous salué le dieu Thot ?

Un « oui » général se fit entendre. Deux voix manquaient pourtant à cet ensemble phonique si bien lancé. Celle de Mérytrê qui arrivait toujours avec un retard considérable. Mais, comment la fille d'Hatchepsout aurait-elle pu être à l'heure alors qu'elle ne s'intéressait ni aux chiffres ni aux lettres que Séchat tentait de lui mettre en tête ?

La seconde, celle de Méryet, lui parut plus inquiétante. La jeune fille qui, cette année-là, terminait sa scolarité, arrivait toujours avant les autres, ce qui permettait à Séchat de discuter quelques instants avec sa protégée avant les cours. Aussi, cette absence l'étonna.

A peine s'apprêtait-elle à saisir les tablettes de grès qu'elle distribuait à ses élèves pour le premier devoir qu'un bruit de voix lui fit tourner la tête. Mérytrê arrivait en litière et sa nourrice avait l'ordre d'attendre à l'intérieur de la classe jusqu'à la fin des cours.

Mérytrê entra. C'était une adolescente un peu maigre, au visage long et triangulaire que, seul, un regard ardent animait de quelque intérêt.

Quand la fillette observait intensément Séchat et que celle-ci prenait le temps de l'étudier, elle voyait en elle les attitudes et les gestes de la pharaonne. Mais, Mérytrê n'était hélas qu'un pâle reflet du physique et du tempérament de sa mère. Elle ne s'intéressait à rien à l'exception de ses petits problèmes quotidiens, ses promenades et ses loisirs de princesse gâtée où, seuls, comptent les ordres donnés aux servantes et à l'important personnel du palais.

— Mérytrê, dit Séchat en regardant la fillette se diriger vers sa place, tu n'as pas sanctifié ton dieu. Thot est en colère.

Imperturbable, l'adolescente s'approcha de la statue d'albâtre dont la tête était celle d'un ibis à l'œil pointu qui regardait les élèves. Elle se courba et récita les paroles sacrées, puis tout aussi tranquillement reprit sa place parmi les autres.

Quand le silence fut installé, Séchat inspecta le

visage de ses élèves. Dieu ! Il lui semblait entendre le vieux Parenefer qui lui dictait ses ordres. Il lui semblait aussi se revoir, là, aux côtés de son compagnon d'enfance, le gentil Menkh qu'elle avait épousé et qui, en ultime souvenir, avait laissé la graine de Satiah plantée dans son ventre avant de se faire tuer sur le champ de bataille du Mitanni.

Vingt-cinq ans plus tard, elle retrouvait cette école.

De son temps, les filles côtoyaient les garçons. A présent, les deux sexes préféraient se séparer, n'échangeant entre eux que de furtifs regards.

Après avoir distribué les tablettes de grès aux élèves, elle saisit un paquet de papyrus déroulé.

— Je vais vous rendre vos devoirs de géométrie. Amennheb, tu t'es lourdement trompé dans le calcul de tes angles. Il te faut revoir tout cela.

Elle tendit au garçon le devoir et se tourna vers Amtou.

— Quant à toi, tu ignores encore ce qu'est une bissectrice et tu confonds toujours un angle aigu et un angle obtus. Tu resteras avec moi après le cours et nous reprendrons tout ceci depuis la base.

Puis, se dirigeant vers Thoutmosis, elle teinta d'une réserve relative l'éloge qu'elle lui fit.

— Tu t'y prends bien pour dessiner tes angles, mais le croquis de ton temple est démesuré et tes calculs ne correspondent pas à tes ambitions. Si tu fais le plan d'une grande construction, alors, calcule de grands angles. Les mathématiques, Thoutmosis, sont une science rigoureuse et précise. La plus petite erreur peut faire crouler un pylône comme elle a fait crouler des pyramides au temps des anciens pharaons.

Elle se tourna vers les petits. Ses yeux s'attardèrent un instant sur Djéhouty qui avait attaché la laisse de son singe à son pied. Puis, elle interrogea son voisin, un enfant au visage bruni par le soleil qu'éclairaient deux grands yeux bleus. C'était un des fils du Sous-Vizir de Thèbes.

— Allons, Seneb, réponds à ma question. Un cultivateur qui a un champ de 50 aroures reçoit de son père en héritage 25 aroures. La crue du Nil insuffisante a engendré une sécheresse qui n'a pas permis au limon de fertiliser 15 aroures. Combien d'aroures, cette année-là, lui rapporteront le blé qu'il attend ?

Le petit Seneb rehaussa son buste nu et répondit précipitamment :

— Dix aroures, Grand Maître.

— Allons, Seneb, tu réponds trop vite. Tu n'as pas réfléchi.

Elle se pencha sur Djéhouty :

— Et toi, as-tu réfléchi ?

— Soixante aroures, Grand Maître.

— Bravo, Djéhouty, fit Séchat. Tu seras un bon mathématicien. Maintenant prenez vos plaquettes et tracez les lettres de votre alphabet. Je veux des dessins parfaits, nets et sans bavures.

Elle regarda Djéhouty et lui sourit. A vrai dire, elle ne s'attendait pas à une réponse aussi exacte. L'avait-il faite au hasard ? Ce petit calcul était d'un niveau supérieur. Et, bien que Djéhouty sache déjà compter sur ses doigts, elle ignorait qu'il pouvait déjà effectuer additions et soustractions.

Son regard se tourna un instant vers les casiers creusés dans le mur qui enfermaient ses documents scolaires et elle pensa au plan des nécropoles dérobé. Un point délicat qu'il lui fallait éclaircir au plus vite.

— Thoutmosis, dit-elle. Lève-toi et parle-moi du rôle du Temple Egyptien sous toutes ses formes.

Elle vit que sa fille était distraite. Pour elle, le rôle du Temple Egyptien importait peu. Elle fixait intensément Thoutmosis qui, mû par un réflexe soudain, précipita ses prunelles dans les siennes. Puis, Séchat se tourna vers Mérytrê et assista au court et silencieux affrontement des deux adolescentes.

Leurs yeux se défiaient, crachant un même désir de plaire au jeune homme.

Quelques instants, leurs trois comportements se moquèrent des présences avoisinantes. Dans l'attitude de Mérytrê, il y avait cette certitude d'être bientôt la future Grande Epouse du pharaon. Dans celle de Satiah, il y avait l'assurance du pouvoir de séduction qu'elle exerçait depuis toujours sur le jeune prince.

Séchat soupira. Un léger souffle lui entrait par les narines et se diffusait lentement dans son corps. Elle fixa de nouveau sa fille. Dieu ! Qu'elle paraissait amoureuse de Thoutmosis ! Quelle vie se préparait-elle donc dans la peau d'une Seconde Epouse ?

— Lève-toi Thoutmosis et donne-moi ton avis sur le rôle du Temple Egyptien.

Le jeune homme se leva. Son torse était celui d'un adulte. Sa carrure celle d'un lutteur, son maintien celui d'un sportif de compétition. A voir son visage déterminé, conquérant, déjà maître de lui, Séchat comprenait les appréhensions et les angoisses d'Hatchepsout. Certes, il était facile de s'imaginer détrônée devant un tel adversaire.

— Le rôle du Temple Egyptien consiste à former les individus pour atteindre un idéal.

— A former seulement ? Crois-tu donc que l'on peut accepter au Temple n'importe quel individu ?

— Non bien sûr, répliqua aussitôt Thoutmosis. On doit les sélectionner.

— Parfait. Mais qui va-t-on sélectionner ?

— Ceux qui en sont capables.

— Capables de quoi ?

— Euh...

— Le rôle et la mission des Temples de l'Egypte, reprit Séchat, consiste essentiellement à choisir et édifier des êtres vivant ici-bas capables d'aspirer à l'idéal de l'au-delà.

Elle regarda Amtou, puis se plaça devant lui :

— Voyons, peux-tu me dire par quels moyens on peut élever l'esprit à cet idéal ?

— La sagesse.

— Bien ! Mais encore. Amennheb ?

— Les connaissances.

— C'est évident. De quelles connaissances parles-tu ?

— Euh ! Toutes.

Un rire général accueillit la réponse.

— Encore une évidence, Amennheb, qui ne t'honore guère.

— L'éveil de la conscience, jeta Thoutmosis.

— Et les facultés d'observation et de discernement, ajouta Séchat. Bien, Thoutmosis. Tu sembles comprendre à peu près le sujet. Mais, n'oublie pas que le programme d'un être d'élite passe avant tout par la notion des responsabilités, la sagesse et encore plus par la noblesse et la simplicité du cœur.

Un bruit léger les fit tous se retourner. Une jeune fille d'une grâce extrême entrait. Ses jambes, ses bras, le maintien de son cou et de ses épaules affirmaient une rare distinction, celle de toutes les danseuses sacrées d'Amon.

Sans rien dire, elle alla se prosterner devant le

dieu Thot et lui dédia un hymne qu'elle prononça à voix basse.

— Pardonne-moi, Grand Maître, si je suis tant en retard.

— Ce n'est guère ton habitude, Méryet, que t'est-il arrivé ?

La jeune danseuse rougit et parut embarrassée. Séchat regretta sa question, mais comment pouvait-elle aux yeux des autres élèves afficher une différence pour sa protégée ?

Voyant que Méryet semblait de plus en plus gênée, elle vint à son secours.

— Allons, la prochaine fois, j'écouterai ton excuse et tu seras punie. Va te joindre à tes compagnes et reste attentive.

Comme pour clore l'incident, ce fut l'instant que choisit le singe de Djéhouty pour jeter un cri qui n'avait rien de très discret. A force de gesticuler, il avait fini par s'enrouler la laisse autour du cou et, tapage à l'appui, réclamait l'aide de son jeune maître pour le sortir de son étourderie.

La classe se mit à rire et l'étrange retard de Méryet fut ainsi complètement occulté.

Freinant le rire des enfants, Séchat se dirigea vers les petits. Elle redressa la tête de Seneb qui venait de s'assoupir, le nez écrasé sur sa tablette. Quand elle lui releva le visage, l'enfant avait de l'encre noire sur sa joue gauche et de l'ocre rouge sur les narines, ce qui souleva un nouveau rire général.

Frappant dans ses mains, Séchat imposa le silence. Puis, passant derrière les petits, elle complimenta ceux qui avaient formé de beaux hiéroglyphes, reprocha la paresse de ceux qui n'avaient rien fait et l'étourderie de ceux qui s'étaient trompés.

— Satiah, fit-elle tout à coup en pointant

l'index vers sa fille, peux-tu me réciter l'hymne du Nil ?

Pourquoi avait-elle soudain l'envie de complimenter sa fille ? Elle savait que Satiah le connaissait parfaitement. Souriante, l'adolescente ne se fit pas prier et, d'une voix claire, commença :

« *Nous te saluons, oh ! Hapy, notre fleuve.*
Nil fertile, issu de notre terre.
Nil fertile, auteur de tous les dons.
Nous te saluons, oh ! Rénovateur.
Porteur de toute essence, puissance de toute sève.
Toi, la Connaissance. Toi, qui régénères.
Fleuve de vie, nul être ne t'ignore.
Oh ! Roi et Loi de ce que tu animes et engendres.
Par toi, il se nourrit et se transforme.
Il respire, enfante, arrive à son parfait accomplis-
[sement.
Par toi, enfin, il vit et revit sans cesse. »

Satiah avait une belle voix, chaude et distincte. Un timbre clair qui s'envolait et retombait en laissant d'agréables sons aux oreilles attentives qui l'écoutaient. Séchat avait vu juste. Sa fille vibrait pour la diction, les grands discours, les envolées lyriques. Voilà au moins un point sur lequel elles avaient quelques affinités.

Si, maintes fois, l'ex-intendante avait frémi de joie dans les assemblées pour faire entendre sa voix, sa fille pouvait peut-être se servir de la sienne dans un domaine qui lui plaisait.

Séchat voyait sans doute juste car, sans attendre qu'elle le lui propose et prenant conscience du silence de la salle qui l'écoutait avec intérêt, l'adolescente poursuivit sur l'hymne d'Hapy qui consacrait le Nil.

— Parfait, Satiah ! fit Séchat lorsque la fillette eut enfin terminé. A t'entendre si bien réciter, une idée me vient à l'esprit. Voulez-vous que je vous la dise ?

Les enfants exultaient.

— Qui aimerait jouer une pièce de théâtre ?

— Comme celles que jouent les artistes de Memphis ?

— Les artistes de Memphis sont essentiellement des acrobates. Mais, certains sont aussi de vrais acteurs, jouant des pièces sur scène, parlant, devisant, discutant, s'exprimant. Qui est intéressé ?

Satiah leva la main avec enthousiasme, suivie aussitôt de celle de Méryet.

— Allons, fit Séchat, il me faut aussi deux ou trois garçons.

Amtou leva la main tout en observant le visage de ses compagnons.

— Est-ce tout ? fit Séchat en esquissant une grimace insatisfaite. Nous ne pourrons pas monter une pièce de théâtre à trois.

Deux autres mains se levèrent, celles de Knosis et de Sennet, deux frères. Les fils du Grand Conducteur des Processions Sacrées étaient, certes, habitués à entendre réciter les hymnes consacrées aux dieux et au peuple.

— Parfait ! Mérytrê, n'es tu pas tentée ?

La princesse fit la moue. Séchat n'insista pas.

— Baki ! Ne l'es-tu pas ?

— Je veux bien, si Amennheb accepte.

Mais ce fut Néférouben qui leva la main et Baki laissa la sienne en suspens, quelque temps encore, avant de la lever franchement.

Déjà, Séchat avait une idée en tête. Elle se servirait de ses élèves, jeunes acteurs, pour tenter de démanteler une rébellion qui se resserrait autour du temple d'Amon et de la pharaonne.

*
* *

Après s'être assurée que tous les élèves étaient tranquillement rentrés chez eux, que sa propre fille était partie en compagnie de Maâthor puis, après avoir donné à Amtou un devoir de géométrie suffisamment facile pour qu'il puisse reprendre les bases qu'il avait oubliées — ou jamais comprises — Séchât se retrouva seule avec Méryet.

— Que se passe-t-il, fit-elle inquiète, tu as l'air contrarié ?

— Oh ! Séchat, fit la jeune fille en se jetant dans ses bras, je me sens si seule au temple. A qui puis-je parler, me confier, échanger mes impressions, mes espoirs, mes peines ?

— Mais, à moi. Pourquoi viens-tu me voir si peu ? Tu n'es pas enfermée au temple. Ton statut n'est pas le même que celui des danseuses sacrées dès leur naissance.

— Tout le monde m'y retient. Memphès, le nabot me surveille étroitement. Nekmin me déteste et...

Elle se détacha des bras de son amie et essuya ses yeux d'où les larmes coulaient.

— Et ?... questionna Séchat.

— Et Amenhotep.

— Méryet ! reprocha Séchat. Amenhotep est l'épouse du Grand Prêtre. Tu n'as qu'une possibilité, celle, un jour, d'être sa Seconde Epouse.

— Amenhotep veut me tuer. J'en suis sûre.

— Quel grand mot, Méryet ! Qui ou quoi te fait dire cela ?

— Je le sens. Tout se resserre autour de moi et

d'Hapouseneb. Je sais que c'est le nain qui a volé le collier du pharaon.

Séchat sursauta. Elle mit un doigt sur sa bouche.

— Parle plus bas, Méryet. On peut t'entendre. Ma classe aussi est espionnée. Ce matin même, le vieil Antef m'a dérobé un document. C'est un plan des nécropoles de Thèbes que j'avais moi-même dessiné. Je pensais vous faire un cours sur les personnalités qui y sont enterrées depuis les origines de Karnak jusqu'à ce jour.

Elle prit le bras de la jeune fille.

— Viens. Nous allons chez moi et nous parlerons en chemin. Personne ne nous espionnera. Pourquoi dis-tu que c'est le nain Memphès qui a volé le pectoral du pharaon gardé en offrande dans le temple ?

— J'y étais. Je ne l'ai pas vu, mais je l'ai senti.

— Et qu'as-tu fait ?

Méryet parut gênée.

— Allons, la soulagea Séchat. Tu sais bien que tu peux tout m'avouer et que je ne ferai jamais rien contre toi. Ne m'as-tu pas sauvée des griffes de cette horrible Néset qui voulait me noyer dans le Nil* ?

Méryet hocha la tête. Que ce souvenir était lointain ! Pourtant, Séchat se souvenait de ceux qui, alors, tentaient de la supprimer pour conserver l'avantage de la réussite du voyage au Pays du Pount. Alors que seule Séchat avait en mains les atouts pour trouver le chemin de la mer Rouge, d'autres cherchaient à les lui dérober et si le vieil astrologue de Denderah lui avait remis les cartes anciennes qui menaient aux lacs débouchant sur la mer Rouge, cela lui avait valu bien des ennuis.

* Lire *Les Thébaines / Vents et parfums*, Le Livre de Poche n° 14956.

— Allons, dis-moi tout.

Elle prit la main de Méryet, la garda dans la sienne et, traversant les jardins du palais, elles se dirigèrent vers les grands sycomores qui, de leurs ombrages touffus, séparaient les annexes.

— Je me suis battue avec Amenhotep. Battue violemment. Nous étions à terre à nous entretuer et, pendant que je recevais un coup brutal sur la tête, j'ai senti la présence de ce nain.

— Tu ne l'as pas vu ?

— Non. Mais, je sais que c'est lui. L'ombre était courte et le souffle m'arrivait à ras de terre. Il a dû vouloir s'assurer de mon évanouissement.

— Et Amenhotep ?

Méryet sourit à l'idée qu'elle l'avait bien abîmée.

— Je crois qu'elle n'était guère plus en forme que moi et Memphès a pu réaliser son coup sans que nous nous en apercevions.

— Ne peut-il entrer librement dans ce sanctuaire ?

— Au temps de Sétoui, il le pouvait. Mais, Hapouseneb refuse toute présence autre que la mienne.

Séchat hocha la tête.

— Voilà pourquoi tu ne plais guère.

Elles contournèrent le lac sacré. L'eau était superbe dans sa couleur délicate et argentée. Des lotus s'y épanouissaient et des libellules folâtraient au-dessus de leurs corolles à demi fermées. Elles le côtoyèrent tout en observant les fines nervures qui venaient en rider la surface. Car un léger vent flottait dans l'espace, annonçant un khamsin qui pouvait se lever dans la nuit.

— Tu ne dois plus recommencer un tel défi, Méryet. A moins que ce ne soit un combat intérieur. Certes, tu es libre d'aimer le Grand Prêtre. De plus, Amenhotep n'a pas donné d'enfant à son époux et, pour conserver sa lignée héréditaire, Hapouseneb peut prendre une autre femme.

— Et si cette femme m'attaque ?

Séchat hocha la tête.

— Bien sûr. Alors défends-toi.

Elle lâcha la main de la jeune fille et courut à l'étang qui bordait l'arrière de sa maison.

— Viens te baigner. Cela nous fera grand bien. Puis, nous ferons le tour du lac en barque.

Séchat ôta son pagne. Nue, elle plongea jusqu'aux épaules et frissonna de bien-être. L'eau calmait son corps réchauffé par le soleil. Elle nageait lentement, laissant ses esprits dévier sur la fatalité des choses, acceptant la vie et savourant chaque bienfait qu'elle apporte. Mais, quand elle vit Méryet s'approcher, toutes ses énergies combatives revinrent.

Elles nagèrent quelques instants en silence. Quand elles eurent rejoint le bord opposé, elles firent un demi-tour et revinrent à leur point de départ.

Méryet nageait plus rapidement que sa compagne. Elle allongeait lentement les bras. Chaque brassée la poussait en avant et la détente brusque de ses jambes achevait sa performance. Quand elles furent arrivées là où elles avaient déposé leurs vêtements, elles sortirent de l'eau telles deux ondines fraîches et reposées.

Le vent s'était levé davantage et les ombrages des tamaris et des tilleuls qui bordaient l'étang commençaient à diffuser une fraîcheur agréable.

Séchat regarda sa compagne. Ciel ! Comment le Grand Prêtre pouvait-il ne pas succomber à sa beauté ? Méryet était un modèle irréprochable de formes et d'attitudes. Pas un défaut ne venait perturber la perfection des traits de son visage, des lignes de son corps, du velouté de ses yeux et du charme de son sourire.

— Aimerais-tu vraiment que nous montions un spectacle ? dit-elle en secouant ses cheveux mouillés qui tombaient au ras de ses épaules.

— Je crois que oui.

— Alors, nous allons créer un thème qui fasse réfléchir les conseillers intimes d'Hatchepsout et les fidèles de Thoutmosis.

— Dans quel but ? s'étonna Méryet.

— Celui d'attirer l'attention sur certains personnages. Pour cela, j'ai besoin de toi, Méryet. Si la pièce est bien jouée, tu ressortiras grandie de ce théâtre.

— Pourquoi moi ? s'enquit la jeune fille en enfilant sa tunique.

Son corps ruisselait, mais elle se plut à sentir le fin tissage s'imprégner de la fraîcheur de l'eau.

— Pas seulement toi. Je pousserai aussi les qualités et la grandeur que peuvent requérir une Seconde Epouse. De cette pièce, ma fille et toi serez les éléments essentiels.

*
* *

Satiah arrivait à grands cris, sautant, lançant ses deux bras dans l'espace comme si elle voulait les disperser dans le vent qui soulevait de minuscules vaguelettes sur l'étang.

— Maman, te voilà. Qu'as-tu fait ? Il faut que je parte. Vas-tu manger avec Méryet ? Est-ce que je peux prendre ton ombelle en plumes d'autruche ?

Sous ce déluge de questions, Séchat ne sut que

répondre. Elle s'attarda pourtant sur la première de ses interrogations.

— Pourquoi dois-tu partir ? Ne te reposes-tu pas avant ton cours du soir ?

— Non, maman, nous allons sur le Nil, près de l'île aux cormorans. Néférouben dit qu'une colonie de sarcelles vient de s'installer dans un fourré de papyrus. Thouty et lui ont posé des pièges pour les capturer.

— Mais, Satiah, tu es seule avec Thoutmosis et Néférouben !

— Mais non, maman, Baki est avec nous.

— Je veux que Cachou aille avec toi.

Satiah soupira.

— De quoi as-tu peur, maman ? Je ne suis plus une enfant.

— Tu es bien jeune encore, rétorqua Séchat un peu sèchement.

Satiah se mit à rire, puis vint embrasser la joue de sa mère.

— Allons, maman. Ne sortais-tu pas aussi étant jeune ?

— Certainement pas, protesta Séchat.

Mais la jeune femme eut aussitôt honte de sa repartie. Combien de fois s'était-elle esquivée avec son compagnon d'enfance Menkh sans que son père ne s'en inquiète ? Mais, était-ce vraiment bien la même chose ? Menkh était presque son frère.

— Tu n'iras pas si tu refuses que Cachou t'accompagne.

— Maman, je ne veux ni Cachou ni Maâthor.

— Alors, tu n'iras pas.

— Si j'irai ! cria Satiah rouge de colère.

Méryet s'était écartée de ce petit drame familial et comptait distraitement les pétales d'un nénuphar qu'elle venait d'arracher. Puis, de ses doigts longs et fins, elle lissa la tige fragile et la piqua dans sa chevelure.

Séchat passa une main tremblante sur sa nuque. Elle était encore moite de fraîcheur. Pourquoi fallait-il qu'elle se heurte toujours à sa fille ? Ne pouvait-elle donc se montrer plus compréhensive ? Bien que rieuse, gaie, enthousiaste, pleine d'entrain, la fillette qu'elle n'avait pu élever se révélait avec elle assez agressive dès qu'un obstacle venait entraver le quotidien de sa vie.

— Je voulais te parler d'un projet, susurra simplement Séchat.

Satiah qui s'apprêtait à partir se retourna vers sa mère. Séchat y vit une intention plus docile.

— Un projet qui, je crois, pourrait t'intéresser.

— Lequel ? fit Satiah maussade.

— Veux-tu que nous montions ensemble une pièce de théâtre ? Tu en seras l'héroïne.

Indécise, Satiah lui jeta un œil sombre.

— Ainsi, tu pourras prouver ton talent de comédienne — car je suis sûre que tu en as un — à tes compagnons. Ne crois-tu pas que c'est une façon plus originale de te faire remarquer que d'aller chasser la sarcelle sur le Nil avec les garçons ?

Séchat avait touché juste. A présent, l'adolescente ne regardait plus sa mère avec hostilité, mais avec une lueur d'intérêt dans les yeux.

— Nous aurons un public. Ils viendront tous de Thèbes pour t'applaudir. Même Thoutmosis te regardera avec des yeux neufs.

— Comment t'y prendras-tu ? questionna Méryet qui, enfin, s'intéressait au débat.

— Nous mettrons en scène le dieu Hapy.

— Mais, il est gros et gras.

— Ce sera Amtou. Nous lui confectionnerons un faux ventre et des gros seins.

Elle se tourna vers Méryet.

— Toi, tu seras la déesse Maât, car notre pièce de théâtre fera intervenir des actes hypocrites et déloyaux que, seule, Maât, la déesse de la justice pourra punir.

— Et moi, maman ? fit Satiah suffisamment intéressée, cette fois, pour laisser tomber les sarcelles du bosquet de papyrus.

— Toi, tu seras la reine. On t'espionnera, on t'accablera de tous les reproches, on cherchera à te nuire. A te détruire même.

— Et Baki ?

— Baki sera l'amie, la confidente, mais aussi l'espionne, celle qui calcule, évalue, prémédite. Nous essayerons de rassembler plusieurs autres acteurs qui feront les soldats, les prêtres, les dieux qui répandront colères ou bienfaits selon les aléas de l'histoire.

Satiah saisit la main de sa mère. Sa bonne humeur réapparaissait sur son petit visage triangulaire et toute colère était à présent partie.

Séchat en fut soulagée. Les emportements de Satiah étaient légendaires. La jeune femme se rappelait que bébé, sa fille pleurait et riait en l'espace de quelques secondes. Qu'elle vît un visage avenant penché au-dessus de son couffin, et l'enfant éclatait de rire, mais qu'elle aperçût en même temps sa nourrice qui ne lui tendait pas son sein et elle poussait une colère effroyable.

Au loin, elles virent la silhouette de Neb-Amon se détacher sur le vert feuillage des chèvrefeuilles. Le médecin les attendait au bout de l'allée qui menait à la résidence.

Il embrassa tendrement Séchat, salua Méryet avec déférence, ébouriffa les cheveux de Satiah qui, pour une fois, se laissa faire sans rien dire, et leur emboîta le pas, bien décidé à passer quelques heures tranquilles au sein de sa famille.

CHAPITRE IV

La pharaonne observait en silence sa compagne. Le dépouillement de bijoux pour lequel elle avait opté ce matin-là rassura Séchat sur les intentions d'Hatchepsout. Elle l'avait fait venir en amie, non en sujet fidèle et soumis.

Ainsi, Séchat pouvait lui révéler ce qu'elle avait sur le cœur.

De son côté, la reine semblait préoccupée. Des cernes creusaient le haut de ses pommettes qu'elle avait toujours eu saillantes et remontées vers les tempes. L'inquiétude qu'elle enfermait en elle depuis longtemps resurgissait comme une mauvaise graine prête à enfouir les bonnes herbes qui s'apprêtaient à pousser à son côté.

Hatchepsout ne dormait plus. Trop de bruits malveillants circulaient autour d'elle, trop de regards suspicieux l'entouraient. Elle en arrivait même à soupçonner ses conseillers les plus fidèles.

Néhésy s'était lié d'amitié avec Amenphis, le conducteur des Processions Sacrées, Capitaine de la Charrerie Royale qui mettait en place les attelages de l'expédition du jeune Thoutmosis en Nubie.

Pouyemrê étudiait la façon la plus rentable de

financer cette expédition, sans trop amputer le budget de l'Etat. Mais, n'avait-il pas accédé à la demande de Nekmin, l'un des adversaires les plus redoutables d'Hatchepsout, pour vider les greniers d'Egypte d'une grosse part de blé qui constituait la provision des années à venir ? Si les greniers à blé de Thèbes n'avaient pas été touchés, en revanche, ceux des provinces l'étaient, à présent, largement.

Or, Hatchepsout avait le pressentiment que, prochainement, cette lourde erreur pèserait sur le pays. A la dernière assemblée, ils avaient tous voté pour cette solution de facilité, Thoutmosis en tête puisqu'il s'agissait du gonflement et du renforcement de ses armées.

Et puis, surtout, Hatchepsout n'était plus la même depuis qu'elle avait répudié son fidèle et cher Senenmout. Mais, l'Intendant avait été trop loin dans ses ambitions et l'erreur commise était irréparable.

Avait-il craint que le règne d'Hatchepsout s'achevât plus tôt que prévu sans qu'il ait eu le temps de construire son temple funéraire ? Pourquoi ne lui en avait-il pas parlé ? Hatchepsout aurait-elle refusé cette faveur qui le consacrait au plus haut de son rang ?

Depuis que Senenmout n'était plus là, la pharaonne ne pouvait se confier à quiconque. Sa fille ! Elle n'avait aucune envergure et se refusait à discuter politique, finance, commerce. Un seul point l'intéressait, la date de son prochain mariage qui la consacrerait Grande Epouse Royale.

Et ensuite ! Qu'allait faire Mérytrê ? Se cantonner dans ses appartements pour surveiller les concubines de son époux. Au moins, que le dieu d'Amon lui accorde la faveur qu'il avait refusée à la pharaonne, celle de donner un fils à l'Egypte.

— Séchat, je t'ai fait demander pour parler avec toi. Je suis seule depuis que Senenmout est parti.

— Faites-le revenir, Majesté. Vous seule en avez le pouvoir.

— Il m'a trahi et a trahi l'Egypte. Ses ambitions ont été aussi hautes que les miennes. Qu'il reste éloigné sur ses domaines que je ne lui ai pas retirés.

— Majesté, n'êtes-vous pas trop sévère ?

— Agir dans mon dos peut engendrer n'importe quelle infidélité. Cela commence par une construction de temple financée par l'Etat et dont je ne suis pas au courant, cela se termine par la couronne qu'on ôte de ma tête.

Epuisée, elle se leva d'un mouvement las :

— Non, Séchat. Je n'ai plus confiance en lui. Je ne crois plus en personne. Seul, Hapouseneb me reste fidèle.

— Justement, Majesté. Je voulais vous parler de lui.

La reine sursauta.

— Ne me dis pas que lui aussi m'espionne.

— Hapouseneb vous est fidèle, Majesté. C'est lui qu'on suspecte. Savez-vous qui a volé le collier du pharaon gardé en offrande dans la chambre d'Hathor ?

Sur le geste étonné de la reine, Séchat poursuivit :

— Antef, par l'intermédiaire du nain de Karnak.

— Le vieux filou, l'exécrable sujet, l'odieux personnage ! rugit la reine en frappant ses paumes de colère l'une contre l'autre. C'est mon adversaire le plus redoutable. Il peut aller jusqu'à me supprimer. Je le sais. S'il ne l'a pas fait jusqu'à présent, c'est qu'il n'était pas suffisamment entouré. Qu'a-t-il pu faire pour que mon père le protège ainsi entre les murs du palais ?

Elle se calma, tritura de ses doigts nerveux le collier d'ambre qui entourait son cou, puis ajouta :

— Je m'en doutais. C'est lui qui fournit aux autres les renseignements qui me concernent. Le porc ! Le chacal ! Il veut me détruire, m'anéantir.

Elle prit place sur le sofa d'osier que recouvraient de grandes ombelles multicolores en plumes d'autruche.

— Mais, tu as sans doute raison. Il me reste Hapouseneb, le Grand Prêtre d'Amon.

— Majesté ! Là encore le vieil Antef veut frapper fort. Il cherche à le déstabiliser par des récidives qui lui feront perdre sa place.

Hatchepsout regarda durement sa compagne.

— Que veux-tu dire ?

— Il a volé un plan des nécropoles de Thèbes que j'avais dessiné pour préparer un cours à mes élèves. Lorsque les vols du temple seront en nombre suffisant pour suspecter Hapouseneb, ils nommeront Nekmin à la tête d'Amon.

— Merci de m'en parler, Séchat. Je vais avertir Hapouseneb.

— Majesté, c'est la garde de vos appartements privés qu'il faut renforcer, pas celle du palais. Trop d'inconnus à la solde de Thoutmosis ont droit d'entrée.

Hatchepsout acquiesça.

— Autre chose, Majesté.

La reine haussa le sourcil.

— Faites goûter tous vos plats par vos servantes. Pas un seul mets, pas une seule coupe ne doivent approcher vos lèvres avant qu'ils n'aient été effleurés par quelqu'un de votre entourage.

— Que puis-je faire d'autre ? soupira Hatchepsout.

Elle replia ses jambes sous elle.

— Allons, parle-moi du petit Rekmirê.

— Il grandit, Majesté. Dans un an, il pourra entrer dans ma classe.

— Que le temps passe ! Voilà seize ans que je suis au pouvoir et deux ans que je le partage avec Thoutmosis. Mais, par le dieu de Seth ! Je n'abdiquerai jamais en faveur de mon neveu. Jamais.

*
* *

Le petit Rekmirê grandissait en effet au sein d'une famille tranquille que, seule, Satiah venait perturber de temps à autre par l'instabilité de son caractère avec ses caprices et ses colères.

Le fils de Séchat et de Neb-Amon était un enfant agréable, réfléchi, calme. Il posait de grands yeux bruns — ceux de son père — sur les adultes et cherchait à déceler le pourquoi de chaque chose.

Pour l'instant, une tresse descendait sur son épaule et nul habit ne venait encore recouvrir son corps d'enfant. Dans un an, ayant atteint l'âge de suivre sa première année d'école, on la lui couperait et on lui nouerait une ceinture autour des hanches pour cacher sa virilité naissante.

— Cachou ! Cet enfant n'a pas les mains propres, s'étonna Séchat en regardant les doigts de son fils, noircis d'encre.

— Il vient de dessiner, maîtresse, alors que je venais juste de le laver pour passer à table.

— Qu'as-tu dessiné ? fit Neb-Amon en regardant son fils.

— Des choses, fit l'enfant, dont l'œil s'allumait déjà de plaisir.

— Va me les chercher.

Enthousiasmé à l'idée que l'on prenne ses dessins au sérieux, l'enfant courut jusqu'à la terrasse où il entassait ses jouets. Petits chevaux de bois montés sur roulettes, souris à queue amovible, crocodile à mâchoire articulée, toupies, balles de diverses couleurs jonchaient le sol.

L'enfant s'accroupit, ramassa deux ostracas — morceaux de calcaires sur lesquels s'exerçaient en principe les élèves avant d'utiliser le papyrus — et les enferma soigneusement entre ses mains.

La mine joyeuse, il les tendit à son père.

— Quand as-tu fait ça ? s'exclama-t-il.

— Tout de suite, répliqua l'enfant en regardant ses mains tachées de noir.

Neb-Amon tendit les ostracas à Séchat.

— C'est étonnant, fit celle-ci. Je pense que Satiah a dû l'aider.

— Je ne l'aide jamais, affirma la jeune fille. Rekmirê veut toujours dessiner seul. Regardez l'autre, ce ne sont pas des dessins. Ce sont des chiffres.

— Montre.

Satiah observa les signes. Ils étaient grands et habilement dessinés.

— Où as-tu pris le modèle ? fit-elle en entourant les épaules de l'enfant.

— Je ne sais plus. Je les ai vus un jour quelque part.

— Il a une mémoire étonnante, déclara Séchat satisfaite que son fils présentât déjà des signes prometteurs pour les études. Allons ! Il est temps de manger à présent. Votre père doit partir tôt à l'hôpital.

La pièce où la famille prenait ses repas était spacieuse, éclairée par le soleil couchant. Satiah et Rekmirê s'installèrent devant une petite table basse, laissant la plus grande pour leurs parents qui réclamèrent aussitôt les plats que Cachou et Maâthor s'empressèrent de leur apporter.

Il était rare que la famille de Neb-Amon soit au complet. Aussi, pour fêter cette occasion, les mets abondaient.

Concombres, fèves bouillies additionnées de miel, laitues, oignons, foies de bœuf marinés dans l'huile et le coriandre, petits morceaux de pigeons grillés aux aromates, gâteaux de melons et d'amandes, lait caillé aux raisins s'étalaient à profusion sur les deux tables.

Alors que Cachou et Maâthor apportaient les petites jarres en grès emplies de jus de grenade et de pastèque, Kaméni, le conducteur de char, se fit introduire.

— Vite, Maître, la vieille Seconde Epouse Moutnéfer est en train de rendre l'âme.

Neb-Amon réagit aussi vite que si le dard d'un serpent l'eût piqué. Prestement, il se leva et se dirigea vers sa trousse à remèdes.

— Ne m'attendez pas. Je rentrerai dès que je pourrai. Si je reste au palais, je te ferai prévenir, fit-il en embrassant son épouse.

Puis, il déposa un baiser sur la joue de son fils et passa la main sur l'épaule de Satiah.

— Ne tourmente pas ta mère en mon absence. N'oublie pas que tu lui dois encore obéissance.

— Et toi tu oublies sans doute que, bientôt, je vais me marier.

— Te marier ! Grands dieux, mais avec qui ?

— Avec Thouty.

— Satiah, fit observer Séchat. Ne crois-tu pas qu'il est prématuré d'avancer une telle certitude ? Thoutmosis va épouser Mérytrê, la future Grande Epouse Royale.

— Peut-être, répliqua la jeune fille, mais moi, je serai sa Seconde Epouse.

— Il faudra pour cela que Mérytrê prouve qu'elle ne peut avoir de fils. Alors, seulement Thoutmosis prendra une Seconde Epouse. Ne crois-tu pas qu'à ce moment-là, il se présentera d'autres jeunes filles plus jeunes et plus fraîches que toi ?

Ce fut l'apothéose d'une colère subite.

— Tu me brises sans arrêt. Tu as toujours repoussé l'idée que je fréquente assidûment Thoutmosis.

Satiah tapait son poing sur la table et frappait de son pied le sol recouvert d'un épais tapis confortable aux couleurs vives.

— Tu refuses encore plus l'idée de me voir en Seconde Epouse.

— Veux-tu donc être enfermée à vie au harem ? jeta simplement Séchat en attendant la fin de l'altercation.

Elle vit que Neb-Amon s'était esquivé en silence, préférant laisser mère et fille vider leur querelle.

— Mais, que crois-tu, enfin ? vociféra Satiah. Que je vais attendre des jours et des nuits entières le bon désir de Pharaon et que je vais rester prisonnière entre les quatre murs d'une chambre exiguë avec les autres concubines ? Même au temps des pharaons les plus anciens, cette coutume n'existait pas. Les Secondes Epouses ont toujours eu le privilège de conserver leurs biens et leur liberté.

Le rouge empourprait ses joues et un éclat singulier brillait dans l'ombre de ses yeux. Elle frappa de nouveau la table de son poing fermé, puis balaya de l'autre main un plat garni de concombres qui alla joncher et salir tristement le tapis.

Cachou et Maâthor arrivèrent en hâte. Elles n'osaient ni souffler ni respirer.

— Je serai une Seconde Epouse adulée, remarquée, respectée.

Elle s'emportait, suffoquait. Elle balança rageusement un plat de dattes confites qui vint rejoindre les concombres.

En silence, Cachou ramassa les plats brisés et, prenant soin de ne pas contrarier Satiah par un regard désapprobateur, Maâthor nettoya les salissures.

— Regarde, cette vieille Moutnéfer que va soigner ton époux, invectiva la jeune fille, n'a-t-elle pas été heureuse ? J'aurai mes propres appartements qui côtoieront ceux de Mérytrê. J'aurai mes attelages, mes bateaux, mes bijoux, mes ateliers de tissage, d'émaillerie et pourquoi pas, mon théâtre.

Un théâtre ! Séchat leva le nez sur les yeux rougis de sa fille. Elle s'approcha et celle-ci se jeta dans ses bras.

— Oh ! Maman, pourquoi ne veux tu pas comprendre ?

— Parce que je suis trop différente et que je voudrais que tu me ressembles. Mais, je sais, ma chérie, que c'est une chose impossible. Tu as raison. Ta vie sera comme tu le souhaites.

— Maman, murmura Satiah dont les colères se calmaient aussi vite qu'elles s'élevaient, tel un khamsin incontrôlable qui soufflait dans le désert, elles s'apaisaient sans que personne ne le pressente. Maman, mes combats ne seront pas les tiens. Mais, je suis consciente qu'il faudra me défendre, me protéger, me carapacer contre toute attaque.

— Je comprends, souffla Séchat à son oreille. Je comprends.

*
* *

Quand Neb-Amon arriva près de Moutnéfer, celle-ci respirait avec difficulté et ses yeux étaient à demi fermés.

Quatre servantes entouraient la malade, épongeant son front, ramenant des linges sur son corps, la forçant à boire des potions qu'apparemment elle refusait d'absorber. De temps à autre, elles échangeaient une parole à voix basse et hochaient tristement la tête.

Deux prêtres, le crâne rasé oint d'huile parfumée et vêtus de leurs peaux de léopard, récitaient des incantations en agitant un encensoir d'or incrusté de pierres fines. L'odeur douceâtre qui se dégageait dans la pièce n'était pas désagréable, mais enfumait la malade qui, déjà, respirait avec peine.

Nakht, l'astrologue de Moutnéfer, magicien-guérisseur à ses heures, élevait au-dessus de sa tête un talisman auquel il s'adressait à voix haute et forte pour tenter de rétablir la vieille femme.

Dans un angle de la pièce, les médecins impuissants préparaient des cataplasmes d'origine excrémentielles animales, ils étaient à base de déjections d'ânes et de chiens, de chiures de mouches additionnées de sang de lézard, de graisse puante d'hippopotame et de cérumen d'oreilles de cochon.

Neb-Amon ne daigna pas s'attarder sur la composition de ce mélange douteux car jamais, dans sa médecine, il n'avait employé de moyens superstitieux qui appelaient la magie.

— Laissez-moi seul avec la malade, ordonna-t-il sèchement. Que tout le monde sorte, à l'exception de deux servantes.

La vieille femme avait encore l'esprit lucide, mais elle était sans forces et gisait molle comme une poupée de chiffon.

Son visage émacié laissait apparaître de profondes rides qui sillonnaient son front, descendaient sur les joues et couraient jusque dans son cou long et maigre. Sa bouche édentée cherchait à s'ouvrir afin d'aspirer l'ultime parcelle d'air qui l'aidait encore à vivre.

Dès que Neb-Amon eut posé ses mains sur la maigre poitrine de Moutnéfer, il diagnostiqua une forte bronchite doublée d'une pneumonie.

— Y a-t-il longtemps qu'elle est ainsi ? questionna le médecin en se tournant vers les servantes.

— Plusieurs jours, répondit la plus âgée.

— Qui m'a fait appeler ?

— Le jeune Prince. Il est entré dans une violente colère quand il a su que vous n'aviez pas été informé. Il dit que vous êtes le seul médecin capable de la guérir.

« Ainsi, pensa aussitôt Neb-Amon, je suis dans les bonnes grâces de ce jeune homme. » Et il tâta avec précaution tout le corps de la vieille femme.

— Apportez un brasero et que l'on fasse bouillir de l'eau, réclama-t-il. Je vais poser des ventouses pour faire sortir le flegmon.

Malgré l'ordre de Neb-Amon pour faire sortir tous ces impuissants, l'un des médecins de Moutnéfer se précipita vers lui.

— C'est déjà fait, s'exclama-t-il offusqué.

— Alors, je vais le refaire, jeta Neb-Amon d'un ton tranquille. Car ma méthode n'est sans doute pas la vôtre.

Puis, il fit absorber à la patiente une potion d'oxymel et de racine d'iris, complétée par de la ciguë pour combattre la fièvre et attendit qu'elle en rejetât la totalité dans une toux grasse et expectorante. Le liquide craché, les servantes nettoyèrent Moutnéfer et l'enveloppèrent de linges propres.

Moutnéfer respirait déjà mieux. Elle ouvrit les yeux et fit signe à Neb-Amon qu'elle se sentait en meilleure forme.

— Est-ce grave, Médecin ? fit une voix derrière lui.

Avant de se retourner, il vit que Moutnéfer tendait la main vers le nouvel arrivant.

Neb-Amon n'avait vu que rarement le jeune Thoutmosis. Certes, il l'avait rencontré lors des processions d'usage, puis à quelques assemblées où la question médicale était à l'ordre du jour. Mais, jamais encore, il ne lui avait adressé la parole.

— Ce médecin m'a déjà soulagé, fit la vieille femme en serrant la main de son petit-fils qui se courbait vers elle.

Elle avait encore de la force et de l'énergie, la vieille Moutnéfer. Dieu ! Qu'elle avait empoisonné l'existence des concubines du harem au temps du pharaon précédent, son fils, si friand de ces belles filles qui attendaient chaque soir le bon vouloir du dieu-pharaon.

Moutnéfer allait jusqu'à inscrire sur une tablette le nombre de fois qu'il honorait la même concubine. Elle organisait même certaines nuits où il devait se montrer vigilant, généreux avec l'une de ces femmes prêtes à accueillir la semence divine pour engendrer un petit mâle.

N'avait-elle pas arrangé de façon méthodique et parfaite la fameuse soirée où Isis, danseuse sacrée du temple, avait offert sa virginité au Pharaon son fils ?

Moutnéfer, Seconde Epouse du premier Thoutmosis, avait donné aux dieux cette pure jeune fille en offrande, comme on jette un mouton sur l'autel sacré. Et son fils était tombé dans le piège tentateur et bienheureux. Le don des dieux qu'alors elle avait reçu en échange était bien ce beau jeune homme, puissant, viril et volontaire, sorti du joli ventre d'Isis, la danseuse.

— Viens, mon enfant, fit-elle d'un ton faible. Viens me raconter les préparatifs de ta prochaine expédition, car j'ai appris que tu partais pour mater ces vils Nubiens.

— Ne parle pas, je t'en prie. Il faut que tu guérisses avant. Dès mon retour, je te raconterai mes exploits.

Neb-Amon osa couper court au tête-à-tête qui rapprochait l'aïeule et l'adolescent.

— Votre grand-mère ne doit ni parler ni se fatiguer, dit-il en recouchant la vieille femme dont le buste s'était légèrement soulevé pour mieux voir son petit-fils.

Un léger bruit se fit entendre du côté de la porte et tous regardèrent la femme qui entrait, malgré l'interdiction récente de Neb-Amon. Thoutmosis courut à elle, prit sa main et y déposa ses lèvres.

— Mère, je crois qu'elle va mieux. Le médecin d'Hatchepsout semble l'avoir bien soulagée.

Isis coula ses yeux clairs vers Neb-Amon. Un regard tranquille, assuré, serein qu'il saisit comme on attrape un oiseau familier sorti quelques instants de sa cage.

A trente-six ans, la mère de Thoutmosis était restée une femme très belle. Sa noble prestance, ses gestes lents et gracieux qui rappelaient l'ancienne danseuse sacrée révélaient toute une tradition ancestrale qui imposait le respect.

Isis avait des lèvres roses, fraîches comme des pétales de lotus, qu'elle étirait en un sourire léger, aérien, discret. Elle porta l'une de ses mains sur son cou fragile recouvert d'un fin collier d'or et de turquoises.

— Puis-je vous parler un instant ? fit-elle en inclinant sur le côté sa tête coiffée d'une perruque tressée et mêlée de fils d'or.

— Certainement, fit Neb-Amon en s'inclinant à son tour.

— Thoutmosis, je t'en prie, reste quelque temps avec ta grand-mère.

Puis, elle sortit silencieusement avec le médecin. Restées à l'extérieur de la chambre, les servantes attendaient patiemment les consignes. Isis ne fit aucun signe pour les écarter, montrant ainsi sa volonté qu'elles écoutassent les paroles de Neb-Amon, pour qu'ensuite elles les rapportassent à la cour.

— Votre avis sincère, médecin Neb-Amon ?

— Avec le traitement que je vais lui donner, elle peut passer cette nuit sans souffrir. Mais, le mal est trop avancé pour qu'elle guérisse.

Il vit une curieuse lueur emplir les yeux de la jeune femme. Certes, Isis ne pouvait être atteinte dans son cœur par la disparition de cette vieille femme autoritaire et tyrannique qui l'avait tant harcelée de ses conseils et de ses perpétuelles recommandations comme si la mère ne pouvait élever son fils.

Elle eut un soupir léger, discret, mais suffisamment visible pour que le médecin devine son sentiment.

— En fait, médecin Neb-Amon, vous allez éviter de la faire souffrir durant ses derniers instants.

— C'est un peu ça.

— Alors, c'est bien. Car je pense que tous ces incapables de médecins-magiciens qui l'ont toujours entourée n'auraient pas réussi cette performance. Qu'elle s'en aille dans l'au-delà sans souffrances inutiles.

Comme elle regardait les yeux étonnés du médecin, elle ajouta :

— Elle a pourtant fait souffrir bien des femmes au harem quand j'étais la Seconde Epouse du pharaon son fils, et je ne sais quel dieu dans l'au-delà la prendra chaleureusement en charge.

Elle eut un petit geste imprécis.

— Mais, je ne connais pas le sentiment de vengeance et je vous demande la grâce qu'elle quitte l'ici-bas sans souffrances physiques.

Enfin, elle tendit au médecin sa main blanche et souple qui portait juste une bague en turquoise.

— Voulez-vous dire à mon fils qu'il me rejoigne dans ma chambre ? Merci pour votre intervention, je sais que vous êtes un médecin de cœur, généreux et capable. La pharaonne Hatchepsout me l'a dit.

Et, tournant la tête, elle glissa silencieusement sur le sol laqué de marbre et disparut des yeux du médecin.

Dans la nuit, la malade s'agita. La fièvre avait repris et Neb-Amon dut reconnaître que l'oxymel avait aussi agi en purgatif, ce qui n'était pas recommandable pour cette vieille femme qui n'avait plus que les os et la peau. Le médecin essaya de lui faire absorber un peu de jus de caroube pour atténuer les coliques, mais elle refusa d'absorber le liquide.

— Imprégnez une éponge propre de ce liquide, dit-il à la plus âgée des servantes qui ne quittait pas Moutnéfer, et pressez-la entre ses lèvres.

Puis, il doubla la dose de ciguë qu'il mêla à de la quintefeuille. Neb-Amon en avait toujours dans sa trousse médicale.

D'ailleurs à présent, il ne manquait pratiquement de rien. Sa pharmacopée de plantes était complète, car au palais, il avait recruté un jardinier qui cultivait celles dont il avait besoin pour son hôpital.

Gentiane, ciguë, mélianthe, safran officinal, pavot, mandragore, hellébore, armoise, mélilot, cardamone, quintefeuille s'alignaient dans les pots en cuivre prêts à être écrasés, broyés, dilués dans du vin, de l'huile ou du vinaigre selon que ces plantes devaient servir à faire des potions, des onguents, des poudres ou des pommades.

Pots de cuivre, matériel chirurgical, aiguilles, cuillères, scalpels, fils à recoudre, attelles, tout était compté, répertorié, nettoyé par l'assistant de Neb-Amon.

La quintefeuille et le jus de caroube soulagèrent la malade, mais la toux grasse qui la prit l'épuisa à nouveau et le médecin dut encore lui poser des ventouses pour calmer l'irritation de son corps qui s'agitait fortement par à-coups.

Quand, au petit matin suivant, la toux s'arrêta, la malade put respirer à nouveau normalement. L'état fut stationnaire toute la journée suivante. La vieille femme avait des forces souterraines qui resurgissaient sans que l'on s'y attende.

Mais, la nuit suivante, son état s'aggrava, les poumons se congestionnèrent à nouveau, les bronches se bouchèrent et Neb-Amon comprit qu'elle était condamnée. Il lui administra, cependant, de l'oxymel et de la racine d'iris pour la faire expectorer.

L'effet bénéfique fut identique à celui de la veille, mais de plus courte durée. Bientôt, les remèdes ne feraient plus aucun effet, la maladie était trop avancée et s'il ne lui administrait pas un puissant narcotique pour l'engourdir, la lente agonie commencerait avant l'aube suivante.

Il fit prévenir Séchat qu'il ne pouvait rentrer avant que Moutnéfer ne décède. Cela pouvait encore durer un ou deux jours, trois tout au plus.

Puis, réfléchissant à son hôpital, il fit porter des instructions à son assistant afin que ses malades ne soient pas pénalisés par sa trop longue absence et, enfin, attendit la mort de Moutnéfer en lui faisant respirer de la poudre d'opium.

Son cœur cessa de battre deux jours plus tard sans que la souffrance pénétrât davantage son corps. Quand les pleureuses arrivèrent et que le momificateur se présenta au seuil de la chambre, Neb-Amon décida que ce n'était plus là son travail.

Il avait effectué le sien avec la compétence, la générosité et le sérieux dont il était capable. La vieille Moutnéfer, Seconde Epouse de feu Thoutmosis, était entrée au royaume d'Osiris sans souffrances excessives.

Epuisé par ces journées et ces nuits de labeur intense, il prit le chemin de sa maison, respirant l'air d'un petit matin qui s'annonçait de plus en plus venteux.

Le khamsin était toujours latent et n'arrivait pas à se déclarer. Mais, sa présence se sentait à l'horizon dans les tamaris et les sycomores qui balançaient leurs hautes branches et sur les chemins poussiéreux qui menaient aux champs les plus éloignés. On le sentait aussi au-dessus de l'eau des étangs qui frisaient étrangement, attendant patiemment des ondes plus houleuses.

Le médecin décida d'emprunter un raccourci qui débouchait sur l'un des murs extérieurs du temple et qui obligeait le piéton à prendre la petite porte qui jouxtait le dernier pylône. Un char ne pouvait y passer, ni même une litière conduite par quatre hommes. Trop étroite, dans ce pays où tout était gigantesque, cette porte était rarement empruntée.

Parti dans ses réflexions, Neb-Amon baissait les yeux. Soudain, un bruit lui fit lever la tête. Une pierre venait de se détacher du mur. Elle s'écrasa juste à ses pieds, l'obligeant à tourner les yeux pour voir d'où elle venait.

Alors, il vit un jeune garçon escalader la haute muraille et disparaître de l'autre côté. En un bond, Neb-Amon traversa la petite porte et aperçut l'enfant prêt à sauter. Mais, surpris par la présence du médecin, il cria et tomba maladroitement dans un bruit sourd et mat.

Le médecin se précipita. La chute avait été mauvaise, car l'enfant était inanimé. Quand il se pencha sur le corps du garçonnet, il remarqua que l'une de ses jambes restait molle.

« Un traumatisme crânien et un membre cassé. C'est une vilaine affaire », jugea Neb-Amon en saisissant avec précaution l'enfant dans ses bras.

Quand il arriva chez lui, Séchat et Satiah l'attendaient. Elles restèrent stupéfaites devant le chargement inattendu du médecin. Trop de questions assaillaient leurs esprits et elles ne purent en poser aucune. Ce fut donc le médecin qui parla :

— Moutnéfer a rejoint ce matin le royaume d'Osiris et, sur mon chemin, je viens de trouver cet enfant.

— Mais, c'est Djéhouty ! s'étonna Satiah le première.

— Où était-il, que faisait-il ? dit enfin Séchat à son tour.

— Je ne sais pas. Je l'ai trouvé près de la petite porte du dernier pylône. Il escaladait la muraille. Vite, il faut que je lui pose une attelle. Sinon, dès qu'il reprendra ses esprits, une trop grande souffrance risque de l'envahir.

— Mais, tu dois être épuisé, souffla Séchat aussi perplexe qu'inquiète.

Elle regardait tour à tour le visage fatigué de son mari et la silhouette de l'enfant qui gisait à terre. Car Neb-Amon l'avait déposé sur la première natte de papyrus qu'il avait trouvée, là, devant le seuil de la porte.

— N'es-tu pas trop épuisé pour t'occuper de cet enfant ? dit-elle encore.

— Je l'étais tout à l'heure. Je ne le suis plus.

Séchat aspira une longue bouffée d'air. Allons ! Elle n'allait pas se montrer plus faible que son époux.

— Il n'est pas transportable, je suppose.

Neb-Amon fit un signe négatif, laissant Séchat frapper dans ses mains pour appeler son personnel.

— Kaméni ! cria-t-elle, prends les chevaux et le char et cours à la villa de Djéhouty prévenir que son fils est ici.

— Précise qu'il a eu un accident, ajouta Neb-Amon, mais ne dis pas qu'il est inanimé. Il sera peut-être remis quand son père sera là.

Kaméni parti, Neb-Amon fit respirer à l'enfant un mélange de natron et d'essence de térébinthe, ce qui lui fit ouvrir lentement les yeux.

— C'est déjà un point positif, soupira le médecin. Il va souffrir maintenant. Donne-moi un peu d'extrait de fleur de pavot et d'hellébore. Cela va endormir son mal. Et, je t'en prie, Séchat, bien que cet enfant soit un de tes élèves, ne lui pose pas encore de questions. Il est trop perturbé pour y répondre.

Ce fut Satiah qui courut chercher les ingrédients que réclamait Neb-Amon. Quand elle lui tendit les fioles médicamenteuses, le médecin lui sourit. « Cette enfant est généreuse, pensa-t-il, ses colères et ses caprices s'atténueront lorsqu'elle sera prise en charge par la vie. »

Satiah reçut le sourire engageant de son beau-père en plein visage et le lui rendit.

Dès qu'il fut éveillé, le petit Djéhouty se mit à hurler tant sa jambe lui faisait mal.

— Je vais te mettre une attelle et cela ira mieux, expliqua Neb-Amon.

— J'ai mal, j'ai mal ! criait l'enfant.

— Je t'ai donné un remède qui endormira ta souffrance. Ne bouge pas. Dans quelques minutes, tu ne sentiras plus rien. Non, Séchat, fit-il précipitamment en voyant la jeune femme qui passait ses mains derrière le dos de l'enfant pour le relever, je ne sais pas encore si son évanouissement provient de sa jambe ou de sa tête. Il faut au contraire le maintenir immobile.

Cachou entra sur la terrasse.

— Le Grand Djéhouty est là, fit-elle. Il veut voir son fils.

Séchat qui aidait Neb-Amon à tenir l'attelle eut un léger tremblement de la main. Comment allait-elle réagir devant le Grand Vizir du Sud ? Certes, son époux connaissait la longue liaison qui les avait unis avant leur mariage.

Mais qu'y pouvait-il ? Tout était fini à présent. Et le médecin avait suffisamment confiance en son épouse pour savoir qu'aucun signe équivoque ne renaîtrait entre eux.

Il laissa donc tranquillement s'approcher le Vizir et attendit que celui-ci le questionnât. Djéhouty n'avait regardé ni Séchat ni Neb-Amon, il s'était penché sur son fils et l'avait observé longuement.

Séchat reconnut le bon sens et la pondération du Vizir, son inquiétude se cachait derrière cet air tranquille et sûr. Il passa sa grande main brune sur le visage de l'enfant qui s'était endormi.

— Qu'a-t-il exactement en plus de sa jambe cassée ?

— Je ne sais pas encore. Il faut que je l'examine de plus près.

— Puis-je l'emmener ?

— Non ! Il est intransportable. Peut-être a-t-il un traumatisme crânien. Dans ce cas, tout déplacement pourrait être fatal.

Djéhouty se releva et, enfin, regarda ses vis-à-vis.

— Je te remercie, Grand Neb-Amon. Tu as sans doute sauvé mon fils.

— Pas encore, murmura le médecin.

Djéhouty eut un hochement de tête imprécis. Puis, il passa l'une de ses mains dans ses cheveux noirs crépus et parut s'absorber dans une méditation que nul ne vint déranger.

— Où était mon fils ? dit-il enfin d'une voix caverneuse.

— Je ne l'ai pas questionné, fit Séchat. Mais, Neb-Amon l'a trouvé près de la petite porte du dernier pylône, là où personne ne passe jamais.

— Qu'y faisait-il ?

Séchat haussa l'épaule et fixa le regard de Djéhouty. Puis, elle se tourna vers Neb-Amon qui vérifiait l'attache de son attelle.

— Ton fils, Djéhouty, précisa-t-elle sans le regarder, est un enfant trop émotif et trop faible. Il se laisse très vite influencer.

— Il ressemble à sa mère dont la grande modestie a toujours effacé les nombreuses capacités qui étaient en elle. Dis-moi, Séchat, me caches-tu quelque chose ?

— Oui. Mais aujourd'hui, je ne veux rien dissimuler et, puisque le destin nous réunit, je vais tout t'avouer. Ton fils est trop malléable. L'an dernier, il a laissé le vieil Antef entrer dans ma classe pour y voler un document.

— Pourquoi me l'as-tu caché ?

— Parce que ton fils paraissait malheureux d'avoir été l'appât d'un odieux personnage. Je crains qu'il soit retombé dans un piège plus resserré encore.

— L'attelle est posée, fit Neb-Amon en se relevant. Nous le questionnerons dès qu'il sera réveillé. En attendant, Grand Djéhouty, viens prendre une collation, cela te sera bénéfique.

Si, à l'arrivée du Vizir, Séchat avait craint quelques battements flous de son cœur, elle se sentait à présent très à l'aise. Rien d'équivoque ne transparaissait dans leurs attitudes. Aucun regard, aucun geste ambigu ne flottait dans l'air. Jusqu'à Neb-Amon qui semblait plus détendu, maintenant que l'attelle était posée.

Cachou, Maâthor et deux autres servantes s'empressèrent de préparer le repas.

— Avant de prendre cette collation, dit Séchat en se piquant droit devant Djéhouty, j'aimerais te poser une question.

— Laquelle ?

— Désormais, es-tu pour ou contre Hatchepsout ?

Surpris, le médecin regarda sa femme. Certes,

il ne s'attendait guère à une telle interrogation qui risquait de tendre dangereusement l'atmosphère.

— Ta réponse, Grand Djéhouty, fit-il avec réserve, n'influencera pas mon souci de guérir ton fils.

Mais, la question avait déstabilisé le Vizir qui, à présent, se sentait gêné.

— En quoi ma réponse peut te concerner ? interrogea-t-il en se tournant vers Séchat.

— Je compte les fidèles qui, désormais, restent près d'Hatchepsout. Cela t'étonne-t-il ?

Il ne riposta rien mais elle remarqua son œil hostile glisser vers elle. Elle reprit d'un ton serein :

— Ta réponse peut m'aider pour comprendre ton fils. N'oublie pas, Djéhouty, qu'il fréquente ma classe et qu'en plus son comportement peut en influencer d'autres. Et, si tu veux mon point de vue, cet enfant est beaucoup trop jeune pour être mêlé à une histoire d'espionnage politique. Ton fils est faible. Alors, il essaye de se forger une carapace en suivant n'importe quel individu qui lui fait miroiter un soi-disant sens du devoir et de l'honneur. Djéhouty, reprit-elle, je sais que tu as servi loyalement le père et l'époux d'Hatchepsout. La pharaonne elle-même a bénéficié de tes généreux services. Mais, en profite-t-elle encore ? Beaucoup d'entre vous se tournent vers le jeune Thoutmosis. Fais-tu partie de ceux-là ?

Le Vizir eut un léger plissement de paupières.

— J'en ferai partie lorsqu'il sera sacré pharaon.

— Et en attendant ?

— Je ne suis pas contre la reine.

— Es-tu pour ?

— Je ne ferai rien contre elle.

Envoyée par Neb-Amon qui sentait l'atmosphère se durcir, Cachou fit son apparition.

— La collation est servie.

Séchat n'insista pas. Après tout, pourquoi aurait-elle été surprise ? Comme toujours, Djéhouty restait secret, impénétrable, renfermé. Elle se calma en se persuadant qu'il était honnête et droit et qu'il ne devait pas tremper dans une affaire malsaine de politique intérieure.

*

* *

Quand ils eurent terminé le repas, le khamsin s'était enfin mis à souffler, libérant le ciel de sa pesanteur.

— Tu ne dois pas tarder à rentrer, si tu ne veux pas être pris dans une bourrasque de vent, fit Neb-Amon.

— Cela m'ennuie de partir avant que mon fils ne soit éveillé.

— Alors, nous pouvons t'héberger cette nuit et tu repartiras demain.

Mais Cachou arrivait en hâte, le souffle pris dans une respiration rapide et suffocante.

— L'enfant est éveillé, cria-t-elle.

En deux bonds, Neb-Amon fut près de lui, suivi de Séchat et de Djéhouty.

Il ne semblait pas souffrir et quand le médecin le vit tourner la tête sans effort pour regarder son père, il comprit qu'il n'y avait aucun traumatisme crânien. Soulagé, il s'approcha du garçonnet.

— Veux-tu répondre à quelques questions ?

L'enfant regarda son père avec une crainte dans les yeux.

— Allons, fit celui-ci, tu as été suffisamment puni par cette vilaine chute. Tu ne seras pas grondé davantage. Mais, tu dois nous expliquer ton comportement.

Séchat prit la main du garçonnet.

— Comment va ton singe depuis la dernière fois que je l'ai vu ?

— Il va bien, fit l'enfant sur sa réserve.

— Sais-tu que tu ne m'as jamais dit son nom ?

— Thot.

— Comme le dieu !

L'enfant secoua la tête. Il se détendait.

— Tu as bien fait de l'appeler ainsi. Le dieu Thot symbolise le singe.

Elle caressa le front de l'enfant.

— Aimerais-tu que nous lui donnions un rôle dans la pièce que nous allons créer avec Satiah et Méryet ?

De grands yeux allumés de joie la regardèrent. L'enfant commençait à se trémousser.

— Dis-moi, Djéhouty, que faisais-tu sur le haut de cette muraille ?

— J'ai grimpé quand j'ai vu le serpent.

— Le serpent ! Quel serpent ?

— A mes pieds. J'ai eu peur et j'ai grimpé pour l'éviter. Je suis tombé quand j'ai vu le médecin.

— Tu aurais pu l'appeler. Il t'aurait aidé à le tuer. Puis, ensuite il t'aurait fait descendre. Pourquoi ne l'as-tu pas fait ?

L'enfant se tut.

— Qui t'a demandé de venir au temple ?

Antef !

— Encore lui. Que voulait-il, cette fois ?

Comme le garçonnet se taisait, son père s'approcha de lui et l'enfant eut un geste de crainte.

— Allons, Djéhouty, ton père ne va pas te battre ni te disputer si tu nous racontes tout. Que voulait Antef ?

L'enfant se butait.

— Si tu me le dis, je ferai jouer ton singe dans

ma pièce. Il sera l'effigie du dieu Thot et nous lui donnerons un rôle très important. Que voulait Antef ?

— Que je lui montre la marche cachée qui conduit au couloir des chambres d'Anubis.

— Et tu le sais parce que tu as vu mes dessins, ceux qu'il n'a pas pu dérober.

L'enfant secoua la tête dans un signe affirmatif.

— Il t'attendait, alors ?

— Il était derrière le mur, il est parti quand je suis tombé.

— Ecoute, Djéhouty ! Désormais, je vais te donner le moyen de te distinguer bien mieux qu'avec Antef. Dès que tu seras guéri, nous ferons cette pièce de théâtre ensemble et tu auras le rôle que tu désires. Ne crois-tu pas qu'à suivre les ordres d'Antef, il est très décevant de toujours te cacher ? Le courage qu'il te demande et que tu lui montres n'est connu de personne, alors que je t'offre le moyen d'être applaudi, admiré, respecté de tous.

— Thoutmosis m'applaudira-t-il ?

Ils restèrent tous les trois ahuris. Enfin, sans le savoir, Séchat avait réussi à extorquer à l'enfant la véritable raison de ses exploits insensés : attirer l'attention du prince. Elle se tourna vers le Vizir.

— Tu vois, Djéhouty, il est normal qu'il se tourne vers la génération de Thoutmosis. Bientôt, il aura l'âge et le devoir de le servir. Mais, toi ! Tu as toujours la tâche de soutenir notre reine.

CHAPITRE V

Sans autres contusions internes, le petit Djéhouty se remit vite de son choc et put, grâce aux bons soins de Neb-Amon, courir à nouveau aux côtés de ses compagnons.

Certes, Séchat avait fait prévenir son ami le Grand Prêtre Hapouseneb, par l'intermédiaire de Méryet, qu'il fallait installer une garde permanente auprès des sanctuaires d'Anubis afin que nul vol de documents ou de bijoux n'intervînt.

Mais, que pouvait-elle faire d'autre pour aider son ami le Grand Prêtre d'Amon, alors qu'elle devait partir pour Bouhen, dès que le khamsin aurait soufflé sa puissance destructrice sur le paysage brûlé d'Egypte ?

C'était la fin de l'année scolaire et la grande résidence de Bouhen qui lui venait de son grand-père, feu le général Nekbet, Grand Scribe du premier des Thoutmosis, attendait tranquillement comme à chaque début d'Akhit la petite famille de Séchat.

Mais, la vie intensive que Neb-Amon menait à l'hôpital l'empêchait d'accompagner Séchat, son fils et la jeune Satiah et le médecin devait les rejoindre à Bouhen dès que son travail le lui permettrait.

Ce fut donc dans une joie à demi teintée de

regret que Séchat donna l'ordre à son personnel de préparer les bagages.

Trois embarcations attendaient les chargements sur le bord du Nil qu'une crue, cette année-là, n'avait pas encore effleuré de ses résultats bienfaiteurs. Les récoltes seraient médiocres et très inférieures à celles des années précédentes. L'humidité indispensable ne s'était pas assez répandue, n'emplissant ni canaux ni rigoles avoisinantes, asséchant tous les terrains éloignés du Nil, étouffant les quelques herbes qui, par endroits, tentaient de pousser.

Partout, cette année-là, le sol dur, trop réchauffé par le soleil, n'engendrait que des touffes d'herbes jaunies et des plaques brûlées que, seuls, les cailloux venaient garnir.

Le ciel gardait cette opacité violente et bleue comme un implacable mur d'azur à la limite de l'intransigeance la plus absolue.

En cette saison du début d'Akhit, la navigation n'était pas dangereuse, d'autant plus que les eaux du Nil étaient basses. Les trois embarcations de Séchat restaient immobiles sur le fleuve et les quilles ne s'enfonçaient que peu profondément, laissant leurs extrémités largement relevées.

Le premier des bateaux, le plus grand, contenait les animaux favoris dont la jeune femme et les enfants ne voulaient pas se séparer. Chevaux, chiens et chats étaient donc du voyage. Il y avait même Kity, le petit singe de Satiah et Princesse, la lionne que Séchat avait rapportée du Pays du Pount.

Les animaux, à l'exception de Kity qui courait sans arrêt d'une embarcation à l'autre, étaient enfermés dans des cages solidement fermées.

Le second bateau contenait les bagages, les vêtements, les objets, les denrées alimentaires.

Quant au troisième, il était agréablement aménagé pour un séjour prolongé sur le fleuve. La proue et la poupe se relevaient avec grâce et le bastingage offrait toutes les possibilités d'admirer tranquillement un site dont les yeux des Egyptiens ne se fatiguaient jamais.

— Cachou, il n'est pas nécessaire d'emporter les jouets de Rekmirê. Bouhen enferme suffisamment de trésors pour que mon fils y trouve les distractions qui devraient l'occuper du lever au coucher du soleil.

Elle s'assura que la maison était en ordre. Il ne restait que le peu de personnel nécessaire à assurer la marche et l'entretien des lieux durant toute son absence. Avec un peu de chance Neb-Amon viendrait les retrouver dans quelques semaines à peine.

— Maman, fit Satiah qui, depuis deux jours, était très excitée pour avoir vu l'armée de Thoutmosis quitter Thèbes en direction de la Nubie, nous côtoierons peut-être les derniers fantassins des troupes. Thouty m'a expliqué comment on formait le bataillon avant et le bataillon arrière.

— Peut-être, répondit Séchat d'une voix distraite.

— Maman, s'écria Satiah, tu ne m'écoutes pas !

La jeune femme se tourna vers sa fille.

— Si ma chérie. Mais, tu vois bien que je suis préoccupée par ce départ. Que diras-tu s'il nous manque, là-bas, la plupart des choses, d'autant plus que l'année passée, nous n'y sommes pas allés.

— Pourquoi, maman, nous n'y sommes pas allés ? s'enquit le petit Rekmirê.

A cet âge, l'enfant posait toutes sortes de questions, voulait tout savoir, tout comprendre. Rekmirê était un enfant éveillé, dégourdi, intelligent et toujours enthousiasmé comme l'était sa mère. Mais, il possédait une qualité supplémentaire fortement développée chez son père, la faculté d'approche et de communication, le don de s'intéresser aux autres et une extrême générosité de cœur.

— Mon chéri, voici deux ans que nous ne sommes pas allés à Bouhen parce que ton père venait de créer l'hôpital et qu'il ne pouvait s'absenter avant qu'il ne fonctionne parfaitement.

— Mais, nous pouvions y aller, toi, Satiah et moi, comme aujourd'hui.

— Non, Rekmirê. J'avais moi-même mon école à préparer, organiser, recréer. Il y avait longtemps que les habitudes du vieux Parenefer étaient englouties dans de vagues souvenirs. Il fallait réveiller tout cela.

L'enfant hocha la tête, montrant qu'il comprenait. Puis, pointant son index vers le Nil, il demanda :

— Où allons-nous nous arrêter ?

— Comme nous ne sommes pas pressés, nous allons faire de nombreuses escales.

L'enfant exulta, mais Satiah fit la grimace.

— Pourquoi, Maman ? Il me tarde d'être à Bouhen.

— Ton frère n'a encore jamais voyagé, Satiah, il faut lui montrer ce que sont les autres villes. Il doit faire son apprentissage sur les gens, les habitudes, les lieux qui ne sont ni Thèbes ni ses environs.

Elle observa sa fille et ajouta :

— D'ailleurs, toi aussi, tu n'as guère voyagé. Enfermée au harem comme tu l'étais, à ne jamais vouloir en sortir.

— De la faute à qui, maman ? Si tu n'avais pas été la Grande Scribe de Sa Majesté la Pharaonne

Hatchepsout — elle appuya volontairement sur ces termes — tu m'aurais fait voyager plus tôt.

Séchat soupira, mais ne répliqua rien. Elle ne voulait pas se disputer avec sa fille, en ce grand matin de départ. Et puis, quoi répondre ? Satiah lui faisait tant de fois ce reproche.

Rekmirê coupa net le léger malentendu qui opposait encore mère et fille.

— Regardez, voici Kaméni. Nous pouvons embarquer.

*

* *

La crue du Nil tardait.

Kaméni regardait avec effroi les bords d'un fleuve jauni par le soleil. Tout avait l'air désertique. Séchat, elle-même, tournait de temps à autre ses yeux étonnés vers un paysage qu'elle ne reconnaissait pas. Seuls, les enfants semblaient ne pas s'inquiéter d'un fait qui leur paraissait s'intégrer normalement dans l'inaccoutumé de leurs habitudes.

Les rives asséchées laissaient apercevoir les lieux d'accostage et Kaméni qui dirigeait l'embarcation aperçut soudain celui d'Hiérakonpolis. Il se dégageait distinctement, au loin, dans un amas de verdure desséchée.

— L'embarcation n'avance que faiblement, dit-il à Séchat qui se tenait debout près de lui.

La grande barque, d'excellente qualité, bien conçue, abritée par un fond solide de papyrus tressé qui ne laissait pas pénétrer l'eau, donnait en principe aux passagers une confiance extrême.

Mais, depuis quelques heures, cette confiance se muait en angoisse. Déjà, les trois embarcations de Séchat qui devaient accoster à Esna ne s'étaient pas arrêtées et le petit port, habituellement accueillant, semblait fermer ses portes aux passagers des bateaux.

Des bateliers faisaient prudemment le gué avertissant que l'eau du fleuve était si peu profonde que les quilles des barques les plus légères heurtaient sans cesse les crocodiles qui ne trouvaient plus leur élément habituel.

— Passons Hiérakonpolis, fit Séchat en scrutant l'horizon d'un œil incertain. Peut-être qu'à Edfou, le cours d'eau se fera plus intense.

Puis, elle partit rejoindre ses enfants qui discutaient sur la petite passerelle aux côtés de Cachou et de Maâthor.

La journée se passa pourtant sans encombre et le soir, ils purent accoster à Edfou. Nulle interdiction ne vint les en empêcher. Certes, la chaleur était si forte et si lourde que personne ne pouvait supporter le moindre vêtement. Rekmirê, Satiah et la jeune Cachou restèrent nus. Etendus sur le bateau aux côtés de Séchat, ils observaient d'un air amolli le rivage qui, peu à peu, sombrait dans l'obscurité d'une nuit bienfaitrice et rafraîchissante.

L'agitation du port d'Edfou les éveilla dès l'aube. Des chalands débarquaient les marchandises et repartaient aussitôt, les uns vers le nord, les autres vers le sud.

Deux hommes de police patrouillaient près de l'embarcadère et quelques petits scribes s'affairaient à griffonner sur leur tablette les chiffres qui totalisaient les caisses de fruits et de légumes, les barils de bière, les sacs de blé, les bottes d'oignons, les oies, les canards et les poules encagés, tout ce qui constituait la vie de cette petite ville.

Séchat mit sa main en visière et regarda le port. Après les berges environnantes que les bateaux venaient de dépasser et dont les bœufs s'emparaient pour venir s'y désaltérer, elle avait cherché des yeux les oasis verdoyantes qui, habituellement, en ponctuaient chaque détour. Mais, les bœufs pataugeaient tristement dans des flaques de boue, secouant leurs têtes massives et chassant de leurs queues les mouches malodorantes.

— Nous allons descendre sur le quai, dit-elle à ses enfants. Nous visiterons la ville. Il faut que tu saches, Satiah, qu'à l'Ancien Empire, Edfou était un site florissant. On y adorait autrefois un prince généreux, sage et intelligent. Il s'appelait Isi et il fit bâtir dans la ville un temple grandiose qui, bien entendu, favorisa la culture et le commerce de toute la région.

— Le visiterons-nous, maman ? fit le petit Rekmirê.

— Bien sûr, fit Séchat en repoussant la nuée de mouches qui, depuis l'aube, venait les agresser.

— C'est étrange, murmura-t-elle, d'ordinaire, elles ne s'agitent qu'au lever du soleil. On dirait que celles-ci cherchent à nous annoncer quelque chose d'inhabituel.

Soudain, baissant les yeux, elle vit un homme non loin d'elle, assis en scribe contre la coque du bateau. Tourné vers le port, il écrivait sur un morceau de calcaire.

L'homme était jeune, presque un adolescent, le teint brun et les cheveux crépus et noirs. Sans doute avait-il quelque sang nubien qui venait réchauffer ses veines. Dans sa naïve et touchante nudité, Cachou l'avait déjà remarqué. Le jeune scribe — du moins, s'il en était un — avait tourné plusieurs fois son visage vers elle et semblait apprécier à sa juste valeur les formes rondes et pulpeuses de la jeune servante.

— Cachou, qui est cet homme ? fit-elle à la jeune fille qui observait avec intérêt l'individu assis contre la coque de son bateau.

— Un scribe, sans doute, fit Cachou en coulissant un sourire du côté de l'homme qui, justement, tourna la tête dans leur direction.

Séchat traversa la passerelle qui menait à la proue et s'aidant du cordage qui tombait au sol, descendit tranquillement à terre.

L'homme se leva. Pour ne pas tacher davantage sa tunique qui déjà était grise et poussiéreuse, il s'était assis sur la pierre haute qui servait d'accostage, le dos appuyé au bateau.

— Pardonnez-moi de m'être installé là, fit-il en saluant Séchat. J'ai tant été séduit par cette agitation du port qu'il m'a fallu de suite la dépeindre.

Puis, il tendit son calcaire à la jeune femme. Elle observa quelque temps le trait habile du garçon. L'agitation du port était cernée avec un art subtil et discret, mais rien n'y manquait.

— Es-tu peintre ?

— Je suis à la fois scribe et peintre. Malheureusement, je n'ai trouvé aucun travail. Ni là ni ailleurs et je pense retourner à Kounmeh dès que j'aurai réuni l'argent de mon voyage.

— Es-tu originaire de la troisième cataracte ?

— On peut le dire, répondit le jeune homme en haussant l'épaule. J'ai de la famille à Soleb. Peut-être vais-je même m'y installer après en être parti, voilà déjà bien longtemps.

— Qu'y feras-tu ?

— Mes cousins sont des paysans. Ils ont quelques aroures en louage. Je travaillerai la terre avec eux. Cela vaudra mieux que de mourir de faim ici, jeta-t-il d'un ton blasé.

— C'est dommage ! Avec le don qui est le tien.

Le jeune scribe haussa de nouveau les épaules et tourna la tête.

— Attention ! cria-t-il soudain en esquissant un bond rapide sur le côté.

Puis, il tira violemment Séchat en arrière. Surprise, elle faillit perdre l'équilibre, mais il la retint d'une poigne robuste. C'est alors qu'elle vit l'ombre d'un crocodile se faufiler lentement sous la coque du bateau, puis glisser et disparaître de ses yeux.

— Kaméni ! s'écria-t-elle aussitôt. Nous repartons. Cet endroit sera bientôt infesté de crocodiles. Il n'est pas question de rester ici un instant de plus. Edfou est, aujourd'hui, aussi dangereux que l'était Hiérakonpolis.

— Je retire les amarres, répondit Kaméni qui, lui non plus, n'avait pas été sans remarquer les sauriens qui guettaient la descente des passagers.

— Vite, ne tardons pas. D'ailleurs, à terre, nous sommes envahis par les mouches, poursuivit Séchat en repoussant d'un geste nerveux une nuée d'insectes bourdonnants et agressifs qui zigzaguaient autour d'elle.

Elle vit Kaméni enfoncer avec difficulté la gaffe dans les eaux boueuses du port et se précipita pour détacher l'amarre qui retenait l'embarcation au pontage. Le jeune scribe s'empressa de l'aider, puis voyant que Kaméni peinait de plus en plus — c'est à peine s'il pouvait ébranler le bateau tant le sol était sec — il s'écria presque joyeux :

— Veux-tu que je t'aide ?

Sans attendre la réponse, il aida promptement Séchat à remonter sur le bastingage et, s'arrimant au sol, jambes écartées, s'aidant d'un mouvement circulaire des épaules qu'il avait rondes, souples et musclées, il poussa l'embarcation jusqu'à ce qu'elle décolle de terre.

— Le crocodile est peut-être toujours sous la coque, jeta Satiah dont les yeux s'agrandissaient d'effroi.

— Non, je l'ai vu s'en aller là-bas, dit Rekmirê en pointant son doigt vers le fleuve asséché.

— Ce voyage est trop périlleux et en l'absence de Neb-Amon, je me sens responsable. Nous resterons à bord jusqu'à Bouhen.

Elle se pencha au-dessus de l'esquif et aperçut le jeune scribe qui, voyant l'embarcation prendre un peu d'aisance sur une mince pellicule d'eau, lâchait le bord du bateau.

— Sans toi, lui dit-elle, nous aurions eu du mal à repartir aussi vite. Veux-tu monter avec nous ? Nous te laisserons à Bouhen.

Le jeune homme lui répondit par un sourire chaleureux et sans attendre davantage sauta sur le navire.

*
* *

— Je refuse d'embaumer Moutnéfer dans tes locaux, jeta Neb-Amon d'un ton qui n'admettait aucune réplique.

— Alors, nous nous passerons de tes services, jeta sèchement Pénith, le petit médecin aux yeux métalliques et à la bouche épaisse.

— Faudra-t-il que tu viennes me dérober le corps de la défunte Moutnéfer ?

— Le pavillon des morts que tu as construit dans ton hôpital n'en est pas un, rétorqua Seddy en avançant sa lèvre inférieure qui pendait à la moindre contrariété.

Neb-Amon se retourna lentement vers les médecins qui parlaient ainsi. A présent, il les avait tous les trois devant lui et pouvait, enfin, jouer à armes égales. Voici longtemps qu'il attendait cette occasion. La vieille Moutnéfer dont il avait soulagé les dernières heures avant d'atteindre l'au-delà l'y aidait plus généreusement qu'il l'eût cru.

— Si mon hôpital ne contient qu'un petit pavillon destiné aux morts, il est, du moins, à la pointe du progrès et de la perfection.

Il les dévisagea avec une pointe de morgue dans l'œil.

— Vos procédés sont dépassés à présent et vous le savez.

— Peu importe, répliqua Pénith en clignant des yeux vers son ami Seddy. Ce n'est pas toi qui nous empêcheras de momifier la vieille Moutnéfer.

Neb-Amon se fit narquois, plus qu'il ne l'était à l'ordinaire.

— Moutnéfer était la Seconde Epouse du pharaon Thoutmosis. A ce titre, Sa Majesté Hatchepsout réclame un embaumement avec les herbes et les parfums que nous avons rapportés du Pount.

— Nous nous passerons de tes drogues.

Neb-Amon sourit. Ses drogues ! Certes, il les avait mises au point avec un raffinement extrême, une maîtrise telle que la complexité de leur mélange ne pouvait être assimilée que par lui. Il avait le nom de chaque ingrédient en tête et la façon de les traiter. Il connaissait chaque dosage et n'était pas prêt à en céder le secret à un autre.

Neb-Amon effectuerait son premier embaumement dans les règles de l'art, associant les traditions anciennes aux découvertes modernes. Et ce n'était certes pas ce triste petit trio de praticiens qui l'en empêcherait.

Par précaution, Neb-Amon n'avait rien noté. Il

nettoierait les intestins et les autres viscères au vin de palme. Puis, il emplirait le corps vidé de ses substances avec des aromates broyées, de la myrrhe pure et de la cannelle. Tout en restant élastique, le corps serait plus dur et cela faciliterait la pose des bandelettes.

— Mes drogues sont faites avec des ingrédients qu'impose la perfection d'un embaumement divin et Hatchepsout en est consciente. C'est ainsi et pas autrement. Je ne peux m'écarter de la volonté de Sa Majesté. Tes injonctions passent après, Pénith.

Le médecin aux petits yeux étrécis et à la bouche molle rétorqua :

— Nous t'userons, Neb-Amon. Nous t'empêcherons de réussir.

— Vous ne m'empêcherez pas d'effectuer cet embaumement tel que je le souhaite. Tu n'es qu'un charlatan, Pénith et tu n'arriveras jamais à la cheville du vieux maître-momificateur de feu Thoutmosis. Celui qui traçait le dessin de ses bandelettes si bien que toute la géométrie en elle-même était une œuvre d'art.

— Qui t'autorise à parler de lui, petit médecin ? jeta Seddy rouge de colère.

— Qui m'autorise à en parler ? rétorqua Neb-Amon dont le teint, au contraire, blanchissait à mesure que sa fureur prenait forme. Le respect que j'ai pour lui !

— Le respect ! Peuh !

Seddy fit mine de cracher pour mieux montrer son désaccord.

— Le respect ! trancha-t-il, le respect ! Ce n'était qu'un poseur de bandelettes, ton maître-momificateur.

— Il ne t'arrivait pas à la cheville, rétorqua Neb-Amon.

Puis, il avança son index et le posa sur le torse de Seddy.

— Le maître, le vrai maître, celui qui dosait si bien son mélange d'huile de cèdre, d'oliban et de natron obtenait un résultat qui ne désagrégeait aucun viscère, alors que ta mixture fait tout fondre dans le ventre de tes morts.

Seddy suffoquait.

— Oui ! Tout fondre, poursuivit Neb-Amon. Tu n'en extirpes rien.

— C'est faux, s'écria Mékyet, le troisième médecin qui, muet jusqu'ici, pressentait une tournure qu'il n'avait pas prévue.

— Faux ? J'ai vu comment tu procèdes. Tu injectes la liqueur de ta seringue dans le ventre du mort sans y faire aucune incision et sans même en retirer les intestins.

— Faux ! Faux ! Faux ! s'écria Pénith.

Il se jeta sur Neb-Amon et le prit à la gorge. Mais, ses deux compagnons l'empêchèrent de poursuivre une agression qui les eût mis, alors, en mauvaise posture.

— Ose nier que tu retires le liquide de ta seringue juste avant l'emmaillotement. Où sont tes viscères, Grand Mékyet ? Ose dire qu'ils ne sont pas entièrement dissous par ta préparation destructrice.

Mékyet bomba le torse qu'il avait poilu comme un singe.

— N'as-tu donc jamais vu mes incisions ?

— Elles n'existent que ton imagination, tes incisions. Sais-tu seulement te servir correctement d'un scalpel ?

Neb-Amon respira fortement. Le scalpel ! Comment ne pas penser tout à coup à sa merveilleuse pierre d'Ethiopie, affûtée comme un silex et qui ne faisait pas gicler le sang comme ces outils égyptiens dont se servaient la plupart de ses compatriotes.

— Tu n'as pas répondu à ma question, il me semble, fit Neb-Amon qui, visiblement, voulait aller plus loin. Où sont tes viscères lorsque tu momifies un corps ?

— Dans les canopes ! rugit Mékyet.

— Faux ! Je t'ai vu remplir les vases avec des cœurs de bœufs et des intestins de chiens ou de chats. Une fois bouchés, tes canopes sont muets et ne peuvent te dénoncer.

Une lueur de panique s'allumait dans les yeux de Pénith et le regard de Seddy ne paraissait pas plus tranquille. Seul, Mekyet bombait toujours son torse poilu avec arrogance.

— Tu m'espionnes, petit médecin de rien. Petit médecin de...

La voix coupante de Neb-Amon poursuivit aussitôt :

— Ose prétendre que tu ne touches pas des honoraires grandioses pour tes momifications qui n'en sont pas. Ose nier que tu n'utilises que des produits de médiocre qualité alors que pour le prix que tu reçois, tu devrais travailler avec les ingrédients et les parfums les plus purs.

Seddy releva sa lèvre molle et tombante et essaya d'intervenir, mais Neb-Amon poursuivit :

— Ton natron n'est qu'un produit de médiocre qualité. Celui qu'utilisent les praticiens des classes défavorisées.

Il éleva la main.

— Non ! Ne dis rien. Je n'ai pas terminé. Je connais ce natron-là. Je l'ai vu, senti, touché, manipulé quand je travaillais pour les pauvres de Thèbes et que je n'avais ni les moyens ni la possibilité de m'en procurer du meilleur. Ton natron qui doit entretenir et solidifier tes corps pendant soixante-dix jours se décompose déjà au bout de vingt jours.

Cette fois, il les avait réduits tous les trois au silence et aucun d'eux ne l'appela plus « petit médecin de rien du tout. »

Enfin, Neb-Amon savourait sa victoire. Depuis deux ans qu'il était l'objet constant de calomnies et de médisances, se heurtait en permanence à ces trois êtres incompétents et était sans arrêt bloqué pour avancer dans la progression de son hôpital, voilà qu'il tenait sa vengeance.

Ce n'était pourtant guère dans les habitudes du sage et pacifique médecin que d'étaler ainsi une fureur extrême. Mais, à présent que Neb-Amon avait une famille à assumer honorablement, il se devait de préserver la qualité de son travail.

— Tu es bien présomptueux, tout à coup, fit simplement Seddy.

— Parce que je suis sûr de l'efficacité de mon labeur et de mes possibilités et que jamais vous ne pourrez me prendre en faute.

Il les détailla tranquillement les uns après les autres, abaissa son regard sur le corps de Moutnéfer que l'âme avait quitté déjà depuis quelques jours, le ramena sur ses adversaires puis jeta d'une voix ferme et pesante :

— Par contre, je ne suis pas doué pour la dénonciation de mes compatriotes. Je suis médecin et non juge. Aussi, je vous demande de me laisser travailler en paix et cet entretien n'ira pas plus loin que les murs de cet hôpital.

*

* *

Le scribe Djenani semblait savoir tout faire et,

chaque jour, Séchat se félicitait de l'avoir rencontré sur le port d'Edfou et plus encore de l'avoir fait monter à bord de leur embarcation.

Les trois barques approchaient de Kom Ombo. L'allure était lente et incertaine. L'assèchement du fleuve les arrêtait sans cesse et, depuis Edfou, le voyage s'annonçait de plus en plus périlleux. Hippopotames et crocodiles s'aventuraient sur les berges, bloquant sans cesse le passage. Les nombreux îlots qui, d'ordinaire, abritaient les sauriens étaient à sec et les forçaient à se mouvoir sur le territoire des hommes.

Dans le sillage des bateaux, traînaient depuis quelques heures deux crocodiles qui, de temps à autre, ouvraient une gueule énorme laissant découvrir leurs dents en scies meurtrières.

Il n'était même plus question de rester appuyé à la proue du bateau ou sur le bord du bastingage. Cantonnés en son centre, Séchat et ses enfants observaient l'horizon d'où venaient des nuées de mouches bourdonnantes qu'il fallait chasser avec les grandes ombelles de papyrus.

Rekmirê cachait sa déception de ne pouvoir aller se promener dans les villes dont sa mère lui avait tant parlé. Mais, le bon sens et la sagesse qu'il tenait de son père lui faisait accepter avec discernement ce fâcheux contretemps.

Satiah, par contre, enrageait de ne pouvoir rafraîchir dans l'eau du fleuve son corps échauffé par le soleil. Seule, la vue des sauriens qui suivaient l'embarcation calmait l'ardeur de ses caprices.

Kaméni et Djenani virent l'hippopotame ensemble. Il traversa lentement la berge et vint se planter au milieu du fleuve, décidé à ne plus en sortir.

Les embarcations chargées des animaux et des

denrées alimentaires avaient pris l'arrière de la file. Kaméni avait peut-être un sens de l'observation très aiguisé — rien ne lui échappait — mais, il n'était pas des plus habiles à manier la gaffe, le gouvernail ou la voile et, depuis que Djenani était sur le bateau et que personne ne pouvait plus en sortir, le jeune homme dépliait la grande voile blanche au moindre souffle du vent apporté par la nuit et l'embarcation filait quelques heures à plus vive allure.

Kaméni et ses deux aides avaient attaché un gros câble et les trois embarcations reliées entre elles se suivaient au rythme qu'imposait le sinistre voyage.

Depuis qu'ils avaient attaché ainsi les bateaux, les crocodiles s'étaient rapprochés et sillonnaient les bas-côtés, si bien que leur présence alourdissait davantage la vue qu'en avait les passagers.

— L'hippopotame bouche complètement la voie ! s'exclama Kaméni.

— Ne pouvons-nous le contourner ? suggéra Séchat que l'inquiétude ne quittait plus.

— C'est impossible, rétorqua Djenani, il n'y a pas assez d'eau sur les bas-côtés.

Il fouetta de la main son visage où les mouches venaient en nombre se poser.

— Je vais essayer de détourner son attention sur le côté opposé.

Mais, à peine avait-il jeté ces mots qu'un autre mastodonte arrivait à pas lourds, suivi de deux bébés hippopotames.

— La famille entière ! Il ne manquait plus que cela, soupira Séchat d'un air las. A cette allure, quand serons-nous à Bouhen ?

— Maman, je n'ai jamais vu d'hippopotame ! s'écria Rekmirê ravi de cette aubaine.

— Eh bien, le destin fait que tu peux admirer

toute la famille. Tiens, regarde le père, il doit être en colère parce que l'eau ne recouvre pas son corps.

— Oh ! Maman, il ouvre sa gueule.

Et Rekmirê parut séduit devant cette masse de chair informe et rosâtre où s'enfouissaient graisse et mâchoire.

— J'ai une idée, fit Djenani. Il faudrait condamner un animal. Le jeter en pâture au-devant de ces monstres qui ne sont qu'herbivores et qui, dans une indifférence totale, vont l'ignorer. En revanche les crocodiles vont sentir la viande et vont s'approcher des hippopotames. Les bébés vont prendre peur et, pour éviter les sauriens, la petite famille risque de s'écarter de nos embarcations.

L'idée était judicieuse et bien qu'il en coûtât à Séchat et aux enfants de condamner ainsi des animaux, elle donna l'ordre de tuer deux énormes oies pour les balancer en pâture aux hippopotames.

Comme l'avait prévu Djenani, les énormes pachydermes qui pataugeaient dans l'eau ne furent pas attirés par les grasses bêtes qu'on jetait devant eux et ce furent les deux crocodiles, ahuris par une telle aubaine, qui se précipitèrent sur les oies.

Effrayés par le brusque assaut des sauriens, les bébés hippopotames se pressèrent contre le ventre de leur mère. Dans un grognement qui ébranla les embarcations, le gros mâle se mit en colère. Il rua et cogna la proue du bateau. L'embarcation chavira et les passagers se retrouvèrent renversés. Il fallut la force et la maîtrise des deux hommes pour la redresser sans dommages.

Les bébés dans le giron de la femelle continuaient à s'affoler, mais le père qui ne craignait pas les crocodiles semblait plus enragé à l'idée qu'on perturbe sa petite famille plutôt que d'éloigner ses rejetons de l'incident.

Les grasses oies étaient déjà englouties depuis longtemps quand les crocodiles reprirent leur place sur le bas-côté. Fallait-il sacrifier d'autres animaux ? A ce rythme-là, les cages emplies de volailles risquaient fort de se décimer rapidement.

Une autre secousse leur donna la réponse. L'hippopotame déstabilisa tant le bateau qu'il faillit se retourner. Cachou, la moins brave, se mit à pleurer et Rekmirê, cette fois, n'admirait plus de ses grands yeux étonnés la masse de l'animal monstrueux, mais se demandait comment ce gros animal pouvait, à présent, les laisser passer.

Satiah et Maâthor restaient serrées l'une contre l'autre, saisies par la peur, bloquées dans l'inconfort de la situation.

Pendant que Djenani redressait l'embarcation, Kaméni se fit apporter deux autres oies qu'il jeta de nouveau aux sauriens. Les crocodiles restaient immobiles, leurs petits yeux noirs enfouis dans leurs écailles verdâtres. Ils attrapèrent les volatiles et les engloutirent sans façon, remuant avec fracas le peu d'eau qui encerclait les hippopotames.

Enfin, le mâle consentit à s'écarter du bateau mais, dans un dernier mouvement de rage, balança l'embarcation si fort que la proue piqua de l'avant et que l'ensemble chavira sur le côté.

Séchat cria en voyant que Rekmirê s'apprêtait à tomber. La main puissante de Djenani le rattrapa suffisamment à temps et l'enfant vint heurter violemment le fond du bateau.

Satiah et Maâthor s'accrochèrent au bastingage et y restèrent solidement fixées le temps que l'embarcation se redresse. Cachou avait disparu.

— Accroche-toi là, fit Séchat à son fils et surtout ne bouge pas.

Elle vit que les deux hommes s'acharnaient à relever le bateau et partit à la recherche de Cachou. Elle tituba plusieurs fois, se redressa et, soudain, aperçut la jeune fille transie de peur, cachée sous une bâche de papyrus qui servait de protection pour apporter de l'ombre quand le soleil se faisait trop intense.

— J'ai cru que tu étais passée par-dessus bord, dit-elle en soupirant de soulagement.

Cachou ne répondit pas tant elle était apeurée. Elle ne sentait plus sa langue et la salive refusait de couler dans son gosier asséché.

— Reste là, dit Séchat en culbutant, s'étant pris les pieds dans un cordage dont elle eut du mal à se dégager. Tu ne crains rien tant que le bateau n'est pas redressé. Tiens ! Accroche-toi à cette corde et ne bouge pas.

Elle attacha au mât central le câble dont elle venait de se dépêtrer et le lui tendit. Puis, elle retourna vers son fils et vit alors la lente marche des hippopotames vers le bord de la berge opposée.

*

* *

Le dieu d'Amon n'avait pas encore permis que les eaux de la crue versassent leurs bienfaits sur les terres asséchées.

Quelques jours plus tard, passé Aniba et Abou Simbel, les embarcations ralentirent à nouveau. Les bancs de sable se déplaçaient sans cesse. Les mouches de plus en plus nombreuses semblaient venir du sud. Elles incommodaient gens et bêtes par leur ténacité à se coller sur la peau.

Bientôt, il y eut des piaffements et des rugissements qui provenaient des cages situées à l'arrière. La queue de Princesse, la lionne, battait sans cesse le long de ses flancs et les chevaux agitaient leurs crinières pour écarter les insectes de plus en plus gênants.

Près d'Abou Simbel, le paysage se fit désertique. Sur les berges, d'affreuses mottes de terre séchées durcissaient comme des morceaux d'argile cuits.

Bouhen était proche, mais les étendues de sable, étouffées par la chaleur, n'offraient pas les oueds verdoyants qu'ils avaient l'habitude de présenter au regard des voyageurs et à leurs bouches assoiffées.

Des oryx et des antilopes s'aventuraient hors de leurs troupeaux pour chercher un filet d'eau dans le désert. Si les crocodiles affamés avaient disparu des rivages, les hyènes et les chacals avaient pris le relais. Séchat et ses enfants les entendaient hurler la nuit et ce n'était certes pas rassurant car, eux aussi, s'aventuraient jusqu'au milieu du fleuve pour se désaltérer.

La nuit, ces animaux malfaisants pouvaient fort bien sauter à bord et, lorsqu'ils attrapaient une proie, ils ne la lâchaient plus. Dès que le soleil commençait à se coucher, les deux hommes les surveillaient avec une vigilance extrême. Pour mieux voir, des torches allumées étaient disposées autour des bateaux et Séchat évitait aussi de fermer l'œil pour observer les silhouettes allongées de ses enfants au repos.

A Aksha, les contreforts de Bouhen se dessinèrent.

— Ne reste pas sur le bord ! jeta Séchat en

regardant son fils se pencher pour mieux inspecter les alentours.

— Est-ce là Bouhen ? dit l'enfant.

— Hélas, ce paysage désertique a changé complètement la physionomie des alentours.

Un instant, Séchat se remémora avec plaisir les jours passés avec Neb-Amon qui, pour la première fois, voyageait dans le sud. Il y avait plus de six ans qu'elle avait présenté à son mari le domaine hérité de son grand-père. Le cœur battant, elle lui avait présenté toute la maisonnée, serviteurs, fermiers, jardiniers, maraîchers. Tout le personnel s'était courbé devant le nouveau maître et Neb-Amon avait tout observé sous le regard ravi de Séchat.

Ensemble, ils avaient été voir les ateliers de tissage, ceux de poterie et d'émaillerie, les fabriques de papyrus et même, tout au fond, encastrée entre deux montagnes que resserrait un horizon bleu comme le lapis-lazuli, à l'extrême limite sud, la grande carrière d'où on extrayait le grès rouge de Nubie.

A Bouhen, quelques scribes qui ne connaissaient rien d'autre que les chiffres écrivaient sur leurs tablettes le travail de la journée. Un métayer et deux aides surveillaient l'ensemble du territoire. Puis, les laiteries où s'alignaient les jarres de lait frais caillé avaient aussi fait l'objet d'une attention particulière. Enfin, l'immense potager, là où Neb-Amon voyait déjà pousser un grand carré d'herbes et de plantes médicinales.

— Satiah, que fais-tu ? dit Séchat en voyant sa fille tendre l'oreille.

— N'entends-tu pas un bruit étrange ?

— C'est par là, fit Rekmirê en tendant son bras vers les cages.

Un chuintement bizarre arrivait à leurs oreilles.

Ce fut bientôt un rugissement profond, bas, langoureux, comme le raclement d'un morceau de calcaire sur un autre calcaire.

Kaméni cria et pointa son index sur le côté gauche.

— C'est un lion qui cherche à boire.

— Un lion ! s'exclama Rekmirê. Je veux le voir.

— Tu restes là, fit Séchat en retenant l'ardeur de son fils. Un lion sur le rivage est de mauvais augure. S'il nous suit jusqu'à Bouhen, nous appellerons les chasseurs.

Le fauve n'était pas loin et quand les embarcations eurent longé les premiers champs de Bouhen, il se mit à faire un curieux trajet, allant et venant nerveusement en balançant lentement sa queue et sa crinière dorée.

— D'où vient-il ? questionna le garçonnet.

— Du désert de Nubie, répondit Djenani. Ils arrivent toujours aux alentours de Soleb. En principe, par temps de sécheresse, ils se retrouvent par dizaines au-dessus de la boucle de la troisième cataracte.

Il se tourna vers l'enfant.

— Ne t'aventure pas trop loin, ces grands fauves sont dangereux. Ils attaquent quand ils sont contrariés. Et je pense qu'actuellement, ils le sont.

— Parce qu'ils ont soif ? s'enquit l'enfant.

— Et parce qu'ils sont loin de chez eux, donc inquiets et sur leurs gardes.

Un grand rugissement les fit se retourner. Satiah arrivait en hurlant et se jeta contre Djenani qui recula, tant la violence du choc était grande.

Ils virent Princesse, la lionne encagée, qui bondissait sur le pont, sautait par-dessus bord et rejoignait le rivage asséché.

— Elle m'a heurtée et je suis tombée, fit Satiah en se dégageant des bras de Djenani.

— Mais qui lui a ouvert la cage ?

— Je l'ai trouvée entrouverte et j'ai voulu voir ce qu'il y avait d'anormal. La targette qui bloque l'ouverture était arrachée.

— Ce sont les rugissements du lion qui ont dû la rendre folle.

— Je ne comprends pas, dit Séchat, c'est une lionne qui m'a suivie de son plein gré, lorsque j'étais dans l'une des forêts du Pount. Elle ne supporte aucun mâle.

Ils dirigèrent leurs yeux vers la berge et virent les deux fauves s'approcher.

— Il faut la rattraper, Maman.

Djenani secoua la tête.

— C'est impossible. Elle reviendra plus tard ou elle partira avec ce mâle.

Les deux fauves tournaient en rond, s'épiant, s'observant, se reniflant. Le mâle rugissait doucement, la femelle grondait sourdement, avançant et reculant. Ses reins puissants s'agitèrent, elle s'arc-bouta sur ses pattes arrière et bondit sur le mâle qui s'esquiva.

Une traînée de poussière chaude et sèche empêcha de les voir quelques instants. Puis, ce fut à nouveau le spectacle des deux félins qui se défiaient. A son tour, le mâle attaqua et la femelle bondit sur le côté, l'évitant de justesse.

— Princesse, Princesse ! hurlait Rekmirê. Je ne veux pas qu'elle s'en aille.

— C'est la vie, mon fils, murmura Séchat. Si ce mâle ne la contente pas, elle reviendra.

— Et s'il lui plaît ?

— Ce jeu qu'ils pratiquent l'un et l'autre m'a tout l'air d'être le résultat d'une profonde sympathie l'un pour l'autre.

— Tu crois ? fit Satiah en prenant la main de Djenani.

Les deux enfants avaient totalement adopté le jeune scribe. Il est vrai que sa culture était grande et qu'il cumulait avec intelligence de multiples possibilités intellectuelles et de nombreux travaux physiques.

Séchat savait qu'elle pousserait Djenani vers des sphères plus hautes dont il n'avait pas encore conscience. Elle le testerait plus longuement à Bouhen, afin d'en savoir davantage sur ses diverses compétences. Comment ce jeune homme, à peine sorti de l'adolescence — car il avait à peine vingt ans — pouvait-il devenir un simple paysan ?

— Qu'arrivera-t-il s'ils se plaisent ? questionna encore Rekmirê.

— Ils partiront ensemble et tu ne reverras plus Princesse, répondit Satiah.

— Vous oubliez une autre hypothèse, dit Séchat.

— Laquelle ? firent ensemble les deux enfants.

— Ma lionne peut fort bien revenir avec un ventre rond et plein. Princesse est intelligente. Elle sait qu'elle pourra élever son petit avec nous, sans risque de le perdre.

Ils avaient les yeux rivés sur les deux fauves et ils poussèrent un soupir partagé entre la peine, le doute et l'enthousiasme quand ils les virent s'élancer dans le désert et courir côte à côte à en perdre l'haleine.

CHAPITRE VI

Revenu de Nubie pour les funérailles de sa grand-mère Moutnéfer, le jeune Thoutmosis — bien qu'il fût réellement peiné — ne pensait qu'à rejoindre son armée campée non loin de Bouhen.

Avant son départ, la reine l'avait fait demander en privé dans ses appartements. Lorsqu'il entra, il fut surpris de voir Mérytrê assise aux pieds de sa mère.

— Entre ! Thoutmosis. Je désire que nous bavardions en toute intelligence et en toute sagesse.

Le prince s'inclina devant sa tante et regarda Mérytrê qui, d'un œil énamouré, l'observait.

— La mère de ton père n'est plus. Une étape de ta vie se termine, une autre commence. Si tu n'as pas eu à tracer la première, à présent tu dois dessiner les contours de la deuxième.

— Je le sais, ma tante.

— Néférourê, la première de mes filles, celle que tu devais épouser est morte en bas âge. Il reste Mérytrê, ma fille cadette que tu vas épouser dès ton retour de Nubie.

Le prince s'inclina à nouveau devant Hatchepsout.

— Cela aussi, je le sais, ma tante.

La pharaonne se leva et fit quelques pas, puis vint reprendre sa place. Dieu ! Mérytrê était loin d'avoir la prestance de sa sœur décédée et la grâce de Satiah.

— Tu sais, bien sûr, que c'est par Mérytrê que tes enfants obtiendront le sang du pharaon.

— Et que c'est par elle qu'un jour je serai pharaon moi-même.

— Je règne encore, Thoutmosis, fit la reine d'un ton sec.

Le jeune homme ne répliqua rien, jugeant préférable de ne pas contrarier sa tante dès le début de l'entretien.

— N'oublie pas que si nous assistons côte à côte aux diverses assemblées, je n'en reste pas moins la pharaonne des Deux Egyptes. Il faudrait que je meure ou que j'abdique pour te laisser la place.

Thoutmosis pinça les lèvres et changea de sujet.

— Mérytrê, fit-il en s'adressant à la princesse, j'espère que tu me donneras beaucoup d'enfants.

Hatchepsout eut un geste agacé.

— Moi aussi, je l'espère. Mais, je souhaite également qu'elle tienne une place de reine authentique à ton côté. Voilà pourquoi je t'ai fait venir.

— Quelle promesse voulez-vous de moi, ma tante ?

— Celle que la Grande Epouse Royale, ma fille Mérytrê, soit une conseillère pour toi, une amie, une co-régente le jour où je ne serai plus.

Il eut un air surpris et releva le sourcil, signe chez lui d'un intense étonnement.

— Le veut-elle vraiment ?

La princesse rougit, baissa les yeux sous le regard un peu dur de Thoutmosis et jeta dans un souffle :

— Je le désire, bien sûr.

— Je croyais que les affaires de l'Etat t'ennuyaient et que tu préférais tes occupations quotidiennes avec tout le prestige auquel tu as droit, rétorqua le jeune homme.

— Euh ! Non, pourquoi ?

Hatchepsout coupa d'une voix toujours aussi sèche :

— Mérytrê fera, bien entendu, comme bon lui semble. Mais il serait fâcheux qu'une autre femme s'occupe des affaires du royaume. Plus tard, tu devras prendre une Seconde Epouse...

— Pourquoi plus tard ?

Hatchepsout hésita, mais le prince reprit :

— C'est un point sur lequel j'ai déjà réfléchi.

— Et bien entendu, tu peux me citer un nom.

— C'est la fille de la Grande Séchat, Satiah, fille aussi de Menkh, le Capitaine de la Charrerie Royale, mort à la bataille du Mitanni et lui-même fils du Grand Inéni, architecte de deux pharaons, feu mon père et feu mon grand-père.

— C'est exact. C'est une fille qui génère le sang noble que doit requérir une Seconde Epouse.

Elle se tourna vers Mérytrê.

— En as-tu décidé ainsi ?

— Dois-je vraiment en décider, mère ?

Hatchepsout eut un sourire équivoque.

— Pas vraiment. Mais tu peux prononcer devant moi ton désaccord.

— Il n'y a pas désaccord.

Surprise du ton décidé de sa fille, la reine l'observa quelque temps. Le rouge avait disparu de ses joues, et elle remuait imperceptiblement les doigts de ses mains, triturant une lourde bague en turquoise qui obstruait tout son annulaire.

— Satiah sera toujours mon inférieure, mère, que mon époux le veuille ou non. Alors, dans ce cas, puisque je m'entends plutôt bien avec elle, pourquoi en choisir une autre ?

Thoutmosis s'approcha de Mérytrê et l'embrassa légèrement, là où la joue rencontrait la commissure de ses lèvres.

— Je te remercie pour cette bonne volonté. Cela compliquera moins nos relations intimes.

*
* *

Quand Neb-Amon sortit de sa maison, un attroupement bouchait la voie qui menait au port. Il mit sa main en visière et vit que la foule remontait jusqu'au palais.

Il contourna l'annexe qui constituait les communs où logeait le personnel et, près de la descente qui menait aux écuries, quelques hommes discutaient à voix forte.

— Le prince repart pour la Nubie, disait l'un, son capitaine l'accompagne et une escorte d'archers le précède.

— C'est une bien petite équipe. L'armée entière est déjà sur place, le prince n'est venu que pour le temps des obsèques de son aïeule.

Neb-Amon laissa les hommes discuter. Il avait trop perdu de temps depuis que les funérailles étaient passées. Mais l'hôpital réclamait sans cesse sa présence et s'il ne partait pas dès à présent, une nouvelle urgence le retiendrait encore.

Nedjar l'attendait près de l'écurie. Le char et les chevaux étaient prêts. C'était un attelage simple, mais de parfaite tenue. Assez confortable pour un grand voyage, il offrait une plate-forme large et spacieuse qui permettait à deux voyageurs d'être à l'aise.

Excellent conducteur, Nedjar était un colosse qui savait manier les chevaux. Grand et fort, les épaules et les cuisses musclées, le torse bombé, les hanches étroites, il conduisait l'attelage avec maîtrise, pouvant tenir les rênes des jours entiers sans fatigue, dominant ses deux petits chevaux d'Asie, rapides, légers, nerveux, supportant la difficulté d'un parcours. Nedjar était infatigable, endurant, résistant.

Neb-Amon gagna les écuries. Nedjar l'attendait, les rênes en mains. Il monta près de lui et, dans un claquement de fouet, guida l'attelage vers la sortie.

Le bouchon qui s'était fait dans les rues avoisinantes s'intensifia. Des gardes barraient la route.

— Où allez-vous ? dit l'un d'eux d'un ton péremptoire en s'adressant à Nedjar.

— Je suis Neb-Amon, répondit le médecin et je prends la route de Nubie.

— La route de Nubie est fermée jusqu'à la tombée du jour. Il faut attendre demain ou voyager sur le fleuve.

— Est-ce le départ du prince Thoutmosis qui occasionne cet étranglement ?

— Le prince n'est pas encore passé. Mais, cela ne devrait pas tarder. Si tu désires voir défiler la troupe qui l'accompagne, je te conseille de laisser là ton char et d'aller plus loin à pied.

L'homme d'armes était casqué, le torse cuirassé et portait un pagne court qui laissait voir des jambes brunes, presque noires, bien que son faciès soit plutôt assez rouge et congestionné.

Neb-Amon savait qu'il était difficile de discuter avec les policiers chargés de la garde princière. Javelot en main et poignard à la ceinture, ils abusaient parfois du pouvoir qui leur était concédé.

Le médecin tenta de le soudoyer. Mais il fallait

d'abord l'exciter un peu et bien qu'il n'aimât guère ce procédé, il décida de le mener à terme. Cet homme était à première vue un hypertendu. Le blanc de ses yeux était rouge et les veines de son cou saillantes.

— Laisse-moi passer, dit-il au policier. Je dois vraiment partir dès à présent.

— Alors, prends ton bateau et suis le Nil.

— C'est impossible et tu le sais. Le fleuve est asséché et il me faudrait au moins deux semaines de voyage alors que par la route, quelques jours me suffisent.

— Alors, attends ce soir.

— Pourquoi ce soir ? Tu dis toi-même que le prince Thoutmosis n'est pas encore sorti de son palais.

L'homme commençait à s'énerver. C'était bon signe.

— Je n'ai pas à discuter avec toi, rétorqua-t-il vertement. Je ne dois laisser passer personne. C'est tout. Ou bien tu circules à pied ou bien tu repars chez toi avec ton char. M'as-tu compris ?

— Ne t'énerve pas ainsi. Regarde, les veines de ton cou battent de façon anormale. Fais-tu de la tension ?

Surpris, le policier leva son javelot, mais l'abaissa aussi vite.

— N'as-tu pas des palpitations au petit matin ? Tiens, laisse-moi regarder le fond de ton œil.

— Tu es médecin ?

— Bien sûr, je suis le médecin chef de l'hôpital du palais.

Le policier hésita et reprit d'un ton incertain :

— Pas de passe-droit, médecin. C'est interdit.

— Pour l'instant, reprit Neb-Amon, je ne réclame aucun passe-droit, je constate seulement que tu risques une congestion cérébrale si tu ne soignes pas rapidement ta tension.

Cette fois, le policier parut déstabilisé. Pendant qu'il réfléchissait, Neb-Amon saisit sa trousse médicale qui ne le quittait jamais et l'ouvrit sous les yeux étonnés de son récalcitrant vis-à-vis.

— Tiens, dit-il en lui tendant une petite fiole d'extrait d'aubépine, d'ail et de genièvre. Tu en prendras dix gouttes matin et soir durant un mois. Ton hypertension disparaîtra. Et si elle persiste, viens me voir lorsque je serai de retour à l'hôpital.

Il reposa la trousse là où il venait de la prendre et poursuivit :

— Ne plaisante pas avec ton mal. Cela pourrait te laisser paralysé des membres. Allons, je te laisse et vais me plier à tes ordres. Je partirai demain à l'aube.

— Attends ! fit le policier. Ces gouttes sont-elles un remède efficace ?

— Ce sont celles que je donne pour tous les cas d'hypertension. Allons, dans un mois, si je suis de retour, viens me voir à l'hôpital.

Il hocha la tête et ajouta :

— Bien qu'à force de retarder mon départ, j'ignore quand je serai de retour. Mais, rassure-toi ton mal pourra peut être attendre.

— As-tu tant de retard ?

— J'ai dû embaumer la Seconde Epouse Moutnéfer. J'ai dû soigner des urgences alors que je devais partir, et maintenant tu m'arrêtes.

— Bon ! fit-il en tendant l'index vers la droite. Prends cette direction et suis-la jusqu'à la route du Nord. Au carrefour du chemin de Coptos, bifurque toujours sur la droite et repars en sens inverse. Là, il n'y a aucun barrage de police. Tu retrouveras la route du sud sans difficultés.

Avant que le policier ne se rétracte, Nedjar avait déjà fait claquer son fouet.

— Merci, policier. Viens me voir quand je serai de retour, je te soignerai gratuitement.

Il s'agrippa au char.

— Allons Nedjar ! File.

Il ne fallut guère de temps au conducteur pour se retrouver sur la route de Coptos. En effet, aucun barrage de policiers ne l'obstruait. L'attelage fit demi-tour et emprunta de suite la voie du Sud.

Les petits chevaux d'Asie filaient bon train. Le sable était sec, aride, et les pierres du désert, habituellement découvertes par le khamsin, n'avaient pas été recouvertes tant la sécheresse empêchait toute restructure normale des choses.

Des monticules de cailloux s'amoncelaient, mais les chevaux persistaient dans une allure effrénée ce qui provoqua soudain le choc brutal d'un essieu contre la rigidité de la pierre.

Le char pivota sur la gauche, faillit se renverser, mais l'adresse de Nedjar le rééquilibra en un temps record. Les chevaux se redressèrent et l'attelage s'arrêta dans un soubresaut qui laissa les deux hommes inquiets et suspicieux

Leur embarras s'accentua lorsqu'ils virent que le choc avait entraîné la cassure d'un essieu et il fallut s'arrêter pour en réparer l'extrémité qui s'était détachée du moyeu de la roue.

L'air était étouffant et ne laissait transpercer nulle ombre rafraîchissante, nulle atmosphère de bien-être. La force du soleil devenait telle que tout brûlait au fur et à mesure qu'il dardait ses rayons meurtriers sur le sol.

Pas une seule herbe n'avait été épargnée, pas un seul oued n'offrait ses palmiers sereins et verts. Et pire, les quelques puits que l'on rencontrait sur le passage avant Edfou ou Kom Ombo étaient à sec.

— Nos outres sont pleines, Nedjar, mais il ne faudrait pas s'attarder sur ce chemin de mort. Quelques jours dans ce désert diabolique et nous ne serons plus frais. Crois-tu pouvoir réparer cet essieu rapidement ?

Nedjar avait saisi les deux bouts de la barre transversale qui s'encastrait dans la roue et tentait d'en attacher les extrémités. Mais, il dut se rendre rapidement à l'évidence, jamais il n'arriverait à les raccorder. Il y enroula un cordage et, tant bien que mal, réussit à les faire tenir.

— Il faut freiner l'allure, dit-il. La vitesse va entraîner une nouvelle fracture.

— Et bien, fit Neb-Amon que sa profession de médecin avait appris depuis longtemps à rester calme en toute circonstance, il vaut mieux filer doucement que pas du tout. Allons, Nedjar, ne perdons plus de temps si, désormais, notre allure est celle d'un char à bœufs.

Ils avancèrent lentement jusqu'au soir. Puis, l'essieu craqua de nouveau. Le frottement du cordage contre la roue l'avait rongé et le câble avait cédé.

La nuit qui tombait dense et noire ne permettait pas une rapide réparation et la torche allumée que Neb-Amon tenait au-dessus de Nedjar était insuffisante pour discerner le travail qu'il fallait à nouveau effectuer.

En désespoir de cause, les deux hommes décidèrent d'attendre le petit jour et s'allongèrent sur le sable pour prendre un repos imprévu et qui retardait considérablement leur voyage.

Un lit de cailloux grossiers accueillit leur nuque et, la gourde au bord des lèvres, il étanchèrent une soif qui commençait à brûler leur gosier.

Coptos était encore loin. Et Bouhen ! A cette allure, ils n'auraient plus d'eau avant d'avoir atteint Kom Ombo. La chaleur restait étouffante, même en cette soirée qui aurait pu leur apporter quelque réconfort de fraîcheur.

Des insectes frôlaient leurs corps. Certes, Neb-Amon ne craignait ni les morsures de scorpion, ni celles des vipères à cornes qui se glissaient habiles et silencieuses dans le désert. Le médecin avait tout ce qu'il fallait dans sa sacoche médicale pour en atténuer les effets mortels.

Neb-Amon et son compagnon craignaient surtout ce terrible manque d'eau qui ôtait la vie des voyageurs imprudents et, pour leur part, les outres en peau de chèvre qu'ils avaient emmenées se vidaient à vue d'œil.

Le médecin but une gorgée. Puis, de la main, il chassa un insecte qui voletait au-dessus de lui. A présent, Neb-Amon et Nedjar maugréaient après ces maudites bestioles qui s'acharnaient sur leur malchance. Aux lourdes mouches, qu'ils écartaient d'un geste vif et dont ils reconnaissaient le bourdonnement, se mêlait un autre insecte plus léger qui sautait autour d'eux et dont ils ne pouvaient apercevoir la forme.

Enfin, Nedjar réussit à s'endormir. Il se mit sur le ventre, une joue appuyée sur le bord d'une pierre ronde, les bras largement étendus et le ronflement au bord de sa bouche ouverte.

Le médecin commençait à s'inquiéter, d'autant plus que le sommeil n'arrivait pas à lui faire oublier l'incident qui risquait de tourner mal si l'essieu n'était pas vite réparé. Pourtant, le jour arriva avec la chaleur excessive et, déjà, la gorge des deux hommes était trop sèche pour qu'ils puissent pleinement maîtriser la situation.

Neb-Amon frotta ses yeux douloureux. La

sécheresse n'attaquait pas que sa gorge. Ses yeux le piquaient désagréablement. Il se passa un peu de collyre à base de chanvre qui atténua la brûlure et réveilla Nedjar qui dormait encore.

Dans la nuit, celui-ci avait vidé sa gourde.

— Par tous les dieux de Seth, jura-t-il, c'est une sauterelle !

Il leva la tête et suivit le bond de l'insecte qui, après s'être posé sur son bras, repartit vers une pierre plate sur laquelle il ne resta que l'instant d'une seconde.

— C'est ma foi vrai, s'exclama Neb-Amon. Une sauterelle ! Elle vient du fleuve et a dû s'égarer. Allons, Nedjar, il faut trouver un moyen pour réparer l'essieu ou nous allons périr dans ce satané désert auquel je ne suis guère habitué.

Les deux hommes étudièrent le moyen de se tirer d'affaire et soudain, Neb-Amon eut l'idée de réintroduire la barre de bois dont le bout était cassé dans le moyeu de la roue en laissant à ras bord chaque extrémité. Le système restait fragile, mais tenait.

— J'espère que nous n'aurons pas à le remettre en place à chaque tour de roue, fit Nedjar en jurant de nouveau.

Ils repartirent, mais durent encore s'arrêter. La crainte de Nedjar s'avéra juste. La barre sautait du moyeu tous les cinquante tours de roue environ.

L'évidence de la situation s'alourdissait de plus en plus. Ou bien ils étaient condamnés à poursuivre leur chemin, s'arrêtant chaque minute pour replacer l'essieu qui glissait de son support ou bien ils devaient attendre qu'une caravane passe.

— Je ne comprends pas, maugréa le médecin de plus en plus soucieux, l'armée de Thoutmosis devait partir de Thèbes le même jour que nous. Alors, où est-elle ? Elle devrait avoir largement dépassé l'endroit où nous sommes.

— Le prince et sa troupe ont peut-être pris un autre chemin.

— Je ne vois pas lequel, à moins qu'au dernier moment ils aient décidé d'emprunter le fleuve.

S'arrêtant tous les cinquante tours de roue, ils arrivèrent tout de même à la hauteur de Kom Ombo. Hélas, un quart du trajet seulement avait été effectué depuis le départ de Thèbes et, cette fois, ils n'avaient plus une seule goutte d'eau. C'était l'issue fatale si les dieux d'Egypte ne venaient pas à leur secours.

Deux jours plus tard, ils n'avaient ni la force de réparer leur essieu ni même celle d'avancer plus loin dans le désert. Allongés sur le sable, le visage tourné vers le sol pour éviter que le soleil brûlât leurs yeux devenus fragiles, ils rêvaient aux jours bienheureux qu'ils avaient vécus l'un et l'autre quelque temps plus tôt.

Neb-Amon pensait à Séchat et à son fils qui chaque jour grandissait en intelligence et en sagesse et Nedjar tournait ses esprits vers la jolie Nubienne qu'il avait su convaincre de ses assauts amoureux, juste avant de partir avec son maître, le médecin.

C'est à peine si, maintenant, les deux hommes songeaient à écarter d'eux les mouches qui, par nuées entières, les enveloppaient et encore moins à lever le visage pour observer les vautours qui planaient silencieusement au-dessus de leur tête.

C'est ainsi que le désert mystérieux et sauvage emportait les plus fragiles ou les plus malchanceux dans les profondeurs de son inexorable chaleur, les étouffant, les momifiant, les pétrifiant sans miséricorde.

Mais, il était dit que Neb-Amon et Nedjar ne feraient pas partie, cette fois-là du moins, de l'infernal plan du désert, car soudain, le roulement d'une vingtaine de chars se fit entendre dans le lointain.

Ce fut dans un état à demi comateux que les deux hommes se sentirent soulevés, allongés, observés. On fit couler dans leur gorge desséchée un filet d'eau fraîche et, dans le bruit sourd du sabot des chevaux qui filaient à vive allure, Neb-Amon et son compagnon se laissèrent emporter dans la bienheureuse et revigorante oscillation des attelages.

Ce fut à la hauteur d'Abou Simbel que le médecin ouvrit les yeux. Il était allongé aux côtés d'un jeune homme qui conduisait son char d'une main de maître. Premier de la file, une vingtaine de chars le talonnait.

— Comment te sens-tu ? s'enquit-il aussitôt quand il vit son passager relever la tête et observer les alentours. Tu étais en bien triste état quand nous t'avons relevé. Ton conducteur est lui aussi tiré d'affaire.

C'est alors que Neb-Amon reconnut le prince Thoutmosis. Sa gorge ne le brûlait plus mais ses yeux le piquaient légèrement. C'est à peine s'il pouvait les ouvrir sur la haute silhouette qui tenait solidement les rênes de ses chevaux.

— Auriez-vous sauvé notre vie, Prince ?

Le jeune homme se mit à rire.

— J'en ai bien l'impression, médecin Neb-Amon, car toi et ton conducteur, vous étiez en si mauvaise posture que ces maudites mouches vous recouvraient plus encore que la nuit qui nous a empêchés de vous apercevoir de loin. Dieu de Seth ! Quand la roue de mon char a fait voler la nuée de ces mouches bourdonnantes, je t'ai aperçu étendu. J'ai cru que tu étais mort.

— Ma gratitude vous est acquise, Prince.

— Bah ! fit le jeune homme en élevant la main d'un geste vague.

Puis, d'un mouvement sec, il éventa son visage.

— Et les sauterelles qui viennent d'on ne sait où ! Regarde celles-ci, elles nous suivent depuis Abou-Simbel. Khety et Dydou, mes capitaines d'armées affirment que c'est une triste saison qui s'annonce et qu'en Nubie, nous allons souffrir de la sécheresse.

Il se baissa pour éviter deux sauterelles qui, agressives, s'élançaient sur lui.

— Mais, Sennefer, le Grand Chancelier des déserts, affirme que c'est ainsi que je vais tout apprendre.

Il tourna rapidement la tête et vit que les premiers chars, ceux de ses capitaines, le talonnaient à une demi-roue près.

— Il me semble que tu vas là où je vais, jeta Thoutmosis en riant.

— En Nubie ?

— A Bouhen. Car ton épouse doit m'offrir l'hospitalité que j'attends d'elle. Le temps de récupérer mes troupes cantonnées non loin de son domaine, et je repartirai ensuite.

Il fit claquer son fouet afin d'allonger la distance entre lui et ses archers et regarda quelque temps les vautours qui planaient au-dessus des attelages. Plus haut, s'étaient joints deux grands faucons qui tournoyaient avec une grâce sans égale.

— Ce sont les miens, fit-il en les désignant du doigt. Ils suivent mes archers et s'arrêteront juste au-dessus de ton domaine. Nous les récupérerons alors et peut-être ferons-nous une grande chasse avant de repartir. Le désert de Nubie regorge de gazelles, d'oryx et d'antilopes. Cela te plairait-il de suivre une telle équipée ?

Non ! Cela n'attirait nullement Neb-Amon d'assister à la détresse de ces pauvres bêtes poursuivies par les flèches des archers, impuissantes et apeurées.

— Ce n'est guère l'objet de mes loisirs, Prince.

— Alors, me permettras-tu d'emmener ta fille ?

— Ma fille ?

— Celle de ton épouse.

— Ah ! Satiah !

Thoutmosis se mit à rire.

— Je lui ai promis, fit-il en ralentissant son attelage. Tiens ! Regarde, nous sommes presque à Bouhen.

La crue tardait toujours et l'air devenait de plus en plus suffocant, laissant les gorges asséchées et les fronts moites de sueur.

*

* *

Ce matin-là, l'assemblée se réunit hors du Palais de Thèbes sans la participation d'Hatchepsout.

Le vieil Antef présidait la séance. Entouré de Nekmin et de Menkeper, il observait en silence les deux nouveaux arrivés.

Le plus grand avait un visage glabre, le menton et les pommettes saillantes, les sourcils fournis et ombrageux tombant sur un front bas. Ses yeux petits et noirs jetaient sur les autres des éclats soupçonneux comme s'il suspectait l'assemblée entière. Maigre, vêtu d'un court pagne blanc avec un devanteau amidonné et plissé, Mériptah dégageait un mélange d'hypocrisie et d'arrogance que, certes, il ne cherchait pas à atténuer par la maîtrise de ses gestes.

L'autre était plus petit, plus rond de taille. Au centre de son visage brun, buriné par un soleil auquel il n'avait pu échapper, poussait un long nez busqué qui lui servait à flairer la moindre anomalie. Bien que dissimulateur, ce large visage paraissait plus avenant que celui de son compagnon et, dans ses yeux, glissait de temps à autre un soupçon d'humour, peut-être aussi un brin de fatalisme que, certes, son ami était loin de posséder.

Ses yeux se plissaient comme ceux du vieil Antef. Mais, le regard de l'intendant du harem restait dur et intransigeant, alors que celui d'Ouser glissait de perpétuelles œillades de complaisance à tous ceux qui l'interrogeaient.

— Votre mandat d'ambassadeur terminé, il me semble que vous n'avez plus la main mise sur les affaires de l'intérieur, prononça Nekmin d'un ton sec.

— Ceci est une chose, répliqua Menkeper. Mais il en reste une autre et ce n'est pas la plus mince. Depuis longtemps, vous n'avez pas tenu de rapports intimes avec le prince.

— Nous le connaissions bien, rétorqua acidement Mériptah.

— Il était enfant, alors !

Ouser redressa son buste replet et son grand nez frémit d'impatience.

— Il était enfant, oui. Mais il se souvient fort bien de nous. Car, avant de partir dans les Pays du Nord où nous tenions notre ambassade, c'est grâce à nous si le prince avait déjà une équipe de jeunes nobles thébains à ses côtés. Ose prétendre le contraire, Antef !

— Vrai, fit le vieil homme.

— Si, aujourd'hui, Thoutmosis dispose de compagnons qui lui seront fidèles quoi qu'il arrive...

Ouser fit un large geste de la main englobant la salle entière et poursuivit :

— Et je cite ses compagnons, les jeunes Amennheb, Amtou, Néférouben et même toi, Menkeper, car tu n'es guère plus âgé qu'eux, c'est grâce aux pions que nous avions habilement mis en place. Thoutmosis nous en sera toujours reconnaissant.

— Et si nous n'avons pu poursuivre notre tâche, ajouta Mériptah, c'est que sa chère tante, usurpant odieusement le pouvoir, nous a jetés hors du pays.

— Avec titres et honneurs à l'appui, susurra Menkeper. Ce n'était pas négligeable.

— Manquerais-tu, toi aussi, de titres et d'honneurs ? rétorqua Ouser. Il me semble que ton rang d'architecte n'est pas dévalorisé par ton extrême jeunesse. En principe, un grand architecte n'est reconnu que plus tard, lorsqu'il a pu démontrer la valeur et l'importance de ses travaux.

Il se leva et se dressa devant Menkeper :

— Qu'as-tu fait jusqu'à présent, à l'exception d'une ou deux petites villas à quelque obscur dignitaire de province ?

Menkeper rougit et ne répondit pas. Ouser se tourna vers les autres, le geste toujours éloquent.

— Mes amis, ne jalousons pas nos titres respectifs. Il me semble que nous sommes rassemblés pour tout autre chose.

— Ça, nous le savons, répliqua Nekmin en se redressant à son tour. Alors, toi dont l'intelligence semble dépasser celle des autres, que proposes-tu puisque Hatchepsout ne veut pas abdiquer ?

— L'éliminer !

Nekmin siffla entre ses dents.

— Rien que ça. Par tous les dieux les plus néfastes en Egypte ! Comment veux-tu t'y prendre ?

— Il y a mille moyens, se pressa de répondre Mériptah.

Ouser s'interposa.

— Un seul suffit.

— Lequel ? fit Antef.

Ouser se courba, sinueux, indolent, mielleux. Ses yeux étrécis par la ruse accrochèrent ceux d'Antef.

— Je n'ai pas dit que j'avais trouvé celui qu'il fallait utiliser.

— Tu me sembles pourtant sûr de toi.

Antef se retourna vers les autres. Croisant sur son ventre creux, tant il était maigre, ses mains nervurées de veines saillantes, il fit des yeux le tour de l'assemblée.

— Même Nekmin n'a pas osé soumettre un tel plan.

— Il est trop occupé du sort d'Hapouseneb.

Ouser se redressa comme s'il venait d'être mordu par un serpent.

— On peut supprimer la reine sans pour cela toucher au Grand Prêtre.

— Dis-tu cela parce que c'est un de tes anciens amis ?

Ouser ne répondit pas et laissa Nekmin poursuivre tout en réfléchissant à l'argument de poids qu'il devait leur jeter.

— Cet homme n'est pas sincère, fit-il en le montrant du doigt. Il cherche à protéger un vieil ami d'enfance quand celui-là même protège la pharaonne. Allons, vous savez bien que nous ne pourrons rien faire sans éliminer le Grand Prêtre.

— Vous ne toucherez pas à Hapouseneb, jeta Ouser d'un ton bas.

Apparemment, la réplique était déplacée car Nekmin bondit aussitôt sur les deux hommes. Tel un fauve à l'affût de sa proie, il agrippa l'épaule de son adversaire.

— Alors, sortez de cette assemblée. Votre place n'est pas ici. Nous n'avons rien à faire avec vous.

— Ouser s'emporte, jeta Mériptah dans un mauvais sourire qui montrait ses dents gâtées. Il faut lui expliquer autrement les choses et il se ralliera à vous, tout comme moi. Ai-je dit que j'étais contre l'élimination d'Hapouseneb ?

— Toi, tu tuerais père et mère ! jeta Ouser en se dégageant brusquement du bras de son compagnon. Que fais-tu d'un ami qui a partagé tes idées d'autrefois, tes désirs, tes souhaits, tes devoirs d'étudiants ?

— Sors ! cria Nekmin. Sors !

— Si je sors, vous reviendrez vers moi. Car, je suis le seul qui puisse faire abdiquer Hatchepsout.

— As-tu des arguments ? s'enquit Antef.

— Plusieurs. Et tu le sais. Depuis qu'elle a répudié Senenmout, la reine est fragile.

— Tu ne nous apprends rien, Grand Ouser, fit Antef moqueur. Si nous voulons agir dès à présent, c'est justement parce qu'elle est seule.

— Craindrais-tu le retour de Senenmout ?

— Non, car je compte toucher Hatchepsout là où son point faible porte : Senenmout !

Antef esquissa un sourire entendu et, bien que le ton de sa voix eût perdu de sa puissance ces dernières années, il jeta suffisamment fort pour être compris de tous :

— Si Ouser se retire de notre projet, je me retire aussi.

Ce fut le silence. D'un mot, Antef avait tout rétabli. Attaquer Senenmout ! Voilà qui risquait fort de lui plaire. Cet ambitieux personnage, arrogant et sûr de lui, sorti d'un bas milieu social et dont la prétention avait été jusqu'à vouloir élever son propre sanctuaire aux frais de l'Etat, devait rester désormais banni du palais.

Senenmout ! Celui qui avait assis la reine sur le trône du pharaon, à la place de son prince, Thoutmosis, qu'il avait modelé, forgé, durci aux rudes exercices des sports et de la guerre.

Certes, Antef savait que ses deux ennemis les plus puissants d'Egypte devaient un jour disparaître. Nakht, l'astrologue le lui avait toujours prédit. Aujourd'hui, Senenmout était tombé, demain, le tour d'Hapouseneb viendrait.

Pour ce faire, il devait jouer plus prudemment, plus finement. Or, depuis le retour de l'ambassadeur des Pays du Nord, il préparait un plan qui opposerait Ouser et Hapouseneb en un combat mortel. La cible en était la belle et jeune danseuse du temple, Méryet au corps divin et aux yeux de jaspe vert.

— Comment penses-tu t'y prendre ? fit Antef en revenant à son ami Ouser.

— Je veux abattre la reine par des constatations, des évidences...

— Allons, fit Mériptah en plissant ses petits yeux porcins, oublierais-tu quelques médisances, quelques calomnies qui, mêlées çà et là, dans tes propos persuasifs feront très bon effet ?

Un ricanement général accueillit ces mots et les narines d'Ouser frétillèrent de joie.

— Je n'ai pas à vous révéler ce que j'ai à lui dire. Mais, sachez que les propos que je vais lui tenir vont tant la déstabiliser qu'elle me suppliera de tenir le silence.

— Chantage, alors ? fit Nekmin, suspicieux.

— Si ce mot te plaît, appelle cela ainsi.

*
* *

Satiah tapa le sol de son pied avec colère.

— Je veux que tu reçoives Nekmin et Menkeper. Ce sont les compagnons de Thoutmosis, ceux qui, avec Amennheb, Amtou et Néférouben, feront l'Egypte de demain.

— Ma petite fille, fit Séchat d'un ton calme. Je reçois qui je veux. Ici, je suis à Bouhen, chez moi.

— Et moi, je suis ta fille et je suis aussi chez moi. Tu dois accepter les capitaines de Thoutmosis.

— Les capitaines, oui. Du moins, si tu parles de Khety et Dydou.

Satiah repoussa d'un geste nerveux la mèche de cheveux noirs qui balayait son visage, puis desserrant les dents et poussant un soupir agacé, elle jeta :

— Qu'as-tu contre Nekmin et Menkeper ?

— Ce sont deux ennemis de la reine.

L'adolescente haussa les épaules.

— Maman, Hatchepsout ne peut pas rester pharaonne sa vie entière. Il est temps qu'elle abdique. Désormais, la place revient à Thoutmosis.

— Et pourquoi, je te prie ? Hatchepsout n'est pas morte, il me semble.

Satiah se planta devant sa mère. A nouveau, ses joues s'empourprèrent et la colère reprenait le dessus. Elle agita ses bras et les posa sur ses hanches retenues par une large ceinture de lin blanc à laquelle pendait un lien d'or.

— Ainsi, tu crois que le peuple attendra la mort de la reine pour nommer Thoutmosis Grand Pharaon des deux Egyptes ?

— Bien sûr, fit Séchat tranquillement.

— Alors, tu te trompes lourdement.

La jeune fille haussa les épaules d'impuissance et de colère. Sa mère tenta de lui prendre la main, mais elle la retira brusquement. Dieu d'Amon ! Que ce bouillonnement intense dans l'esprit de sa fille la tourmentait ! Pourquoi canalisait-elle si mal son énergie et son intelligence ?

— Je recevrai les capitaines d'armée de Thoutmosis. Mais certainement pas deux hommes qui n'hésiteraient pas à me jeter plus bas que terre s'ils en avaient l'occasion.

— Qui te fait croire ça ?

— Nekmin est à la solde du vieil Antef et celui-ci m'a cruellement touchée autrefois.

— Parce qu'il est à l'origine du rapt dont ma petite personne a fait les frais ? ironisa Satiah. Tu n'avais qu'à m'élever toi-même au lieu de courir l'Egypte avec ton titre de Grande Intendante des Artisans.

— Satiah ! reprocha tristement Séchat. Me reprocheras-tu donc toujours le choix qu'autrefois j'ai fait ?

— Toujours et toujours !

A nouveau, elle voulut lui prendre la main, mais la jeune fille restait butée.

— Si tu ne reçois pas tous les compagnons de Thoutmosis, je m'enfuirai avec lui et j'irai vivre dans le campement cantonné à Soleb.

Elle frappa du pied.

— Et tu ne me verras plus, reprit-elle en retenant ses larmes.

— Satiah ! Que dis-tu ? Tu agirais comme une simple fille de plaisirs. Mais que crois-tu donc ? Que Thoutmosis te respecterait au milieu d'un camp de soldats ?

Elle se jeta contre sa mère et la frappa de ses

poings. Puis, se calmant subitement, elle se mit à pleurer doucement.

— Pourquoi refuses-tu donc toujours ce que je te demande ? hoqueta-t-elle en enfouissant son nez dans l'épaule de sa mère.

Séchat soupira. C'était toujours ainsi que les colères de sa fille se terminaient. De grandes envolées de rage et d'impuissance suivies d'un accès de tendresse.

— Parce que tu réclames continuellement ce qu'une petite fille ne peut avoir.

— Je ne suis plus une petite fille ! dit-elle en s'écartant brusquement.

— Allons, Satiah. Essayons de voir ensemble ce que nous pouvons faire. Si j'héberge...

Elle se tourna brusquement au bruit que faisait Maâthor en entrant dans la chambre.

— Deux coursiers du prince sont arrivés, fit-elle en haletant bruyamment tant elle s'était pressée.

— Thoutmosis est là ! cria Satiah, les yeux brillants. Parle, Maâthor. Voyons parle !

— Le prince arrive avec ses deux capitaines, poursuivit Maâthor en reprenant son souffle.

Elle passa sa main dans la chevelure de l'adolescente, prit son menton entre ses doigts et l'observa quelque temps.

— Ta mère a raison, calme-toi, ma reine. Calme-toi.

Encore une fois, Séchat admira la façon dont Maâthor s'y prenait pour apaiser sa fille. Le moindre de ses gestes, la plus infime de ses paroles détendaient automatiquement Satiah. La jeune fille acceptait n'importe laquelle de ses remarques.

— Seulement ses deux capitaines ? s'étonna Séchat. Mais, voilà qui tranche d'un coup notre malentendu. Ces deux hommes et ton prince, ma fille, sont mes hôtes à Bouhen.

— Les coursiers ont annoncé autre chose, fit Maâthor en lâchant le menton de Satiah qui, soulagée, souriait un peu béatement.

Surprise, Séchat regarda sa servante, mais les yeux de celle-ci lançaient une telle lueur de gaieté que son cœur bondissait déjà de joie.

— Neb-Amon ? exulta-t-elle.

— Oui. Il est avec le prince.

— Vite, préparons un grand festin. Il faut que tout soit parfait. Tu vois, ma fille, tout s'arrange. Nous dînerons sur la grande terrasse du verger. Pour l'instant, les sauterelles qui viennent du désert s'y aventurent moins qu'ailleurs.

— Maman, Thouty aime l'oie rôtie et farcie aux figues, les poireaux macérés dans le vin de palme, le jarret de bœuf grillé aux olives, la sarcelle aux choux servie avec du lait caillé.

Séchat se mit à rire tant sa fille débordait soudain de légèreté et d'insouciance. Elle sautillait et s'agitait comme une fillette.

— Et les poissons ? Qu'en fais-tu donc ? Nous lui servirons nos merveilleuses tanches dorées qui abondent par ici et nous les cuisinerons saumurées avec des œufs de mulets. Qu'en dis-tu ?

— Splendide, fit la jeune fille en plaquant un baiser sur la joue de sa mère.

— Il faudra nettoyer le grand fourneau mobile en poterie. L'air y circule mal. Je sais, Maâthor, que tes filles de cuisine manient bien l'éventoir, mais ça ne fait pas sérieux. Je veux qu'à Bouhen tout soit parfait.

— Tout, s'écria Satiah ravie. Tout. Tu entends ça, Maâthor. Maman a dit tout !

« Par tous les Dieux d'Egypte ! songea Séchat, qu'il était pourtant facile de contenter Satiah. » Il suffisait qu'on encense le prince, qu'on le cajole, qu'on le porte au plus haut, qu'on l'élève devant sa fille et elle était heureuse.

— Tu feras vérifier par les cuisiniers que le charbon de bois est en quantité suffisante et que les fourneaux à pain, les réchauds et les grilloirs sont dans un état de propreté impeccable.

Elle prit le bras de Maâthor.

— Viens, nous allons donner toutes ces instructions aux cuisines. Il faut sortir les coupes d'argent, la vaisselle d'albâtre et celle en poterie peinte et, surtout, il faut veiller à ce que l'eau rafraîchisse dans les zirs.

— Mais, maman, comment allons-nous faire avec toutes ces mouches qui nous infestent depuis que nous sommes arrivés ?

— Il suffit de bien boucher les zirs. Nous écarterons facilement les mouches. Ce sont les sauterelles qui m'inquiètent. Elles sont de plus en plus nombreuses. Et cette crue qui se fait éternellement attendre. Qu'avons-nous fait aux dieux pour qu'ils nous punissent de cette manière ?

*
* *

Hatchepsout s'allongea. Cette nuit solitaire et trop chaude l'avait épuisée. La crue qui tardait allumait en elle de nouvelles angoisses.

Depuis plusieurs heures, Yaskat et ses servantes s'évertuaient à écarter les mouches qui pénétraient à l'intérieur de sa chambre. En désespoir de cause, elles avaient obstrué les ouvertures avec des voiles de papyrus mais, bien que la texture de ceux-ci restât très légère, elle empêchait Hatchepsout de respirer pleinement.

— Yaskat, évente-moi avant qu'Ouser arrive. Lorsque je serai plus dispose, je rejoindrai la petite salle d'audience.

— Il vous attend déjà, Majesté.

— Et bien ! Qu'il attende encore. Quand tu auras rafraîchi mon corps, j'irai le retrouver.

Lasse, elle soupira.

— Un massage vous fera le plus grand bien, Majesté et un parfait maquillage vous redonnera la splendeur de votre silhouette.

— Ah ! Yaskat, fit-elle en soupirant tristement. Pourquoi Senen m'a-t-il trompée ainsi ? Depuis qu'il n'est plus là, je n'ai plus le goût de régner.

— Il faut reprendre espoir, Majesté. Le Grand Senenmout n'est pas indispensable. Il vous reste des amis.

— Si peu, Yaskat. Si peu. On agresse le Grand Prêtre d'Amon comme on m'agresse moi-même.

— Et les autres ?

— Si le Grand Trésorier me reste fidèle, il se tourne aussi vers les notables de la nouvelle génération. Quant au Chef de toutes les Polices, il a dû céder son titre de Grand Général des Armées à Sennefer, le Chancelier du Nord et du Sud qui a pris la tête de toute l'armée du désert.

La chambre d'Hatchepsout était spacieuse. De grandes tentures de lin recouvertes de peintures d'oiseaux et de fleurs agrémentaient le mobilier, juste composé d'un grand coffre ciselé qui, s'élevant sur quatre énormes pattes de lion en or massif, s'étendait sur presque tout un pan de mur.

Sur une table basse où s'étalaient des objets de parfumerie en albâtre rehaussés de couvercles en lapis-lazuli, en jaspe ou en cornaline, Yaskat souleva une petite fiole emplie d'un onguent aux effluves de jasmin et de laurier-rose.

Elle passa l'huile délicieuse qui embaumait la

pièce sur le corps de sa maîtresse. A plus de quarante ans, Yaskat savait toujours aussi bien masser Hatchepsout. Elle frictionnait lentement ses pieds, remontant les doigts sur les jambes, les cuisses, les reins.

Hatchepsout soupira d'aise. Elle ouvrit ses yeux qu'elle tenait fermés depuis quelques instants et observa les minuscules pots d'ivoire qu'elle avait devant elle. Que lui importaient tous ces objets de luxe, maintenant que Senenmout n'était plus là pour lui présenter celui qui enfermait le parfum dont il voulait qu'elle s'enveloppe pour la nuit à venir.

Senenmout ! Son tendre favori. Son amant depuis quinze longues années de règne harmonieux. Senenmout ! Si intransigeant, si dur, si froid pour les autres et si prévenant pour elle. Pourquoi l'avait-il trompée ? Quelles étaient donc ces idées trop ambitieuses qui l'avaient traversé, nourri, corrompu ? Certes, la démesure avait toujours habité l'esprit de son intendant, mais jusqu'alors sa reine bien-aimée faisait corps avec ses éternels projets grandioses.

Hatchepsout ne dormait plus depuis qu'elle l'avait répudié.

Y avait-il vraiment tromperie ? L'Egypte, les notables, les dignitaires, les grands du royaume et tous ceux qui, depuis longtemps, cherchaient à évincer le premier conseiller de la reine, avaient appuyé lourdement sur l'ampleur du délit. Avec les finances de l'Etat, Senenmout avait creusé dans la roche pour s'élever un sanctuaire. Son propre temple destiné pour lui et sa famille.

En un temps plus calme, Hatchepsout aurait pu atténuer la gravité de la faute et le charger d'une mission étrangère qui l'eût éloigné pour quelque temps.

Mais l'époque était à la rébellion et Thoutmosis, son neveu, revendiquait à présent une place qu'elle avait soi-disant usurpée. Senenmout banni, ses sujets s'étaient calmés. A présent, une pesanteur extrême, un relent d'agressivité contenue, presque latent, rôdait autour d'elle.

Hatchepsout soupira, offrant à Yaskat son dos lisse et blanc, ses reins étroits que deux grossesses n'avaient pas encore entamés. Son corps soyeux ne demandait qu'à subir les caresses des longs doigts de sa compagne.

Quand elle massa l'intérieur de ses cuisses dont l'élasticité étonnait encore les mains de Yaskat, Hatchepsout sentit une décontraction l'envahir et elle sut qu'elle pourrait recevoir son adversaire en toute tranquillité, apaisée, détendue.

Confiante, elle se laissa complètement aller. Yaskat massait sa nuque, descendait ses doigts huilés sur les épaules, le dos, le cou. Ses mains glissaient jusqu'à la chute des reins, remontaient le long des flancs et s'arrêtèrent enfin épuisées, lorsque Hatchepsout se sentit prête.

Contrairement aux habitudes, le maquillage ne fut pas long et quand le trait de khôl fut entièrement dessiné, droit, fin et oblique jusqu'à la limite de ses tempes, lorsque ses lèvres furent passées au henné et la perruque ajustée, Hatchepsout se sentit en position de force.

Ouser l'attendait dans la petite salle d'audience, celle dont elle se servait pour recevoir un ou deux personnages importants de l'Etat. Elle avança et le regarda. Avant qu'il se penche, elle remarqua que les années n'avaient pas raccourci son long nez fort et busqué.

Bien plus gras et velu que dans sa jeunesse, il avait toujours ce maintien de félin prêt à bondir à l'attaque. Elle devait se méfier, rester sur ses gardes en permanence, même s'il lui paraissait docile et avenant. Ouser était retors avec les autres.

D'une intelligence brillante, d'une diplomatie sans égale mêlée de ruse qu'il savait doser de façon démoniaque, l'homme qu'elle avait envoyé, quinze ans auparavant, dans les pays du Nord pour y tenir le rôle de Grand Ambassadeur d'Egypte se tenait courbé devant elle.

— Relève-toi, Ouser et parlons puisque tu m'as demandé une audience privée.

— Comment vous portez-vous, Majesté ?

La reine eut un sourire ironique.

— Allons, Ouser, pas d'hypocrisie. Personne n'est entre nous. Tu te moques de ma santé et de mon moral autant que tu te moques de la première sarcelle que tu as piégée dans le Nil au temps de ta jeunesse. Que veux-tu me dire ou m'apprendre ?

Elle désigna les deux sièges bas qui lui faisaient face.

— Asseyons-nous.

— Majesté, fit Ouser. Mon retour me laisse perplexe.

— Perplexe ? Ce n'est pourtant pas moi qui t'ai demandé de revenir en Egypte. N'étais-tu pas déifié dans le pays des Hittites ?

Ouser fit la moue et les narines de son grand nez s'écartèrent.

— Tu as si bien dirigé ton ambassade que, durant ces quinze années, nous n'avons pas vu un seul de leur javelot pointé sur nos terres.

— Ne vouliez-vous pas un règne pacifique ?

Il eut un sourire vaste, mais ambigu et poursuivit :

— Vous l'avez eu.

Elle se redressa, piquée à vif.

— Pourquoi parles-tu au passé ?

— Parce que vous devez abdiquer à présent.

— Jamais, Ouser. Jamais, tu m'entends !

Elle s'attendait à ce genre de discussion, mais pas aussi brutale. Autrefois, Ouser s'y prenait de façon plus habile. Il fallait qu'il soit bien poussé par les fidèles du prince pour s'y prendre d'une manière aussi grossière.

— Es-tu le bouc émissaire d'Antef ?

— En quelque sorte.

— Alors, notre discussion s'arrêtera là. Retourne lui dire que je refuse d'abdiquer.

L'ambiguïté de son sourire tourna quasiment en agressivité.

— Je vais vous convaincre, Majesté.

Elle se mit à rire, mais ses mains tremblèrent.

— Me convaincre. Es-tu devenu fou ?

— Pensiez-vous donc que je m'attendais à une réaction différente ? Si je suis ici, c'est que j'ai toutes les possibilités de réussir ma plaidoirie en faveur de votre neveu.

— Parle.

Ouser se leva et, les mains attachées dans son dos, il fit quelques enjambées. Hatchepsout remarqua le calme qui s'inscrivait sur son visage alors que l'angoisse étreignait de plus en plus le sien.

Elle se leva et se planta hautaine devant lui.

— Comment vas-tu m'évincer ? Quelle est cette calomnie que tu distilles entre tes lèvres avant de la jeter odieusement devant moi ?

Elle tentait de se remémorer les avantages dont elle avait bénéficié pour monter sur le trône. Sa lignée était pure, celle de Thoutmosis ne l'était pas. Hatchepsout était fille et petite-fille de pharaon. Il fallait même remonter très loin dans son hérédité royale pour y trouver la moindre faille qui l'eût déstabilisée.

— Par votre fille.

Hatchepsout ne put s'empêcher d'entrouvrir la bouche de surprise.

— Par votre fille, Majesté, qui ne détient pas le sang pur dont vous voulez la doter.

— Comment oses-tu ? cria la pharaonne. Sors de cette pièce. Je te retire tes titres et tes honneurs. Tu n'es plus rien, Ouser. Tu tombes aussi bas qu'est tombé Senenmout, mon fidèle intendant.

— Justement, fit-il d'un ton fielleux. Vous avez su l'évincer quand bon vous semblait.

— Explique-toi, dit-elle le visage blanc de rage.

— Votre fille Mérytrê sort d'un bas-ventre qui n'est que celui d'un vulgaire petit scribe qui a su s'élever à vos côtés.

— Tu... tu...

Sidérée, elle ne pouvait plus articuler. Les mots s'étranglaient dans sa gorge. Elle s'attendait à tout, mais sûrement pas à cet odieux argument qui, en effet, allait déstabiliser son règne.

— Osez nier votre intimité sexuelle avec votre intendant !

— Etais-tu présent dans ma chambre ? finit-elle par jeter.

Elle sentit son énergie revenir. Ses mains ne tremblaient plus et son esprit se clarifiait. Mais l'argument restait de poids. De plus, Senenmout n'était plus là pour nier la paternité dont Ouser l'accusait.

— Comment vas-tu prouver cette affirmation ?

— Ensemble, nous allons remonter le temps, Majesté. Certes, quand votre époux le deuxième pharaon Thoutmosis était encore en vie, vous avez toujours su éloigner de votre intimité quotidienne les sujets encombrants.

— Que vient faire Senenmout dans cette affaire ?

— J'y arrive, Majesté, j'y arrive.

Il avait sur son visage un sourire arrogant, plein de mépris et de certitude.

— Si les bouches se sont tues lors de la naissance de vos filles, c'est que le pharaon était encore en vie. Votre attitude envers votre amant ne s'est vraiment libérée qu'après la mort de votre époux.

— C'est odieux, fit-elle d'un ton bas.

Il se rapprocha d'elle si près qu'elle sentit son souffle parfumé de muscade.

— Et ne m'ôtez pas mes titres, Majesté. Sinon, votre neveu se fera un plaisir de me les rendre.

— C'est une calomnie. Mon cher Ouser, ce genre de choses en Egypte est sévèrement puni. Ce n'est pas tes titres qui seront enlevés, c'est la prison dans une carrière de pierres qui seulement t'attend et tu en seras le premier de file enchaîné.

Le sourire d'Ouser s'élargit.

— Vous n'avez introduit ouvertement Senenmout dans votre intimité quotidienne qu'après la naissance de vos filles. Ainsi, on ne pouvait plus le soupçonner d'être le père de l'une ou de l'autre.

Son haleine chaude et musquée enveloppait maintenant tout le visage d'Hatchepsout. Elle eut soudain envie de vomir.

— Antef m'a envoyé au palais un jour que vous partagiez votre couche avec votre favori. Seule, votre première fille était née.

— Et alors ?

— Alors, il se trouve que je me suis perdu dans

les dédales de vos appartements, volontairement, je l'avoue*.

— N'as-tu pas été écarté ? Ma garde était fort importante et je pense que tu mens.

— J'étais mince à l'époque, dit-il en caressant son ventre replet et Antef m'avait dessiné un plan de vos appartements. Je n'ai vu aucun garde, nulle servante, mais j'ai croisé Senenmout qui sortait de votre chambre.

— Quelle preuve formelle ! D'autres aussi sortaient de ma chambre, mon pauvre Ouser. Sais-tu combien de séances de travail j'y tenais avec le Chef des Polices, le Grand Trésorier ou l'Intendant des Orfèvres ?

— Senenmout a avoué.

— C'est faux !

— C'est vrai.

Ouser se mit à rire.

— C'est lui-même qui m'a jeté en plein visage qu'il partageait votre couche.

— C'est faux. Jamais Senenmout n'aurait osé affirmer un tel mensonge. Au palais, comme au harem, tout le monde sait qu'il est devenu mon ami privilégié après la naissance de mes deux filles.

— Il a avoué.

— Pourquoi l'aurait-il fait sans me le dire par la suite ?

— Parce qu'il l'a avoué par bêtise. Voyez-vous Majesté, votre Intendant était stupide et jaloux. Il est tombé dans mon piège, malgré la simplicité de celui-ci.

— Explique-toi.

— Je lui ai dit que vous m'aviez invité à partager votre couche. Sa jalousie s'est aussitôt tournée

* Lire *Les Thébaines / La Couronne insolente*, Le Livre de Poche n° 14886.

en bêtise. Il m'a dit qu'il était le seul et serait toujours le seul à partager l'intimité secrète de Sa Majesté la reine.

Anéantie, Hatchepsout ne sut quoi répondre. Certes, Senenmout l'avait aimée, idolâtrée, déifiée. Sa fidélité restait exemplaire. Mais, par toutes les divinités d'Egypte pouvait-il la trahir à ce point pour éviter qu'un autre ne prenne la place qu'elle lui avait faite au creux de son lit ?

— Jamais je n'abdiquerai ! lança-t-elle au visage d'Ouser.

CHAPITRE VII

L'air était sec, brûlant, suspendu par un fil invisible retenant avec acharnement chaque geste, chaque mouvement et le khamsin, qui s'était arrêté de souffler depuis quelques heures, n'avait en rien apaisé le spectacle étrange qu'il offrit quand tout se fut métamorphosé sur son passage.

Le Nil sans sa bienheureuse crue avait changé de couleur. Soudain, le bleu de ses maigres flots déjà sombres depuis la veille s'était noirci avec une telle violence que l'ombre des sycomores elle-même ne paraissait pas plus obscure.

— C'est étrange, fit Satiah en regardant son compagnon. Je n'avais jamais remarqué combien notre fleuve était si capricieux. Hier il semblait aussi vert que tes yeux, Thouty. Puis, tout à l'heure il était bleu comme les quartz de ta future couronne et, maintenant il est noir.

Le jeune prince se mit à rire. Quand Satiah le plaçait en image sur le trône d'Egypte, il s'y voyait avec une telle assurance qu'aucune réplique ne venait à sa bouche. Aussi, la jeune fille poursuivit-elle avec audace :

— Quand tu seras roi d'Egypte, Thouty, il faudra faire de cet endroit un véritable paradis. Ne t'y plais-tu pas ?

Elle observa les alentours où le vent n'avait laissé que dégâts et ravages.

— Ce khamsin est la réincarnation de Seth, le dieu le plus néfaste de l'Egypte.

Thoutmosis passa son bras derrière le buste de la jeune fille et le tint serré contre lui. Elle respirait à petits coups rapides tant l'air était sec et la chaleur écrasante. Dans les champs, les cultures se desséchaient d'heure en heure. Il y avait longtemps que les chadoufs ne fonctionnaient plus et que les canaux étaient asséchés, remplis de sable et de pierres que le khamsin avait apportés.

Potagers et jardins n'offraient plus que désolation, l'arrosage ne venait plus les reverdir. Orge, vignes et blé ressemblaient à de vastes étendues désertiques, brûlées, squelettiques, colorées d'un noir sinistre qui ravageait les regards.

Le jeune homme redressa son buste et passa sa main libre sur son front moite. Une mèche de cheveux rebelle et frisée vint heurter ses doigts, il la repoussa d'un geste rapide, puis essuya son cou mouillé de sueur.

Satiah se dégagea un instant et posa sa main sur la sienne. Elle était grande, chaude, ferme. Elle l'y laissa le temps qu'il retrouvât un souffle d'air pour apaiser son corps brûlant. La jeune fille aussi transpirait et elle sentait qu'une sueur désagréable recouvrait la peau délicate de ses seins, de son ventre, de ses cuisses.

— Si nous prenions un bain ? proposa-t-elle en retirant sa main. L'eau du fleuve nous rafraîchira peut-être.

Ils coururent jusqu'au Nil. L'eau était si basse qu'ils durent aller jusqu'à l'endroit où, habituellement, elle était en plein centre de son lit. Ils la trouvèrent bouillante et leurs pieds heurtaient le tranchant des cailloux qui s'y étaient accumulés. Satiah fit la grimace.

— Marchons un peu sur la couche de papyrus que le vent a déposée. Elle rafraîchira nos pieds.

— Non, Satiah. Tu sais bien qu'après le passage du khamsin, les vipères à cornes s'y logent et s'y prélassent.

La jeune fille fit la moue.

— Alors, il ne reste plus que ce sable brûlant qui dévore nos pieds puisque tout est inapprochable.

— Crois-tu que nous puissions nous écarter de ta demeure ? Tu es déjà partie sans prévenir et si tu ne m'avais pas trouvé sur les berges du fleuve, tu serais retournée chez toi.

Satiah se mit à rire, découvrant une rangée de dents petites et blanches sur des lèvres pulpeuses.

— L'aubaine, c'est que je t'ai trouvé, là, étendu sur les bords de notre Nil nubien, rêvant sans doute à l'armée qui t'attend près de la troisième cataracte. Te manque-t-elle à ce point, Thouty ?

Il prit sa main et la garda dans la sienne. Ensemble, ils firent quelques pas. Le bruit du vent claquait dans leurs oreilles, car le khamsin semblait reprendre des forces.

Ils avançaient lentement, serrés l'un contre l'autre. La jeune fille avait un pagne court qui laissait ses jambes et ses cuisses nues. Un lien serrait ses hanches étroites et elle avait passé un fin corsage qui moulait sa jeune poitrine aux formes délicatement arrondies.

Ils marchèrent ainsi en silence jusqu'à la boucle où le fleuve s'élargissait. Habituellement, à cet embranchement du Nil, des bosquets de papyrus cachaient une foule de passereaux et les oiseaux des marais venaient y pondre leurs œufs.

Mais le khamsin avait arraché feuilles et

branches, ne laissant que des racines séchées. Çà et là, des trous avaient été rebouchés par le sable et des pierres de granit avaient déboulé de la montagne, s'accumulant en de tristes monceaux que la poussière recouvrait aussitôt.

Au loin, les champs de Bouhen étalaient des cultures calcinées et les paysans se lamentaient, voyant que leurs greniers ne seraient pas suffisamment emplis cette année-là.

Thoutmosis avançait tête baissée.

— Nous devrions rentrer, fit-il. Ce n'est pas un temps ordinaire. Le vent se lève et, à nouveau, il va souffler sauvagement.

Satiah serra sa main dans la sienne et libéra ses craintes.

— Regarde, je connais un abri derrière cet amoncellement de roches. Les pêcheurs viennent y dormir les nuits où ils tendent leurs filets. A l'aube, quand le soleil se lève, ils n'ont plus qu'à les soulever et en établir le compte.

— Un abri ! Mais où vois-tu cet abri ? Il n'y a que pierres et racines séchées.

La jeune fille mit sa main en visière.

— Le vent a dû l'anéantir. Tu as raison, Thouty, il vaut peut-être mieux faire demi-tour. L'atmosphère de ce lieu devient trop étrange. Je n'ai jamais vu ces teintes qui nous entourent.

Ils observèrent le fleuve. Le soleil dardait une chaleur intense sur la surface de l'eau devenue noire. Mais ses rayons semblaient inexistants, le disque d'or devenait bronze à force d'y mêler la grisaille de cet étouffement. Une lumière jamais vue diffusait une onde bizarre.

D'ordinaire, les rayons solaires se reflétaient dans l'eau, mais cette eau-là paraissait terne, opaque, troublée par une magie néfaste et inhabituelle. D'ailleurs tout semblait éteint, plombé, flétri, à l'exception du grand bonheur qui envahissait l'âme de Satiah.

Les jeunes gens s'arrêtèrent. Une lame de vent balaya leurs visages et Satiah bascula. Thouty la retint dans ses bras. Oh ! Dieu d'Amon ! Comme elle serait volontiers restée là, des heures entières, contre le buste puissant de son compagnon.

Mais, la turbulence des événements se précipitait et ne lui donnait plus l'occasion de savourer son bonheur.

L'horizon prenait une couleur jaune intense, profilant le dessin d'une curieuse ligne d'un bleu violacé qui encerclait les arbres, le ciel, les champs, les roches et la terre elle-même.

Un oiseau affolé heurta la tête de Thoutmosis et vint s'écraser à ses pieds. Cette fois, Satiah prit peur. Elle se baissa et ramassa de ses doigts tremblants l'oiseau mort.

— Que se passe-t-il, Thouty ? Crois-tu vraiment que nous devrions rentrer ?

Une seconde lame de vent, plus puissante, les renversa l'un contre l'autre, ouvrant une brèche à leurs pieds et déracinant un jeune acacia qui tentait de hausser quelques branchages verts que la sécheresse n'avait pas encore entamés.

— C'est incroyable, murmura le jeune homme. Le khamsin souffle à nouveau alors que tout indiquait la fin de son périple. Et regarde ces bandes d'oiseaux agités tourbillonner dans le vent !

Thoutmosis et Satiah n'arrivaient plus à se tenir droit. Ils avançaient de quelques pas et tombaient sur le sol, épuisés, anéantis.

— Je crois que ton abri serait le bienvenu. Où est-il ? Ne peux-tu te souvenir ?

La jeune fille secoua la tête.

— Tout est changé, Thouty. Les lieux ne sont plus les mêmes. Là où il y avait des arbres, il n'y a plus rien et là où tout était vide, il n'y a qu'amas de pierres, de feuilles et de branches cassées. Qu'allons-nous faire ? Il faut rentrer au plus vite.

A présent, le vent soulevait une masse immense de sable et de poussière qui recouvrait leurs visages. De plus en plus effrayée, Satiah s'accrochait à la taille robuste de Thoutmosis. Une vague de tempête saisit une nuée de petits oiseaux gris et rouges qui vint s'enrouler dans un tourbillon de pluie.

— Oh ! Thouty, je ne reconnais plus rien. Cet abri a disparu. Nous ne le retrouverons pas.

— N'aie pas peur, Satiah. Je suis avec toi. Rien ne peut t'arriver, rétorqua Thoutmosis d'un ton protecteur.

Une antilope passa près d'eux, telle un flèche lancée au hasard par un archer malhabile. Elle frôla la cuisse de Satiah, ne freina pas pour si peu, fila à toute allure et disparut dans un tourbillon de vent pour réapparaître plus loin, en direction d'un horizon incertain.

— Elle fuit autre chose que le khamsin, assura Thoutmosis. Ces bêtes du désert ne craignent pas le vent.

— Redouterait-elle un aigle, un vautour ? murmura sa compagne en levant les yeux au ciel.

Un ciel qui, à présent, devenait aussi terne et obscur que l'eau du Nil. Soudain, une volée d'oiseaux vint en plomber davantage la surface que le vent frisait avec outrance.

— Non, fit le jeune homme en hochant la tête, cette antilope redoute plutôt une hyène ou un chacal.

Puis, il tâta prudemment sa ceinture. Son couteau y était toujours accroché. Arme bien dérisoire s'ils étaient attaqués par un de ces animaux sauvages.

Thoutmosis soupira. Comment pouvait-il prévoir cet accident de dernière minute ? Quand il était parti, le ciel était serein, l'eau du fleuve était bleue et, si la sécheresse désolait les cœurs, rien ne laissait pour autant présager ce nouveau caprice qu'imposait ce vent sournois et meurtrier.

Un tourbillon plus violent que les autres les fit tomber. Ils se relevèrent, les yeux piquants, la bouche emplie de poussière, la gorge brûlante, mais un grondement arrêta net leurs mouvements.

— On dirait un rugissement de lion. Voilà pourquoi l'antilope fuyait.

Thoutmosis se mit à réfléchir. En un autre lieu, il aurait aimé courir ce risque. En d'autres circonstances, il aurait aussi apprécié l'acte qu'il s'apprêtait à accomplir. Tuer un lion ! Mais sa jeune compagne semblait si terrorisée qu'il perdait ses moyens. Pire encore lorsqu'il pensait au mince couteau qui pendait à sa ceinture. Si un fauve devait les attaquer, son arme légère, bien qu'elle fût longue et effilée, ne les sauverait guère.

Subitement une rougeur envahit son visage, non pas celle due au fouettement intense du vent contre sa joue, mais une honte à subir s'il arrivait un malheur à sa jeune compagne.

Soudain, une lueur roussâtre les entoura. Une brûlure s'engouffra dans leur gorge et ils restèrent anéantis, les yeux déchirés, le nez obstrué. Ne pouvant plus avancer, ils se couchèrent à terre.

Où était donc la sérénité du ciel d'Egypte ? Une nuée d'oiseaux, de mouches et de curieux insectes bloquait leur marche, heurtant violemment leur dos qu'ils offraient à cette marée dévastatrice. Les sauterelles !

Protéger leurs visages devint leur volonté première. Ils se couchèrent à plat ventre, tentant d'obstruer le passage entre eux et la nuée d'insectes. Mais ils avalaient du sable à gros bouillons et perdaient la respiration. Les sauterelles les attaquaient par milliers.

Quand ils levaient un peu le visage, ils le replongeaient aussitôt dans le sol, craignant d'avoir les yeux crevés, le nez déchiré, les oreilles arrachées.

Quand ce déferlement brutal s'arrêta, le vent reprit de sa violence et souleva une autre lame de sable. Thoutmosis agrippa le bras de Satiah.

— Il faut marcher. Sinon, il va nous recouvrir.

— Marcher où, murmura la jeune fille. J'ai perdu de vue cet abri et nous ne reconnaissons plus rien. Nous avons même perdu le sens de l'orientation.

Le rugissement qu'ils avaient entendu avant l'arrivée des sauterelles leur arriva en plein visage et Satiah trembla de peur.

— Le lion ! Qu'allons-nous faire, Thouty ? Le lion !

— Ne crains rien, j'ai un couteau et je sais m'en servir, affirma le jeune homme en essuyant son visage du sable qui le recouvrait.

Hélas, lorsqu'ils passaient rageusement la main sur leur peau pour se débarrasser de tout ce qui s'y collait, sable, poussière, feuilles mortes et desséchées, ailes brisées de sauterelles, ils ne faisaient qu'alourdir sur leurs corps la pesanteur de ces débris minéraux, végétaux et animaux.

— Ne crains rien, Satiah ! Je sais mater ces fauves, assura Thoutmosis en tâtant son couteau.

Bien dérisoire défense ! Mais le courage du jeune homme lui faisait entrevoir d'autres conquêtes, mille et une victoires et celle-ci faisait partie de ses rêves de gloire et de puissance.

Un second torrent aride et brûlant les submergea. La vague rousse déferla à nouveau sur eux.

En force, les sauterelles réapparaissaient. Comment expliquer leur présence subite ? La pluie tombée dans les vallées, si rare en Egypte, avait peut-être fait éclore des milliers d'œufs minuscules destinés à mourir avant de voir le jour. Et, poussés par le vent, ces œufs naissaient partout où ils tombaient.

Cela cognait leur tête, leurs jambes, leurs bras, leur corps entier. Un coup sec heurta l'œil de Satiah. Elle saisit l'objet du choc et écrasa entre ses doigts la sauterelle effarouchée.

— Thouty ! cria-t-elle. Je sens que je vais mourir. Ces insectes vont nous anéantir.

Elles étaient de petite taille, rose tacheté de noir, sans doute à peine écloses, elles déferlaient dans un bruit insoutenable.

Plus forte et plus puissante que l'invasion précédente, celle-ci fut de plus courte durée. Quand tout redevint calme, un souffle au-dessus de leur nuque attira leur attention. A nouveau couchés sur le sable, les deux jeunes gens n'osaient pourtant plus se relever. Mais l'haleine chaude et humide persistait. Un fauve était près d'eux.

A travers le tourbillon de poussière, Thoutmosis saisit son couteau.

— Non, attends ! cria Satiah.

Un museau tiède frottait sa cuisse. Elle agrippa la crinière de la bête et s'y blottit avec délice.

— Princesse ! Regarde, Thouty. C'est Princesse qui revient. Oh ! Ma jolie, ma toute belle.

L'animal rugit doucement, secoua sa crinière que les sauterelles envahissaient encore. Puis, la pluie se mit à tomber, mêlant l'horreur du chaos à une chaude humidité qui les recouvrit et les lava de tous les débris minéraux et animaux accumulés sur eux.

Enfin, après les mille caresses des retrouvailles

qui s'imposaient, Princesse tira la jeune fille qui s'accrochait toujours à sa crinière. Apparemment, elle voulait lui faire comprendre qu'ils devaient tous deux la suivre.

Le vent était complètement tombé et une pluie divine, fraîche, lourde peut-être, mais si bienfaisante, les couvrit de son intention réparatrice.

Ils suivirent Princesse qui les emmena aussitôt dans cet abri perdu qu'ils n'avaient pu trouver. Une sorte de cabane en briques de terre séchée, assez spacieuse et dont l'orifice était obstrué par des pierres et des branchages de papyrus calcinés par la sécheresse.

Qu'elle était belle Princesse dans son allure royale et dégingandée ! Que son pelage était soyeux et magnifique ! Que ses yeux étaient doux et tendres ! Satiah sentit fondre toute son angoisse et ses appréhensions.

Pourquoi l'orifice de l'abri était-il camouflé par les pierres et les branchages, puisque la lionne semblait en connaître l'intérieur ? Questions futiles alors que Satiah était rompue, lasse et voulait dormir.

Quand elle vit Thoutmosis et la lionne dégager l'ouverture, quand elle pénétra dans l'abri frais et rassurant, elle poussa un petit cri de bête étonnée. Un lionceau balançait sa queue de joie en reconnaissant sa mère qui l'avait quelque temps abandonné.

Sans une seule once de rancune, le bébé fauve vint lui lécher la jambe. Satiah le prit dans ses bras et enfouit son visage meurtri par les attaques du vent et des sauterelles dans le pelage doux et soyeux. Puis elle le tendit à sa mère.

Princesse avait osé accepter l'impossible, laisser son enfant dans cet infernal ouragan pour aller sauver la jeune fille.

Durant la nuit, le khamsin souffla encore. Peut-être même qu'une nouvelle nuée de sauterelles attaqua sauvagement la cabane. Mais, tendrement enlacés, Thoutmosis et Satiah regardaient Princesse lécher avec amour son petit.

*
* *

Les dieux restaient intraitables, la crue ne venait pas et, à Bouhen comme ailleurs, la terre asséchée se craquelait là où l'herbe poussait quelque temps plus tôt. L'air, qui devenait irrespirable, semblait prendre plaisir à compliquer les choses.

La famine s'installait, consécutive à la sécheresse et aux invasions de sauterelles qui avaient dévasté le peu de cultures restantes.

Au palais de Thèbes, la garde s'était renforcée. Elle s'était intensifiée non pas suite aux craintes personnelles de la pharaonne Hatchepsout, mais pour éviter tout passage venant de l'extérieur car la disette se doublait d'une épidémie hélas fatale pour le peuple appauvri.

Le mal était venu du nord. Tout d'abord, ce fut Memphis sur la branche extrême droite du delta qui fut touché. Les nouvelles arrivaient à peine à Coptos que la ville, à son tour, subissait les aléas du fléau. Puis ce furent Abydos et Thèbes où famine et contagion descendaient inexorablement, atteignant même Philaé, Assouan, Abou Simbel, prenant au passage la vie des hommes, des femmes et des enfants les plus faibles.

Depuis un certain temps, bœufs, porcs, chevaux, chiens et chats avaient disparu, morts de faim ou tués, dépecés et mangés par les hommes.

Il en était toujours ainsi aux premiers temps d'une famine. Quand il n'y avait plus ni céréales ni légumes, plus de poissons dans le fleuve ni de gibier d'eau, on tuait les animaux restants pour survivre.

Dans un second temps, quand la mort frappait les plus faibles et qu'il ne restait plus qu'à gratter la terre pour trouver une racine à cuire, se produisait alors l'inéluctable : on ne pouvait même plus prendre la peine et le soin d'enterrer les morts.

Les familles se décimaient à vue d'œil. Les énergies diminuaient en même temps que le nombre des morts augmentait. Tout d'abord, c'était l'aïeul de la maison, puis le dernier-né que la mère ne pouvait plus allaiter. Suivaient dans cette triste hécatombe, les enfants en bas âge, du moins les plus faibles, les femmes fragilisées par la fatigue et la faim.

Puis, quand venait le temps où pas un grain de blé, pas un chat ou un chien à dépecer, pas une racine à extirper de la terre sèche ne s'offrait aux hommes, ceux-ci commençaient à dépérir et à s'ajouter à la longue liste des disparus.

Aux portes des temples, les survivants se pressaient les uns contre les autres, se lamentaient, gémissaient, se tenant accroupis ou couchés dans une attitude à demi prostrée. Les plus vaillants arrivaient à se tenir debout et à tendre la main. Les prêtres ne pouvant nourrir tout ce pauvre peuple affamé jetaient ce qu'ils pouvaient à leurs pieds, car les approcher eût sans doute déclenché dans l'enceinte du temple les prémices d'une épidémie dont ils redoutaient à chaque instant le mortel danger.

Cette manne inattendue qui tombait parfois auprès d'eux n'était pourtant qu'une bien maigre pitance. Elle se composait de quelques oignons, poireaux ou melons à moitié desséchés, de quelques galettes rassises et, quand la générosité des prêtres se faisait plus étendue — encore fallait-il qu'ils ne s'aventurassent pas au-delà des limites du possible — les malheureux voyaient tomber devant leurs yeux, qui ne se fermaient que pour ne plus s'ouvrir, une pluie de pois chiches ou de fèves qu'ils croquaient sans prendre le temps de les faire cuire.

Chez les paysans déjà mal nourris en temps ordinaire, des milliers d'hommes, de femmes et d'enfants mouraient. Les survivants grattaient de leurs ongles cassés la terre pour essayer d'y trouver les restes d'une racine ayant résisté à la sécheresse. Parfois, ils portaient à leurs bouches ce qu'ils arrachaient et qui n'était autre que des fragments de la carcasse asséchée du sol. Ceux-là mêmes ne passaient pas la nuit, étouffés par la terre qu'ils absorbaient. Ils mouraient convulsés dans une toux violente qui ne s'arrêtait plus.

Côté temple, les prêtres remplissaient à peu près leur devoir, mais, s'il n'y avait eu la peur de la contagion, ils auraient pu faire davantage et condescendre à parler au peuple pour lui apporter le réconfort supplémentaire d'une parole rassurante.

Côté villes et villages, les choses devenaient plus compliquées, car intervenait la générosité des nantis envers les défavorisés. Alors, les scribes attachés aux plus hauts dignitaires étaient chargés de calculer ce qu'il resterait dans les greniers à blé, une fois accompli le geste qui devait sauver quelques centaines d'affamés.

Ouverts par centaines, les greniers à blé des villes et des villages avaient pourtant sauvé les plus résistants. Malgré ce geste humanitaire, la distribution était insuffisante. Il eût fallu que le blé tombât par tonnes entières aux pieds des pauvres gens pour que quelques centaines d'individus supplémentaires fussent sauvés.

Les greniers de Thèbes n'avaient pas failli à la coutume. Hélas, là aussi, c'était insuffisant et, aux alentours du palais, les cadavres gisant sur le sol ne se comptaient plus. Qui aurait pu les ensevelir alors que les maisons étaient vides et que la famille avait déjà disparu ? A celui qui restait de trouver l'énergie suffisante et la force de prendre dans l'air qu'il respirait et qui, pourtant, était fétide, l'élément de survie.

Et, là encore, les nantis qui pouvaient rester chez eux avaient une double chance de s'en sortir, alors que ceux de la classe défavorisée se trouvaient de nouveau lésés. Comment pouvait-on rester dans sa modeste demeure quand la nourriture n'y était plus ? Dans les rues, on ne trouvait plus que de pauvres êtres errant à la recherche d'une meilleure fortune.

C'est ainsi que, les cadavres s'accumulant dans les villes et les campagnes, sans possibilité de pouvoir creuser des fosses pour les y ensevelir, l'air chaud empestait le charnier.

Il en était de même à Thèbes aux alentours du palais et les gardes qui passaient derrière le mur d'enceinte suffoquaient en pressant contre leur visage un linge parfumé. Casques baissés jusque sur leurs yeux à demi fermés, ils tenaient leur lance assez maladroitement en jetant des coups d'œil angoissés chaque fois qu'ils passaient devant le grand cadran solaire de la porte sud du palais. Et, pour les affoler davantage, l'heure tournait lentement, retardant le tour de garde que leurs compagnons devraient tout à l'heure effectuer et qu'ils appréhendaient en épongeant leur front embué de sueur.

Ce matin-là, des dizaines d'hommes, de femmes et d'enfants se pressaient contre les murs d'enceinte du palais de Thèbes. Les cris et les pleurs avaient cessé depuis longtemps. Ils étaient là, muets, le teint sans couleur et les yeux sans éclat. Une ombre de mort flottait sur leurs visages. Leurs corps anguleux, décharnés, ne pouvaient plus tenir droit et ils tombaient à chaque instant.

Les plus solides ne gardaient que l'énergie du désespoir et l'on assistait à quelques étranges visions qui se muaient en épouvantables cauchemars.

Deux hommes se battaient pour les restes d'un poisson qu'ils avaient dû trouver sur la berge du fleuve. C'était un gardon desséché dont il ne restait que la tête, la queue et l'arête dorsale et qui, de surcroît, devait être contaminé, car tout ce qui venait du Nil était infecté du terrible microbe qui apportait la mort. Mais, pour les deux hommes que la faim rendait fous, le poisson symbolisait la vie. Alors, les doigts décharnés de l'un arrachèrent la tête, tandis que ceux de l'autre happèrent la queue et l'arête pour les enfouir aussitôt dans sa bouche.

Plus loin, s'accrochant à la paroi du mur d'enceinte, une femme encore à demi vivante, mais que la famine avait rendu folle, tenait un enfant dans les bras et cherchait à escalader les murs dont elle n'évaluait plus la hauteur. Elle se déchirait les mains sur la rugosité des pierres. Ne pouvant y arriver, elle se fracassa la tête contre la paroi, laissa tomber l'enfant — déjà mort sans doute — et vint mourir elle aussi, délivrée de cette épouvantable hantise qu'est la faim.

D'autres, à moitié couchés sur le sol, geignant

faiblement, semblaient résolus à l'inévitable malchance qui, depuis leur naissance, les poursuivait avec acharnement. Parmi eux, il y en avait pourtant quelques-uns plus favorisés qui, malgré l'état précaire de leur condition, n'avaient cependant jamais manqué de pain ni de bière.

Le destin allait-il continuer à jouer en leur faveur en leur apportant la résistance nécessaire pour survivre à cette calamité que les dieux faisaient tomber sur l'Egypte ? Ce dieu du Nil dont les riches ne cessaient de vanter les louanges et les générosités allait-il se pencher sur eux et leur accorder au moins le privilège de ne pas être contaminés ? Car, dans cette masse grouillante de pauvres êtres se tenaient ceux dont la sagesse et la patience frappaient l'esprit. Ils n'absorbaient ni terre ni eau, rien qui puisse leur apporter la mort si ce n'était justement ce manque de nourriture.

Oui ! Ceux-là risquaient de s'en sortir si les dieux s'apitoyaient sur leur sort et, du moins pour un temps, si ces mêmes dieux cessaient de se tourner vers ceux qui, à l'abri du palais, mangeaient à leur faim.

*
* *

En l'absence de Neb-Amon, les trois médecins du palais hésitaient à se propulser dans une atmosphère malsaine, hors des murs protecteurs de l'enceinte qui, pour l'instant, les protégeaient d'une contamination évidente.

Si Mékyet avait tenté une brève incursion au-dehors du palais, il ne l'avait fait qu'une seule fois, vite rebuté par ce qu'il y avait vu. Quant à Pénith, il ne s'était encore jamais aventuré au-delà des limites qu'il s'était fixées et qui n'allaient pas plus loin que les grandes portes en bois de cèdre qui fermaient l'enceinte du palais. D'ailleurs, pour ne pas s'inquiéter davantage, ils avaient fait venir, l'un et l'autre, femmes et enfants et les avaient installés dans un grand pavillon afin de ne pas avoir à sortir.

Au harem du palais de Thèbes, gigantesque entreprise où se tenaient les concubines et leurs familles, les prêtres dirigeants, les artisans qui travaillaient aux ateliers de tissage, de verrerie, de vannerie, de parfumerie et le nombreux personnel qui vaquait aux diverses occupations quotidiennes, tous étaient sévèrement inspectés par les trois médecins.

Dès qu'un visage présentait les signes de la mortelle épidémie, plaques rougeâtres sur le front, le cou et la gorge — quelquefois les zones atteintes descendaient jusque sur le ventre et le haut des cuisses — les trois médecins n'hésitaient pas à transporter le malade là où les quelques contaminés avaient été relégués, une sorte d'annexe qui jouxtait le harem où déjà quelques femmes vivaient dans l'espoir que leurs horribles symptômes disparaissent.

Mékyet leur prescrivait une potion qui servait de remède pour les simples affections cutanées — encore fallait-il qu'elles ne soient pas purulentes — et Pénith l'agrémentait d'une pommade à base d'huile de cèdre et de feuilles d'acacia qu'il recommandait dans tous les cas de brûlure. Il faut dire qu'à cette époque, les signes précurseurs de la maladie avaient à l'œil nu l'aspect de soudaines brûlures et les médecins n'avaient recours qu'aux seuls remèdes qui les soignaient.

Pour l'instant, seule une dizaine de femmes accompagnées de leurs servantes s'étaient vu enfermées dans cet enclos retiré derrière les ateliers de tissage où personne ne se rendait afin d'éviter tout risque inutile de contamination. Mékyet et Pénith étaient les seuls à s'y risquer avec Seddy, le troisième des médecins.

Pour Seddy, le cas était différent. Veuf, il n'avait pas d'enfants, juste un neveu, le fils de son frère auquel il tenait pourtant comme à un fils, mais celui-ci avait été élevé sans aucun appui dans son adolescence, appui d'un père qui eût été un guide, sans réelle vie de famille, dans une aisance, cependant, qui ne lui avait jamais fait défaut et, pour saupoudrer ce laisser-aller, aux côtés de quelques serviteurs qui n'avaient fait que céder à tous ses caprices.

Ce jour-là, alors que Pénith se dirigeait vers le pavillon des contaminés, il fut agressé par un groupe de femmes qui venaient de l'extérieur et qui se ruèrent sur lui telles des furies dont les cris n'étaient qu'un immense écho de rancœurs. C'est à peine s'il vit leurs visages tant elles se serrèrent contre lui, agrippant sa tunique, la déchirant aux épaules là où elles avaient prise. Derrière elles, Mékyet accourait, essoufflé d'avoir autant pressé le pas pour rejoindre son compagnon avant qu'il puisse discuter avec elles.

— Que veulent-elles ? s'enquit Pénith avec une ombre d'inquiétude dans la voix tout en essayant de se dégager des mains qui l'agrippaient avec fureur.

— Il faut les expulser au plus vite, répliqua vivement Mékyet sans reprendre son souffle. Elles sont sans doute contaminées.

Déjà quatre gardes s'approchaient des pauvres victimes et les saisissaient par le bras. Mais on pouvait remarquer que leurs yeux étaient emplis d'effroi à l'idée même de toucher l'étoffe de leurs tuniques. Aussi, c'est avec une extrême prudence, doublée d'une mollesse à laquelle ils n'étaient pas habitués, qu'ils tentèrent de retenir les femmes. Ce manque de fermeté eut aussitôt l'effet du contrecoup. Les femmes se dégagèrent rapidement à coups de pieds et de poings, les insultant de propos grossiers. Pourtant, que pouvaient-elles réclamer d'autre qu'un peu de pain pour atténuer la faim qui les tenaillait depuis plusieurs semaines ?

— Que peut-on faire ? dit Pénith à son compagnon qui s'épongeait le front à petits coups successifs.

— Rien, répliqua Mékyet, de toute façon, elles sont perdues. Et, même si elles ne présentent pas les symptômes de l'épidémie, elles ne vivront pas au-delà de quelques jours.

— Par tous les dieux ! jura Pénith qui, tournant la tête, vit que les gardes avaient réussi à reprendre le bras des femmes entre leurs mains volontairement malhabiles. Comment ont-elles pu faire pour entrer ? Toutes les issues du palais sont bloquées. D'où viennent-elles et par où sont-elles passées ?

— Je suppose qu'elles sont des environs de Thèbes. Avec l'énergie qui leur reste, elles ont dû faire la courte échelle. Les gardes n'ont pas osé les approcher, de peur d'être contaminés.

— Elles ne présentent pas de marques sur le visage, assura Mékyet. Aussi, je pense qu'elles ne sont pas contagieuses.

La fureur des femmes s'était transformée en folie et l'on pouvait se demander d'où elles tiraient cette énergie mise dans leurs cris et leurs clameurs. Elles hurlaient, vociféraient, crachaient sur les soldats qui, blancs de peur, s'éloignaient aussitôt. Pourtant, à les observer de plus près, on voyait qu'elles titubaient et qu'à chaque cri, elles manquaient de tomber.

Elles étaient une dizaine et l'on ne pouvait discerner leur âge tant la maigreur les métamorphosait en squelettes ambulants. A chaque articulation de leurs corps, les os étaient si saillants qu'ils offraient la vision de pointes prêtes à transpercer la peau. Leurs yeux n'étaient plus que des cavités profondes où l'on discernait à peine une parcelle de lumière.

— Nous voulons du pain ! s'écria celle qui devait être la doyenne du groupe en se précipitant sur Pénith.

Le médecin la repoussa. Mais les autres s'enhardirent et s'avancèrent à pas nerveux, heurtant au passage Mékyet qui trébucha et faillit tomber. Bientôt la horde furieuse les encercla tous deux.

— Ne restez pas là ! vociféra Pénith dans un élan qui le propulsa hors de l'étreinte infernale des femmes. Les gardes vont vous saisir et vous rejeter au-dehors. Le palais vous est interdit.

— C'est ce que nous allons voir ! hurla la plus petite du groupe dont les seins dénudés pendaient comme deux figues sèches. Crois-tu nous faire peur avec tes menaces ?

Soudain, une flèche fusa dans l'espace et se ficha dans le sol, à deux pas de leurs pieds décharnés. Une autre griffa le bras amaigri d'une femme qui resta sans voix. Mais la pauvre femme ne devait plus rien avoir dans les veines, car la blessure ne saigna pas. Enfin, une troisième flèche vint siffler au-dessus de la tête d'une adolescente. Sans doute la plus jeune du groupe, car ses yeux n'avaient pas encore pris cette teinte vitreuse qu'on remarquait dans ceux des autres.

Un instant, Pénith faillit lui dire de se détacher du groupe et de s'avancer, mais un tel traitement de faveur risquait de tourner au drame. L'adolescente avait un pagne gris et poussiéreux. Sa poitrine n'était pas encore formée et les deux aréoles sombres qui entouraient ses jeunes mamelons ne ressemblaient nullement à des taches de contamination. Elle fixa son regard sur celui de Pénith. Il eut à nouveau un geste bienveillant, leva la main puis, impuissant, la rabaissa aussitôt.

— Vous voyez bien que les gardes vous surveillent, vociféra Mékyet en observant les pointes des flèches plantées dans le sol non loin des femmes qui, passé leur étonnement, avaient repris leur assurance. Retournez dans la ville. Nous allons vous faire apporter des aliments.

— Tu ne nous apporteras rien et nous le savons ! hurla à son tour l'une des femmes. Tous les greniers de Thèbes sont vides. Il n'y a plus que ceux du palais.

— Alors tu peux nous interdire de rester, rétorqua une autre qui vint se placer près de sa compagne. Nous ne bougerons pas d'ici avant d'avoir mangé.

Soudain, l'exclamation que poussèrent les deux médecins fut à l'unisson. Les yeux agrandis d'effroi, ils regardaient s'avancer la meute d'hommes armés de bâtons et de gourdins s'approcher. Mékyet recula de rage et Pénith, voyant qu'il n'y avait aucune autre alternative, l'imita.

— Les gredines ! jura-t-il. Elles leur ont ouvert le passage. Je crains qu'ils ne soient trop nombreux pour que nous puissions faire autre chose que leur lancer flèches et autres projectiles.

— Gardes ! cria Mékyet. Gardes ! Saisissez-vous de cette foule.

Mais les gardes n'apparaissaient pas. Cachés dans les failles du mur ou dissimulés derrière les ventaux des portes secondaires, il se faisaient attendre. Il fallut que Mékyet les menaçât de faire deux tours de garde supplémentaires à l'extérieur du mur d'enceinte pour qu'il vît, au loin, deux soldats remuer les bras.

— Que dit-il ? fit Pénith.

Mais, les médecins n'eurent plus à se poser la question. Ce fut un déferlement brutal qui s'ensuivit. Tous les survivants de Thèbes étaient là pour quémander un bout de pain ou quelque chose d'autre à se mettre sous la dent. Ils n'en pouvaient plus de gratter la terre et de ne rien y trouver, de racler le Nil asséché et de ne rien y voir. Ils avançaient en traînant leurs pauvres membres atrophiés par la maigreur. Certains criaient et le son de leurs plaintes parvenait en écho aux oreilles des médecins.

*
* *

Pendant ce temps, Seddy osa s'aventurer sur les bords du Nil. Aux alentours de Thèbes, tout était désolation. Le plus petit bosquet s'élevait comme un avorton qui, à peine sorti de terre, était déjà calciné par le soleil.

S'il n'avait eu son bateau amarré près du port où Néfermenkh, le fils de son frère dont il s'était occupé dans la mesure de ses possibilités, devait se trouver depuis quelques jours, il n'aurait certes pas osé sortir du palais. Arrivé sur le quai, il faillit faire demi-tour, tant le spectacle qu'il avait devant les yeux le saisit d'effroi.

Des corps étaient étendus, recroquevillés, mangés par les mouches et les insectes qui bourdonnaient avec insolence sur leur peau tuméfiée.

Cette sinistre anecdote valait pour les morts les plus récentes, celles qui dataient de quelques jours. Pour les autres, ceux dont les corps reposaient sur le sol depuis plusieurs semaines, des vautours volaient bas dans le ciel pour en saisir les derniers lambeaux de chair qui y restaient accrochés. Et, dès que le soir tombait, les hyènes qui rôdaient non loin s'approchaient dans une décontraction totale — puisque aucun homme ne les en empêchait — pour achever le travail.

Ceux que la famine n'avait pas encore emportés, du moins le peu d'hommes qui restait dans les rues de Thèbes, puisque les survivants, ayant trouvé une brèche dans le mur d'enceinte du palais, y faisaient une incursion dont la famille royale n'avait pas encore idée, pouvait aisément se compter.

Ils restaient accroupis et se tenaient le ventre en gémissant, car beaucoup d'entre eux étaient contaminés. Seddy les regarda avec effroi, mais ne s'en approcha pas. Il était le médecin du palais et non celui des pauvres. Il détourna la tête pour ne plus les voir.

Mais sur sa gauche un autre spectacle l'attendait. Près d'une maison en briques, sans doute celle d'un artisan potier éloigné de ses confrères, car il se trouvait près du village des artisans de Médinet Habou, il vit une femme qui tenait un enfant entre ses bras. Mais elle berçait un petit être déjà mort et regardait l'horizon de ses grands yeux vagues.

A ses pieds, au seuil de la maison, gisaient des petits cadavres déjà entamés par la morsure du soleil et que les vautours allaient bientôt achever. Et l'ironie du sort avait fait qu'ils s'étageaient par ordre de grandeur. Le plus grand, l'aîné sans doute, était à peine refroidi et gisait dans l'embrasure de la porte grande ouverte, les yeux crevés par le bec acéré d'un vautour.

Sur l'un des côtés de la maison, appuyé contre le mur blanchi à la chaux, le squelette du père gisait, tourné face contre terre, l'un des bras manquait, probablement emporté par l'une des hyènes qui rôdaient dans les parages.

Il y avait longtemps que la mère ne regardait plus ce carnage. A vrai dire, elle ne voulait plus que mourir elle aussi. Comment, à présent, aurait-elle pu tenir entre ses mains tremblantes la galette d'orge tant attendue pour se la mettre sous la dent ? Comment aurait-elle pu la manger pour le seul désir de survivre quand toute sa famille venait d'être balayée, emportée par le terrible fléau ?

Seddy ferma les yeux quelques secondes pour essayer d'effacer cet horrible spectacle et avança de plusieurs pas. Il lui fallait sortir de ce cercle infernal, se diriger en toute hâte vers le port pour rejoindre le fils de son frère et le décider à s'abriter à l'intérieur du palais comme l'avait fait la famille de Mékyet et Pénith.

Un grand champ s'étendait devant lui. De toutes parts, des racines calcinées s'affaissaient. Certaines avaient été arrachées et l'on pouvait remarquer que des dents s'y étaient plantées. Hélas, ce genre de repas comme celui qui consistait à manger de la terre sèche et craquante n'engendrait que des morts bien plus violentes encore que celles qui résultaient d'un estomac complètement vide.

Le périple infernal de Seddy n'était pas achevé et il priait le dieu Amon de lui accorder un instant de répit avant d'être plongé dans un nouveau cauchemar. Mais, que pouvait faire un simple mortel quand le maître suprême de Thèbes, le dieu Amon, en accord avec tous les autres dieux avait décidé la mort d'une moitié de son peuple ?

Sur son parcours, des hommes étaient couchés sur le sol. Eux aussi avaient gratté la terre de leurs ongles cassés pour y déterrer quelques larves qu'ils n'avaient sans doute pas trouvées, car même les vers de terre s'étaient desséchés par manque d'humidité.

Plus loin, alors qu'il s'écartait des dernières maisons de Médinet Habou, il vit le squelette de plusieurs chiens dépecés sans doute par les hommes affamés. Les restes de chair avaient été léchés par les hyènes, seuls animaux restés en vie, car elles se nourrissaient exclusivement de carcasses humaines ou animales.

Sur sa gauche, alors qu'il pressait le pas pour en finir avec ces visions cauchemardesques, il vit un énorme monticule d'os, de poils et de chair sur lequel tournoyaient deux vautours. La carcasse semblait être celle d'un bœuf ou d'un oryx et dans quelques jours, les os restants auraient croulé sous l'assaut des vautours.

Plus il s'approchait de la colline thébaine, plus l'idée que le port n'était pas loin s'ancrait dans l'esprit de Seddy. Mais le médecin n'en avait pas terminé avec le sombre chemin qu'il parcourait. Au pied de la colline thébaine, une ombre noirâtre annonçait les charniers. Des fosses avaient été creusées pour y jeter les corps. Du moins, c'est ce que les dirigeants des villages faisaient au début de la famine quand le nombre des morts était encore acceptable. Puis, les fosses pleines, on avait jeté les corps à côté sans en creuser d'autres et les charniers prenaient de l'ampleur.

Une odeur fétide flottait dans l'air. Seddy prit la direction des quais sans plus réfléchir. S'attendrir était inutile et, de toute façon, ce n'était pas dans ses habitudes. A quoi bon s'appesantir sur le sort de ces hommes que les dieux n'avaient pas voulu aider !

Au loin, les grandes palmeraies, les champs d'orge, les vignes, les plantations de lin, les vergers où les rigoles d'eau étaient depuis longtemps asséchées n'offraient plus que des terrains arides. Pas un oignon, pas un poireau, pas un melon n'était sorti de terre sinon pour montrer un ridicule embryon calciné. Ail, pois chiches, fèves, laitues, concombres, choux, persil et herbes aromatiques manquaient même sur les tables des plus favorisés.

Et que pouvait penser Seddy qui n'avait pas plus de compassion pour les pauvres qu'il n'en avait pour les morts, puisque travaillant pour les riches, ceux-ci dès qu'ils étaient momifiés entraient dans le pays bienheureux d'Osiris ? Seddy se trouvait-il seulement déstabilisé devant ces infortunes ?

Arrivé sur le port, Seddy se crut sorti d'affaire. Il vit son bateau sur le bord asséché du fleuve. La coque était couchée et le mât cassé en deux. Il ne fallait pas plus de quelques grandes enjambées pour se trouver sur le pont. Alors qu'il s'apprêtait à se hisser sur le bord du bateau, une main l'agrippa et le tira en arrière.

Seddy se retourna. Un homme aux joues creuses, au pagne déchiré et sali de ses propres excréments le retenait par la manche. A voir la maigreur de l'homme, on pouvait s'étonner de sa poigne forte. Il désigna le bateau du doigt. Un doigt long, recourbé, à l'ongle noir à moitié rongé.

— C'est ton fils ?

Seddy l'observa quelque temps avant de répondre.

— C'est celui de mon frère.

L'homme retira sa main et la laissa se balancer mollement contre lui comme si toute force l'avait abandonné.

— Alors, n'entre pas dans le bateau, il est mort.

Seddy sentit le sol se dérober sous ses pieds. Néfermenkh et lui n'étaient peut-être pas très intimes, mais suffisamment complices en divers domaines — entre autres celui de la navigation pour lequel chacun partageait une véritable passion — pour qu'il fût ébranlé par cette nouvelle.

— Mort, répéta-t-il assommé par cette révélation. Mais je lui avais donné une potion pour atténuer les risques de l'épidémie !

L'homme perçut de l'agressivité dans le ton de Seddy.

— Tu es médecin ?

Sans répondre, Seddy sauta sur le pont du bateau et vit que la proue avait été, elle aussi, fortement endommagée. La grande voile carrée était tassée sur le sol. Quand il pénétra dans l'unique cabine confortablement aménagée, il découvrit le corps inerte de son neveu étendu à terre. Il observa son visage et vit qu'il n'était pas atteint par la contamination et que le corps, normalement nourri, n'offrait aucune trace de maigreur excessive.

Alors, il le retourna et vit que le crâne avait été défoncé. Du sang séché collait à ses cheveux et y avait formé une croûte épaisse. Anéanti, Seddy restait debout sans comprendre.

L'homme l'avait suivi. Ses bras et ses jambes dénudés ressemblaient à deux tiges de dattier maigres et desséchées.

— Ah ! fit-il en faisant le geste de cracher à terre. Il a eu la chance de mourir le corps engraissé comme un porc. C'est pour cela qu'ils l'ont tué.

Le médecin sursauta.

— Qui l'a tué ?

— Bah ! fit l'homme en crachant de nouveau. Mais sa gorge asséchée ne propulsait aucun jet de salive.

— Qui l'a tué ? répéta Seddy en colère.

— Peu importe ! De toute façon, ses agresseurs sont morts. Votre garçon les a nargués avec ses galettes d'orge qu'il mangeait devant leur nez.

Seddy soupira. A quoi bon résister ? Lui aussi sentait, soudain, ses forces fléchir. Néfermenkh ! Un garçon de dix-huit ans qui n'en faisait qu'à sa tête et qu'il n'avait pas réussi à convaincre de quitter le bateau durant le temps de la famine. Un garçon qu'il aimait comme un fils, malgré les heurts qui les opposaient et si ce n'avait été la passion de la voile, ils ne se seraient pas dit grand-chose.

Chacun, même parmi les plus favorisés, trouvait des désillusions dans la calamité qui s'effrondrait sur l'Egypte. Certes, Seddy et ses confrères savaient que dans les riches familles de Thèbes et de province, on ouvrait grand les greniers à blé pour se servir, on amenait les barils d'huile et de bière, les sacs d'orge et de froment, on cassait les jarres de lait caillé, on décrochait les viandes salées suspendues depuis plusieurs saisons déjà et on ne mourait pas de faim. Alors que faire devant la colère de ces hommes qui se mêlait à leur état d'extrême faiblesse ?

Seddy savait — et plus encore, il l'avait vu tout à l'heure de ses propres yeux — que chez les pauvres, on grattait la terre sèche et craquelée pour y trouver une semence depuis longtemps anéantie. On raclait le fond du Nil pour y attraper un poisson mort resté coincé entre deux racines ou deux cailloux et on le coupait sans même le cuire ou le griller en dix ou douze pour que la famille entière en profite.

Il savait que ces paysans, ces ouvriers et tous ces défavorisés ne pouvaient plus ni pêcher ni chasser, car sarcelles, pigeons, grives, gerboises, canards et oies sauvages avaient déserté les vastes étendues des campagnes. Le seul gibier qui restait, étendu à terre, décharné, la gorge sèche et l'œil vitreux, le plumage déshydraté, mort de faim lui aussi, avait attrapé le mal qui les contaminait.

Seddy quitta le bateau, le cœur lourd. Il reviendrait plus tard chercher le corps de Néfermenkh pour l'ensevelir dans le caveau qu'il s'était fait construire.

Sa vie n'était peut-être pas un exemple de pure intégrité, mais il avait tout de même sauvé des vies humaines et su réconforter des centaines de malades, même si ceux-là étaient d'une classe sociale semblable à la sienne.

A bas de son bateau, étourdi par la nouvelle qui lui laissait l'âme triste et vide, Seddy fit quelques pas en direction du quai. Soudain, il arrondit les yeux d'étonnement quand il vit le marinier qui l'avait abordé accompagné d'une poignée d'hommes aussi maigres que lui, mais qui semblaient assez déterminés pour le happer au passage.

Et certes, au port, il en restait suffisamment pour que l'Egypte ne fût pas complètement anéantie. De forts et solides gaillards encore capables de supporter la famine plusieurs semaines, du moins, si l'on venait à leur secours. Presque malgré lui, Seddy inspecta le visage et le corps des hommes qui l'entouraient. Ils ne portaient aucun signe relatif à l'épidémie. Seule l'excessive maigreur consécutive à la famine avait vidé leurs muscles, tassé leur peau et ridé leurs visages tannés, leur donnant des expressions de vieux sorciers africains.

Une trentaine de mariniers étaient là, face au médecin, les lèvres silencieuses, mais un muet appel au fond des yeux. Ils balançaient leurs bras squelettiques sur leurs flancs comme pour se prouver qu'ils avaient encore, en eux, quelque énergie à faire exploser.

Pendant quelques secondes aucun mot ne fut prononcé entre eux. Pas un geste ne fut esquissé et Seddy les regardait aussi silencieux qu'une momie. Puis, ce temps de réflexion passé, les hommes se mirent à tournoyer lentement autour de lui, ne lâchant pas des yeux le regard inquiet du médecin. Un instant, il crut que la soixantaine de bras qui pendaient, maigres et déformés, allaient le saisir et l'étouffer.

— Je n'ai rien à vous donner, fit-il presque pitoyablement.

Alors, ils levèrent le poing. La force parut leur manquer et l'énergie les abandonner. Mais ce n'était là qu'un répit et leurs yeux s'allumèrent d'une étrange lueur. Soudain, ils parurent très en colère et l'un d'eux se détacha du groupe. Il avait dû, avant que les effets néfastes de la famine n'atteignent son corps, être un fort gaillard, presque un géant, aux muscles puissants et robustes.

— Tu nous serviras mieux vivant que mort. Aussi allons-nous te laisser en vie. Où vis-tu ?

Comme Seddy ne répondait pas, l'homme se jeta sur lui, mais le médecin ne broncha ni ne bougea.

— Allons, calme-toi fit-il à l'homme. Je vais voir ce que je peux faire.

— Où vis-tu ? cria un autre marin en poussant

ses compagnons pour venir aux côtés de celui qui avait pris la parole en premier.

— Je l'ai vu aux portes du palais, s'égosilla un troisième homme en brandissant un poing maigre aux articulations qui n'arrivaient plus à se détendre. C'est l'un des médecins de la reine !

— Alors, nous te suivons. Emmène-nous au palais et fais-nous servir quelque chose à manger.

Et Seddy, qui était loin de se douter du drame qui se jouait à cet instant à l'intérieur des murs d'enceinte du palais, pensa qu'il ne pouvait faire autrement que d'entraîner avec lui tous ces hommes qui voulaient survivre.

*
* *

Dans son palais, éloignée de l'épidémie en pleine expansion, Hatchepsout se sentait tourmentée. Mais, c'est un peu plus tard qu'elle prit vraiment peur.

Depuis l'aube, Yaskat était souffrante. La fièvre l'avait prise brutalement et des taches rougeâtres s'étendaient sur son cou et sa gorge. Quand Hatchepsout appela ses autres servantes, on vint l'avertir que les deux médecins Mékyet et Pénith étaient partis en direction du pavillon des contaminés et que Seddy était absent. Il avait confié à son personnel que, soucieux de savoir son neveu sur son bateau, il était parti dans l'espoir de le ramener au palais afin qu'il y soit en sécurité.

Hatchepsout s'énervait. Vraiment ! Tout allait à l'envers. Yaskat risquait de mourir et personne, dans l'immédiat, ne pouvait la secourir. Un instant, la reine paniqua. Déjà, l'absence de Senenmout lui était cruelle. Et, à présent, que pouvait-elle faire sans sa fidèle servante ? Aurait-elle le courage d'affronter seule tous ces conflits ?

— Et Neb-Amon ! s'énerva-t-elle, est-il déjà parti à Bouhen ?

— Oui, Majesté, répondit un serviteur.

— Alors qu'on donne les instructions pour qu'il revienne au plus vite et s'il se trouve en route, qu'il fasse demi-tour et vienne de suite me voir.

L'homme hésita et voûta ses épaules. Apparemment, comme tous ceux qui vivaient dans le palais, il craignait qu'une échappée de l'extérieur vînt apporter le drame. Aussi releva-t-il les épaules dans un souci d'achever brièvement sa mission.

— C'est que personne ne veut chevaucher dans ce désert où l'on ne voit que des cadavres, dit-il d'un ton horrifié. Le moindre corps étendu sur le sol est contaminé, Majesté. Les coursiers sont comme les gardes et les soldats, ils n'osent plus sortir du palais. On dit qu'à chaque pas, on frôle un cadavre en décomposition et que l'odeur que vous en respirez ne peut que vous emporter directement au royaume d'Osiris.

Il osa diriger un regard timoré en direction d'Hatchepsout et poursuivit :

— Majesté, il faut vouloir sa mort pour fréquenter les chemins sur l'heure.

A peine avait-il jeté ces mots, qu'à peine lancés il regrettait déjà, que deux hommes entraient dans la pièce sans se faire introduire. Ils avaient écarté les servantes qui, sans broncher, les avaient laissé passer.

Hatchepsout reconnut l'Intendant du palais et l'un des administrateurs du harem. Ils étaient l'un et l'autre très essoufflés et paraissaient être dans un état d'excitation intense, car ils en oublièrent de se courber bas devant elle.

— Majesté, la foule des survivants de Thèbes est entrée au palais.

Le visage d'Hatchepsout pâlit et ses mains tremblèrent. Mais elle se reprit aussitôt. Elle toisa les deux hommes d'un air digne, leur signifiant ainsi qu'elle pardonnait le manquement au protocole habituel.

— Sont-ils nombreux ?

— Tous les survivants de la ville sont là, Majesté, à l'exception de ceux qui ont été recueillis par les prêtres de Karnak et qui résident au temple. Mais ceux qui se pressent aux portes de votre palais et qui, dans un instant, envahiront jusqu'à vos appartements personnels, ont attendu leurs dernières limites. Ils sont extrêmement faibles.

— Combien sont-ils environ ?

— Des centaines si l'on compte les mariniers et les dockers du port qui leur ont emboîté le pas.

— Les mariniers ! fit Hatchepsout incrédule. Je pensais que ces hommes-là étaient plus solides qu'ils n'ont l'air de l'être. Sont-ils tous du port de Thèbes ?

— Oui, Majesté. Ils sont arrivés précédés du médecin Seddy.

— Seddy ! s'exclama Hatchepsout. Voilà qui me surprend.

L'administrateur du harem, jusqu'ici, n'avait pas encore parlé. Il n'osait broncher tant la reine apparaissait froide et lointaine.

— Seddy ! reprit celle-ci d'un ton ironique.

Elle fit quelques pas de long en large et jeta un coup d'œil par la grande baie qui s'ouvrait sur un jardin privé où les arbres souffraient d'un manque d'eau évident et commençaient à présenter un feuillage flétri.

A vrai dire, Hatchepsout s'interrogeait sur la

soudaine et inhabituelle générosité de son médecin. Mais, bah ! Il fallait bien nourrir tous ces affamés si l'Egypte voulait poursuivre la destinée que les dieux avaient prescrite. Ce n'était là qu'un grain de sable dans la bonne continuité de la vie terrestre. L'essentiel pour Hatchepsout était de poursuivre son règne comme au premier jour de son sacre.

— Comment sont-ils entrés ? fit-elle d'un ton las.

— Un premier groupe de femmes est arrivé, Majesté, répondit l'intendant. On pensait que, malgré leur faiblesse, elles avaient fait la courte échelle. Mais, quand le second groupe, beaucoup plus important, s'est rué à l'intérieur du palais, les gardes ont décelé une entaille sur le mur côté ouest que les hommes ont dû effectuer la nuit dernière.

— Les gardes ne les ont-ils pas remarqués ?

Kéfith, l'administrateur principal du harem, un petit homme replet aux joues rebondies, au nez fortement écrasé et qui tentait d'élever son buste plus haut qu'il n'était, s'écarta de son compagnon et prit la parole :

— Les gardes sont angoissés, Majesté. Ils s'éloignent trop du mur pour observer attentivement les choses. Ils craignent la contagion. Ceux qui effectuent les tours de garde ont leur casque baissé jusqu'aux yeux et ne pensent qu'à se maintenir un linge sous le nez pour ne pas respirer la pestilence des rues. J'en ai vu un, ce matin — dont je tairai le nom par solidarité — qui n'effectuait pas la moitié de son parcours et qui faisait demi-tour pour éviter l'endroit où la foule se tenait agglutinée.

— Alors, à présent qu'ils sont là, fit la reine, laissez-les entrer et que les médecins les observent un par un, qu'ils séparent les malades des bien-portants et que l'on distribue à ces derniers la nourriture nécessaire pour qu'ils se rétablissent.

— Mais, les réserves du palais vont baisser, Majesté. Ne craignez-vous pas manquer de nourriture lorsque la famine sera terminée ?

— Bah ! Tout ceci n'est qu'un grain de sable dans l'organisation de la vie d'ici-bas. Dans quelque temps, tout sera rentré dans l'ordre. Les dieux, j'en suis sûre, ne veulent pas exterminer leur peuple. Les survivants d'Egypte feront de nouveaux enfants et ceux-là mêmes ne connaîtront peut-être jamais une telle calamité. Il faudra plus d'un siècle avant que cela ne recommence.

— Mais, les réserves, Majesté ! fit l'intendant qui préférait ne pas s'étendre sur des considérations générales et surtout inutiles dans un temps présent.

— Ah ! Oui, les réserves ! Et bien faites venir Pouyemrê, mon Intendant des Finances. Je vais régler avec lui cette affaire.

Quand elle vit l'expression horrifiée des deux hommes à l'idée de croiser la meute des affamés qui devait à chaque instant se rapprocher des appartements royaux, elle poussa un soupir.

— Passez par l'arrière du palais, fit-elle, et prenez directement l'aile sud. La poterne basse camouflée dans l'angle par une stèle vous donnera directement accès au quartier des dignitaires.

Comme ils s'inclinaient, cette fois, devant la reine, elle ajouta d'un ton qui aurait pu, en d'autres circonstances, paraître ironique :

— La stèle est en argile. Elle n'est pas très lourde, il vous suffira d'un peu d'aide pour arriver à la déplacer. Demandez aux gardes qui vous aideront d'attendre votre retour. Ils reboucheront l'issue après.

Puis, elle fit un signe aux deux hommes pour signifier que l'entretien était terminé.

Restée seule, elle eut un instant le désir de faire appeler sa fille. Mais elle réfléchit et pensa que, tout compte fait, il était préférable qu'elle la vît après son entretien avec Pouyemrê.

Hatchepsout savait comment se passerait l'entretien. Mérytrê allait la saoûler de paroles insignifiantes, lui parler de son futur mariage avec le prince, se plaindre des restrictions de toutes sortes auxquelles elle devait s'astreindre, toute princesse qu'elle était et, surtout, la questionner sur ses intentions d'abdiquer. Or, Hatchepsout n'avait aucune intention d'abandonner sa couronne.

« Allons ! pensa-t-elle. Quand Pouyemrê m'aura réconfortée sur la solidité du trésor de l'Etat, quand il m'aura assurée que, une fois marié à Mérytrê, le conseil enverra Thoutmosis guerroyer à l'étranger, je pourrai tenir encore longtemps les rênes du pouvoir et m'endormir sereine quelques nuits encore. »

Deux heures plus tard, Pouyemrê faisait son entrée. Grand, svelte, encore bel homme avec sa puissante stature et sa chevelure argentée sur laquelle il n'avait pas posé de perruque, l'Intendant des Finances se courba devant Hatchepsout.

La pharaonne vint à lui en souriant. Elle lui tendit ses mains longues et fines. Aucune perle ne venait en distraire la minceur.

— Qu'il m'est agréable de te voir en ces tristes moments, dit-elle presque joyeuse. Ah ! Pouyemrê, mon ami. L'un des rares qui me restent.

Comme il restait le buste ployé sur sa main qu'elle lui tendait toujours, elle ajouta :

— Je t'en prie, pas de cérémonie entre nous, surtout en ce moment. Aucun autre dignitaire ne nous voit et mon personnel est plutôt restreint. Ta famille a-t-elle été touchée par le mal qui ronge les plus faibles ?

Pouyemrê hocha la tête.

— Le vieux père de mon épouse est décédé la semaine dernière. Mais son âge était suffisamment critique pour qu'il quittât cette terre sans qu'intervienne ce terrible fléau.

— Et les réserves ?

— Au début, j'ai distribué de la nourriture à tous ceux qui venaient frapper à notre porte. Puis, lorsque les vivres ont commencé à diminuer, nous avons donné de moins grandes quantités. A présent, mes greniers sont à moitié vides et s'il ne me restait les jarres de bière et de vin, nous n'aurions plus de boisson, car l'eau me manque comme elle manque à tous.

— Hélas, mon pauvre Pouyemrê, il va en être de même en ce qui me concerne, car les survivants de Thèbes sont entrés dans les jardins du palais et ne veulent plus en sortir. Nous allons être obligés de les nourrir.

— Que disent vos scribes ?

— Ils ont compté nos sacs de céréales, de pois et de fèves, nos réserves de viande, de poisson et de fruits séchés. Certes, mes greniers personnels sont emplis de nourriture, mais à présent, il faut compter le nombre de têtes qu'il faudra nourrir, à raison d'un pain, d'un oignon et d'un bol d'eau par personne et s'ils ne sont pas en nombre trop excessif, peut-être bénéficieront-ils, de temps à autre, d'une coupe de lait caillé et d'un morceau de lard.

Elle hocha tristement la tête et conclut :

— Hélas, c'est tout ce que je peux faire pour remédier à cet état de fait. Mais dis-moi, comment les choses se présentent-elles dans le Nord ? Peut-on y circuler ?

— A Memphis, on dit que l'épidémie est arrêtée. A Thèbes, elle devrait s'enrayer d'ici quelques semaines.

— En es-tu sûr ?

— Hélas non, mais quelques signes le présagent.

— Alors dès que la crue va démarrer et que les eaux vont remonter, il faut envoyer deux ou trois navires en direction du delta, vers Tanis, Bubastis, Avaris, Byblos et s'il le faut vers les pays de Canée et ceux du Proche-Orient. Mon père et moi avons toujours entretenu de bons rapports avec nos voisins du Nord et de l'Est. Nous les avons suffisamment soutenus pour qu'ils nous viennent en aide à leur tour. D'autant plus que nous allons leur payer généreusemenet cet échange.

— De quel échange parlez-vous, Majesté ?

— De l'or contre du blé en abondance.

Pouyemrê acquiesça de la tête, mais ses yeux marquaient un désaccord. Il marcha le long d'un sofa d'osier, en fit le tour tout en réfléchissant et revint devant la reine.

— Les caisses de l'Etat sont suffisamment pleines. Tu l'as dit toi-même lors de la dernière assemblée.

Voyant que son intendant hésitait, elle reprit :

— Je sais que tu n'aimes pas dépenser inconsidérément les deniers de l'Etat, Pouyemrê. Mais cette fois, il le faudra bien. Jamais encore un cas n'a été aussi tragique.

Comme l'Intendant des Finances méditait avant

de donner son avis, elle se prit elle-même à réfléchir, puis jeta :

— Qu'est-ce qui te fait hésiter ?

— La prochaine assemblée, lança Pouyemrê. On va me reprocher ces dépenses. Or, ce n'est guère le moment. Vous savez bien, Majesté, qu'Antef et ses amis nous attendent de pied ferme.

— Mais, il s'agit de sauver notre peuple.

— Quand tout sera rentré dans l'ordre, Antef se fera un plaisir de réclamer une enquête sur les dépenses consécutives à la famine. A mon sens, Majesté, il faut déléguer un comité qui comprend des scribes attachés à Antef et d'autres qui vous sont personnels.

— Ainsi, les uns pourraient contredire les autres et, dans cette affaire, tout resterait flou. Et là, Pouyemrê, je ne suis pas d'accord avec toi. Si nous ne pouvons prendre de l'or en suffisance dans les caisses de l'Etat pour nourrir ces pauvres affamés, je compenserai avec l'or de mes propres coffres.

— Majesté !

— C'est ainsi. Dans quelques jours, je te ferai connaître le montant de mes propres besoins calculés au minimum et je pourvoirai à l'excédent, même s'il me faut vendre des colliers et des parures. Mais, il ne sera pas dit plus tard que, moi, Pharaonne de la haute et de la basse Egypte, j'ai laissé mourir mon peuple.

*
* *

Quand Hatchepsout eut évalué les dépenses à prendre sur l'Etat et sur son propre compte pour atténuer les tristes conséquences de la famine et que ses ordres furent donnés quant au prochain voyage de Pouyemrê, à qui elle donnerait les plus gros vaisseaux de la flotte royale pour marchander son or contre des céréales, elle fit venir sa fille.

Comme à l'accoutumée, Mérytrê arriva indolente, rêveuse, ne pensant qu'au retour de Thoutmosis qui devait augurer leur mariage. Après avoir déposé un baiser léger sur la joue de sa mère, elle alla s'asseoir à ses pieds sur un coussin moelleux aux dessins colorés. Puis, elle appuya sa tête contre le dossier en bois d'acacia qui surélevait le siège d'Hatchepsout.

La reine prit la main de sa fille.

— As-tu aperçu ces pauvres Thébains affamés venus se réfugier au palais ? fit-elle à sa fille en guise de bienvenue.

— Oh ! Mère, que cette histoire est triste et comme elle me déprime. Parlons d'autre chose, voulez-vous ?

— D'autre chose ! Mais n'es-tu pas également concernée par ce fléau qui se resserre de jour en jour et qui risque d'entraîner l'Egypte vers des jours très sombres ?

— Bien sûr, mais qu'y puis-je ?

Puis, redressant son buste et changeant délibérément de conversation, elle questionna d'un ton léger :

— Mère, si cette famine et ses tristes conséquences sont hélas évidentes, il n'en reste pas moins que le retour de Thoutmousis s'annonce dans quelques mois. Avez-vous prévu les festins et les réjouissances qui se tiendront pour les festivités de mon mariage ?

Hatchepsout soupira et observa sa fille. Elle paraissait détendue, inconsciente, projetée en dehors des problèmes qui se posaient actuellement pour l'Egypte. D'ailleurs, sa prunelle qui restait toujours terne se posait étonnée sur le visage de sa mère.

— Je crains, ma fille, que nous ne soyons obligées de retarder ce mariage. La famine qui sévit sur notre pays ne peut guère favoriser les dépenses qu'il faudra engager.

— Mais nos greniers sont pleins de nourriture et je sais que les barils de vin, d'huile et de bière ne sont pas encore entamés.

Elle pivota d'un geste sec sur elle-même et se retourna vers sa mère :

— Les dépendances du palais regorgent de canards, d'oies et de sarcelles qui ont été plumés, vidés et salés pour les temps à venir. Pourquoi n'en profitons-nous pas ?

— Ton désir est bien égoïste, ma fille, quand je viens de donner une partie de mon or personnel pour acheter du blé aux pays étrangers afin de secourir notre peuple.

— Quoi ! Voulez-vous me faire comprendre que vous avez engagé votre fortune personnelle pour nourrir les affamés ?

— Mérytrê ! Ce pays est le tien et, que tu le veuilles ou non, tu es l'élue des dieux. A ce titre, tu as des responsabilités à tenir. L'aurais-tu oublié ? Je t'ai inculqué cette morale et tu ne peux t'y soustraire. Ne l'oublie pas si tu veux porter dignement le titre de Grande Epouse Royale.

A ce brusque rappel des choses, Mérytrê rougit, mais haussant l'épaule, elle poursuivit d'un ton tranquille :

— Mère ! Nous ne pouvons pas nourrir tout ce peuple affamé. C'est la loi des riches contre les pauvres. Vous me l'avez prêché assez souvent.

— Oui. Tu as raison. Nos provisions sont encore abondantes et nos greniers à blé sont encore bien remplis. Mais lorsque Neb-Amon sera de retour, cela m'étonnerait qu'il ne les convoite pas quand, autour de lui, les gens meurent par milliers.

— Mais, ces greniers ne lui appartiennent pas, mère.

— Non. Mais il rétorquera qu'un bon pharaon se doit à son peuple et que si son peuple meurt de faim, il doit le nourrir.

— Admettons, mère. Mais, si, à notre tour, nous manquons de nourriture parce que votre médecin l'aura distribuée à tout le peuple ?

— Allons, Mérytrê, tu sais fort bien que nous ne pouvons pas mourir de faim, même si nous ne mangeons que médiocrement. As-tu peur à ce point du rationnement ?

Mérytrê haussa les épaules. Quelle absurdité ! Une fille de pharaon, une future reine d'Egypte devait-elle donc se rationner ? Sa mauvaise humeur aidant, elle résolut de tenir tête à sa mère.

— Votre protégé, mère, était le médecin des pauvres et je crains fort qu'il ne choisisse son ancien camp, celui des déshérités, plutôt que le nôtre.

— Et bien, fit Hatchepsout excédée, il choisira les pauvres et nous attendrons que les provisions alimentaires soient reconstituées pour procéder à ton mariage.

— Jamais ! s'écria Mérytrê.

— Jamais ! Et pourquoi jamais ? S'il le faut, tu ne pourras rien y changer toute princesse que tu es. Pour une fois, c'est le peuple qui commande. Ne le trouves-tu donc pas assez atteint ? Allons, ne sois pas aussi égoïste, ma fille.

— Je suis la future Grande Epouse Royale et vous êtes ma mère. Nous devons nous démarquer du peuple puisque nous sommes issues des dieux.

— Mérytrê, ce mariage n'aura pas lieu avant

que la famine et l'épidémie soient finies. C'est ainsi.

La jeune fille sentit que l'ordre était lancé et qu'Hatchepsout ne reviendrait plus en arrière. Elle savait aussi que cette solution l'arrangeait puisqu'elle devait retarder l'instant où Thoutmosis réclamerait le trône à lui seul.

Alors, elle soupira tristement. C'était un changement de tactique auquel sa mère était habituée. Quand elle n'arrivait pas à obtenir ce qu'elle désirait, elle jouait la carte larmoyante de la soumission pour attendrir sa mère.

— Et bien tant pis, fit-elle en haussant l'épaule, je serai une si pauvre reine d'Egypte que même Pharaon s'apitoiera sur mon sort. Je ne pensais pas que c'était là votre aspiration pour moi, mère. J'avoue que cela me surprend.

Mais Hatchepsout ne rétorqua rien. Mérytrê n'était pas assez fine pour comprendre que sa mère était moins préoccupée par la peur de la famine que par son angoisse de perdre la couronne des deux pays. Or, la menace d'abdication prendrait toute sa force lorsque sa fille serait l'épouse du prince.

Hatchepsout se taisait. L'abdication ou la mort ? Que pouvait lui importer désormais de mourir par la faim, le poison ou le sang ?

Elle désira soudain changer de conversation et, glissant son regard sur les joues de sa fille, elle remarqua qu'elles avaient repris de la pâleur et que l'œil réjoui de tout à l'heure était redevenu sombre.

La perspective plus réjouissante de la servante qui tendait un plateau de fruits secs parmi lesquels figuraient toujours quelques grenades fraîches leur fit abandonner le sujet brûlant de cette conversation.

Puis, un coup discret frappé contre la porte les détourna complètement de leur désaccord. Aïcha, une jeune fille dénudée jusqu'aux seins, souple et gracieuse, pénétra silencieusement dans la pièce. Elle remplaçait Yaskat depuis que celle-ci avait été reléguée par Mékyet et Seddy au pavillon des contagieux. En ce temps de perturbation intense, tout protocole avait disparu. La servante en oublia de se prosterner devant Hatchepsout.

— Comment va Yaskat ? demanda la reine.

— Elle refuse de parler aux autres femmes, elle ne les touche pas et elle reste éloignée d'elles, s'avançant juste pour prendre son bol de nourriture et sa jatte d'eau.

— Elle a raison, elle n'est peut-être pas contaminée. Que disent les médecins ?

— Je ne les ai pas vus, Majesté. Dès qu'ils sortent du pavillon, ils rentrent dans leur famille. Personne n'ose aller là-bas sans risquer leur colère.

— Ont-ils donc peur à ce point ?

— Oui, Majesté, répondit la jeune fille.

— Sais-tu comment les symptômes de ce mal commencent ?

— Les médecins disent qu'une violente diarrhée empoigne les ventres et que les corps se vident peu à peu et, comme il n'y a plus de nourriture pour les remplir, le malade meurt.

Mérytrê fit la grimace et Hatchepsout grignota quelques figues.

— Que voulais-tu me dire, Aïcha ?

— Que le coursier en direction de Bouhen était parti, Majesté.

*
* *

Bouhen avait été préservée jusqu'ici, grâce à ses abondants greniers à blé et aux produits du fermage. A bout de ressources à présent, la disette commençait à toucher le village et les morts à se compter.

Les plus affamés venaient frapper à la porte de Séchat, qui leur tendait aussitôt du pain et des fruits séchés. Si la famine engendrait les premiers cadavres, un mal étrange, venu d'on ne sait où, multipliait les autres. Pourtant, l'épidémie semblait s'arrêter à Soleb, là où Thoutmosis était parti rejoindre son armée accompagné de ses deux capitaines.

Satiah fut touchée la première. Elle avait soudain éprouvé de violentes coliques la laissant anéantie, au bord de la crise de larmes.

Son état empirait. Elle maigrissait à vue d'œil, dormait sans plus s'éveiller et lorsque Maâthor fut, elle aussi, prise de crispations dans le ventre, Neb-Amon comprit qu'une fièvre dysentérique allait ravager le pays.

Il s'attela donc au chevet des deux malades, les refoulant dans une pièce éloignée, afin qu'elles ne contaminassent pas les autres. Il veillait Satiah jour et nuit, refusant que sa mère et son frère vinssent la voir.

Les coliques étaient violentes et la fièvre s'emparait des malades comme un rongeur vient, petit à petit, grignoter ce qui reste d'un morceau de choix.

Quelques jours plus tard, l'un des jardiniers fut atteint des mêmes symptômes, puis le chef-cuisinier de Bouhen et deux lingères affectées au service de Séchat. Leurs corps se vidaient et devenaient aussi maigres qu'un bâton noueux que l'on jette faute de pouvoir servir.

Les premiers jours, Neb-Amon leur administra de l'oxymel à forte dose pour tenter d'atténuer l'entérite qui rongeait leurs ventres. Le cuisinier ne put supporter la dose et mourut dans la nuit. Maâthor supportait le traitement, mais Satiah était de plus en plus rongée par la fièvre.

Comme les malades vomissaient la moindre parcelle de nourriture ou la moindre gorgée d'eau, Neb-Amon s'efforçait de trouver un remède pour que les corps ne se déshydratent pas.

Deux jours plus tard, une des jeunes lingères mourut, emportée par la fièvre qui s'était subitement levée dans la nuit et que Neb-Amon ne put maîtriser. Il eut peur soudain pour la fille de Séchat. S'il ne réussissait pas à la sauver, que penserait-elle de la valeur de ses capacités médicales ? Et comment pourrait-il atténuer la douleur qu'elle ressentirait ? Rien ni personne ne remplacerait sa fille.

Il fit alors appel à toute la science qui sommeillait au fin fond de son esprit, se remémora les bienfaits de certaines plantes qu'il n'avait pas encore eu l'occasion de mélanger et prépara une décoction de mellite, d'opium et d'aloès. Mais pour que ses malades ne puissent la rejeter, il en imbiba une éponge et la pressa entre leurs lèvres.

Mais le médecin restait pessimiste. Il savait que la combinaison de diarrhées, de vomissements et de fièvre entraînait bien souvent la mort et que le sujet malade devait avoir une résistance à toute épreuve pour résister à ce triple handicap.

Maâthor semblait s'en tirer, la fièvre ne l'avait pas atteinte. La petite lingère, qui avait survécu à sa compagne, paraissait aussi s'en sortir. Maigre, mais résistante, elle regardait avec effroi la jeune Satiah dépérir chaque jour davantage.

Vinrent s'ajouter deux enfants de paysans que les parents avaient déposés à l'entrée des portes du domaine. Partis sans se montrer, par crainte qu'on ne les jetât dehors, ils n'avaient même pas osé réclamé du pain et du poisson séché pour apaiser leur faim, comme le faisaient les paysans de Bouhen.

Chaque jour, Séchat et Cachou leur distribuaient quelques aliments, mais les provisions commençaient à baisser et les espoirs à tomber. Kéni et Djenani comptaient les réserves restantes et s'efforçaient de rendre l'espoir aux cœurs les plus désespérés.

Puis un soir, alors que Neb-Amon venait de remarquer que les diarrhées de Satiah s'étaient arrêtées, faute d'absorber une quelconque nourriture, il écouta sa faible respiration et le rythme de son cœur de plus en plus lent.

Le médecin sentit la moiteur envahir son front, mais il prit le risque de lui administrer un peu de ciguë. Malgré la dose minime, Neb-Amon savait que si l'amalgame des remèdes se révélait néfaste, la mort s'ensuivrait sans attendre.

La nuit suivante, Satiah se mit à transpirer abondamment, mouillant les linges sur lesquels elle était étendue, mais la fièvre tombait doucement et Neb-Amon remercia le dieu Thot de l'avoir exaucé.

Remettant le jeune Rekmirê entre les mains de Cachou, Séchat ne put attendre davantage et se rendit auprès de sa fille.

A présent, puisque le médecin venait de mettre son remède au point, il immunisa son épouse et elle put rester sans crainte au chevet de Satiah.

Amaigrie, le pouls encore un peu faible, la jeune

fille était à peine remise que vint frapper à la porte du domaine un homme couvert de poussière, le pagne incolore et la gorge cruellement desséchée.

— C'est un coursier de sa Majesté ! cria Cachou en se précipitant au-devant de Séchat qui se préoccupait plus du destin de sa fille que des gens qui venaient frapper à sa porte.

Il fallut quelque temps au messager pour s'expliquer, mais on lui donna de l'eau fraîche à boire, ce qui le fit patienter. Quand Séchat apparut, lasse, la mine défaite, l'angoisse encore au bord des paupières, elle crut s'évanouir en écoutant l'homme parler.

— Mon mari ne peut se rendre à Thèbes, dit-elle d'une voix faible tant elle tremblait, il a charge d'âmes, ici à Bouhen. Il soigne tous ceux qui sont touchés par l'épidémie.

— Non, Séchat, je vais m'y rendre, fit Neb-Amon qui arrivait dans son dos. Que veut exactement la reine ?

— Uniquement votre présence. Des milliers de gens meurent à Thèbes, emportés par la faim ou la maladie. Les cadavres jonchent le sol, et les vautours se délectent, faisant crisser les os dans leurs becs. Les greniers à blé des villages sont vides. Le temple de Karnak ne peut plus nourrir les survivants, certains d'entre eux se sont rués dans le palais de Thèbes. Ils réclament du pain et de la nourriture et la reine n'ose pas leur refuser. On craint que l'odeur des charniers n'emporte les plus résistants, ceux qui ont encore quelque chose à se mettre sous la dent.

— Ce fléau est une folie, murmura Séchat.

— Pire ! reprit le messager, car dans Thèbes, il n'y a plus un seul animal. Le peuple a mangé jusqu'aux carcasses de chiens, d'ânes ou de chèvres. Les dieux ont dû décréter l'extermination du peuple égyptien.

— Pourquoi la reine veut-elle que je rentre ? s'enquit Neb-Amon.

— Sa Majesté m'a ordonné de vous dire que votre présence était indispensable à Thèbes.

— Ne pars pas, je t'en prie, jeta Séchat posément.

Neb-Amon la prit dans ses bras.

— Satiah est hors de danger. Elle ne peut être touchée deux fois. Quant à Rekmirê, je l'emmène avec moi. S'il tombe malade, je le soignerai où qu'il soit.

— Mais... Mais, les autres ! bégaya Séchat.

— Je vais te laisser les drogues nécessaires pour le pire des cas.

— Mais, tu sais bien que je suis très maladroite pour ce genre de choses.

— Eh bien moi, dit soudain Djenani, je peux compter les gouttes, les graines, étaler les pommades ou faire respirer l'opium. Je me sens capable d'exécuter cette tâche. Mieux, j'en prends la responsabilité.

— Parfait, Djenani, répondit le médecin en regardant chaleureusement le jeune scribe. J'accepte et saurai t'en remercier.

— C'est déjà fait, il me semble. Ne m'avez-vous pas accueilli ?

— Alors, nous attendrons que ce messager se remette de ses fatigues et nous partirons dès demain. Nous prendrons trois chars et plusieurs chevaux pour être sûrs d'arriver sans ennui.

*

* *

Et la crue n'apparaissait toujours pas.

Au matin suivant, trois chars tirés par des petits chevaux résistants et rapides s'élançaient sur les pistes du désert en direction de Thèbes.

L'un mené par le colosse Nedjar prenant en charge le médecin et son fils, le second conduit par le messager de la pharaonne, et le troisième par Kéni, à qui Séchat avait demandé de partir pour seconder Nedjar en cas de difficultés.

Dès les premiers tours de roues, le messager d'Hatchepsout avait tout naturellement pris la tête. C'était un conducteur émérite, sûr de lui, efficace. Reposé de ses fatigues, il paraissait inépuisable. Petit et d'allure sèche, résistant comme un sycomore, il bravait le désert.

Nedjar conduisait un grand char, lourd, robuste, confortable, assorti d'une stabilité plus grande. Le fond de sa coque incurvée comportait un renfoncement où l'enfant pouvait se recroqueviller et dormir.

Il fut entendu que la monture dans laquelle se trouvait Neb-Amon et son fils resterait au centre du petit convoi, pour ne pas ralentir la course des chevaux.

Depuis quelques jours, la chaleur s'était un peu amoindrie, mais l'étouffement de l'air restait latent. Les excavations et les crevasses causées par le vent se comblaient peu à peu, les dunes abruptes s'adoucissaient, les roches qui cachaient les puits se dégageaient de leurs gangues ensablées pour n'offrir aux voyageurs assoiffés que des trous asséchés.

L'allure des attelages alla bon train sans autre arrêt que celui d'un repos de quelques heures aux alentours d'Amada. Les raisons étaient suffisamment essentielles pour qu'on ne désirât pas s'attarder, car le sable poussé par le vent dégageait des centaines de corps d'hommes morts dans le désert durant la terrible tempête du khamsin suivie par l'invasion des sauterelles.

Neb-Amon refusa une halte trop longue pour éviter les risques d'épidémie. Il fallait passer au plus vite près de ces tristes obstacles qui, bientôt, seraient déchiquetés par les vautours, les hyènes et les chacals et dont les os, dans quelque temps, seraient pétrifiés et blanchis par le soleil.

Rekmirê regardait ce triste tableau avec l'étonnement naïf de son jeune âge, posant des questions à son père, essayant de discerner le pourquoi et le comment de ces visions hallucinantes qu'offraient ces pauvres corps nus et décharnés offerts à la brûlure du soleil.

Aux approches de Coptos, le tableau fut plus horrible. Des caravanes entières gisaient çà et là. Désensablés, chameaux et bédouins étaient étendus sur le sable. Les corps venaient à peine d'être déchiquetés par les rapaces qui volaient encore dans un ciel dru et sauvage. Ils devaient sans doute chercher la route qui menait à Quoser, le grand port établi sur les bords de la mer Rouge. Neb-Amon ne put s'empêcher de penser à la soif intense qui amenait progressivement à la mort.

Rekmirê dormait peu. Il se tenait éveillé aux côtés de son père. C'était son premier long voyage en char, un périple que le garçonnet n'était pas près d'oublier.

Les chevaux éprouvaient une fatigue intense tant la course du désert avait été rude. Leurs naseaux fumaient, leurs crinières s'agitaient anormalement et leurs sabots devenaient de plus en plus nerveux.

Le ciel avait repris sa teinte naturelle d'un bleu pur de lapis-lazuli et s'il était sillonné par les vautours, c'était que bien des cadavres encore gisaient aux approches de la capitale.

Ce fut aux portes de Thèbes que Rekmirê fut pris d'un violent mal de ventre. Refusant d'en parler à son père par crainte de retarder l'arrivée des attelages auprès de la reine, il dut se coucher pour ne pas crier de douleur. Quand les attelages passèrent l'enceinte du palais, Neb-Amon le découvrit au creux de la coque du char, gisant inconscient dans une mare épaisse et nauséabonde.

CHAPITRE VIII

Keptah, l'assistant de l'hôpital, avait parfaitement fait son travail et, si le fils de Neb-Amon n'avait pas été touché par la cruelle épidémie qui décimait tant d'Egyptiens en cette saison de Périt, il eut fêté son retour.

Mais Rekmirê était étendu sur sa couche, sans forces, les os saillants tant sont corps s'était vidé, avec une fièvre qui commençait à attaquer ses esprits engourdis. Déjà, le matin où Neb-Amon lui avait administré oxymel, mellite et aloès, l'enfant n'avait pas reconnu son père.

Par l'intermédiaire de Nedjar, il avait fait prévenir Hatchepsout qu'il était de retour à Thèbes. Cependant, il décida de veiller son fils durant deux ou trois jours, le temps qu'il soit sorti de cet état critique. Si, du moins, il devait en sortir.

Le refus de la reine à cette requête le plongea dans une colère froide contraire à son tempérament. Néanmoins, il dut suivre le coursier royal pour se courber devant elle, les yeux rivés aux siens, l'esprit secoué de tumultes qu'il aurait voulu déballer là, près de ses pieds chaussés d'or, comme un paquet de linges souillés.

Certes, jamais encore, le médecin n'avait senti bouillir en lui une aussi violente rébellion. Lui refuser de soigner son fils qui pouvait mourir d'une seconde à l'autre ! Il fallait être le dieu lui-même pour exiger une telle mesure. Depuis l'aube, Neb-Amon rejetait toutes les croyances de l'Egypte, tous les dieux contraignants et cruels pour ne croire qu'en sa merveilleuse médecine, celle qui apaisait son peuple et l'humanité entière, celle qui sauverait son fils.

C'est dans une rage froide et contenue qu'il se présenta devant Hatchepsout, ressassant les menaces qu'il se proposait de jeter à sa face quitte à être expulsé, banni du royaume, de l'Egypte même. Sa trousse en mains, Neb-Amon savait qu'il pouvait frapper à n'importe quelle porte, fût-ce celle d'un pays étranger.

Il fit un salut assez sec, repoussant d'un geste nerveux les deux servantes qui obstruaient son passage. Puis surpris, il la regarda. Hatchepsout était assise non sur le grand fauteuil qui lui servait de trône lorsqu'elle recevait en privé dans ses propres appartements, mais sur un coussin à même le sol, en scribe, mains posées à plat sur ses genoux.

Et, quand il vit la détresse dans ses yeux, toute sa hargne disparut.

— Majesté, ne put-il s'empêcher de dire, vous m'avez demandé un gros effort, mon fils est sur le point de mourir.

— Je sais Neb-Amon, répondit-elle d'un air las. Autrefois, ma fille aînée aussi est morte. Et Yaskat, ma compagne, ma fidèle servante est décédée la semaine dernière, enfermée lâchement comme une prisonnière, là où Mekyet et Seddy relèguent les contaminées du harem. Elles sont plus de cinquante femmes à mourir les unes après les autres sans que ces deux charlatans ne fassent quelque chose, et l'on dit qu'une dizaine d'enfants s'y ajoutent. Et sais-tu que les gens de Thèbes affamés, gémissants, mourants, sont arrivés ici par centaines ? C'étaient les survivants de la ville, du moins ceux qui, par fierté, ne s'étaient pas réfugiés au temple de Karnak pour y être nourris par les prêtres. Je les ai accueillis, alimentés, soignés. Les plus solides vont bientôt repartir, les autres vont rester jusqu'à ce que la crue arrive et que les poissons repeuplent le Nil. Mais il y a beaucoup de femmes et d'enfants qui souffrent malgré le pain que je leur donne.

— Je vais immédiatement les transférer dans mon hôpital. Ces femmes et ces enfants seront soignés avec le remède que j'ai mis au point.

Il hésita.

— Majesté ! Vous n'avez pas mentionné le médecin Pénith !

— Pénith est mort. Non de l'épidémie, mais du cœur.

Elle haussa tristement les épaules.

— C'est du moins ce que disent les deux autres. Mais, bah ! Cela m'est égal. Qu'il soit mort du cœur, de l'estomac, des intestins, ou que cela soit plus trouble encore. Ce sont des incapables et si je les garde au palais, c'est parce que toute la corporation médicale de Thèbes, celle qui te jalouse, Neb-Amon, m'incriminerait. Et je suis déjà bien mal engagée...

— Majesté !

— Oui, Neb-Amon. Je suis mal engagée et l'absence de la crue alourdit mon discrédit. Le peuple n'a plus foi en moi, le temple réclame un autre pharaon. Si je t'ai fait venir de Bouhen, c'est bien sûr pour que tu soignes tous nos Thébains qui meurent chaque jour davantage. Les corps jonchent les rues, les bords du Nil, les jardins. Le Grand Prêtre a ouvert un asile pour ceux qui tombent aux alentours du temple. Mais, c'est insuffisant, Hapouseneb n'a pas le remède dont tu parles et il ne peut que soulager avant la mort.

Elle parlait lentement et les larmes coulaient de ses yeux. Il fallait que sa détresse soit grande pour qu'elle perdît ainsi le contrôle d'elle-même.

— Ils veulent que j'abdique. Je refuse et je refuse encore. Mais hélas, je suis seule à présent. Dès qu'Hapouseneb sera démis de ses fonctions, ce qui ne saurait tarder, plus rien ne s'opposera à la fin de mon règne.

— Votre fille, Majesté, n'est-elle pas votre alliée ?

— A présent, Mérytrê ne pense plus qu'à épouser Thoutmosis, devenir reine à son tour et couronner son époux Pharaon. Si je n'abdique pas, on me tuera.

Le médecin réfléchissait.

— On me supprimera, Neb-Amon, par le poison, le javelot ou l'enfermement. Il faut que tu m'aides.

— Je n'en vois guère le moyen.

— Cherche.

Elle se leva et, ses yeux redevenus secs, frappa brusquement dans ses mains.

— Conduisez le médecin auprès des contagieux du harem afin qu'il puisse effectuer leur transfert à son hôpital. Dès que ton fils sera remis, viens me voir avant que je t'appelle. La nuit porte conseil et, malgré les tâches qui t'attendent, pense à ma requête.

*

* *

— Non, Keptah, jeta Neb-Amon, en regardant son assistant préparer le remède, pas de ciguë lorsque l'entérite n'est pas en voie de guérison. Cela peut tuer le malade.

Avec délicatesse, il posa sur la table où s'alignaient les outils chirurgicaux sa clepsydre miniature qu'il utilisait lors de ses déplacements et observa quelques instants les gestes de Keptah.

— Surveille leurs linges et s'ils sont sales, poursuis le traitement de mellite et d'oxymel. Si le corps du malade ne se vide plus et s'il est au sommeil, diminue la dose d'opium. Ne l'augmente que s'il gémit.

Il tourna doucement vers le mur le corps d'une pauvre vieille femme qui venait de rendre l'âme et le recouvrit d'un linge blanc et propre. Osseuse, mais le visage serein, elle était partie en souriant à la déesse Isis qui, sans doute, allait la prendre dans son au-delà bienheureux. Alignés sur des couches disposées les unes à côté des autres, les malades étaient tous entre la vie et la mort.

La première salle de l'hôpital contenait les patients récupérables, ceux que la contamination venait de toucher, mais qu'il fallait surveiller jour et nuit pour voir comment la maladie évoluait.

La salle suivante, celle qui disposait de la plus grande aération, recevait les cas les plus critiques, ceux qui mouraient lentement et, plus loin, émergeaient d'un horizon bien noir ceux qui peu à peu guérissaient doucement.

Chaque matin, Keptah préparait les potions, les pommades, les cataplasmes, les onguents comme le lui avait appris Neb-Amon. Depuis l'aube, il mesurait avec précision les racines des plantes, pesait les graines, comptait les gouttes, puis écrasait, concassait, pilait. Un jardinier apportait chaque matin les herbes et les plantes médicinales.

Grâce au budget que l'Etat lui allouait, il pouvait se féliciter de ne manquer de rien et de travailler dans les meilleures conditions qui soient.

Dès l'aube, Keptah préparait les remèdes nécessaires pour la journée. Puis, il administrait aux patients tout ce qui leur était indispensable, anesthésiques, narcotiques, calmants, purgatifs, antiseptiques afin de les soulager au mieux.

Après la prise des remèdes, Neb-Amon et lui faisaient un tour général et s'attardaient longuement devant chaque cas, observant, discutant, prenant la décision, le risque parfois, qui devait atténuer le mal.

Puis, quand le médecin avait jugé chaque situation, il s'en allait visiter les malades au-dehors du palais. Ceux de Thèbes qui réclamaient aussi sa présence et qu'il ne pouvait faire entrer dans son hôpital.

Tous ceux qu'Hatchepsout avait nourris étaient repartis chez eux mais avaient été frappés par la contagion, quant à ceux qui n'étaient pas soignés, ils périssaient dans les maisons, les abris, les rues ou allaient mourir dans le Nil pour tenter d'y attraper un poisson mort surnageant au-dessus de l'eau noire, poisson mortel qui en contaminait d'autres.

Et Neb-Amon soignait à même la rue, vidait ses sacoches emplies de remèdes avec lesquels il n'en sauvait que peu. Mais pour ceux-là, les déshérités qui n'avaient pas le moindre argent, les humbles, les modestes, les nécessiteux, cela valait la peine de s'exténuer jusqu'à une heure tardive.

Epuisé, il rentrait à l'hôpital où il visitait à nouveau ses patients, écoutant longuement le rapport de son assistant. Enfin il allait s'étendre quelques heures sur la natte disposée près de Rekmirê, s'accordant quelques minutes de répit pour penser au sort incertain de son fils. Mais son assistant venait sans arrêt troubler son repos.

— Cet homme n'a plus toute sa tête, fit Keptah en s'efforçant de retenir un agité qui voulait se lever. Je crois que son esprit est dérangé, car il ne semble pas fiévreux.

Par contre, le corps du pauvre homme se vidait. Debout, il salissait le sol de ses vomissements et de ses excréments qu'il ne pouvait retenir. Neb-Amon dut aider son assistant pour allonger le malade récalcitrant.

— Donne-lui un peu d'extrait de racine de mandragore et fais-lui respirer des feuilles d'acacia. Cela devrait le calmer. S'il persiste dans ses agitations, double les doses.

Il se tourna vers le fond de la salle.

— Comment va l'architecte ?

— Son état est stationnaire. La fièvre n'a pas encore entamé son corps. La quintefeuille semble lui suffire, du moins pour l'instant, dit Keptah en regardant son chef.

— S'il commence à délirer, donne-lui du jus de caroube. Il ne semble pas très atteint. Attendons avant de forcer les doses.

La veille, Menkeper était arrivé à l'hôpital, les yeux exorbités, se tenant le ventre à deux mains, crachant un aliment qu'il n'avait pas digéré. « Toi qui soignas ma femme d'une brûlure qu'autrefois mes colères lui infligèrent, avait-il dit au médecin, je réclame tes soins les plus attentifs. Vois, je suis malade et je vais peut-être mourir. »

Certes, il avait soigné son épouse et tu la jalousie meurtrière d'un homme envers sa femme. Certes aussi Menkeper, l'architecte, était l'un des adversaires les plus redoutables de la pharaonne Hatchepsout. Mais pouvait-il lui refuser les portes de son hôpital ?

— Surveille surtout son état général, fit-il à Keptah qui observait les linges intimes de Menkeper pour s'assurer que la maladie ne progressait pas. Par contre, le cas de cette femme-là me semble bien avancé. Il faudrait peut-être la transférer dans l'autre salle.

La femme semblait jeune, bien que son visage amaigri portât une ride profonde sur le front qu'elle avait large et blanc. Ses yeux étaient ouverts, mais elle ne réagissait pas.

— Par tous les dieux ! Cette jeune femme est dans le coma.

— Elle est ainsi depuis deux ou trois heures.

— Fais-lui respirer du natron.

L'éponge imbibée du liquide âcre et fort ne provoqua aucun soubresaut de la patiente. Neb-Amon prit son pouls.

— C'est étrange, il bat presque normalement. Son corps s'est-il vidé ?

— Non. Et elle ne s'est pas plaint du ventre.

— Il ne faut pas laisser cette femme ici. Elle n'est pas contagieuse. Sa maladie est tout autre. Qui est-ce ?

— La fille d'un sénateur de province venue dans sa famille à Thèbes bien avant l'épidémie.

Le médecin souleva sa paupière et observa le fond de son œil. Puis, il tâta son abdomen, remonta ses doigts sur la cage thoracique et appuya sur ses poumons.

Hochant la tête sans rien dire, il poursuivit minutieusement son examen.

— Il faut la transporter dans l'annexe des non-contagieux. Cette jeune fille est simplement anémiée. Apparemment, elle n'a rien absorbé depuis deux ou trois semaines. C'est étrange, car les familles nobles ont leurs greniers à blé remplis et ne meurent pas de faim. Donne-lui du brouet d'orge. Cela devrait la revitaliser.

Il inspecta ainsi les malades des deux salles qui suivaient et, enfin, se dirigea dans la petite pièce où son fils Rekmirê s'agitait encore. Keptah le suivit.

— Je vais lui donner ses remèdes, faut-il en alléger les doses ?

— Pas encore. Je crois que la plus forte fièvre est en train de tomber. Si, dans la soirée son état est stationnaire, nous arrêterons la ciguë et lui donnerons de la quintefeuille broyée dans du jus de caroube.

Il soupira.

— Va, Keptah. A présent, laisse-moi avec mon fils.

Son assistant parti, il se pencha sur l'enfant et prit son pouls. Il battait trop lentement. Sa fièvre avait peut-être été moins forte que celle de sa sœur, mais son entérite avait été plus violente et plus tenace. La nuit passée, Neb-Amon avait cru ne pas pouvoir le sauver.

Il dormait, à présent, plus paisiblement. Certes la fièvre tombait, mais le médecin craignait des résurgences de coliques car l'enfant vomissait encore et il fallait lui faire absorber les remèdes par une éponge que l'on pressait entre ses lèvres.

Neb-Amon se pencha sur le front humide et chaud du garçonnet et l'embrassa doucement.

— Guéris, mon fils, murmura-t-il, guéris.

Puis, posant délicatement la main sur le buste amaigri de Rekmirê, il le regarda une dernière fois et sortit de la pièce.

Il passa dans la grande salle qui servait de pharmacopée où les étagères s'alignaient, supportant les fioles d'huile de lin, les pots de gentiane, de coloquinte, de cardamone, ceux plus petits de ciguë, d'extrait de fleurs de pavot et de racines de bryone qui, en doses mal maîtrisées, constituaient des poisons violents et mortels. Enfin venaient les sucs de lierre, les extraits de mélilot, les poudres de mandragore, d'armoise et d'hellébore. Neb-Amon remplit les deux sacoches qu'il emportait pour sa tournée extérieure. Il savait qu'à son retour, quand les rayons solaires tomberaient sur la terre malade et asséchée, il ne pourrait se féliciter que de quelques guérisons.

Penché sur le corps gisant d'un homme qu'il tentait de soulager par l'administration de ses remèdes inefficaces pour le tirer d'affaire, Neb-Amon ne vit pas arriver Nedjar.

La rue était longue, étroite, nauséabonde tant les excréments des corps jonchaient le sol. Menant directement au port de Thèbes par l'intérieur de la ville et descendant abruptement le long de deux rangées d'acacias complètement desséchés, elle ressemblait plus à un lieu de déjections publiques qu'à un site clair, spacieux et ombragé qu'elle était encore quelque temps auparavant.

Depuis que les greniers à blé du temple de Karnak et ceux de la pharaonne avaient été ouverts au peuple, les survivants avaient réintégré leurs maisons.

Mais cela n'empêchait pas que, de toutes parts, on entendait gémir, pleurer, se lamenter. Les maisons étaient fermées et parfois, d'un geste à demi inconscient, un homme ou une femme jetait au-dehors un malade qu'on ne pouvait soigner et prendre en charge.

Depuis l'aube, une centaine de corps avait déjà été ramassés sur les bords du chemin par les préposés habituellement affectés au curage des canaux. Casques fermés sur leurs visages d'où ne sortaient que des yeux apeurés, leurs épaisses cuirasses en peau d'hippopotame les calfeutrant des épaules aux genoux, ils raclaient les corps sur le sol avec de grandes pelles en bois et les enfouissaient dans un énorme silo qu'ils saupoudraient abondamment de sel de natron.

Les milliers de corps ainsi ramassés étaient enterrés ensuite dans de gigantesques fosses creusées aux abords du désert et aussitôt refermées, ce qu'on ne faisait plus depuis que la famine s'était répandue avec une trop grande ampleur.

Pour se préserver, Neb-Amon n'avait qu'un léger linge sur la bouche qu'il remontait de temps à autre sur le nez. Immunisé de toute façon par l'absorption d'un remède qu'il s'était lui-même composé — identique d'ailleurs à celui qu'il avait donné à Séchat avant de quitter Bouhen — le médecin s'acharnait à sauver les pauvres hères qui n'étaient pas encore morts.

Plus souvent qu'il ne l'aurait voulu, il leur faisait absorber un peu de bryone afin que le mourant accède à quelque soulagement avant de quitter la terre des vivants.

Quand il eut parcouru la rue pestilentielle d'où se dégageait une odeur de décomposition humaine, il sentit la fatigue envahir son corps. Mais, son travail n'était effectué qu'à demi et il devait, à présent, pénétrer dans les demeures pour y soigner ceux qui pouvaient encore être sauvés.

Ce n'est vraiment qu'en se relevant qu'il aperçut Nedjar. Il tira brusquement le linge qui recouvrait son visage et, inquiet, regarda son serviteur.

Nedjar avait pris son air impénétrable et Neb-Amon crut, tout à coup, qu'il était arrivé un malheur à son fils.

— Rekmirê ! murmura-t-il d'une voix éteinte.

— Non, l'état de votre fils n'est pas plus alarmant.

C'est alors qu'il vit le prêtre du temple d'Amon, debout, courbé, mal à l'aise, éloigné de Nedjar. Celui-ci avait enroulé un grand linge autour de son visage et, seuls, ses yeux en amande maquillés de khôl brillaient, ressortant étrangement de sa silhouette blanche.

— Grand Neb-Amon, dit-il en se prosternant, mais en prenant soin de ne pas laisser tomber de son visage le drap protecteur, notre Grand Prêtre te réclame.

— Y a-t-il urgence ?

— La danseuse Méryet est en train d'accoucher et les choses semblent se compliquer.

— Est-elle touchée par l'épidémie ?

Le prêtre roula effroyablement des yeux et inclina la tête.

— Est-elle arrivée à son terme ? s'enquit encore Neb-Amon en cachant la surprise qu'il ne voulait pas montrer.

— Je l'ignore, fit le prêtre gêné par la question du médecin.

Méryet ! La jeune danseuse ramassée et protégée par la pharaonne. Méryet ! Cueillie toute verte encore par Hatchepsout sur une place de Memphis, alors qu'elle dansait pour le peuple. Soutenue, défendue par la reine. Enfin, Méryet, l'adolescente qui rêvait de danser au temple plutôt que de servir d'appât à de grossiers spectateurs toujours prêts à porter leurs mains sur ses formes juvéniles et tentantes.

Qui eût dit que, sur le navire partant au Pays du Pount, là où, lui aussi, avait rencontré son épouse, la fillette serait un jour enceinte du Grand Prêtre d'Amon ? Car c'était bien d'Hapouseneb que la jeune fille était grosse.

Les rumeurs allaient à vive allure au temple et au harem. On murmurait au palais qu'elle s'était battue plusieurs fois avec Amenhotep, la propre épouse du Grand Prêtre qui menaçait de la jeter dehors, de l'expulser de Thèbes, d'Egypte même ou l'expédier, pourquoi pas, au pays d'Osiris. Car depuis ce fameux retour du Pount, Amenhotep, qui ne pouvait avoir d'enfant, devait se contenter d'un partage qu'elle ne pouvait tolérer. De ses belles mains longues de musicienne, de ses doigts agiles de harpiste, elle aurait cent fois voulu tuer Méryet.

Certes, le médecin n'écoutait ces propos malveillants que très distraitement, mais Séchat lui avait tant ressassé les amours de la jeune danseuse à laquelle une affection totale et réciproque la liait, qu'il en connaissait tous les détails.

— Bien, fit-il en s'adressant au prêtre. Je te suis.

Il se tourna vers Nedjar et lui tendit une petite fiole.

— Termine mon travail jusqu'au port. Tu feras respirer une petite pincée de cette poudre à tous ceux qui gémissent afin de les aider à mourir décemment. As-tu bien compris ? Tu peux le faire, je le sais.

Le serviteur acquiesça et le médecin suivit à grandes enjambées le prêtre dont la hâte à partir était visible.

Contournant la ville par les voies les plus accessibles, ils arrivèrent à la porte du premier pylône bâti sur un léger promontoire qui découvrait la ville entière jusqu'au fleuve.

Les jardins du temple étaient calcinés, rongés par la sécheresse. D'affreuses racines filandreuses et brunâtres remplaçaient les arbres verdoyants qui balançaient d'ordinaire leurs longues palmes jusqu'à terre.

Les bassins au dallage de marbre qui, habituellement, regorgeaient de fraîcheur, laissaient stagner une eau glauque, fétide, noire, d'où tout insecte avait depuis longtemps disparu. Brûlés aussi étaient les lotus aux couleurs de pastel, les plants de papyrus, les ombelles aux teintes délicates dont chaque pétale, chaque feuillage, chaque nervure était parti en poussière.

La palmeraie qui, de cet emplacement, offrait chaque jour aux yeux émerveillés ses rangées vertes de feuillages, dorée de soleil et de fraîche atmosphère, s'étalait comme une pauvre et misérable vieille femme courbée, ridée, édentée, prête à sombrer dans l'oubli et la mort.

Neb-Amon et le prêtre, de plus en plus inquiets, suivirent les allées bordées par les grands béliers de pierre qu'avait fait poser la pharaonne l'année du début de son règne. Certes, elle n'avait fait que poursuivre l'œuvre de son père, Thoutmosis, qui lui aussi en avait fait placer une double rangée près des temples d'Hathor et d'Anubis.

Neb-Amon leva les yeux sur l'obélisque dont la pointe d'électrum agressait un ciel démesurément bleu. Il cligna des yeux, observa quelque temps l'audace de sa structure et poursuivit sa marche à grands pas jusqu'aux portes de la résidence du Grand Prêtre.

Il fut surpris de voir qu'Hapouseneb en personne l'attendait. Le médecin s'inclina bas, serrant contre lui ses sacoches médicales.

— Jamais je ne saurai assez te remercier pour être venu dès mon appel dans un instant aussi sombre pour l'Egypte entière.

— J'espère avoir ce qu'il faut, répondit le médecin, car je n'avais pas prévu d'accouchement.

— Suis-moi.

Son pas était rapide et aucun mot ne sortit de sa bouche avant qu'il ne fût devant la jeune fille étendue, immobile et pâle.

La salle où elle se trouvait était spacieuse, agréable, très éclairée, soutenue par des colonnes d'albâtre aux motifs animaliers.

Des femmes s'agitaient, gesticulant et parlant à voix haute, se plaignant qu'elles ne voulaient pas être contaminées. Aussi, ne firent-elles aucune objection pour s'éloigner de la couche où Méryet respirait lentement.

Les trois accoucheuses se retirèrent au fond de la pièce en portant brusquement leurs mains sur leurs visages.

— Ne reste pas là, fit-il au Grand Prêtre. C'est inutile. Déjà, nous enfreignons la loi qui refuse l'assistance d'un homme près d'une accouchée.

— Sauf quand il y a complications, jeta Hapouseneb, et sauf si c'est près d'un médecin.

— C'est juste.

Il regarda rapidement les trois femmes. Elles étaient effrayées comme si le mal les avait déjà atteintes. Sous leurs paupières alourdies d'angoisse, leurs yeux tournaient comme la pointe d'une toupie sur le sol.

— Elles ont peur de la contagion, fit le Grand Prêtre.

— Alors, reste et qu'elles s'en aillent, jeta le médecin d'un ton neutre.

Puis, il s'approcha de Méryet et eut un choc quand il vit le pauvre visage amaigri. Ses pommettes étaient creuses et blanches. Son nez pincé respirait mal, ses cheveux collés par la moiteur tombaient dans son cou où ruisselait la sueur.

Où était la jeune beauté admirée de tous ? Il

leva le linge qui recouvrait son corps et découvrit un ventre agité de soubresauts.

— Elle est ainsi depuis quand ? s'enquit-il.

— Toute la nuit, elle a crié. J'ai cru que l'enfant arrivait. Je crois que les accoucheuses n'ont pas fait leur travail. Elles avaient si peur qu'elles osaient à peine la toucher.

Les linges sur lesquels Méryet était couchée n'avaient pas été maculés par les conséquences de la violente entérite qui démarrait la contagion.

— Pourquoi ces femmes disent-elles qu'elle est contaminée ?

— Parce qu'elle a vomi plusieurs fois.

Il retira le linge du corps et s'approcha du visage émacié. Puis, soulevant ses paupières, il examina le fond de son œil et palpa les délicates narines qui restaient obstruées.

— Cette jeune fille n'est pas atteinte par l'épidémie, fit-il en fixant le regard du Grand Prêtre. Elle a été empoisonnée.

Hapouseneb eut un frémissement imperceptible et Neb-Amon vit ses poings se contracter et blanchir.

— Ils ont réussi, les traîtres !

— Aime-t-elle la coriandre ?

D'un ton à la fois douloureux et surpris, il répondit :

— Elle s'entoure de tous les parfums qui existent et goûte tous les aromates qui sont à sa portée.

— On a mêlé de la coriandre à une dose infime de bryone et on lui en a fait absorber depuis plusieurs mois. N'as-tu rien remarqué ?

— A part son inhabituelle dolence. Je n'ai rien vu ni senti d'anormal. J'ai cru que son état de femme enceinte la rendait ainsi.

Hapouseneb s'approcha de Méryet et caressa

son ventre distendu. Elle dut sentir l'appel qu'il réclamait, car elle ouvrit lentement les yeux.

— Hapou...

— Chut, ma bien-aimée, fit-il en posant ses lèvres sur les siennes. Ce médecin va te sauver ainsi que notre enfant. Après, je quitterai le temple et nous vivrons toi et moi en paix, loin des intrigues d'Amon et de son peuple en qui je ne crois plus.

*

* *

Méryet n'ouvrit plus les yeux et sa respiration était si faible que pas un souffle de vie ne passait sur son corps, pas une ombre d'animation n'éclairait son visage.

Le médecin posa la petite fiole de natron sous son nez, mais il fallut de longues minutes avant qu'un léger tressaillement envahît ses narines qui, enfin, s'écartèrent imperceptiblement pour laisser l'air pénétrer à nouveau.

Passé cet infime espoir, une autre attente s'installa, pesante, interminable, chargée du plus sombre destin. Mais, les symptômes de l'accouchée reprirent et, soudain, Méryet poussa un petit cri plaintif qui annonçait le retour des douleurs.

Alors que la lourdeur des événements pesait de plus en plus, tout changea brusquement et s'enclencha très vite.

— La naissance est proche, murmura Neb-Amon.

Hapouseneb regardait le visage exsangue de sa compagne.

— Il faut la soulever. Peux-tu m'aider ?

Le Grand Prêtre acquiesça et ils prirent Méryet

chacun par une épaule. Le sursaut la fit vomir et elle éclaboussa le sol d'un liquide jaune et filamenteux.

— Elle doit avoir soif. Que peut-on lui donner ?

— Il vaut mieux la faire boire après l'accouchement.

Un nouveau cri de douleur plongea Hapouseneb dans la crainte. Mais le Grand Prêtre savait cacher ses impressions et il ne faiblit pas, soutenant fortement Méryet par les épaules et s'efforçant de la maintenir dans une position debout comme l'exigeait la tradition ancestrale égyptienne. On plaçait des briques sous les pieds de l'accouchée afin d'élever le bas-ventre au niveau de celles qui attrapaient l'enfant quand il sortait.

Mais il ne fut pas question de placer les briques sous les pieds menus de Méryet, des petits pieds agiles et aériens dont les envolées avaient bien souvent séduit ceux qui regardaient ses danses avec admiration.

Méryet était trop faible pour supporter l'effort de lever genoux et jambes. La sueur collait à son front et des mèches rebelles et mouillées tombaient dans son cou. Ses yeux étaient ouverts, pourtant elle semblait ne rien voir. Ils fixaient avec une désolation déconcertante le grand mur blanc recouvert d'une tenture ocre en fibre de papyrus.

Neb-Amon vit une ombre se faufiler entre le mur et l'ouverture de la porte. Pourtant, il se rappelait l'avoir fermée en écartant les accoucheuses. L'ombre était petite, difforme, silencieuse. L'instant réclamait trop sa vigilance pour qu'il y portât attention et ses yeux revinrent au corps de Méryet qu'Hapouseneb et lui avaient peine à retenir et qui se convulsait sous la douleur.

Soudain, elle se laissa fléchir sur les genoux.

Entre deux cris, elle pleura. Eveillée, cette fois, elle prit conscience de son infortune. Elle vomit encore. Son ventre fut éclaboussé d'une fétide humeur jaunâtre. A genoux, elle ne pouvait plus se lever. Neb-Amon lui releva la tête. Elle avait fermé les yeux, mais les rouvrit pour murmurer.

— Hapou...

Puis, la bile qu'elle vomit devint noire, visqueuse, nauséabonde. Elle voulut encore parler. Un nouveau flot sortit de sa bouche, mêlé d'un épais sang brunâtre. Ses yeux se révulsèrent, sa poitrine se souleva en un long gémissement, un cri qui appelait les dieux du temple qu'elle avait tant voulu vénérer. Une douloureuse exclamation qui les exhortait à l'élever au plus haut dans l'au-delà.

Elle rendit l'âme à l'instant même où l'enfant tombait dans les mains tremblantes d'Hapouseneb.

Le Grand Prêtre restant sans réaction, Neb-Amon lui prit brusquement l'enfant pour l'agiter tête en bas. Il annonça sa venue en poussant un grand cri de colère.

Soulagé, il retourna le bébé entre ses mains et regarda Hapouseneb qui pleurait, penché sur le corps pantelant de Méryet. Il lui toucha doucement l'épaule et lui tendit l'enfant.

— C'est une fille. Dès maintenant il faut chercher le moyen de la nourrir.

Le Grand Prêtre d'Amon hésita. Puis, avec une lenteur infinie, il se leva, observa la fillette et la reprit pour la serrer tendrement contre lui.

— La vie reprend, Hapouseneb, fit Neb-Amon en entourant à nouveau ses épaules de son bras amical. Ce bébé arrive dans une époque bien critique. C'est risqué de naître en ces jours de famine où l'épidémie s'attaque à la fragilité des enfants.

— Je suis anéanti. Que proposes-tu ?

— Laisse-le-moi quelque temps. Au palais, je vais lui trouver une nourrice jeune, saine, non contaminée par cette satanée maladie qui sévit à chaque tournant de rue. Seul, tu n'as aucune chance de sauver ce bébé. Et puis...

— Et puis... répéta le Grand Prêtre qui émergea de sa tristesse. Que veux-tu dire ?

— Que des ombres rôdent autour de toi.

— Je le sais. Le crépuscule d'Hatchepsout arrive. Il est temps que je me retire. Mes successeurs guettent mes faux pas, mes erreurs, mon départ. Ils n'auront de cesse jusqu'à ce que je démissionne ou meure.

Il caressa la petite tête encore poisseuse de l'enfant et s'attarda sur le duvet qui recouvrait le minuscule crâne fragile du bébé.

— Cet enfant sera ma seule consolation. Emporte-le, Neb-Amon, et garde-le jusqu'à ce que de meilleurs jours refleurissent en Egypte.

— Il n'en est pas question, jeta une voix sèche dans leur dos. Cet enfant est aussi le mien.

— Le tien ?

Hapouseneb se retourna. Amenhotep, son épouse, se tenait dans l'encadrement de la porte et tendait ses bras vers l'enfant. Elle s'approcha et voulut le prendre.

Hapouseneb le tendit au médecin.

— Veux-tu distiller le poison dans son corps, comme tu l'as fait pour Méryet ?

— C'est faux !

— Jamais tu ne me feras croire que tu es innocente.

— Ce n'est pas moi. C'est lui, fit-elle en tendant son index tremblant vers la porte.

— Lui ! Qui ?

— Ce nain infâme qui était l'ami du vieux Sétoui et qui ne te supporte pas.

— Est-ce la silhouette de Memphès, le nain du temple que j'ai vu se profiler tout à l'heure ? s'enquit Neb-Amon.

Elle se retourna vers son mari.

— Il rôde, il sème le poison, il détruit.

— Alors, il détruira cet enfant. Ose prétendre le contraire.

Amenhotep se tordait les doigts. Elle glissa un œil incertain vers son époux dont le visage restait glacial.

— Je vais emporter l'enfant chez mes parents, engager une nourrice jeune et saine, l'élever, l'aimer.

Elle eut un geste vers lui.

— Recommençons notre vie, Hapou. Quitte ce temple. Retire-toi sur mes terres et mon domaine. Il y a mille et une places pour toi. Je suis riche et tu le sais. Elevons cet enfant ensemble.

Il abaissa la main qu'elle tendait vers lui.

— Je vais faire une enquête et je saurai si tu as trempé dans ce meurtre. Si tu es innocente, je réfléchirai à ta proposition. Si tu es coupable, je demanderai le divorce.

Elle eut un mouvement de recul et ses yeux le fixaient dans un douloureux défi.

— En attendant, l'enfant sera pris en charge par Neb-Amon. Il ira là où il a les meilleures chances de survivre en ces temps de famine. Je n'ai rien d'autre à te dire pour l'instant.

Amenhotep lut dans le regard de son époux une détermination si poussée qu'elle ne répliqua rien.

— Ainsi, tu vas faire un procès.

— Dès aujourd'hui.

— Contre qui ?

— Toi et tous les autres. Après, quelles que

soient les conclusions, je me retirerai du temple et ce fourbe de Nekmin pourra prendre ma place.

Il caressa une dernière fois l'enfant que tenait le médecin.

— Prends soin de ma fille, médecin de Thèbes, en attendant que je te la réclame.

Quand Neb-Amon revint à l'hôpital, Keptah l'attendait dans un état d'excitation intense. Seule, la lueur joyeuse et fugace qu'il vit dans son regard lui apprit que son fils allait mieux.

— Il a parlé, Maître, il a réclamé à boire et à manger et il n'a pas vomi. A présent, il dort sans fièvre et sans convulsions.

Le médecin ferma les yeux. Son fils était sauvé. Peu à peu revint en lui la foi qu'il portait jadis dans les dieux.

*

* *

L'instruction du procès commença le jour où la crue du Nil arriva, bousculant avec violence les rivages asséchés. Mais comme toute instance judiciaire qui touche les plus hautes sphères, les éléments furent longs à se mettre en place.

Indépendamment de toute cette affaire qui devait déstabiliser plus d'un haut dignitaire, l'horrible épidémie qui engendrait la famine jusque dans les coins les plus reculés de l'Egypte ralentissait ses pouvoirs dévastateurs et Neb-Amon vit un soir arriver Séchat et sa fille.

Rassurée sur le sort de ses deux enfants, la jeune femme avait repris les cours de l'Ecole du Palais. Fortement touchée par le décès de son amie Méryet, elle n'en avait cependant rien dit, préférant cacher sa douleur plutôt que de soulever des vagues qui, déjà, montaient plus haut que les obélisques du temple.

Il avait été décidé qu'en attendant les conclusions du procès, le bébé d'Hapouseneb serait confié au harem et resterait sous l'œil attentif et la vigilance exclusive de Séchat.

Bien curieux sentiment qu'éprouvait la reine dans cette affaire ! Elle désapprouvait le procès autant qu'elle le souhaitait. Ce paradoxe s'expliquait par le fait que les empoisonneurs allaient sans doute se retourner contre elle si la justice ne les éliminait pas.

Par ailleurs, entamer une procédure contre les membres influents du temple allait incontestablement la discréditer auprès de son conseil d'administration, entraînant une récidive accrue sur la réclamation de son abdication.

Hatchepsout n'en finissait plus de réfléchir et ses esprits couraient d'une difficulté à l'autre sans qu'elle puisse en maîtriser vraiment les données entières. Deux issues se présentaient.

D'un côté, elle mourrait empoisonnée. Elle le savait. Une poignée d'hommes au pouvoir en échafaudait le plan. De l'autre, elle devait abdiquer.

La pharaonne ne fermait plus l'œil. Les nuits blanches qu'elle passait à chercher la solution la moins dévastatrice se suivaient inexorablement et, le matin où elle reçut le Grand Prêtre d'Amon, offrant aux servantes qui s'agitaient auprès d'elle un visage livide, amaigri, inquiet, Neb-Amon était à son côté.

Hapouseneb avait beaucoup vieilli depuis la mort de sa compagne. Son visage s'était creusé de deux sillons profonds qui partaient des narines de son nez pour tomber, las et amers, sur la commissure de ses lèvres.

Son crâne rasé qui brillait habituellement de l'huile sainte dont un serviteur l'enduisait chaque matin laissait pousser une ombre vaguement grise qui accentuait la maigreur de ses joues.

Ses épaules et son buste souvent nus, au-dessus d'un pagne long qui tombait en plis jusqu'à ses pieds, avaient perdu de cette prestance dont la dignité et la majesté en avaient séduit plus d'un.

Hapouseneb se courba devant la reine, mais en se relevant resta les épaules courbées comme s'il soutenait tout le poids de la voûte céleste.

— Ton procès, Hapouseneb sera le mien, dit la reine en lui tendant deux mains longues et amaigries.

Elle fit quelques pas et prit la coupe d'or dont la moitié était emplie d'un liquide rosé.

— Vois-tu ce vin de palme, frais, doux et sucré dans lequel on a mis quelques gouttes de ce même produit qui a tué Méryet ? Il paraît bien inoffensif et me rendra juste nébuleuse. Mais, je ne le boirai pas.

En saisissant la coupe entre ses doigts, Hapouseneb trembla.

— Qu'allez-vous faire, Majesté ?

— Pour l'instant, déjouer le plan de ceux qui l'échafaudent. Regarde.

Elle se dirigea vers un grande jarre qui contenait une terre riche et noire où germaient quelques pousses de chèvrefeuille. Puis, d'un geste nerveux, elle vida le contenu de la coupe sur le terreau qui le pompa en quelques secondes.

— Je vais leur laisser croire que j'absorbe le poison.

— Majesté, si l'on voit ces jeunes pousses mourir et se dessécher dans cette jarre de terre, cela risque d'attirer l'attention.

— J'y ai pensé. Aussi je couperai moi-même

chaque germe de vie qui sortira de ce vase. Ainsi, il n'y poussera jamais rien. Elle saisit la main de Neb-Amon.

— Tu m'as sauvé la vie en décelant la cause de la mort de Méryet. Je t'en serai toujours reconnaissante. Si ta méfiance n'avait été en éveil, je continuerai à boire ce triste breuvage qui devait m'ôter la vie.

— Peut-être pas, Majesté, votre faiblesse grandissante, mes auscultations sur votre personne auraient attiré inévitablement mes soupçons bien avant votre mort.

— Mais mon état aurait été bien faible, irrécupérable peut-être. Merci, Neb-Amon. Il faudra veiller sur toi aussi, car ces meurtriers ne s'en tiendront pas là et, même si le jeune Thoutmosis reste étranger à ces manœuvres, il ne faut pas oublier qu'il s'agit de ceux qui veulent l'élever pharaon.

— Majesté, Thoutmosis n'est pas un être retors et je crois qu'il est en dehors de toutes ces intrigues criminelles.

— Je le crois aussi. Il est ambitieux, personnel, arrogant parfois, mais il est trop direct et trop franc pour être à ce point machiavélique.

Elle fit quelques pas, pensive, inquiète et s'allongea sur un sofa recouvert de coussins en lin brodé de fils d'argent.

— Ce sont les lendemains de son mariage qui m'inquiètent. Cet événement va renforcer son pouvoir et je ne maîtrise absolument plus la volonté de ma fille qui ne voit, ne pense, ne parle et ne réagit que par rapport à Thoutmosis.

— Mais, vous êtes couronnée « Pharaon », Majesté.

Elle hocha la tête.

— Dans une saison à peine, ils seront roi et

reine d'Egypte. Que serai-je à mon tour, si vous, mes fidèles amis, m'abandonnez au sort que me réservent les dieux ?

Elle éleva l'une de ses mains baguées lourdement d'or et de saphirs. La maigreur de ses doigts accentuait la pesanteur des pierres. Elle la laissa retomber.

— Hapouseneb, tu m'as dit qu'après ce procès, tu voulais démissionner. Pourquoi ?

— Majesté ! Croyez-vous que je désire être jeté hors des murs du temple comme un malpropre, un voleur, un incapable ?

— N'est-ce pas plutôt l'absence de Méryet qui te pèse ?

— A ses côtés, j'aurais peut-être combattu.

Douloureux, il se tourna vers Neb-Amon.

— Comment va-t-elle ?

— Bien nourrie au harem, elle a bravé les ravages de l'épidémie. Séchat l'appelle Méryet. Cela te convient-il ?

Il regarda le médecin d'un air las.

— Je crois que c'était mon intention. Je la reprendrai après le procès.

— Où est ta femme, Amenhotep ? questionna Hatchepsout.

— Elle est retournée sur ses terres. Depuis la mort de son père dont elle a hérité de toutes les richesses, elle n'est guère dans le besoin.

— Que vas-tu faire puisque tu la soupçonnes ?

— Si ma femme est coupable, je vais demander le divorce et la justice la condamnera.

— Si elle ne l'est pas ? fit Neb-Amon.

— Je reprendrai peut-être la vie commune et nous élèverons l'enfant ensemble.

CHAPITRE IX

Le mariage de Thoutmosis et de Mérytrê, fille de la pharaonne Hatchepsout, fut célébré un matin où l'espoir du peuple renaissait.

A présent, les ravages de l'épidémie étaient maîtrisés, partis vers d'autres lieux, d'autres terres, et si la mortalité avait laissé une sinistre et ineffaçable trace dans chaque famille — rares étaient celles qui n'avaient pas été touchées — on se tournait toutefois vers un avenir plus serein.

Des navires chargés d'or étaient partis aux portes de la Canée, de Byblos, de Damas et jusqu'au confluent de l'Euphrate pour rapporter du blé et des céréales.

Mais, en ce retour de crise, les dépenses relatives aux festivités qui s'annonçaient ne pouvaient atteindre celles du mariage d'Hatchepsout, car si l'épidémie était définitivement enrayée, la famine sévissait encore dans les villes et les provinces proches de Thèbes. Plus particulièrement encore dans les campagnes où les paysans rescapés ne disposaient pas plus qu'avant de provisions pour parer l'éventualité de ces désastres.

Mais, en ces lendemains redevenus tranquilles, chacun attendait avec espoir que la tardive crue du Nil apporterait une conclusion bénéfique et fermerait pour un temps ces malheurs.

Les dons et les offrandes au dieu Hapy, souverain tout-puissant du fleuve, ne furent pourtant guère abondants, car le pays manquait non seulement de toutes ses richesses, mais de l'essentiel qui faisait vivre son peuple : céréales, porcs, volailles, chèvres, jusqu'aux poissons dont les pauvres se nourrissaient.

Même au temple, la célébration du mariage fut terne. Les processions rituelles s'étaient déroulées, certes, sous les ovations d'une maigre foule, car la population décimée aux trois quarts ne permettait plus les grands délires d'autrefois. Même l'enthousiasme des notables de province et des hauts dignitaires paraissait assez fade.

Hapouseneb, lui-même, ne remplissait pas ses fonctions avec la foi et la conscience qu'il avait toujours apportées au déroulement de ces manifestations religieuses. Avec la disparition de Méryet, toutes ses croyances s'étaient évaporées comme un grand ciel qui, à la fin du khamsin, se dégage de nuages obscurs.

Les prêtres avaient rempli leurs tâches habituelles, balançant leurs encensoirs d'or dans des nuages opaques de fumées aux odeurs de myrrhe et psalmodiant leurs incantations avec des voix caverneuses.

Enveloppés de leurs longues tuniques jaunes, le crâne impeccablement rasé, tenant la grande harpe contre leurs corps anguleux, les chanteurs aveugles avaient entonné leurs plus belles hymnes en l'honneur des dieux réunis au temple pour célébrer le nouveau couple royal.

Mais il manquait l'essentiel. L'image irremplaçable de la danseuse sacrée. Méryet !

Méryet qui avait su imposer au temple un style

si particulier dans l'accomplissement de ses gestes improvisés qui sortaient non pas des traditions ancestrales, mais d'un amour immense qu'elle offrait aux dieux à qui elle voulait plaire.

L'absence de Méryet marquait d'une empreinte meurtrière les manifestations religieuses du temple. Le Grand Prêtre l'avait voulu ainsi et ce n'était pas Hatchepsout qui l'en aurait dissuadé. Les yeux du jeune couple royal et ceux de toute la cour se passeraient, cette fois-ci, du spectacle des figures sacrées chorégraphiques qui, en temps ordinaire, illuminaient les cérémonies du temple.

Les festins n'avaient pu regorger d'abondance tant les aliments manquaient. Les banquets qui, en ces occasions, se succédaient à un rythme si accéléré qu'on ne savait plus s'il s'agissait du début ou de la fin d'un repas avaient fait piètre figure et les convives s'étaient rattrapés en promenades de détente et en baignades sur les bords d'un fleuve redevenu lui-même.

Satiah était restée morose. En ces jours de fêtes prolongées, Thoutmosis lui échappait et, pour la première fois, elle prenait conscience de ce qu'était le rôle d'une Seconde Epouse.

Même si l'amour que le jeune roi lui prodiguait était infiniment plus fort que celui qu'il destinait à Mérytrê, jamais elle ne serait à l'avant-scène d'un décor de prestige.

Et pourtant ! Que lui importait cet étalage de brillants spectacles qui, dorénavant, seraient destinés à l'être creux et insignifiant qu'était la Grande Epouse Royale. Car Mérytrê resterait prostrée dans le luxe de ses appartements, commandant une armée d'hommes et de femmes préoccupés de ces petits instants qui font la vie du quotidien.

Satiah voyait les choses bien différemment. Elle

voulait vivre au grand air, bouger, remuer, se déplacer là où allait Thoutmosis, même s'il s'agissait d'expéditions lointaines, d'aventures, de risques. Peu importait les aléas malencontreux, les dangers parfois incontournables que ces expéditions engendraient.

Pour atteindre la position suprême qu'elle ambitionnait, Satiah était prête à partir en guerre avec le roi.

Depuis les deux saisons précédentes, elle s'était métamorphosée. La maladie l'avait allongée et mûrie, bouleversé le reste de sa silhouette enfantine. La fièvre du mal épidémique avait définitivement emporté ses formes d'adolescente. Son buste s'était étoffé, prenant des rondeurs douces et agréables à l'œil. Longues, fines, ses jambes s'étaient affermies. Le mollet galbé et le genou rond, l'épaule redressée et le cou allongé, la taille fine et les hanches rondes, tout en elle avait pris cette apparence de femme qui, par le biais de la séduction, pouvait imposer un style d'énergie et d'intelligence.

Combien de Secondes Epouses, dans un temps très ancien, avaient su dépasser par leur culture et leur savoir les Grandes Epouses Royales ? C'est un point qui brusquement crevait son esprit jusqu'ici endormi.

Il lui fallait apprendre, se cultiver, maîtriser un domaine dans lequel aucune autre femme ne pouvait briller. La belle écriture qu'elle savait tracer avec des formes agréables, la voix chaude et profonde qui lui servait à réciter des textes ou à jouer des scénettes devant un public attentif, étaient insuffisants, dérisoires presque.

Pourquoi soudain comprenait-elle sa mère qu'elle avait souvent critiquée, fort injustement d'ailleurs, pour avoir préféré sa carrière professionnelle à sa fille ? Satiah découvrait subitement qu'une femme pouvait avoir des désirs autres que ceux établis par une société encombrée de vieilles coutumes et de traditions démodées. Et, ce que sa mère avait fait par amour de son métier, Satiah pouvait sans doute le réaliser pour l'amour d'un homme.

*
* *

Il était rare d'ouvrir une séance à la Cour de Justice du temple.

Le Grand Prêtre Hapouseneb, Vizir et Juge Suprême d'Amon, ne pouvant présider la Cour puisqu'il était le demandeur, l'audience était tenue par Djéhouty, Vizir de la Haute Egypte assisté de Néhésy, Chef de toutes les Polices et chargé de l'organisation de l'enquête.

Tous deux avaient été investis, comme il se devait dans un tribunal de la plus haute instance, des pouvoirs illimités sur la vie et la mort des coupables.

Devant, siégeaient les Premiers Prêtres d'Amon. Nekmin en était le Grand Chef. Il relevait avec défi son buste long et maigre, poussait en avant son visage au regard d'aigle avec une arrogance qui déplaisait à Neb-Amon, présent à la séance pour avoir assisté à la mort de la victime.

Au second rang, les scribes tenaient en main leurs tablettes et leurs calames, prêts à écrire dans les moindres détails tout ce qui allait être dit.

Nekmin dévisagea Neb-Amon et, notant avec dépit la parfaite assurance de ce dernier, il le quitta du regard pour le porter, toujours aussi insolent, sur la pharaonne. Celle-ci ne broncha pas. Ils se défièrent quelques secondes et ce fut le prêtre qui, le premier, dut détourner les yeux.

Les témoins avaient pris place sur le bas-côté gauche du tribunal et les jurés, composés de six hauts fonctionnaires de Thèbes, leur faisaient face.

Ceux qui assistaient à l'audience, sympathisants ou adversaires du plaignant et de la victime, s'alignaient au fond de la salle sur des bancs en bois de sycomore que la cire à l'huile de palme faisait reluire.

— Amenez la coupable ! jeta le Directeur des Greniers d'Amon qui remplissait la fonction de Premier Greffier.

Entre deux hommes d'armes, Amenhotep s'avança. Elle était pâle et sa beauté, agressive en temps ordinaire, se passait de tout artifice qui eût indisposé le tribunal.

Ses yeux bruns en amande qui se teintaient d'un vert de malachite fixaient démesurément Hapouseneb, assis au premier rang des témoins.

Elle se tenait droite et fière, mais les yeux de son époux, lorsqu'ils se fixèrent sur elle avec une indifférence totale, lurent un tel désarroi intérieur qu'ils ne purent poursuivre longtemps cette apparente insensibilité et elle vit que sa bouche murmurait une question à laquelle elle ne pouvait répondre.

« Pourquoi ? » murmuraient en silence les lèvres d'Hapouseneb. « Pourquoi ? »

Elle alla se placer aux côtés d'un petit homme replet, aux yeux de fouine et à la bouche épaisse, chargé de sa défense.

— Qu'en ce vingtième jour du deuxième mois de Périt, que la déesse Maât, celle qui régit notre justice et notre sagesse nous accompagne et nous aide tout au long de ce procès, récita le Deuxième Greffier, d'une voix neutre et atone.

Un silence se fit, né d'une soudaine pesanteur. Néhésy reprit d'un ton qui releva la tiédeur de l'atmosphère :

— Les faits sont conformes aux rapports jusqu'à présent.

— L'instruction ne fait que commencer, répliqua Nekmin dans un mauvais sourire.

Le procureur leva les bras au ciel, mais ne prononça rien. Puis, comme le silence faisait place à un murmure général, il se reprit et jeta d'une voix forte où l'on pouvait déjà sentir que la détermination ne faiblirait pas :

— Que la lecture de la mise en demeure soit faite.

Le Scribe du Tribunal se leva et lut à voix haute le texte court qui inculpait Amenhotep. Celle-ci avait les yeux baissés et semblait réfléchir.

— Que le Scribe Permanent lise le procès-verbal d'audience et que le plaignant expose sa demande, poursuivit-il.

Néhésy avait confié l'instruction à ses hommes de confiance. Depuis, un filet se resserrait sur plusieurs hommes. Avant que la lecture soit faite, Hatchepsout en connaissait tous les noms. Antef, Nekmin, Menkeper, Ouser et Mériptah auxquels s'ajoutaient de plus médiocres personnages comme le nain du temple Memphès et les médecins Mekyet et Seddy.

Hapouseneb dut réitérer sa plainte. Pour ce faire, il ne regarda pas son épouse et celle-ci ne releva pas ses yeux.

— Le tribunal déclare que le demandeur est entendu. Avez-vous autre chose à ajouter ?

Hapouseneb hésita.

— J'insiste sur le fait que dans l'ignorance la

plus complète, je n'inculpe pas ma femme, mais je demande que lumière soit faite sur le meurtre de ma compagne Méryet qui, après la naissance de l'enfant qu'elle attendait et dont je suis le père, devait devenir ma Seconde Epouse.

Un gémissement se fit entendre. Amenhotep avait levé les yeux sur son mari et le regardait douloureusement. Puis elle ouvrit la bouche lentement, mais le petit avocat aux yeux d'aigle lui saisit le bras et l'enjoignit de se taire.

— Qui vous fait dire que c'est un meurtre ?

Au banc des témoins, Neb-Amon se leva.

— Moi, jeta-t-il.

— Pourquoi ?

— L'accouchée ne présentait nullement les symptômes de la violente entérite qui touchait les contaminés de l'épidémie.

— Tu prétends que c'est un mal de ventre, ironisa Seddy, le médecin du Palais.

— Un mal de ventre, oui. Mais pas celui de l'entérite. Un mal dû à l'absorption lente de bryone.

— J'affirme que ce n'est pas en palpant simplement le ventre douloureux d'un malade que l'on peut en déceler le mal, rétorqua Seddy.

— Moi, je l'ai décelé, insista le médecin. L'accouchée n'a eu ni coliques ni diarrhées.

— Qui peut le justifier ? jeta le juge Djéhouty.

— Les accoucheuses.

— Qu'on les fasse venir.

Les matrones s'avancèrent, poussées dans le dos par les gardes. Elles paraissaient récalcitrantes au point de ne pas dévoiler ce qui pouvait faire avancer le procès.

— Avez-vous constaté ce fait ? s'enquit le juge auprès des deux sages-femmes.

— Non, jeta l'une d'elles.

— Comment ? s'écria Hapouseneb, pâle de colère. Vous étiez là, bien avant l'arrivée du médecin Neb-Amon et, si vous êtes restées quelque temps encore, c'est justement parce que le corps de Méryet ne se vidait pas comme celui de tous ceux qui étaient atteints par l'épidémie.

— Niez-vous l'une et l'autre ? demanda Djéhouty.

— Nous nions, firent en chœur les deux femmes.

Mekyet se leva à son tour, un sourire vengeur sur les lèvres. Enfin, il tenait sa revanche. Ce minable favori de la reine retournerait croupir dans les rues de Thèbes d'où il venait et où il se plaisait tant à soigner les pauvres et les déshérités. Place dorénavant aux deux plus grands médecins du palais, lui et Seddy.

— Qu'avez-vous à répliquer ? fit Djéhouty en se tournant vers Neb-Amon.

— Que j'avais prévu la réaction de ces deux femmes à qui on devrait supprimer le droit d'exercer leur travail pour avoir d'une part, refusé de m'aider lors de l'accouchement de Méryet et, d'autre part, fait un faux témoignage devant le tribunal de cette grande instance.

— Ce n'est pas un faux témoignage ! s'offusqua hargneusement l'une des femmes en agitant les bras comme si elle voulait battre l'espace de son gros corps alourdi de graisse.

— Peux-tu prouver que ça n'en est pas un ? répliqua le juge.

Neb-Amon fut plus rapide.

— Je peux prouver que c'en est un.

Il prit le temps d'observer les témoins, les jurés, le procureur, l'avocat de l'accusée et, enfin, se retourna tranquillement vers le juge.

— J'ai demandé l'accord du plaignant, Hapouseneb ici présent, pour disséquer le corps de la morte.

Un murmure s'éleva dans la salle. Mekyet et Seddy devinrent blancs de rage. Nekmin se leva.

— Une dissection n'est permise qu'avec l'accord du tribunal. Or, celle-ci n'avait pas été donnée, il me semble.

— L'auriez-vous donc refusée ? jeta Neb-Amon.

Personne n'osa répondre. Un refus aurait certes paru suspect.

— Je considère donc, reprit Neb-Amon, que ces deux femmes ont fait un faux témoignage et que Méryet est morte d'absorption lente de poison.

C'est à ce moment-là que, de loin, il croisa le doux regard de Séchat. Elle semblait l'approuver, l'admirer, le motiver à poursuivre dans sa tranquille assurance.

Satisfait de la tournure que prenait l'audience, le procureur se leva.

— Qu'on lise le premier rapport de l'instruction.

Néhésy s'approcha du juge et de ses deux assistants dont l'un était Pouyemrê qu'il connaissait pour être un vieil ami, un de ses vieux camarades d'études*.

— Je vais en donner moi-même connaissance à l'assemblée.

Le texte qu'il lut accusait Amenhotep, car il relatait les disputes fréquentes qu'elle avait eues avec Méryet.

Le témoin cité fut le nain du temple, Memphès, qui se fit un plaisir de rapporter l'une des scènes violentes ayant un jour opposé les deux jeunes femmes, couchées à même le dallage du sanc-

* Lire *Les Thébaines / La Couronne insolente*, Le Livre de Poche n° 14886.

tuaire d'Hathor et s'empoignant par les cheveux, les épaules ou les pieds.

Amenhotep fut appelée. Elle vint devant le juge.

— C'est vrai, fit-elle d'une voix qui ne tremblait pas. Ma jalousie était excessive. Je le reconnais. Mais, je n'ai jamais donné de poison à Méryet.

— Les jurés en décideront, laissa tomber le procureur.

— C'est lui, fit la jeune femme en pointant son index sur le nain Memphès. C'est lui qui est le principal meneur de cette odieuse machination.

— Quelle machination ? interrogea le juge.

— Il a voulu semer le trouble dans l'esprit de Méryet et dans le mien pour mieux occulter les agissements qu'il préparait avec ses autres comparses.

— Citez-nous des noms !

— Je l'ai souvent vu avec Antef. Ils tiennent des discussions interminables dans les coins les plus reculés du temple.

— Allons, soyons sérieux, jeta le vieil intendant du harem en se levant précipitamment. Ce n'est un secret pour personne qu'en ma qualité de vieil ami du Grand Prêtre Sétoui, le prédécesseur d'Hapouseneb, mort il y a quinze ans, je vienne discuter avec celui qui fut son fidèle serviteur, Memphès.

Le nain s'était rassis et attendait que l'assemblée approuve une telle certitude. Néhésy reprit la parole.

— Je n'ai lu que le premier rapport de séance. Mais, juste avant l'ouverture de l'audience, un coursier s'est présenté et m'a remis un document. Si vous le permettez, Grand Juge Suprême, je lirai à voix haute le second rapport.

— Je vous en prie, fit Djéhouty. Nous attendons.

Néhésy faisait face au tribunal. Il déroula le papyrus et lut d'un ton haut et bien timbré.

« Moi, Améná, épouse du Grand Djéhouty, Premier Juge Suprême qui préside cette séance du tribunal de Grande Instance, j'affirme qu'Antef utilisait mon jeune fils à des fins suffisamment troubles pour qu'elles soient enfin mises à jour. »

La surprise les jeta tous dans une intense perplexité. Un silence pesant s'ensuivit, si lourd qu'aucun autre sujet à part l'époux en question ne put rompre.

— Où est ma femme ? dit-il posément.

— Elle arrive, jeta la voix atone du Premier Greffier.

Sur son banc des accusées, Amenhotep eut un regard chaud et reconnaissant envers sa compagne de jeunesse, la seule amie qui, peut-être, lui restait.

Améná avança sans qu'on eut besoin de la pousser.

— Pardonne-moi, fit-elle devant son époux qui la regardait d'un œil un peu froid, craignant que la révélation de sa femme jetât un discrédit sur son image irréprochable.

— Quelle lumière veux-tu donc apporter à ce procès ?

— Il fallait que je dise au tribunal ce qui me trouble.

— Parle.

— Un jour, Antef, l'intendant du harem et Memphès, le nain, ont fait venir au temple mon fils, le tien aussi Grand Djéhouty puisque je suis ton épouse.

Ce fut Pouyemrê qui ne put s'empêcher de questionner :

— Dans quel but ?

— Dans celui de surveiller l'un des murs de

l'enceinte qui contourne le côté ouest de la nécropole. Là où il présente une surélévation que des pierres mal jointes rendent dangereuse.

— Va-t-on croire un enfant de huit ans ? jeta la voix fielleuse du nain.

Améна se rebiffa :

— Le tribunal oublierait-il que je connais parfaitement chaque parcelle du temple d'Amon, de son enceinte, de ses jardins, de ses nécropoles et de ses sanctuaires pour y avoir passé mon enfance, mon adolescence et une partie de ma jeunesse en tant que musicienne sacrée ?

Elle s'arrêta et regarda le vieil Antef.

— Le tribunal oublierait-il que, durant seize longues années, j'ai été musicienne du dieu Amon ?

— Qu'avez-vous à dire ? questionna Pouyemrê.

— Qu'un jour, ces deux hommes ont fait venir mon fils pour qu'il surveille le mur d'enceinte. Je n'en sais pas plus. J'ajouterai seulement que le médecin Neb-Amon rentrait chez lui, ce matin-là, et que l'enfant a pris peur en le voyant. Il est tombé et s'est heurté violemment la tête contre le sol.

— Tout est exact, fit le médecin en venant se placer aux côtés d'Aména. J'ai soigné le garçonnet qui avait subi un traumatisme crânien et s'était cassé le fémur de la jambe gauche.

— Et qu'a prétexté l'enfant ?

— Qu'il devait aller prévenir Memphès de l'arrivée d'un passant trop curieux.

— Cet enfant a menti, fit Antef.

— Il n'a pas menti, assura une voix dans le banc des spectateurs.

Séchat s'était levée.

— Cette femme n'est pas témoin. Qu'elle se taise, s'écria Antef rouge de colère.

— Au contraire, qu'elle parle ! dit Neb-Amon.

Froidement, le juge acquiesça.

— Comment t'appelles-tu ? Qui es-tu ? questionna Djéhouty bien qu'il fût le seul, après Neb-Amon, à la connaître aussi bien.

— Je suis Séchat, la Grande Intendante de l'Ecole du Palais de Thèbes.

— Qu'as-tu à dire ?

— Qu'un jour, dans ma classe, j'ai surpris l'enfant d'Aména dérober l'un de mes documents qui représentait le dessin des tombes de la nécropole de Karnak. Ce croquis que j'avais réalisé moi-même devait me servir pour expliquer à mes élèves qui étaient les personnalités enterrées au temple.

— Qu'a dit l'enfant ?

— Que c'était Antef qui lui avait demandé de voler le papyrus.

— Cet enfant est le plus menteur que je connaisse ! jura l'intendant du harem.

Djéhouty s'essuya le front. Des yeux, il fit le tour de la salle et vit que le nain Memphès se rapetissait davantage comme pour se rendre invisible. Nekmin se mordait nerveusement les lèvres, mais ne disait rien et Menkeper, l'architecte du général des armées de Thoutmosis, crispait tant les mains que les articulations de ses phalanges blanchissaient.

Trois heures entières s'étaient écoulées depuis le début de la séance. Djéhouty ramena son regard sur l'assemblée et frappa la table à l'aide d'un petit marteau en bronze.

— Nous reprendrons demain le débat.

*
* *

Rekmirê se laissa faire docilement. Thoutmosis prenait sa main et la dirigeait, tranquille et sûre, le long des rênes qui retenaient Rude et Brave, les deux pur-sang arabes du jeune roi.

— Parfait. Parfait. Tu disposes d'une main de maître.

— Apprends-moi à faire un tour complet.

Thoutmosis sourit. Il se tourna et regarda Satiah qui, à l'arrière du char, rêvait silencieusement. Elle avait laissé la place à son jeune frère pour qu'il apprenne à maîtriser les chevaux en pleine course.

— Alors, nous devons retourner en plein désert. Je vais te montrer comment placer le cheval qui doit se mouvoir sur lui-même et comment guider l'autre qui doit effectuer le grand tour.

Rekmirê se sentait si fier de conduire l'attelage de Thoutmosis qu'il fit à lui seul une envolée légère qui stimula les chevaux et les fit promptement prendre le galop.

Puis, tirant d'un coup sec, il les ramena au milieu de la route afin que la ligne tracée par les roues du char soit droite et bien centrée.

Thoutmosis se félicita d'avoir pris lui-même en main l'éducation sportive de l'adolescent. Rekmirê avait toutes les dispositions pour devenir un grand maître de la charrerie royale. S'il tirait à l'arc comme il semblait vouloir conduire les chevaux, toutes les possibilités lui seraient acquises.

A douze ans, il s'y prenait mieux encore que ses propres compagnons Amennheb, Amtou et Néférouben qui, dans l'art de la maîtrise des chevaux et celle du tir à l'arc, n'avaient pas d'égaux si ce n'était Thoutmosis lui-même

— Tu es un vrai conducteur de char, Rekmi, fit Satiah en frappant dans ses mains. Nous pourrions peut-être aller sur les bords du Nil ? suggéra-t-elle en se glissant entre son frère et Thoutmosis.

L'initiative de sa sœur combla Rekmirê d'aise, car il venait de prendre seul l'attelage en main. Une telle aubaine pour montrer ce dont il était capable ne pouvait que lui plaire.

Longeant quelque temps le bord du fleuve, Thoutmosis et Satiah regardèrent les ajoncs serrés et les papyrus qui dressaient leurs ombelles légères, se balançant harmonieusement au gré d'un petit vent léger qui semblait stimuler Rude et Brave.

Les deux chevaux balayaient l'espace de leurs crinières blanches. Leurs naseaux frémissaient et leurs queues battaient dans un rythme parfait le haut de leurs cuisses musclées et puissantes, écartant ainsi les quelques mouches ou insectes qui venaient les exciter.

Leur pelage était si lustré, si brillant que le fauve sombre de la croupe et des reins — ils avaient le ventre et les jarrets blancs — prenait des lueurs flamboyantes dans le soleil qui dardait ses puissants rayons.

A présent, ils filaient à toute allure, dévorant à pleins poumons l'espace, zébrant le sol poussiéreux et chaud de leurs sabots nerveux, faisant claquer crinières et queues comme deux jeunes fous qu'ils étaient. Rude et Brave n'avaient que deux ans d'âge et promettaient d'atteindre une belle maturité entre les mains expertes et fidèles de leur jeune maître.

Appréciant l'air qui sifflait maintenant à leurs

oreilles, soupesant à sa juste valeur le risque que l'adolescent leur faisait prendre, Thoutmosis avait attiré la jeune fille contre lui.

Satiah était vêtue d'un pagne court et droit dont les plis tombaient juste au-dessus de ses cuisses. Le corsage était ajusté sous les seins et retenu sur les épaules par un léger lien de cuir. Pagne et corsage, tissés dans le lin le plus fin d'Egypte, moulaient si bien son corps qu'on eût dit qu'elle était nue.

Thoutmosis, grand, fort, bien bâti et la taille superbement prise au-dessus de ses hanches étroites, avait le torse presque découvert. Seule une épaule, qu'un pan de sa tunique recouvrait, s'agitait au moindre mouvement brusque du char.

D'un bras, il tenait solidement la taille de la jeune fille. Tendrement, elle posa sa tête sur l'épaule du jeune roi et lui murmura une parole tendre. Mais, à chaque instant, son jeune frère rompait l'harmonie de l'instant.

— Tu me prendras bientôt dans ta cavalerie légère ? cria-t-il grisé, fou d'ivresse, tant la course qu'il faisait prendre aux chevaux était effrénée.

— Promis, dès que tu auras l'âge de partir en expédition.

— Et je serai ton conducteur ?

— Tu sais bien que je mène toujours moi-même mes attelages. Mais si tu veux, tu conduiras tes chevaux aux côtés des miens.

Il n'en fallait pas plus pour contenter Rekmirê et il crispait ses mains sur les rênes. Le sable se soulevait sous le sabot des chevaux emballés. Ils allaient un train d'enfer et la course insensée soumettait le char à de violents efforts, le faisant tressauter au moindre heurt des roues sur un caillou, une racine, une roche enfouie par le dernier khamsin et dont l'extrémité sortait à peine du sable.

Rekmirê parvenait même à redresser l'attelage et à le remettre en position droite lorsque celui-ci penchait dangereusement sur le côté.

Des mangoustes s'enfuyaient devant eux et des nuées de moustiques obstruaient leur passage.

— Regarde, s'écria Satiah volubile en levant les yeux au ciel. Regarde, Thouty, c'est ton faucon. Il nous suit.

Ce fut l'embardée, car Rekmirê lui aussi porta le regard en plein ciel, ignorant encore que lorsqu'on menait ses chevaux un train d'enfer, il fallait doublement observer la ligne d'horizon.

L'attelage vira sur la gauche, une roue crissa. Dans un cri, Satiah bascula, glissa sur Thoutmosis qui ne put la retenir tant le déséquilibre était violent. Projetée hors du char, elle alla rouler sur le sable dont la moelleuse épaisseur l'accueillit moins brutalement que ne l'aurait fait un chemin de terre ou un dallage en pierre.

Thoutmosis réussit à saisir les rênes au moment où l'un des chevaux tentait de se rééquilibrer. L'attelage glissa sur le côté, se renversa et fut traîné sur quelques mètres avant de s'arrêter complètement retourné.

Satiah s'était relevée. Assommée, elle titubait vers ses compagnons qui, eux aussi, tentaient de réagir. Thoutmosis détacha les chevaux dans une demi-inconscience et Rekmirê frottait sa tête qui avait malencontreusement heurté le bois externe de la voiture.

L'un des chevaux paraissait plus touché que l'autre, mais aucun d'eux n'était tombé. Pourtant, Rude geignait et Brave qui secouait énergiquement la crinière refusait toute approche de son maître.

La force de Thoutmosis, une force qui plus tard devait devenir légendaire, lui permit de relever l'attelage sans trop de difficulté. L'écorce en feuille d'or qui recouvrait le bois d'acacia délicatement peint était arrachée et quelques ferrures en bronze se tordaient sur les bas-côtés.

Quand Satiah fut remise de sa chute — c'est à peine si elle sentait une douleur au bas de ses reins et un bourdonnement dans sa tête — elle s'assura de la bonne forme de son frère et s'approcha des chevaux.

— Rude a une entorse au jarret, fit-elle en frôlant de ses doigts la patte brûlante et douloureuse du cheval.

Elle avala une grande bouffée d'air. Le choc avait déchiré sa tunique en un long effilochage qui partait du bas des cuisses jusqu'à la taille, dénudant un côté de son ventre lisse et mat. A sa ceinture pendait un étui en fibre de papyrus, plus long que large, assez profond pour qu'il ressemblât à l'enveloppe d'un petit poignard. Pourtant, elle n'en retira pas un couteau, mais une fiole qu'elle ouvrit sans difficulté. Puis, elle déversa quelques gouttes dans le creux de ses mains et massa doucement le jarret du cheval. La friction fut longue et parfois, Satiah faisait couler directement l'huile sur le jarret douloureux de Rude. Puis, elle activa son va-et-vient sur la patte blessée.

Bientôt le cheval posa son sabot sur le sol. Il ne geignait plus.

— Que lui as-tu fait ? Où donc as-tu appris ce tour de magie ? questionna Thoutmosis, surpris de remarquer que son cheval hennissait à nouveau, serein et calmé.

— C'est une huile à base d'hellébore que mon beau-père prépare et me donne. Un narcotique qui calme la douleur. Un remède efficace pour les contusions, les entorses, les blessures qui ne saignent pas.

— Ma sœur a la main magique pour soigner les bêtes, dit Rekmirê en frottant sa tête encore un peu douloureuse. C'est mon père qui lui apprend le nom des remèdes et leurs bienfaits. Mais, Satiah ne s'intéresse qu'au soulagement des animaux. Ils se laissent tous approcher docilement, quand elle vient les soigner.

Il lâcha sa tête et s'approcha de sa sœur :

— Tu pourrais aussi regarder mon crâne !

Elle passa sa main dans les cheveux un peu crépus de son frère et les lui ébouriffa.

— Il me paraît en bonne forme, ton crâne, petit frère. Mais, la prochaine fois, ne lève pas les yeux quand tu conduis les chevaux à si vive allure.

Puis, elle se tourna vers Brave qui ne semblait pas avoir repris complètement la confiance qu'il mettait en son maître.

— Il est trop agité pour repartir. Il faut le calmer.

Elle sortit cette fois une boîte minuscule et en tira une pincée de poudre qu'elle répartit encore dans le creux de sa main.

— C'est un mélange d'extrait de racine de mandragore, de feuilles d'acacia et de coriandre. Quand Brave l'aura respiré quelque temps, nous pourrons repartir.

Elle sentit le regard admiratif de Thoutmosis sur elle et se dit qu'elle avait peut-être là, à l'exception de son immense amour pour lui, le moyen de se distinguer de la Première Epouse Royale.

*

* *

Fatigués de leur course, les chevaux bien que calmés et rassurés commençaient à se sentir épuisés. Les trois jeunes gens s'acheminaient donc tranquillement le long des remparts qui bordaient le temple.

Le soleil avait perdu de sa vigueur et des filaments rouges commençaient à colorer le ciel bleu comme du lapis-lazuli.

— Traversons au pas les jardins du temple, Thouty. Cela va reposer les chevaux.

— Ne les emballe pas, lança Thoutmosis à Rekmirê. Laisse-les prendre simplement leur allure. Ils ont besoin de détente. File tout droit, ils connaissent le chemin et nous conduiront au palais par l'intérieur des jardins.

Il se tourna vers Satiah et prit sa main dans la sienne.

— Cette course sans répit nous a épuisés. Détendons-nous un peu.

Elle pressa entre ses doigts menus la puissante main de son compagnon.

— Nous n'aurons pas de sitôt l'occasion de nous retrouver seuls sans tes compagnons, tes capitaines, ton armée, dit-elle en lui plantant un baiser léger sur la bouche. Et même ton harem t'accapare à présent que tu es roi.

Elle fit la moue.

— Quand partiras-tu ?

— Dès le début de la saison d'Akhit. Cela me permettra d'enrôler une colonie de paysans désœuvrés pendant l'inondation. La solde qu'ils recevront leur permettra de combler un peu tout ce qu'ils ont perdu durant la famine.

— Ma mère dit que les pays du Nord ne sont pas agités. Pourquoi t'y rends-tu ?

— Détrompe-toi. S'ils sont pacifistes, ce n'est qu'une apparence. Le Mitanni excite les Babyloniens qui, à leur tour, se tournent vers les Cananéens et les Palestiniens. Quant à la Libye, elle semble s'énerver. Regarde, les navires chargés d'or que nous leur avons envoyés pour échanger du blé ne les ont pas satisfaits. Ils ont parlementé, rechigné puis cédé seulement la moitié de ce qu'ils auraient dû nous donner.

Le jeune homme haussa les sourcils. Puis, sur son visage passa un air de défi qui, déjà, appelait tous les triomphes.

— Les Libyens vont-ils prendre la mer ?

— Peut-être. Ces peuplades de l'extrême-nord, perdues en plein océan, s'aventurent de plus en plus dans le delta.

— Peuvent-elles descendre plus bas ?

Il eut un rire franchement gai.

— Nous les arrêterions de suite.

— Amennheb dit que ce sont des peuples très évolués, des marins aventureux qui ne craignent ni la mer ni la terre.

Satiah écoutait toujours attentivement les propos de son compagnon. Voilà encore un avantage qu'elle cultivait et qu'elle gardait jalousement, celui qui s'opposait au désintéressement de Mérytrê pour les questions politiques et guerrières.

Satiah avait trop partagé l'enfance et l'adolescence de Thoutmosis et de ses compagnons pour ne pas connaître leurs principales préoccupations et comme elle avait le sens de l'opportunité et de la diplomatie, des qualités qui avaient tant servi la carrière de sa mère, ses questions plaisaient.

— Reviendras-tu assez vite pour assister à la pièce de théâtre que je monte avec ma mère ? Nous la jouerons à la fin de la saison d'Akhit.

Il l'embrassa dans le cou. Elle eut un petit rire qui fit retourner son frère.

— Rekmirê, reprocha-t-elle aussitôt, si tu

tournes à nouveau la tête, nous allons encore verser.

Le garçon rougit un peu, mais le grand rire de Thoutmosis le rassura et il décida de ne plus fixer que les jardins du temple qui s'étendaient devant lui.

— Thouty, quand serai-je ta Seconde Epouse ? s'enquit Satiah d'un ton calme.

— Peut-être quand je reviendrai. Nous verrons ce qu'en pense le conseil.

— Crois-tu vraiment qu'il a son mot à dire ?

Le char côtoyait à l'extérieur les grands pylônes qui diffusaient une ombre assez dense, rafraîchissante après cette chaude journée. La porte monumentale que l'on empruntait entre les deux gigantesques colonnes menait directement au lac sacré. L'ombre des colonnes s'allongeait, se tordait, se disloquait, se perdait dans les remous des labyrinthes de pierres et d'albâtre où s'égaraient parfois quelques chats à la recherche d'un insecte.

Plus loin, les deuxième et troisième pylônes emportaient chevaux et prêtres — quand ce n'était pas le public lors des processions sacrées — hors des regards indiscrets.

A présent, ils entraient dans le domaine d'Amon, strictement réservé aux religieux du temple.

— Tiens, fit Thoutmosis en levant les yeux, je ne savais pas qu'on réparait cette colonne. Qu'y fait-on ? Approche-toi un peu, Rekmirê.

Le chapiteau d'une énorme colonne était en effet en réfection et des échelles en corde de papyrus étaient encore accrochées à la pierre, supportant quelques planches en bois qui permettaient de grimper jusqu'en haut. Le chapiteau du pylône avait été enlevé. Des pierres gisaient au bas.

Posées les unes à côté des autres, elles offraient des inscriptions qu'il fallait rénover.

— Ne vois-tu pas un corps allongé, là-bas ? fit Thoutmosis en pointant son index.

— Non.

— Si, s'écria Rekmirê. Il y a un homme qui dort.

— C'est un garde qui se repose, Thouty. Il vaut mieux rentrer à présent.

— Un garde au repos, à cette heure avancée de la journée ? Je n'en crois rien.

Puis il sauta à terre et se dirigea vers l'objet de sa curiosité. Un silence lourd tomba brusquement sur les lieux. Satiah sauta à son tour et partit en courant rejoindre son compagnon.

Ils restèrent quelques instants immobiles devant le corps qui gisait à terre, la tête enfouie dans une mare de sang qui s'étalait dans l'ombre rougie du pylône.

— Qui est-ce ? murmura Satiah.

— Il faudrait retourner le corps, répondit le jeune homme.

— Mais, c'est impossible. Neb-Amon dit toujours que ce geste peut entraîner la mort d'un blessé.

— Il est peut-être déjà mort.

— Qu'allons-nous faire ? s'apitoya Satiah.

— Ne bouge pas d'ici. Attends-moi. Je vais chercher du secours à l'intérieur du temple.

Rekmirê avait mis les chevaux à l'ombre des pylônes et rejoignait sa sœur. Elle était pâle et tremblante.

— Je n'aime guère attendre près d'un mort.

— Il ne l'est peut-être pas, rétorqua le garçonnet.

— C'est étrange, tu dis exactement le contraire de ce que vient de dire Thoutmosis.

Satiah s'écarta de l'homme. Elle aurait voulu être loin de ce corps étendu baignant dans son sang, loin de cette impression désagréable de doute et de mort. Mais Thoutmosis arrivait, accompagné de deux hommes dont un prêtre au crâne rasé portant une tunique longue.

L'autre homme vêtu d'un pagne court avait un affreux nez, long, gros et large qui mangeait tout son faciès imberbe et violacé. Satiah pensa que l'ablation de ce nez devait faire une ouverture béante dans un tel visage.

Les hommes regardèrent la jeune fille et l'observèrent longuement. Pourquoi perdaient-ils tout ce temps à la dévisager alors que Thoutmosis était déjà penché sur l'homme étendu ?

— Mais, c'est le Grand Prêtre ! fit l'homme au visage disgracieux.

— Que dis-tu ? fit l'autre homme.

— Hapouseneb.

Satiah se mit à crier. Hapouseneb ! C'était impossible. Le Grand Prêtre ! Le Directeur de tous les religieux du temple ! Le Chef Suprême d'Amon ! Le cri qu'elle venait de jeter fit retourner les deux hommes.

Mais, par tous les dieux ! Qu'avaient donc ces hommes à ne pas se presser davantage pour secourir le Grand Prêtre d'Amon ? Pourquoi tardaient-ils à lui porter secours ?

Enfin, celui qui n'était pas prêtre retourna le corps du blessé. Malgré les yeux exorbités, la bouche ouverte et l'air hagard que l'homme avait dû prendre juste avant la mort, Satiah reconnut Hapouseneb, l'ami fidèle d'Hatchepsout et le compagnon de jeunesse de sa mère.

Thoutmosis avait l'air ahuri et ne disait mot.

— Regardez, ce bloc de pierre qui s'est détaché du pylône, fit le prêtre au crâne rasé en désignant la roche aux arêtes saillantes qui gisait non loin, il a dû passer au moment où il tombait.

— Le crâne est fracassé net, fit l'autre en passant sa main derrière la nuque du mort. Partez, Majesté. Rentrez de suite au palais. Je suis médecin, vous le savez. Cet accident est de mon ressort.

Seddy, le médecin ! Satiah le dévisagea presque haineusement. Voilà pourquoi il lui plairait de voir son nez mutilé laissant une ouverture béante sur son affreux visage, comme on le pratiquait sur les prisonniers condamnés à l'exil pour avoir tué, violé ou pillé.

Seddy ! Le médecin du palais qui désirait tant l'expulsion de Neb-Amon pour être entré dans les grâces de la pharaonne. Seddy, l'incapable, le voleur de vies humaines, le pourrisseur de la profession médicale. Pourquoi était-il là, justement au moment où l'on découvrait le corps du Grand Prêtre ?

Satiah parlait rarement à sa mère des intrigues du palais, mais se tenait au courant de tout. Elle comprit qu'un étau se resserrait inexorablement sur la vie d'Hatchepsout et de tous ceux qui lui restaient fidèles, aussi ne fut-elle pas surprise quand elle entendit Seddy prononcer à voix basse :

— Nous allons pratiquer de suite l'embaumement du corps et sa momification.

CHAPITRE X

— Non ! Satiah, récite ce texte plus naturellement. Tu es la reine incontestée de cette pièce et ta servante est à tes genoux.

La jeune fille acquiesça.

— *Oh ! Isis, n'es-tu donc pas mortelle pour venir ici-bas me jeter les fleurs de la gloire ?* récita-t-elle avec plus d'enthousiasme.

— Mieux, fit Séchat. Mieux. Allonge tes jambes complètement quand tu dis cela et lève les yeux au ciel.

Baki arriva et se prosterna devant Satiah.

— *Maîtresse bien-aimée,* fit-elle en se relevant avec grâce. *La déesse hante vos nuits, mais les jours se suivent et attendent vos ordres.*

— Non, Baki. Tu restes prosternée plus longtemps devant ta reine. Sinon cela fait « amie » et non « servante ». Recommence.

— *Maîtresse bien-aimée,* reprit Baki en restant le corps ployé devant Satiah. *La déesse hante vos nuits, mais les jours se suivent et attendent vos ordres.*

— *Des ordres, dis-tu ! Quels ordres ?*

Satiah se leva et vint vers sa mère.

— Maman, je ne pourrai pas m'y faire, c'est Méryet qui devait jouer le rôle de la déesse.

— Ma chérie, Méryet n'est plus là pour guider ton jeu et nous avons supprimé sa présence par une image irréelle qui flotte au-dessus de ta tête. Tu étais d'accord pour t'adresser au ciel plutôt qu'à une comédienne qui aurait pris sa place.

La jeune fille soupira. D'un geste amical, Baki entoura de son bras les menues épaules de son amie.

— Sois plus lointaine, plus distante. Prends de la réserve et du recul.

— Baki a raison. Tu joues avec trop d'énergie. Eteins-la quand tu parles à la servante, mais fais-la resurgir dès que tu t'adresses à la déesse.

Satiah retourna s'allonger.

— *Des ordres, dis-tu ! Quels ordres !*

— *Ceux que vous devez donner à votre royaume, Majesté.*

Le fils du Grand Djéhouty entra, tenant Thot, son macaque africain par la main.

— *Laisse ton animal dehors,* cria la servante.

— *Non, non,* fit la reine en élevant ses bras. *Ce petit singe m'amuse. Viens près de moi, mon conseiller fidèle et raconte ce que dit le royaume.*

Séchat leva la main.

— Djéhouty, fit-elle contrariée, si ton singe ne nous invente pas une de ses facéties à ce moment bien précis, l'effet de la scène est ratée.

Le jeune garçon tenait son écritoire et son calame à la main.

— D'ordinaire, il me l'arrache et se met à gribouiller de grands traits rageurs, puis il se sert du calame pour épouiller sa tête.

— Et tout le monde se met à rire, plaisanta Baki. Mon pauvre Djéhouty, ton singe n'est guère joyeux aujourd'hui. Que lui as-tu fait pour qu'il soit aussi triste ? Allons, tant pis, on reprend.

Djéhouty, le scribe, s'inclina devant Satiah, la reine.

— *On dit que le peuple réclame votre visage à la fenêtre du palais, Majesté, mais que vous devez mettre un masque pour que vos sujets ne vous reconnaissent pas.*

— *Un masque, dis-tu ?*

La reine leva les yeux au ciel.

— *Un masque ! Entends-tu Isis ? Un masque ! Puis-je prendre le tien ? C'est le seul qui peut satisfaire mon peuple. Oh ! Divine Isis. Donne-moi l'immortalité pour que je triomphe de mes sujets.*

Thot lâcha soudain la main de Djéhouty et courut au fond de la salle de classe. Puis, il rapporta un encrier qu'il tenait d'une main. De l'autre, il plongea le doigt dans l'encre rouge et le passa sur son nez, ses babines, sa tête.

Ce fut l'hilarité générale et les élèves eurent du mal à reprendre leur sérieux.

— Tu dois redire ce texte avec plus de conviction, Satiah. Le masque est un symbole qui reflète la transformation qu'Hatchepsout doit effectuer dans son esprit pour ne pas se replier sur elle-même.

— Croyez-vous que la pharaonne comprendra ? fit le plus grand des garçons qui tenait le rôle du vil Nubien, traître et serviteur à la fois.

— Il faut que cette pièce de théâtre soit comprise par tous les spectateurs qui la regarderont. Si les injustices sont dénoncées et les valeurs morales récompensées, chacun s'y retrouvera. J'en suis convaincue. C'est pourquoi, chaque rôle doit être joué avec conviction et authenticité.

Baki leva le sourcil qu'elle avait noir et bien dessiné. C'était une jolie brunette d'un an plus âgée que Satiah, le corps moulé comme celui d'une femme, mais les yeux malicieux comme ceux d'une fillette. Moins hardie et moins spontanée que Satiah, elle était cependant plus calculée et plus réfléchie et ne commettait pas les erreurs qui entraînaient si souvent Satiah dans des colères insupportables.

Baki était la fille de Pouyemrê. Promise à Amennheb, futur chef des archers de Thoutmosis, elle était incontestablement l'amie intime de Satiah. Toutes deux avaient été élevées au harem, ne s'étaient pratiquement jamais quittées, avaient grandi dans le sillage de Thoutmosis et de ses trois compagnons inséparables.

— Maman, à quoi cela nous servira-t-il si nous jouons la pièce en l'absence de Thoutmosis ?

— Il n'est pas encore parti.

— Tu plaisantes, maman. Le départ des armées a lieu dans trois jours à peine.

— Alors, vous la jouerez à son retour.

Satiah fit la moue. Baki vint l'embrasser sur la joue.

— Allons, ta mère a raison. Nous jouerons cette pièce lorsque l'armée reviendra triomphante. Je suis comme toi, Satiah, j'attendrai le retour d'Amennheb.

Djéhouty vint se planter devant Séchat et lui sourit.

« Ce petit, pensa-t-elle, a pris de l'assurance, il est mieux dans sa peau depuis qu'il délaisse le vieil Antef qui s'est encore tiré d'affaire avec la mort d'Hapouseneb. Il me faudra ajouter un acte à cette pièce qui, sans en avoir l'air, retracera cette odieuse machination. » Séchat soupira et se déconcentra quelques instants.

Hapouseneb ! Les deux médecins du palais avaient organisé ce meurtre avec Antef, Nekmin et le nain puis l'avaient déguisé en accident. Ils avaient même momifié le corps du Grand Prêtre avant que Neb-Amon puisse affirmer qu'il ne s'agissait pas d'un accident.

Bien entendu, Nekmin avait aussitôt pris la place suprême, encensé par tous les autres prêtres qui n'attendaient que le couronnement du jeune Thoutmosis.

Le procès d'accusation qu'avait intenté Hapouseneb pour l'empoisonnement de Méryet avait été automatiquement annulé et faute de preuves, l'enfant orpheline était restée au harem.

Séchat regarda Djéhouty. Il avait presque le même âge que son fils Rekmirê qui se tenait dans un coin de la salle, attendant que son rôle arrive.

— Que veux-tu, Djéhouty ?

— Que l'on parle du retour des guerriers.

— Oui, s'écria Rekmirê en sautant de joie, que l'on parle du triomphe et des victoires qu'il va remporter, des prisonniers qui viendront enrichir notre pays, des...

— Mais, que voulez-vous dire tous les deux ? Ce n'est pas une pièce où l'on célèbre Thoutmosis, c'en est une où l'on glorifie Hatchepsout.

*

* *

Thoutmosis trouva sa tante assise sur la grande terrasse côté ouest que le soleil inondait de ses rayons orangés. Sur la cime des palmiers se levait un grand disque rouge qui, tout à l'heure tomberait en silence dans les feuillages obscurs pour laisser apparaître une lune ronde et blanche à l'affût de quelques étoiles incertaines.

Depuis plusieurs jours, Hatchepsout s'était remise à l'étude de l'astronomie, étudiant son horloge stellaire tracée sur les tables astronomiques.

L'homme dessiné sur la table stellaire était assis en scribe et représentait l'astronome. Son visage était entouré d'étoiles indiquant la position exacte pour chacune d'elles à toutes les heures de la nuit.

En quittant le palais, Senenmout avait emporté la lunette. C'était un appareil de visée astronomique d'une exceptionnelle conformation qui permettait de distinguer les astres exactement là où ils étaient placés. Il l'avait trouvé chez un vieil astronome de Memphis et en avait expliqué le fonctionnement à la reine.

L'appareil manquait, mais il restait à Hatchepsout la table stellaire.

Au dernier jour du mois de Paophi, l'étoile d'Orion se trouvait au-dessus de l'œil gauche, et celle de Solthis au-dessus du coude gauche. Aujourd'hui, premier jour du mois d'Hathor, les étoiles s'étaient déplacées. Orion et Solthis se trouvaient au-dessus de l'œil droit.

Hatchepsout observa le ciel et pensa qu'il n'était pas assez dégagé pour qu'elle y vît les étoiles. Juste peut-être la tête du lion et les constellations de l'eau positionnées en plein milieu de sa table stellaire laisseraient apparaître une légère brillance.

En attendant une nouvelle nuit d'insomnie, elle regarda une dernière fois le disque rougeoyant tomber avec son élégance habituelle sur la palmeraie du palais.

Au bruit que fit la servante en entrant, elle se retourna.

— Le roi, Majesté.

— Qu'il entre.

Thoutmosis arrivait de son grand pas mesuré. Hatchepsout ne put s'empêcher d'admirer sa prestance, son maintien, son allure conquérante et fière sans trop d'arrogance, juste ce qu'il fallait de suffisance pour se faire respecter.

En le regardant s'avancer, elle se dit qu'il était bien plus beau que son père, le deuxième Thoutmosis qu'elle avait épousé pour donner un pharaon à l'Egypte.

Son neveu et beau-fils à la fois — puisqu'il était né de son mari et que le pharaon était aussi le demi-frère d'Hatchepsout — ressemblait plutôt à son grand-père Aménophis.

La reine devait admettre que ce jeune homme qui s'avançait vers elle était d'un tempérament plus brillant que ne l'avait été celui de son père qui, de son passage sur terre, n'avait laissé aucun fait très marquant.

— Mon neveu, depuis que tu es roi, tu te fais de plus en plus séduisant.

— Est-ce un compliment ou un reproche, ma tante ? répondit Thoutmosis en s'inclinant devant elle.

— L'un et l'autre. Tu le sais, je t'admire et je te hais.

Elle soupira et lui désigna le canapé d'osier.

— Viens, installons-nous et discutons avant que tu ne partes avec tes jeunes compagnons d'armes qui, enfin, vont faire leur apprentissage sur un vrai terrain de combat et non plus en un lieu de simulation. Fais très attention, les peuples du Nord sont des calculateurs et des hypocrites. Ils n'ont pas la spontanéité, parfois très coléreuse, des Nubiens et des peuples d'Afrique.

Thoutmosis haussa les sourcils. La pharaonne reprit :

— Mitanniens, Syriens, Babyloniens, Juifs sont des dissimulateurs. C'est ainsi qu'ils réussissent. Ne l'oublie pas. Ne leur fais jamais confiance.

Elle lui proposa une coupe de vin frais. Il hésita. Etonnée, elle leva le sourcil.

— Douterais-tu de moi ?

Elle appela sa servante et lui tendit la coupe.

— Bois.

La jeune fille but lentement et posa délicatement la coupe vide sur le bord de la table d'albâtre qui leur faisait face. Puis, elle regarda le jeune roi et lui sourit.

— Ce vin est frais et délicieux, fit-elle.

Et elle repartit en silence pour prendre sa posture d'attente, adossée contre la porte de la pièce.

— Tu boiras donc en rentrant chez toi puisque tu ne me fais pas confiance.

— Cependant vous l'avez toujours eue, Majesté, fit-il d'un ton ironique en saisissant sa main.

— Je sais. Tu es un garçon fort, fier et honnête. Un peu présomptueux, certes, sec et trop autoritaire, mais tu as l'étoffe d'un bon roi.

Elle pinça légèrement ses lèvres avant de les détendre en un sourire un peu crispé.

— Cependant, mon garçon, tu es encore sans expérience.

— C'est vous qui le dites, ma tante. Je me sens brave...

— Courage ne veut pas dire acquis et pratique.

— A mon sens, ils y mènent.

Elle se leva.

— Je te l'accorde. Mais, n'oublie pas que la méfiance que tu as eue tout à l'heure à mon égard doit t'amener à d'autres soupçons.

— Que voulez-vous dire ?

— Que ceux qui me trahissent aujourd'hui te trahiront demain.

— De qui voulez-vous parler ?

— De ceux qui me haïssent.

Puis, brusquement, elle détourna la conversation.

— Quand tu reviendras des Pays du Nord, ma fille t'aura donné un enfant. T'a-t-elle dit qu'elle était enceinte ?

Bien qu'il fréquentât déjà le harem depuis un an ou deux, s'attachant à quelques jeunes et belles concubines, et bien qu'il ait eu aussi des élans amoureux assez poussés avec la fille de Séchat, Thoutmosis semblait bien jeune encore pour entrevoir une paternité dont il méconnaissait tous les rouages.

— Ma fille t'a-t-elle dit qu'elle était enceinte ? répéta Hatchepsout.

— Oui, fit le jeune roi en rougissant.

— Souhaitons que ce soit un fils qui, un jour prochain, deviendra pharaon des Deux Egyptes.

— Je le deviendrai avant lui, ma tante, rétorqua Thoutmosis piqué suffisamment à vif pour continuer le débat dans ce sens. D'ailleurs, puisque vous soulevez la question, j'aimerais éclaircir un point avec vous avant de quitter l'Egypte.

Comme elle ne répondait pas, s'attendant à la requête qu'elle s'apprêtait déjà à refuser, il poursuivit d'un ton aussi sec :

— A mon retour, si vous êtes toujours sur le trône, je réclamerai votre abdication.

— Je refuserai, tu le sais.

— Alors, ne vous plaignez pas des conséquences.

— As-tu déjà entendu mes plaintes ? fit-elle narquoise.

Il ignora sa réplique et continua :

— L'abdication, ma tante, vous y serez contrainte.

— Par qui ?

— Par tout votre entourage.

Il fit quelques pas dans la pièce. Puis, s'arrêtant devant la coupe qu'avait vidée la servante, il la prit, la remplit du vin qu'il avait refusé tout à l'heure et en but le contenu presque goulûment.

— Contentez-vous d'être reine et laissez-moi pharaon.

— Je te l'ai dit, je refuse.

Il se servit à nouveau du vin et l'ingurgita en une seule rasade.

— Cela me plaît, mon neveu. Tu bois comme un vrai soldat, un vrai soûlard. Et je suis satisfaite de voir que tu me fais confiance, fit-elle en désignant la coupe et la fiole de vin. Allons, continuons à régner ensemble. Partageons nos responsabilités, nos devoirs respectifs. Occupe-toi des pays extérieurs et laisse-moi la gestion du pays.

Il s'inclina devant elle.

— Ma patience a des limites, ma tante. A présent, elle n'attendra que mon retour. Pas plus.

Avant de partir, il se retourna.

— Je vous aurai prévenue.

*
* *

Depuis quelques semaines, l'état militaire était en branle. Les roues des chars crissaient. Les chevaux fringants, harnachés de cuir et de bronze piaffaient d'impatience, la queue et la crinière s'agitant, impétueuses.

En rangs serrés, l'infanterie était casquée, cuirassée, bardée, et javelots en mains, poignards accrochés aux ceintures, les soldats entraînés depuis de longs mois partaient pleins d'enthousiasme.

On leur avait dit, pourtant, que le retour ne

serait peut-être pas aussi idyllique qu'ils le pensaient, que les plaies recouvriraient leurs corps troués comme un bois mangé par les vers, que leurs membres seraient distordus, leurs côtes cassées, faussées, leurs yeux ou leurs tympans crevés.

Toute la panoplie des atrocités d'après-guerre leur avait été dévoilée. Mais les jeunes soldats, trop heureux de se sortir d'une triste condition de paysans, ne s'attardaient guère à ces considérations et chacun, serré dans son rang, avançait bravement au son des trompettes qui résonnait dans ses oreilles attentives.

Toute la charrerie défilait avec élégance. Chaque officier avait reçu un couple de chevaux en provenance de l'écurie royale et une ordonnance pour le soutenir et l'aider dans le quotidien de la vie militaire.

La veille, sur la place du palais, avait eu lieu la cérémonie du porte-étendard. Thoutmosis s'était senti brusquement investi de tous les pouvoirs militaires.

Un vieux soldat qui avait suivi toutes les campagnes des Thoutmosis avait fièrement remis le porte-étendard au tout jeune capitaine Néférouben qui recevait le titre de Grand Sommelier Royal.

Comme il fallait aussi à Thoutmosis un officier porte-éventail, ce fut Amtou qui fut désigné pour cette honorable fonction et les fanions furent distribués. Les uns étaient carrés, les autres triangulaires ou en demi-cercles et comportaient les signes distinctifs des unités qui composaient l'armée du roi. Couchés à terre, genoux et poignets touchant le sol, les compagnons du roi avaient reçu leurs titres honorifiques.

Enfin, au petit matin, le clairon sonna, rassembla les troupes et le défilé commença.

En tête, marchait Néférouben qui portait l'étendard à l'effigie d'Amon, suivi de ses archers qui précédaient la grosse infanterie tenant piques et boucliers. Néférouben et Amtou encadraient Thoutmosis aussi rutilant que son char de combat au timon et à la caisse renforcés. Le poitrail nu, il portait un gorgerin d'or et de turquoises. Son pagne court laissait apparaître ses cuisses et ses jambes musclées. L'une de ses mains tenait les rênes des chevaux, l'autre l'arc et le carquois.

Le long défilé commença. Cheval derrière cheval, soldat derrière soldat, Thoutmosis rêvant de conquérir la Palestine et la Syrie jusqu'à l'Euphrate, de briser la puissance du roi Kadesh et d'apporter aux territoires conquis l'organisation et la gestion des provinces d'Egypte.

Certes, en écoutant la foule délirer et l'acclamer bruyamment sur son passage, Thoutmosis songeait à l'image pacifique des camps qu'il avait encore en mémoire. Fini les simulations de guerre, les jeux de combats, les amusements pour se faire la main. La vraie vie militaire commençait.

Bientôt, avec ses compagnons d'armes, il disposerait son premier quartier de combat comme le lui avaient montré, en Nubie, les deux vieux capitaines Khety et Dydou.

Il disposerait dans un grand carré plat entouré d'arbres si possible et destiné aux tentes des officiers, les boucliers, les chars, les javelots, les cuirasses et autres matériels de guerre afin que les scribes des armées puissent faire chaque jour l'évaluation réelle de la totalité des armes.

A l'arrière de la rangée des tentes, les chevaux déharnachés piafferaient en mangeant leur fourrage et, plus loin, juste avant la clôture des arbres, l'armée des fantassins, les bœufs, les ânes tirant les chariots de bois chargés des stocks de nourriture s'agiteraient en attendant l'aube suivante.

Thoutmosis rêvait à cette organisation qu'il avait échafaudée depuis longtemps dans son esprit. Parti du palais et descendant jusqu'au port, le défilé avait fait un tour complet de la ville, remontant la grande allée au dallage de pierre qui longeait le temple jusqu'à la ville de Karnak.

Un périple complet avec cette euphorie en tête ! La guerre ! Le combat ! La gloire ! Oui, Thoutmosis méritait d'être sacré pharaon à son retour. Le peuple l'ovationnerait plus encore qu'au départ où sa bravoure était encore à démontrer.

La grande porte ouest des remparts du palais approchait. Sous les accents des clairons militaires et le balancement des fanions, le défilé avançait. La porte passée, l'armée se dirigea vers les autres entrées soutenues par les énormes pylônes du temple. Les roues des chars crissaient sur le dallage et les sabots des chevaux frappaient le sol en cadence.

Depuis combien de temps la foule n'avait-elle pas assisté à un départ militaire ? Le dernier, le plus caractéristique, avait été celui du père d'Hatchepsout. Khety le lui avait conté dans tous les détails.

Quand vint la dernière porte des remparts, le défilé s'arrêta devant l'entrée centrale et Thoutmosis les vit. La Grande Epouse Royale se tenait aux côtés de sa mère, Hatchepsout. Mérytrê lui fit un signe alangui. Son ventre n'était pas encore assez gros pour que, de loin, il en aperçût les premières rondeurs. Elle était vêtue de sa tunique blanche et portait la lourde perruque aux vautours.

Il fut surpris. C'était la première fois qu'il la voyait posée sur sa tête. Avait-elle voulu marquer à ce point la différence qu'elle offrait avec Satiah qui se tenait derrière, un peu plus éloignée ?

La perruque royale aux vautours surmontée des symboles du dieu Amon ne se portait qu'aux cérémonies officielles. Or, un départ en guerre était considéré non pas comme un rituel sacré, mais comme une fête à laquelle participait le peuple, le pays entier.

Quand Thoutmosis répondit au signe de sa jeune épouse, il vit que Satiah s'avançait. Avait-elle cru que le geste s'adressait à elle ? Il la regarda. Elle était rayonnante. Tellement plus belle que Mérytrê ! Sa robe bleue, étroite, qui moulait ses hanches fines et sa poitrine ronde lui donnait une allure de déesse. Il imagina son visage, trop éloigné pour qu'il en distinguât les traits. Mais, il savait que ses yeux rieurs étaient tristes et que sa bouche fraîche et pulpeuse appelait déjà son retour.

Elle agita la main avec fougue. Il hésita, puis, levant son étendard à l'effigie du dieu Amon, il le balança lentement dans l'air ocré qui promettait d'être chaud.

Combien de fois en avaient-ils parlé de ce geste distinctif qui n'appartenait qu'à eux seuls ! Satiah remuait les bras, les mains, le corps. Tout bougeait, basculait, s'obscurcissait. Et, bientôt, le char de Thoutmosis s'éloigna, ne laissant qu'un petit point dérisoire aux yeux mouillés de Satiah.

*
* *

Ce fut au soir de ce départ que Séchat attendit Neb-Amon. Keptah ne l'avait pas vu de la journée, ce qui pouvait paraître assez normal compte tenu des changements d'habitude en un tel jour de fête.

Séchat y vit tout de même une anomalie préoccupante, sachant qu'il n'était pas dans les usages de son époux d'aller bâiller béatement devant les défilés de l'armée.

Elle supposa plutôt une difficulté d'ordre médical qui l'avait retenu quelque part dans la ville. Et elle attendit l'aube suivante.

Mais, le matin qui suivit accentua ses premières inquiétudes : Neb-Amon ne vint pas et la journée se passa dans l'angoisse la plus totale. Pourquoi n'avait-il pas averti Keptah pour lui laisser les instructions nécessaires à la bonne marche de l'hôpital ? C'est ainsi qu'il procédait, à l'ordinaire, lorsqu'il s'absentait plus ou moins longuement.

Au troisième jour, Séchat se rendit chez Néhésy. Mais le Chef des Polices ne l'avait ni vu ni approché. Il attendit cependant quelques jours encore avant de déclencher des recherches.

La nuit, Séchat ne fermait plus l'œil et des cauchemars commençaient à envahir ses esprits. Elle demanda une audience privée à la pharaonne et fut aussitôt reçue. Impuissante, Hatchepsout partagea son angoisse, sachant que sans Neb-Amon à son côté, elle pouvait tout craindre de ses ennemis.

Néhésy déclencha une enquête.

Des chiens furent envoyés aux quatre coins de la ville. Avant de les lâcher, les maîtres-policiers leur faisaient renifler un vêtement du médecin. Les molosses, gros comme un veau naissant, au museau noir agressif, à la mâchoire impressionnante, fouillaient la ville et revenaient le soir sans avoir pu trouver le moindre indice qui puisse mettre les policiers en alerte.

Sur l'ordre d'Hatchepsout, les fouilles avaient

été étendues aux villes avoisinantes. L'enquête ne donnait rien et Néhésy commençait à perdre courage.

Il fallut à Satiah toute l'affection qu'elle portait à sa mère pour que celle-ci trouvât un peu de repos. Pourtant, elle refusa d'abandonner l'école et poursuivit ses cours. Triste de la voir aussi malheureuse — un état d'esprit qui la surprenait, car elle ne l'avait jamais vue abattue à ce point — Satiah décida de concrétiser une idée qui lui martelait la tête depuis qu'elle avait soigné le cheval de Thoutmosis.

Elle se rendit à l'hôpital du palais pour y rencontrer Keptah. Fort heureusement, celui-ci dirigeait l'hôpital avec beaucoup de compétence, même s'il n'avait pas encore acquis la maîtrise complète de son maître.

— Ton père ? jeta Keptah quand il aperçut la jeune fille s'avancer vers lui. Ton père ne peut être loin.

Elle secoua la tête lentement de droite à gauche.

Le jeune assistant de Neb-Amon était un garçon de vingt-cinq ou vingt-six ans environ. Satiah le dévisagea un instant, sans arrogance et sans hostilité. Il paraissait évident que l'idée de son beau-père n'avait pas été de requérir un diplômé en médecine, sorti fraîchement de la Maison de Vie du temple de Memphis, là où se trouvait l'établissement le plus renommé en médecine.

Neb-Amon avait eu recours à une solution qui correspondait à son idéal. Keptah sortait d'un milieu social assez bas. Fils d'un médecin de campagne décédé, le jeune homme avait beaucoup appris de son père et Neb-Amon lui avait enseigné le reste.

Petit, mince, mais solide, Keptah portait la

sagesse sur son visage, un visage si triangulaire que son menton semblait fait d'une pointe ronde que recouvrait une barbe légère. Ses yeux étaient longs et verts et Satiah lui trouva un regard étrange, mais quand elle eut exposé son idée, le jeune homme la considéra autrement.

Ses réserves disparurent et ils se parlèrent sans méfiance.

— Que va dire ton père si je t'apprends les rudiments de la médecine ?

— C'est à lui que je me serais adressée s'il n'avait pas disparu.

— Mais, tu veux soigner les chevaux alors qu'ici nous soignons les êtres humains.

— Mon beau-père répugne à voir souffrir les animaux et quand il peut soulager leur mal, il est le premier à le faire puisque les remèdes sont les mêmes.

Elle regarda par la petite fenêtre de la pièce qui enfermait la pharmacopée de l'hôpital. A côté, les salles où s'alignaient les malades étaient silencieuses, à l'exception de quelques gémissements qui, de temps à autre, arrivaient à ses oreilles. Keptah se butait.

— Neb-Amon, commença-t-il...

Elle le coupa aussitôt. Depuis longtemps, elle avait trouvé les arguments pour le convaincre.

— Et s'il ne revenait plus ? soupira-t-elle. Un autre que toi pourrait-il m'enseigner la base des plantes qui guérissent ? Je ne demande pas d'apprendre la médecine.

Elle s'avança vers lui.

— Je veux simplement pouvoir ôter la fièvre d'un cheval lorsqu'il est malade ou atténuer ses peurs et ses angoisses lorsqu'il est paniqué et ne veut plus avancer. Je veux savoir soigner une luxation ou un jarret démis, soulager un œil enflammé ou une oreille atteinte de gale.

— N'as-tu pas les remèdes directement chez toi ?

— Tu n'as rien compris, s'entêta-t-elle.

Il sourit.

— Je crois que si. Tu es en train de me persuader de t'apprendre à préparer les remèdes.

Satiah soupira à nouveau et son visage s'éclaira d'un sourire charmeur.

— Je veux savoir préparer les pommades anesthésiques, les poudres purgatives, les collyres, les narcotiques. Je veux pouvoir diluer, piler, écraser et mélanger les huiles, les poudres, les graines qui soulagent.

— C'est tout ? fit Keptah ironique.

— C'est tout.

— C'est un bien lourd programme. Il te faudra du temps.

— J'ai tout le temps qu'il faut.

— Ne veux-tu pas plutôt vivre tranquille et sereine ?

— J'exècre la tranquillité et le repos. Et comme je dois attendre le retour du roi, il faut bien que je m'occupe.

Elle redressa son buste. Sa jeune poitrine que recouvrait un corsage fin fut aussitôt mise en valeur.

— J'ai même une proposition à te faire.

Il eut un sourire ambigu, mais ses yeux trahissaient un certain intérêt.

— Je peux t'aider en attendant l'époux de ma mère. Et, quand je saurai préparer les remèdes, je pourrai travailler pour l'hôpital. Alors, tu disposeras d'un temps plus large pour soigner les malades.

— Cela dépend, fit-il.

— Cela dépend de quoi ? rétorqua-t-elle sur ses gardes.

— De tes compétences.

Elle lui sourit et lui tendit la main.

CHAPITRE XI

Les armées égyptiennes étaient cantonnées aux portes de Gaza derrière le Sinaï. Depuis le départ, Neb-Amon ne dormait que quelques heures par jour.

Enfin, il allait voir Thoutmosis. Sennefer l'Héliopolitain, prêtre-guerrier et chancelier des déserts de Libye, l'avait assuré de cette entrevue dès que les portes de Gaza seraient atteintes.

Depuis le départ de Thèbes, Nedjar et lui étaient sous étroite surveillance. Pas une seconde, on ne les laissait seuls. C'était à peine s'ils pouvaient l'un et l'autre s'écarter du camp pour vider leurs vessies et soulager leurs intestins.

Enrôlés dans les fantassins dont la surveillance était sous la direction rigide et autoritaire de Sennefer, Neb-Amon et son serviteur Nedjar marchaient jour et nuit, s'arrêtant quand le bataillon avait l'ordre de se reposer avant de reprendre la route.

De temps à autre, lorsque Neb-Amon devait surveiller un malade qu'il venait de soigner, on l'enfermait avec lui dans un chariot de bois que tirait un bœuf et Nedjar les suivait sur un âne.

Si le médecin et son serviteur n'avaient pas été enrôlés dans le corps d'élite de la charrerie royale, c'était justement pour que Thoutmosis ignorât leur présence au camp avant d'être suffisamment éloigné de l'Egypte.

En effet, le roi n'avait pas été tenu au courant de cet enlèvement. Ses fidèles craignaient trop les scrupules de leur jeune souverain pour l'informer de leurs intentions. Or, il était indispensable d'éloigner Neb-Amon d'Hatchepsout, celui-ci veillant trop sur sa souveraine pour la laisser s'enliser dans un traquenard qu'ils avaient hâte de lui tendre.

Depuis le matin, Neb-Amon veillait un soldat victime d'une chute dans un feu allumé suite à une bagarre avec l'un de ses compagnons d'armes. Mais le médecin prisonnier était arrivé dans le camp avec juste sa sacoche médicale emplie de quelques remèdes et, pour l'instant, il n'avait guère le moyen de soigner le soldat qui lui présentait son dos brûlé.

— Nous resterons à Gaza le temps d'effectuer quelques accords avec les Judéens et les Babyloniens, fit Sennefer. Nous marcherons sur Damas dès que nous serons assurés de l'appui de ceux qui nous prêtent asile.

— M'avez-vous obtenu une audience personnelle avec le roi ? demanda sèchement Neb-Amon.

— Tel que je vous l'avais promis. Je viendrai en personne vous chercher et je vous conduirai moi-même devant Sa Majesté Thoutmosis.

Neb-Amon jeta un œil sombre à l'homme qui l'avait enlevé pour le traîner jusqu'ici. Puis, sans insister davantage et ne se préoccupant plus de lui, il se pencha sur l'homme qui souffrait de ses brûlures.

— Ne bouge pas et reste couché sur le ventre. C'est encore le seul moyen de ne pas envenimer les brûlures que tu as sur le dos. Tu m'as l'air d'être un gaillard solide et s'il n'y a pas d'infection, tu seras sain et sauf dans quelques jours.

— Maître ! s'écria Nedjar en s'élançant vers Neb-Amon, j'ai réussi à réquisitionner deux jeunes soldats. Ils m'ont aidé à ramasser quelques feuilles de coloquinte. J'ai aperçu les racines de cette plante à travers les arbres qui pointaient au-dehors du camp.

— Parfait Nedjar. Avec la poudre de mandragore qu'il me reste, je vais pouvoir lui faire un cataplasme.

Il se tourna vers l'homme au dos brûlé.

— As-tu mal ?

Le soldat fit la grimace.

— Et bien, demain tu ne sentiras plus rien.

Il ôta le pansement posé la veille et fit la grimace. Les brûlures laissaient une trace noirâtre et nauséabonde.

— As-tu déjà combattu ?

— Jamais.

— Alors, nous sommes tous deux des enfants. C'est la première fois que je suis dans un camp. Je n'ai jamais goûté la vie militaire. Mais j'avoue que la compagnie de vous tous ne me déplaît pas.

Il se mit à rire. Un rire sonore mêlé d'amertume et de soumission.

— Sans vous, je ne suis rien puisque mon travail est de vous soigner.

Le soldat voulut se retourner.

— Non, ne bouge pas avant que je t'aie administré un peu de cette potion calmante dont il me reste quelques gouttes.

Puis, il lui fit boire le peu d'oxymel resté au fond du flacon. Après, qu'allait-il arriver ? Il n'avait plus aucun remède.

Posant ses yeux sur une échancrure dans le bois

du chariot et par laquelle entraient les derniers rayons solaires, il essaya d'oublier l'image de Séchat et de Rekmirê qui, trop souvent, s'imposait à lui. Quant au détail qui consistait en son enlèvement, c'était un souvenir sur lequel il refusait de s'attarder. Il se revit à nouveau sur le chemin entre son domicile et l'hôpital.

Trois hommes s'étaient précipités sur lui et avaient enveloppé brutalement sa tête d'un sac immense et noir. Neb-Amon s'était débattu, mais les hommes étaient forts et, lorsqu'ils avaient ôté le sac, il s'était retrouvé dans une cellule triste et nue où les hommes l'avaient ligoté et bâillonné.

Plus tard, ruminant son infortune, Neb-Amon avait eu l'égoïste satisfaction de voir Nedjar prisonnier à son côté.

Mais il ne pouvait s'empêcher de penser à sa famille et ne cessait de s'inquiéter. Avait-on appréhendé sa femme et son fils ? Etaient-ils en vie ? De telles questions lui ôtaient tout optimisme, d'autant plus que Sennefer ne lui adressait la parole que pour des questions médicales.

Neb-Amon se leva et observa l'étoile de Solthis à travers l'échancrure du chariot.

*
* *

La tente du roi était dressée parmi celles des officiers de la charrerie royale. Un peu plus vaste que les autres, elle n'en était pas plus confortable. Une simple natte en grosse toile de lin composait la couche de Thoutmosis et un coffre en bois d'acacia enfermait quelques armes et quelques rouleaux de papyrus.

Dans le grand carré central aménagé qui servait

d'entrepôt, chars, javelots, lances et poignards attendaient alignés, entassés, répertoriés par les scribes de l'armée, l'heure du combat.

Sennefer qui précédait Neb-Amon entra sous la tente royale. Il en ressortit aussitôt, le visage blanc et contrarié.

A peine eut-il disparu que Thoutmosis venait à la rencontre du médecin.

— Ne m'en veux pas, Neb-Amon et crois que j'étais en dehors de ce projet d'enlèvement sur ta personne. J'en suis très contrarié et je ne sais quoi faire.

Il fit quelques grands pas nerveux, saccadés, à l'opposé du médecin et revint rapidement à lui, tendant les deux bras en signe d'amitié.

— Par tous les dieux du ciel ! jura-t-il, toute cette route dans l'ignorance complète. La traversée entière de l'Egypte jusqu'à Gaza sans savoir que tu étais prisonnier parmi les fantassins !

— Majesté, vous avez dit « Que dois-je faire ? »

— C'est exact.

— Alors, relâchez-moi afin que j'aille au plus vite retrouver ma famille, mon hôpital et mes malades.

— Tu peux partir si tu le désires. Mais ici, ta présence serait souhaitable. Nous risquons d'avoir beaucoup de blessés quand le combat aura commencé.

Il attendit sa réaction, mais le visage de son compagnon restait fermé.

— Je peux dépêcher un coursier à Thèbes qui préviendra ta famille. Mon corps d'armée dispose d'un excellent charrier, que tu connais d'ailleurs, qui fera l'aller et le retour en une demi-saison à peine.

Comme Neb-Amon se taisait, le roi reprit d'un ton affable.

— Nous serons juste à la moitié du deuxième mois d'Akhit et Djenani sera de retour.

— Djenani !

— Tu ignorais donc que je l'avais enrôlé dans mon armée ?

— Depuis que mon épouse a quitté Bouhen, juste après l'épidémie, nous n'avions plus de ses nouvelles.

— C'est un ami remarquable, fidèle, intelligent, aussi bon scribe qu'il est excellent marin ou conducteur de char. Il m'apprend beaucoup et en échange, je le monterai au plus haut grade de mon armée.

— En effet, jeta Neb-Amon d'un ton sec, c'est un garçon qui sait tout faire. J'ai eu l'occasion de l'apprécier tout comme vous.

— Je félicite la Grande Séchat de l'avoir recueilli sur son embarcation lors de son voyage de Thèbes à Bouhen. Je la remercie encore plus de me l'avoir fait connaître. Alors, veux-tu qu'il aille prévenir ton épouse ?

— Non ! Majesté, je veux rentrer. Si ma famille vous laisse indifférent, peut-être qu'un hôpital rempli de malades qui m'attendent ne vous laissera pas insensible.

— Certes pas. Ne me crois pas sans cœur. Mais, je te l'ai dit, ce camp sera dans quelques semaines bourré de mourants et d'infirmes qui, grâce à toi, pourraient être sauvés.

— Mon hôpital aussi, fit Neb-Amon sèchement.

— Allons, j'ai entendu dire que ton assistant se révélait d'une compétence hors classe. Dis à Djenani que tu lui confies cet hôpital jusqu'à ton retour et que tu lui laisses le soin d'engager lui-même un assistant. Je réglerai tous les frais afférents à ces dépenses.

— Certes, quelque chose sonne juste dans votre

requête, Majesté. En effet, mon épouse est fort occupée par son école et peut attendre mon retour. L'essentiel étant qu'elle sache que je suis en vie. Quant à mon fils, il vous admire tant qu'il sera ravi de me savoir à vos côtés.

Il éleva les yeux au ciel.

— Il reste ma belle-fille, l'enfant du premier époux de ma femme. Elle appréciera que je sois en votre compagnie, quand je peux soigner les éventuelles blessures que la guerre pourrait vous faire.

Les yeux de Thoutmosis se plissèrent.

— Alors, tu restes !

— Non, car votre plan qui pourrait fonctionner est amputé d'un élément.

— Lequel ?

— La pharaonne Hatchepsout.

Thoutmosis crispa sa mâchoire inférieure et eut un rictus de colère.

— Encore elle !

— N'est-elle pas toujours Pharaon des Deux Egyptes ?

— Pas pour longtemps, Neb-Amon. Nous avons eu une explication la veille de mon départ. Elle sait que dès mon retour, je réclamerai son abdication.

— Elle refusera et vous le savez.

— Peut-être n'aura-t-elle plus l'occasion de contester.

— Majesté, envisageriez-vous un acte sordide que les dieux vous reprocheraient quand votre âme ira les rejoindre ?

— Rien de tout cela, Neb-Amon. Car mes fidèles et mes conseillers, ceux qui travaillent pour moi depuis que je suis enfant, ont toujours agi dans mon dos en ce qui concerne mon élévation au trône.

— Ainsi, vous considérez que vous n'êtes pas responsable de leurs agissements ?

— Exactement.

Neb-Amon frotta son menton entre son pouce et son index. Depuis qu'il était prisonnier, il ne se rasait plus et une barbe épaisse et brune parsemée de fils grisonnants foisonnait sur ses joues et son menton.

— Si je trahis la reine aujourd'hui, je peux trahir demain mon roi. C'est un proverbe bien connu, Majesté.

— Je l'ai déjà entendu en d'autres termes, Neb-Amon. C'est Hatchepsout qui me l'a cité juste avant de partir. Elle me mettait en garde contre les espions de toutes sortes. Mais, en réalité, jeta Thoutmosis en soutenant le regard calme du médecin, qui te parle de trahir ? Ton hôpital est sauvé par ton assistant, ta famille est rassurée de te savoir à mon côté, la reine peut fort bien comprendre que tes aspirations de médecin aillent vers les blessés de guerre.

A nouveau, Neb-Amon se taisait. Ce jeune homme avait des dons extraordinaires.

— N'étais-tu pas médecin de Thèbes et n'exerçais-tu pas ton talent auprès des pauvres êtres qui gisaient dans les rues et les masures ? Serais-tu donc insensible devant un bras arraché, un pied emporté par le glaive, un dos cisaillé d'un coup de poignard, une poitrine percée par la pointe d'un javelot ? Resterais-tu indifférent, Neb-Amon, devant une gorge tranchée, un crâne enfoncé ? J'ai une autre proposition à te faire.

— Je vous écoute, Majesté.

— Laisse partir Djenani. Qu'il aille prévenir ta famille et attends le premier combat. Après, tu rentreras si ton cœur te le conseille.

— Vous n'êtes pas qu'un homme d'armes,

Majesté, vous avez de la dialectique et de la diplomatie. Je crois que votre futur règne ira très loin. C'est bon, j'attendrai les résultats de vos premiers combats.

*
* *

L'affectation dans le corps d'armée de la charrerie royale se fit rapidement et Sennefer changea aussitôt d'attitude envers Neb-Amon. On lui alloua une tente fort confortable qu'il put partager avec son serviteur. On lui apporta des remèdes complémentaires, des appareils chirurgicaux, des linges propres, et tout contribua pour que la bonne entente régnât au sein du camp. Ainsi l'avait décidé Thoutmosis.

Neb-Amon dut reconnaître l'exceptionnelle compétence du jeune homme à diriger son armée tout à la fois dans l'autorité, l'intelligence et la justice.

Debout, dans l'ouverture de sa toile de tente, Neb-Amon vit arriver Djenani. Il lui tendit les bras.

— Mon frère, dit-il, je suis heureux que ce soit toi qui ailles prévenir ma famille. Reviens vite. Je ne sais encore si je resterai. En tout cas, je t'attendrai.

— Reste. Tu es fait pour soigner les soldats.

Neb-Amon se mit à rire. Il paraissait plus détendu depuis qu'il savait que son ami Djenani avait la mission de partir pour Thèbes.

— Je vais te remettre un pli pour Séchat. Si en route, des incidents en provoquaient la perte, dis-lui que je pense fortement à elle et que...

Djenani l'observait en silence, un sourire complice au bord des lèvres.

— Dis-lui que les soldats sont des êtres malheureux que l'on berne autant que les paysans qui n'ont jamais de terre à eux et à qui l'on promet quelques aroures qu'ils ne reçoivent jamais.

— Je lui dirai.

— Embrasse mon fils et dis-lui que je lui prépare une place auprès du roi. Mais, qu'il apprenne avec acharnement ses lettres, ses sciences, ses mathématiques. Dis-lui qu'il doit être le plus savant, le plus juste, le plus droit de sa classe.

— Je lui dirai.

— Djenani !

Il tendit les bras à nouveau et reçut le jeune homme contre son buste dur. Puis, se tapant mutuellement le dos, ils s'écartèrent.

— Je veux que tu me rapportes des remèdes. Ceux de l'armée sont insuffisants. Je vais te faire une liste et tu la remettras à Keptah. Il me faut des narcotiques, des antiseptiques, des anesthésiques, des huiles pour préparer mes onguents, des graines pour composer mes poudres. Ici, à l'exception des extraits de pavot, ils n'ont rien d'autre. Les médecins de l'armée ne guérissent pas, ils calment les douleurs et l'opium est la seule chose qu'ils connaissent.

Djenani riait tant il était heureux de voir son ami rester.

— Je vais te rapporter tout ça et peut-être plus encore.

— Keptah saura quoi te fournir. Il te préparera les petits outils chirurgicaux indispensables. Je veux pouvoir sortir la pointe d'une flèche enfoncée dans les chairs sans que le blessé ne meure aussitôt.

Il grogna, toussa.

— Je veux réparer un genou cassé, une cheville démise, une épaule retournée. Je veux retirer le poignard planté dans les côtes d'un soldat sans provoquer l'hémorragie mortelle. Comprends-tu tout cela ?

Djenani acquiesça.

— Dis à Séchat que chaque nuit, je regarderai l'étoile de Solthis et qu'à ce moment-là, je penserai à elle.

*

* *

— Ce sera un fils !

Mérytrê passa sa main sur son ventre arrondi. Pourquoi Satiah préférait-elle ignorer sa propre taille trop tendue et ses seins plus gonflés qu'à l'habitude ?

— Il s'appellera comme son aïeul déjà bien lointain, Aménophis. Le deuxième ! assura Mérytrê.

— Et si c'est une fille ? rétorqua Satiah d'un ton ironique.

Mérytrê lui lança un regard sombre.

— C'est impossible, j'ai consulté un astrologue.

— Tu as vu Nakht ?

— Oui, affirma Mérytrê, convaincue.

— Et il t'a dit que tu aurais un fils ?

— Oui.

Satiah hocha la tête, dubitative. Un grand frisson la parcourut. Et si les rôles étaient inversés ? Dans ses bras, Mérytrê bercerait une fille et dans les siens, Satiah sourirait à son fils...

La jeune fille n'avait rien dit. Sauf à Keptah depuis qu'il était devenu son ami, son confident.

Depuis qu'elle préparait elle-même les onguents qui calmaient, apaisaient, guérissaient.

Mérytrê bavardait plus joyeusement qu'à l'ordinaire. L'idée d'être mère lui plaisait. Elle le disait à qui voulait bien l'entendre, répétant sans cesse qu'il faudrait les meilleures nourrices à l'enfant et que, dès sa naissance, elle le montrerait au peuple afin qu'il sache qu'un jour, il aurait le plus vaillant des pharaons.

Satiah n'écoutait plus le bavardage puéril de sa compagne et se mit à penser à son propre cas. Cet enfant-là avait été conçu le jour où Thoutmosis et elle avaient découvert le corps étendu du Grand Prêtre Hapouseneb. Ils avaient déposé Rekmirê à l'hôpital pour qu'il rentre avec son père. Puis, ils étaient partis s'aimer dans les bosquets de papyrus où un lit de tendre feuillage les avaient accueillis avec douceur.

Thoutmosis avait promis de l'épouser dès son retour. C'était inscrit depuis qu'ils étaient nés l'un et l'autre. Il fallait une Seconde Epouse au futur pharaon et personne ne trouverait à redire en la personne de Satiah.

Keptah qui partageait son secret n'avait certes pas ébruité la chose. La jeune fille en parlerait à sa mère lorsque son ventre commencerait à s'arrondir. Peut-être que ce jour-là, Neb-Amon serait revenu. Séchat était si triste depuis sa disparition qu'elle ne pouvait l'ennuyer avec ses propres problèmes. Satiah se préparait à devenir Seconde Epouse avec les joies, les souffrances et les conflits qu'une telle situation engendrerait.

Une Seconde Epouse doit se tenir à l'ombre du palais, même si Pharaon lui destine les meilleurs instants de son existence. Une Seconde Epouse ne peut s'élever vraiment que si les dieux lui donnent un fils. Alors, la lumière se fait en elle et elle peut entrevoir une vie acceptable.

Elle frissonna à nouveau.

— Majesté, fit la jeune servante, voici les princesses.

— Qu'elles entrent, lâcha Mérytrê d'une voix fluette.

Les trois jeunes filles se tenaient là devant elle et la jeune reine soupira d'aise. A présent, c'est elle qui dirigeait le harem de son époux. Les trois Syriennes dont les mères respectives avaient été, autrefois, ramenées du Mitanni pour conclure des marchés pacifiques entre l'Egypte et la Syrie devenaient de vraies beautés.

Elles s'inclinèrent bas devant la jeune reine et eurent un regard en coulisse pour Satiah.

— Relevez-vous, fit Mérytrê en poussant son ventre en avant pour mettre en évidence sa future maternité.

Menwi, la plus âgée venait d'avoir dix-huit ans. Brune, élancée, les yeux verts et les pommettes saillantes, le pas souple et le geste onctueux, elle détaillait la reine sans rien dire.

— Majesté, fit Merti, la plus petite, en s'agenouillant aux pieds de Mérytrê, je suis heureuse que vous attendiez un enfant. Vous rappelez-vous lorsque nous nous amusions à trouver des noms, jolis comme des pétales de nénuphars ou des rameaux de papyrus ?

— Je m'en souviens, eh bien celui-ci se nommera Aménophis tout simplement. C'est un grand nom qui régnera un jour sur les Deux Egyptes.

— Majesté, votre époux ne régnera-t-il pas un jour ?

— Bien sûr que si, fit-elle d'un ton sec. Dès que Thoutmosis sera de retour et que le pays aura fêté sa gloire et sa puissance, il sera sacré pharaon.

Satiah réprima l'ironie de son sourire. Voilà les seuls instants où sa compagne Mérytrê régnait en toute-puissance. Devant les femmes du harem ou les servantes qui papillonnaient autour d'elle. Elles étaient d'ailleurs de plus en plus nombreuses, car depuis qu'elle était enceinte, elle recrutait une nouvelle servante pour chacune des menues activités qu'elle accomplissait tout au long de la journée.

Satiah se retourna vers Menhet, la seule qui, à son avis, méritait quelques regards intéressés. Menhet était grande, mince, souple. Dans ses yeux noirs passait une grande fierté, celle qui resurgissait de ses ancêtres syriens auxquels sa mère n'avait jamais cessé de penser.

Menhet rêvait qu'un jour, elle retournerait dans son pays pour épouser un chef d'armée, un soldat de son sang, un homme qui plante en elle le germe d'un petit homme qui se battrait pour son pays.

Pourquoi Satiah sentait-elle en Menhet une force de caractère proche de la sienne ? Sa jalousie était-elle stupidement en cause ? Jamais Menhet n'irait geindre, jamais elle n'irait réclamer la présence du pharaon sur sa couche, puisqu'elle ne voulait pas de lui.

Satiah ferma les yeux. Elle savait comment les choses se passaient au harem. Menwi, Merti et les autres se plaindraient un jour de l'absence trop longue du pharaon dans leur lit et Mérytrê, la Grande Epouse Royale laisserait tomber de ses lèvres indifférentes : « Que le pharaon prenne son plaisir avec ses concubines, il doit accomplir son devoir. »

Menhet l'observait sans rien dire. Satiah lui prit la main.

— Tu es de plus en plus belle.

La jeune Syrienne la remercia du regard, et Satiah décida que, plus tard, elle demanderait à Thoutmosis qu'elle reparte dans son pays. Cette fille n'était pas faite pour vivre dans un harem. Il y avait suffisamment de femmes destinées au plaisir du roi pour que le palais se passe de celle-ci.

— Comment fais-tu pour avoir de si beaux cheveux rouges ? fit Mérytrê en touchant les tresses serrées de la Syrienne.

— C'est du henné qui vient de mon pays, fit Menhet.

— Pourquoi ne m'en as-tu pas parlé ? Ce henné me paraît être d'une extraordinaire qualité. Est-ce le même que tu as passé sur tes lèvres ?

Satiah soupira. Elle sut qu'elle n'entrerait pas dans la conversation futile des jeunes femmes. Elle s'allongea sur l'épaisseur moelleuse des coussins pour aborder tranquillement les contours de ses rêves et de ses espoirs.

*

* *

Séchat entra le pas pesant dans la classe où attendaient ses élèves. Depuis la disparition de Neb-Amon qu'elle ne s'expliquait toujours pas, elle n'avait plus l'esprit à la découverte d'éléments nouveaux qui pouvaient éveiller les dons de ses élèves. Elle enseignait avec des gestes, des mots, atones et répétitifs. Par ailleurs Satiah, qui l'avait quittée depuis le départ des armées de Thoutmosis pour apprendre à préparer des remèdes à l'hôpital, semblait partager l'amitié de Keptah.

Pour Séchat, la présence permanente de sa fille aurait certes amoindri sa douleur. Mais, depuis son retour du Pays du Pount, Satiah était encore moins proche de sa mère.

Elle regarda le visage de son fils qui s'éveillait curieusement à tout. Chaque chose l'intéressait. Rekmirê était aussi doué pour les mathématiques que pour les sciences ou les lettres et, à présent, il conduisait un char avec maîtrise et tirait à l'arc avec une grande habileté.

Avant son départ, Thoutmosis lui avait offert un couple de petits chevaux arabes, rapides, nerveux, d'un noir si intense qu'aucune tache claire ne venait en perturber le pelage souple et soyeux. Destinés au combat, ces chevaux qui venaient presque de naître promettaient de belles victoires.

— Tu les atteleras à ton char. Dans trois ou quatre ans, ces chevaux seront capables de combattre. Alors, tu m'accompagneras, Rekmirê.

Les yeux de l'adolescent s'étaient mis à briller d'une lueur que Thoutmosis ne pouvait oublier.

— Rekmirê, à quoi penses-tu donc ? fit Séchat en soupesant le regard de son fils. Depuis que la clepsydre a entamé sa nouvelle heure, ton papyrus est vierge. Que t'arrive-t-il ?

Le garçonnet baissa aussitôt la tête et se mit à noircir rapidement son feuillet. « Ciel ! se dit Séchat, il me fait penser à mes années d'école lorsque j'avais son âge. Il prend toujours le travail en retard et, à coup sûr, il est le premier à le rendre. » Elle se souvint alors des compliments que lui faisait le vieux maître Parenefer, Grand Scribe de l'Ecole du Palais au temps de Thoutmosis le deuxième, quand elle lui tendait ses devoirs, les meilleurs de la classe.

Rekmirê ne leva plus la tête tant l'inspiration semblait le saisir. De temps à autre, il plongeait son calame dans l'encre rouge et traçait la première lettre de sa ligne. Puis, il reprenait le calame qui lui servait à écrire avec l'encre noire et poursuivait son devoir sans plus s'attarder.

Malgré son chagrin, Séchat sourit.

Elle s'efforça d'oublier la peine qui enserrait son cœur, mais le cours suivant ne lui apporta que lassitude et regret, et elle fut presque soulagée quand la clepsydre posée sur le grand coffre de la classe, au-devant de la statue de Thot, annonça la fin de la journée d'études.

— Maman, peut-on passer par le kiosque du jardin ?

— Je suis lasse, Rekmirê, je voudrais rentrer.

— Puis-je rester alors ? Je te promets que je ne rentrerai pas très tard.

— Non ! Rekmirê, le jour baisse et je veux que ce soir, tu me tiennes compagnie.

L'adolescent ne protesta pas. Il savait que sa mère était nerveuse, inquiète, malheureuse. Lui-même ne savait quoi penser de la disparition de son père. Depuis quelques jours, lui aussi commençait à désespérer. Certains disaient qu'il était sûrement mort. Le jeune garçon avait même entendu un mauvais plaisantin affirmer qu'il existait des hommes quittant volontairement leur foyer pour rompre avec une vie qu'ils n'aimaient pas.

Cette hypothèse lui glaçait le sang. Son père était incapable de commettre une action aussi basse. Mais alors une affreuse angoisse le prenait, et il songeait à nouveau à la mort.

Ils passèrent sous les immenses colonnes qui délimitaient les jardins de l'école et ceux du palais, puis contournèrent en silence le mur de l'enceinte dont l'une des grandes portes menait à l'annexe où leur maison s'apercevait derrière la rangée de sycomores qui pointaient haut leurs cimes dans le ciel.

Au bout de l'allée une forme se dessina.

— Maman, regarde. On vient à notre rencontre. Qui est-ce ?

Derrière la silhouette élancée qui venait à grands pas, arrivaient en courant Cachou et Maâthor.

— Quel malheur se prépare-t-il encore ? murmura Séchat.

La forme se détachait peu à peu des deux servantes qui, malgré leurs pas précipités n'arrivaient pas à la distancer.

— Mais ! Mais, c'est...

— Maman, c'est Djenani. Que fait-il à Thèbes ?

Alors, Séchat sut que quelque chose allait se décanter et qu'elle allait enfin savoir. En un instant, elle s'attendit au pire comme au meilleur.

Ses pas heurtés la précipitèrent presque dans les bras de Djenani qui la reçut tendue, nerveuse, inquiète.

— Parle, parle, je t'en supplie !

— Grande Séchat ! Le roi Thoutmosis m'envoie te dire que ton époux, le médecin Neb-Amon a été enlevé, sans qu'il le sache, la veille du départ des armées.

— Où est-il ?

— Il soigne les soldats.

Incrédule, Rekmirê avait la bouche ouverte et ne pouvait en tirer aucun son. Plus choquée encore, sa mère resta coite puis reprit le rythme de sa respiration.

— Il a été enlevé ! articula-t-elle.

— Il s'est réveillé ligoté dans un chariot à côté de Nedjar. C'est Sennefer qui a tout organisé. Je pense qu'en accord avec les autres conseillers ils ont voulu priver Hatchepsout de son plus grand protecteur.

Séchat s'était ressaisie. Elle se jeta contre Djenani et l'embrassa avec fougue.

— Oh ! Mes enfants ! Il me semble que je renais. Mon sang circule à nouveau et ma tête se remet à fonctionner normalement.

Elle se tourna vers son fils.

— Rekmirê, il faut trouver Satiah et le lui apprendre. Nous allons fêter cet événement qui m'ôte un poids considérable.

— Cachou, accompagne-le et revenez tous les deux avec elle. Pendant ce temps, je vais préparer un repas digne de cette nouvelle. Djenani, tu nous raconteras tout.

CHAPITRE XII

Bercée par les ombres des sycomores et des acacias en fleurs, la grande chambre de Mérytrê fourmillait de monde. Dignitaires, compagnes, servantes, s'affairaient autour d'elle et menaient grand tapage. Il faut dire que tout s'annonçait sous les meilleurs auspices et que les visages étaient détendus. Les dieux d'Amon avaient prédit un enfant mâle et le vieil Antef qui, pour cent débens d'or, n'aurait pas voulu manquer l'instant où l'on annonçait le sexe de l'enfant, était aux côtés des médecins qui attendaient à l'extérieur.

Quand une partie des dignitaires fut arrivée, on annonça la venue d'Hatchepsout. Escortée de Nebetta la Grande Nourrice Royale, Séchat et sa fille Satiah, Baki l'épouse d'Amennheb, le Chef des archers parti en expédition aux côtés de Thoutmosis, la pharaonne Hatchepsout passa devant l'assemblée avec plus de dignité que d'enthousiasme au cœur, tant elle redoutait ce petit mâle.

Le vieux visage d'Antef qu'elle croisa au passage, creusé, ridé, aux joues décharnées et au crâne nu ciselé de ridules violacées, lui lança un regard à la fois cynique et satisfait. Le vieil homme escomptait à coup sûr l'arrivée d'un garçon pour mettre définitivement fin au règne d'une femme qui, disait-il, abusait des pouvoirs qu'un seul pharaon, unique maître de l'Egypte, avait le droit d'utiliser.

Passant devant lui, elle jeta ses yeux froids et déterminés sur Antef et fixa son regard qui n'avait plus de couleur tant il était usé. Immobile, rejetant ses maigres épaules en arrière au prix d'un gros effort, mais refusant toute inclination du buste, il soutint hardiment son regard en étirant ses lèvres minces dans un rictus qui ressemblait à un mauvais sourire. Hatchepsout y répondit par une immobilité complète, la tête assez haute encore pour braver l'Egypte entière. Chacun put y voir le violent désaccord qui les opposait.

Suivie par les dignitaires qui l'accompagnaient, elle pénétra dans la chambre de sa fille avec ses compagnes. Un instant, elle observa Mérytrê qui paraissait confiante. Allongée sous les draps de lin, elle était entourée de ses suivantes qui s'écartèrent aussitôt pour la laisser s'approcher.

Nebetta, la Grande Nourrice Royale, choisie non pour allaiter l'enfant qui devait naître, car ce titre prestigieux n'avait aucun rapport avec l'allaitement que fournissaient les braves et bonnes filles de campagne engagées à cet effet pour nourrir les enfants royaux, se tenait courbée de façon étrange.

Séchat qui observait depuis quelque temps la position curieuse de Nebetta, pour le moins indigne d'une noble dame, se tourna vers Hatchepsout qui, les mains posées sur le front moite de sa fille, la regardait aussi. Elles échangèrent un coup d'œil inquiet. Puis, voyant Nebetta se redresser, elles reportèrent à nouveau leur attention sur Mérytrê qui commençait à geindre.

Entraînant Satiah avec elle, Séchat se retira

silencieusement dans un angle de la pièce où d'autres femmes s'étaient déjà installées pour ne rien perdre du spectacle de l'accouchement royal. La mère était vêtue comme elle aimait le faire depuis quelque temps, d'une robe assez ample, de la couleur limpide du ciel égyptien, retenue sur le côté droit par une fine bretelle. D'un air posé, elle observait l'assemblée.

Sa fille, dans une attitude réservée, se tenait auprès d'elle. Un fourreau blanc, étroit, translucide, dessinait à merveille ses jeunes formes qui laissaient si souvent rêveur Thoutmosis.

Tassées dans l'angle de la grande pièce avec les autres femmes, mère et fille réfléchissaient à de bien différents problèmes.

L'une pensait au déclin définitif de la pharaonne si Mérytrê mettait un fils au monde et aux effets fâcheux que cette naissance allait entraîner. Réactions gênantes non pour son époux, le médecin, qui semblait s'être attiré les bonnes grâces du futur pharaon, mais pour Satiah qui ne serait jamais qu'une Seconde Epouse.

Quant à Satiah, sa plaisante et gracieuse fille à qui elle avait légué sa farouche envie de vivre, elle n'entrevoyait que le retour de Thoutmosis et l'heure tant souhaitée où il prendrait dans ses bras musclés, pileux et forts, son corps élancé qui n'attendait que les délices de l'amour.

Certes, toute l'assemblée ici présente, y compris Antef et les dignitaires qui attendaient à l'extérieur de la chambre royale, pensaient à l'évidence que l'on se préparait déjà à écrire dans les annales du palais. Si Mérytrê avait un fils — et Hatchepsout le savait — Antef et les nouveaux prêtres d'Amon s'empareraient de cet élément pour consolider la position de Thoutmosis. Si, au contraire, Mérytrê avait une fille, Hatchepsout aurait encore quelque répit avant de céder sa place à son neveu, dès son retour à Thèbes.

En regardant Satiah, Séchat vit qu'elle lui désignait Nebetta du regard. Elle avait repris sa position courbée, mais relevait la tête et, l'œil vague et imprécis, observait Hatchepsout. Qu'avait-elle ? Par tous les dieux d'Amon ! Ce n'était guère dans ses habitudes de se tenir ainsi.

Hatchepsout se tourna vers l'assemblée qui attendait dans la chambre et reçut les hommages qui lui étaient dus. Le silence ne dura que le temps des saluts échangés et lorsque la pharaonne se préoccupa de sa fille, les bruits reprirent de plus belle. Il fallut l'arrivée des trois accoucheuses royales pour que le calme revînt dans les appartements de Mérytrê.

Car, il était évidemment question d'appartements entiers. Salles diverses et chambres du palais étant toutes occupées par les membres d'une société de plus petite noblesse, dignitaires de province, sous-intendants et directeurs dont les fonctions les laissaient assez éloignés de Thèbes, venus avec leurs épouses pour célébrer la future naissance.

Dans la chambre royale, les trois matrones imposèrent le silence. Seul, le bourdonnement de quelques mouches aussitôt chassées par les grandes palmes des servantes, se fit entendre.

— Qu'on cesse toute agitation inutile, ordonna l'une d'elles qu'on nommait « La Grande Génisse », car sans aucun doute sa renommée allait jusqu'au delta du Nil et, visiblement, elle prenait en main la direction des opérations.

A partir de cet instant, les accoucheuses n'acceptèrent que murmures et chuchotements.

Sur leurs injonctions brèves et précises, on apporta des bassines emplies d'eau et on les disposa près de la couche royale sur des braseros qui furent allumés en un clin d'œil. Ils permettaient de maintenir l'eau à une ébullition constante, mais provoquaient dans la chambre une touffeur un peu suffocante que plusieurs femmes ne purent supporter sans ôter quelques vêtements gênants.

Piles de linge blanc, coussins de soie, couvertures tissées dans le lin le plus fin, berceau d'osier, grandes fioles de natron pour éviter la propagation des microbes, rien ne manquait pour la venue de l'enfant.

Les médecins Mekyet et Seddy attendaient dans le couloir afin d'intervenir en cas de difficulté puisqu'à cette époque la loi égyptienne interdisait aux médecins d'intervenir lors des accouchements quand tout se passait bien.

Antef l'Intendant du Palais, Nekmin le Prêtre d'Amon et Menkeper l'Architecte Royal restaient à proximité, l'œil et l'esprit en alerte, supputant déjà les avantages d'une telle naissance.

Quand les douleurs de Mérytrê se firent plus violentes et plus rapprochées, les bruits et les agitations qui, décidément n'arrivaient pas à s'atténuer — ils avaient repris au premier cri de l'accouchée — se transformèrent en un long défilé de mots, tous murmurés en paris incertains. Qui une fille ! Qui un garçon ! Enfin, l'enfant tant attendu allait arriver.

Hatchepsout gardait son calme habituel. Depuis que des complots se tramaient sans cesse autour d'elle, l'empêchant de dormir et de se nourrir convenablement, sa maigreur ne laissait plus de doute. A présent, quand elle délaissait le lourd pectoral qui dissimulait son buste devenu frêle et ses épaules creuses, ses fines robes de lin laissaient entrevoir son corps affaibli. Aussi prenait-elle pour habitude de cacher sa menue silhouette dans une ample tunique blanche dont les pans retombaient souplement sur son corps.

Ainsi vêtue, seul son visage portait les signes de ses permanentes angoisses. Etirés à l'extrême par le savant maquillage, ses yeux n'arrivaient pas à masquer les cernes profonds qui les soulignaient, obstruant parfois la clarté de son regard. Le front qu'elle tenait toujours haut et dégagé, mais qui, autrefois, était lisse et blanc, avait deux rides profondes qui partaient à la dérive dans une chevelure que cachait une perruque coiffée toute en hauteur.

Son maquillage, peaufiné au-delà de toute mesure excessive, venait rehausser le peu de vaillance qui restait encore en elle. Elle se tenait près de sa fille, une main posée sur son front, l'autre sur son épaule. Sentant la présence réconfortante de sa mère, la jeune femme se crut autorisée à relâcher un peu sa réserve et se mit à gémir.

— Est-ce pour bientôt ? questionna la pharaonne en se tournant vers l'une des matrones qui s'était rapprochée, une pile de linges blancs entre les mains.

Plus carrée que les deux autres, mais plus petite aussi, le teint assez sombre et la pupille noire, bien que son visage parût le plus avenant des trois, Souti l'accoucheuse déclara :

— Cela ne devrait plus tarder, Majesté. Mais, à mon sens, il faut encore attendre une bonne heure.

— Peut-être deux, rétorqua « La Grande Génisse » en tâtant le ventre de l'accouchée au travers du drap de lin.

Mérytrê poussa un soupir las et résigné, puis se remit à gémir.

— Allons, ma fille, cet enfant va naître dans un instant. Calmez-vous et songez à tous ces gens qui vous observent, murmura-t-elle à l'oreille de Mérytrê.

Elle regarda en direction de sa vieille compagne Séchat, son amie d'enfance qui l'avait toujours soutenue et la trouva trop éloignée d'elle.

— Viens, Séchat. Approche-toi. Nous allons accueillir ensemble le futur pharaon que ma fille va mettre au monde.

— A moins que ce ne soit une fille, Majesté ! ne put s'empêcher de rétorquer Séchat en s'avançant vers elle.

Leurs deux regards se rencontrèrent et la crainte qui s'échappa de l'une se transforma en doute chez l'autre.

A nouveau, Hatchepsout regarda sa fille qui grimaçait de douleur.

— Vite ! s'écria-t-elle. L'enfant menace de sortir.

D'un geste sûr, « La Grande Génisse » tâta le bas-ventre de la jeune femme et fit un signe négatif. Les contractions arrivaient à un rythme encore trop faible et trop irrégulier.

— Majesté ! Ce n'est pas encore pour le moment, jeta-t-elle en s'écartant de la couche de Mérytrê.

Hatchepsout soupira.

— Où est Néférouben ? murmura-t-elle à l'oreille de Séchat. Il devrait être aux côtés des médecins et je ne l'ai pas vu.

Séchat hocha la tête et eut un geste d'ignorance. L'absence du Sommelier Royal n'en avait pas inquiété d'autres, puisqu'il manquait encore Djéhouty, Pouyemrê et Néhésy. Pourtant, elles jetèrent un bref coup d'œil sur Nebetta qui, dans un angle de la chambre, se tenait à présent le ventre à deux mains.

Séchat décida de percer l'énigme de cette affaire.

— Est-elle souffrante ? fit-elle en la désignant du doigt.

— Que les dieux d'Amon nous préservent d'une telle éventualité ! grogna Leïla, la troisième accoucheuse qui commandait à une servante de rallumer un brasero éteint.

— Si la Grande Nourrice Royale se prend à présent pour la future accouchée, reprit à son tour Souti, la seconde sage-femme, nous ne sommes pas sorties d'affaire.

Le ton était assez ironique et montrait la banalité de l'incident. D'ailleurs, « La Grande Génisse » se plut à reprendre d'une voix non moins gouailleuse :

— Majesté ! Permettez-lui de sortir si elle ne peut supporter la vue d'un accouchement.

La pharaonne eut un geste agacé.

— Où est Néférouben ? questionna-t-elle sèchement.

— Personne ne l'a vu, Majesté, répondit Baki, sa suivante.

L'assemblée se tourna vers Nebetta dont l'attitude était de plus en plus courbée. Quand tous les regards furent fixés sur elle, la jeune femme ploya le corps en avant et, sans un cri, tomba sur le tapis, nez contre le sol.

Un hurlement général se fit entendre. Celui de Mérytrê, plus puissant encore, fut absorbé dans l'agitation générale. Elle releva son buste, mais les accoucheuses l'obligèrent à se rallonger.

— Vite, les médecins, cria Séchat en se précipitant à l'extérieur de la pièce.

— Les médecins ! répéta la pharaonne dont les mains commençaient à trembler.

— Ils arrivent, Majesté. Ils arrivent ! s'écria Baki.

En courant vers la porte, elle se heurta à Satiah qui, d'un pas de velours, s'était approchée de Mérytrê. Elle jeta ses yeux bleus sur elle, non pour la consoler de ses douleurs, mais pour mieux voir son visage apeuré. Elle était si près de sa compagne qu'elle frôlait les accoucheuses qui, inquiètes à présent, relevaient les draps pour observer le ventre distendu de leur patiente.

Quand Satiah croisa les yeux de Mérytrê, elle y jeta un défi d'une telle portée que l'autre faillit y répondre d'une voix menaçante. Mais elle se tut et se contenta de gémir. D'ailleurs, arrivaient déjà Hatchepsout, Séchat et Baki suivies des médecins affolés par l'étrange dénouement des choses, car à peine eurent-ils retourné le corps de Nebetta qu'ils en constataient la mort.

Tandis que l'agitation gagnait les pièces attenantes du palais et que les accoucheuses ne semblaient plus maîtriser leur besogne, faute d'un ordonnancement traditionnel qui échappait à leur contrôle, les deux médecins palpaient le corps qui ne respirait plus. Il était mauve, tendu, raide.

Prenant le parti d'ignorer la présence extrêmement rapprochée de sa rivale, Mérytrê cria encore. Un hurlement qui perça l'espace jusque dans les couloirs les plus éloignés du palais.

Puis, prenant conscience que, pour l'instant, Mérytrê vivait plus fort son mal physique que sa douleur mentale, Satiah s'écarta pour laisser les accoucheuses faire leur travail. Deux d'entre elles saisirent les bras de Mérytrê et les retinrent solidement fixés au-dessus de sa tête. Leïla, la troisième, releva haut ses jambes et tint ses cuisses écartées pendant qu'Hatchepsout, revenue au chevet de sa fille, balayait son front de ses doigts amaigris et tremblants.

Comment pouvait-elle ne pas frémir quand elle savait, à présent, que le poison qui lui était destiné avait été jeté dans la boisson qu'avait bue Nebetta ?

A nouveau, elle plongea sa main dans l'eau chaude qui grésillait sur le brasero allumé et, curieusement, ne ressentit aucune douleur. Au contraire, la brûlure calma son angoisse et elle tourna essentiellement son esprit sur l'accouchement de sa fille.

Penché sur le visage violet de Nebetta dont la bouche entrouverte laissait apparaître une mousse blanchâtre, chacun avait compris que Néférouben, le Grand Sommelier Royal, avait voulu empoisonner Hatchepsout et que Nebetta avait goûté le breuvage qui ne lui était pas destiné.

Certes, l'agitation était à son comble et les accoucheuses ne pouvaient plus maintenir l'ordre et le silence. D'ailleurs, un autre travail les attendait, car Mérytrê s'affolait en sentant l'enfant remuer et descendre de plus en plus bas.

Pâle, Séchat ne savait plus qui regarder. Le pauvre corps tendu et mauve de Nebetta ou celui de Mérytrê qui s'apprêtait à mettre son enfant au monde.

Se pouvait-il qu'on voulût encore la disparition d'Hatchepsout ? Et, bien que Séchat fût à présent rassurée sur le sort de Neb-Amon, elle ne pouvait que trembler en observant le courage et la vaillance de sa compagne. Hatchepsout essayait de cacher son trouble en aidant les accoucheuses à lever sa fille afin qu'elle pût accoucher comme la vieille tradition le réclamait, sans hommes, accroupie sur le sol, les pieds posés sur les briques que l'on s'apprêtait à disposer en estrade.

Satiah paraissait totalement indifférente, absorbée par on ne sait quelle idée qui dévorait son esprit. Elle regarda distraitement les médecins observer le corps de Nebetta, puis se tourna vers Mérytrê qui continuait à pousser ses hurlements de bête fauve.

— Avait-elle besoin de ce contretemps ? grommela Souti l'accoucheuse en secouant la tête. Tout se passait pour le mieux.

— Un contretemps ! ne put s'empêcher de rétorquer Séchat, quand il s'agit d'un meurtre pur et simple.

— Que la déesse Hathor, la mère des accouchées, soit avec nous, lâcha « La Grande Génisse » d'un ton moralisateur. Notre travail est de mettre au monde cet enfant et rien d'autre ne nous en distraira.

— Ne nous inquiétons pas plus qu'il ne faut. Tout va bien, rétorqua Souti l'accoucheuse qui s'évertuait avec Leïla à soutenir Mérytrê hurlante et suante jusqu'à ce qu'elle arrivât sur les marches de briques.

La foule s'était dispersée, partagée en deux. En trois même, car plusieurs femmes s'étaient éclipsées afin d'aller renseigner le reste du palais. Au centre de la chambre, une partie entourait Mérytrê qui, à moitié accroupie, s'apprêtait à laisser tomber l'enfant qui brûlait et déchirait son ventre.

Dans un angle de la pièce, là où s'était écroulée Nebetta, l'autre partie de l'assistance suivait les gestes et le regard des médecins qui, penchés sur le corps de la morte, essayaient d'en savoir plus. Mais, comment calculer très précisément l'heure d'absorption du poison, la composition essentielle de la drogue et l'instant de l'arrêt du cœur ? Ils furent stoppés dans la foulée de leurs réflexions par l'arrivée des pleureuses qu'un personnage bien intentionné avait dû commander.

— Dehors ! vociféra « La Grande Génisse » qui, les mains en coupe entre les cuisses de Mérytrê, attendait l'arrivée de l'enfant.

— Poussez, poussez plus fort, jeta Souti l'accoucheuse en essayant de la maintenir dans la position la plus droite possible.

Puis, elle leva la tête et vit les pleureuses qui commençaient à psalmodier leurs incantations divines.

— Dehors ! vociféra à nouveau « La Grande Génisse », ulcérée qu'un tel comportement vînt bouleverser la naissance d'un futur pharaon d'Egypte. Que Seth, le dieu des crocodiles, dévore ces femmes sur-le-champ.

— Dieu d'Amon ! murmura Hatchepsout en soupirant, ma pauvre Nebetta n'a-t-elle donc pas droit aux traditions occasionnées par sa mort ?

La sentant désemparée, Séchat s'approcha d'elle et chuchota à son oreille.

— Plus tard, Hatty. Plus tard.

Hatchepsout la remercia d'un regard. Ce diminutif d'Hatty que son amie employait lorsqu'elles étaient enfants la réconforta. Dieu d'Isis ! Que la pharaonne aimait son prénom quand on ne l'appelait plus « Majesté ».

— Tu as raison, murmura-t-elle à son tour. Plus tard, nous nous occuperons de Nebetta.

Mais, il était écrit au double destin de cette journée que la préoccupation de cette mort devait encore perturber cet instant. Car Mérytrê se mit à crier :

— Qui l'a tuée, mère ? Qui l'a tuée ? Veut-on assassiner toutes les femmes de pouvoir ?

— Taisez-vous et concentrez-vous sur votre

enfant, répliqua « La Grande Génisse » sans aucun souci du protocole.

— Allons, poussez plus fort, réitéra Souti l'accoucheuse. L'enfant vient. On aperçoit déjà le sommet d'un petit crâne duveteux.

Il faut dire qu'à cette époque, en Egypte, durant les accouchements, les sages-femmes étaient les maîtresses du monde. Les ordres qu'elles donnaient devaient être suivis à la lettre et nul ne pouvait les contrecarrer. Leurs pouvoirs dépassaient même ceux des praticiens.

— Les médecins, souffla Hatchepsout. Ils ne sont plus là.

— Ne craignez rien, Majesté, l'enfant arrive. Nous n'aurons pas besoin d'eux.

Souti et Leïla, les accoucheuses, obligèrent Mérytrê à se concentrer, car l'enfant ne glissait pas assez vite.

— C'est vous, mère qu'on a voulu supprimer. C'est vous ! s'écria Mérytrê. Pas une autre.

— Allons, calme-toi, ma fille. C'est une naissance qu'on fête, non une mort. Pousse et concentre-toi.

— Accroupissez-vous davantage.

Mérytrê ne criait plus. Elle suait et geignait. Quand elle posa son regard sur celui de Satiah, elle le trouva absent, indifférent, trop silencieux pour qu'elle y prît du plaisir. Alors, elle eut envers elle un sourire équivoque, conquérant, dominateur, en sentant que la tête de l'enfant glissait dans les mains de l'accoucheuse.

Entre elles deux, plus rien ne compta que l'immense défi qui les opposait. Mérytrê changeait soudain de tactique. L'image de Thoutmosis qui se glissait entre elles annula toutes ses craintes. Peu lui importait que la Grande Nourrice Royale vînt d'être empoisonnée à la place de la pharaonne et que l'agitation de la chambre soit décuplée par les cris des pleureuses que l'on entendait plus loin dans les couloirs du palais.

A présent qu'elle allait enfanter d'un futur pharaon, pourquoi se soucierait-elle qu'une partie de l'Egypte se méfiât de l'autre ? Pourquoi s'inférioriser, se culpabiliser pour des qualités qu'elle n'avait pas et que Thoutmosis trouvait en Satiah, alors qu'elle tiendrait bientôt l'alibi le plus indestructible qui soit ?

Elles se mesurèrent encore du regard et Mérytrê sentit une fièvre la parcourir alors qu'on lui criait de pousser. Satiah perçut elle aussi une onde étrange la pénétrer. En une brève seconde, seul compta l'amour qu'elles avaient l'une et l'autre pour un jeune prince qui allait bientôt rentrer à Thèbes.

L'instant suivant, Mérytrê avait repris l'arrogance de son sourire envers sa compagne, mais celle-ci s'écarta sans plus se soucier d'elle pour s'approcher de sa mère qui discutait à voix basse avec Baki.

— Maman, murmura-t-elle, en se penchant discrètement sur Séchat, j'ai quelque chose à te dire.

Surprise, Séchat regarda sa fille.

— Est-ce bien le moment, Satiah ?

— Je ne sais pas si c'est l'instant adéquat, chuchota encore la jeune fille à l'oreille de sa mère, mais c'est celui-là que j'ai choisi pour t'en parler.

— Est-ce long ?

— Non.

Séchat se tourna vers elle et observa les yeux calmes et tranquilles de sa fille. Confiantes, les prunelles de Satiah ne dénotaient aucune angoisse, mais elles étaient piquées de cette petite lueur passionnée, un peu folle, qu'elle connaissait si bien quand elle ne voulait pas démordre d'une idée.

— Viens, fit-elle en s'éloignant d'Hatchepsout, de Baki et des accoucheuses. Je t'écoute.

— Maman, je suis enceinte.

Séchat ne broncha pas. Elle tourna son regard vers les accoucheuses. Dans une ou deux minutes, l'enfant serait expulsé complètement du ventre de sa mère. Déjà, la tête apparaissait tout entière.

— Ne t'inquiète pas, fit Séchat. Tu épouseras Thoutmosis dès qu'il sera rentré de son expédition.

— Je sais. Maman, je ne m'inquiète pas.

— Alors qu'est-ce qui ne va pas ?

Elle regarda sa fille et vit qu'une légère crispation serrait ses lèvres joliment dessinées au henné.

— Dis-moi, Satiah, es-tu heureuse ?

— Loin de Thoutmosis, non !

— L'es-tu donc plus quand il est là, et que ta présence doit côtoyer celle de Mérytrê ?

— Oui, car c'est moi qu'il regarde.

Séchat soupira. Devait-elle regretter à nouveau le choix quelle avait fait autrefois ? Certes, sa décision de privilégier sa vie professionnelle au détriment de son enfant était la conséquence fatale de ce qui suivait. Si sa fille n'avait pas été placée au harem et qu'elle l'eût elle-même élevée, Séchat en aurait probablement fait l'épouse d'un haut dignitaire et Satiah n'aurait pas à se créer des frayeurs sur une position subalterne qu'elle commençait à refuser.

Mérytrê cria. Une ultime contraction la pencha en avant. Hatchepsout retroussa sa chemise plus haut. Son corps s'était un peu ployé en avant pour mieux observer le sexe de l'enfant qui allait sortir. « La Grande Génisse » commençait à grimacer de joie. Ses deux compagnes se crurent obligées de sourire elles aussi. Mérytrê cria encore. Ce fut la dernière plainte avant la fin. L'enfant sortait tout entier. « La Grande Génisse » reçut dans ses mains le gros garçon qui tombait, enveloppé du magma maternel. Le futur Aménophis II était né.

*

* *

Avant que le retour de Thoutmosis soit annoncé, une rentrée glorieuse où le prince ramenait à nouveau les honneurs de la guerre, Satiah avait déjà organisé sa fugue. En ayant soupesé tous les effets et contourné chaque obstacle, du moins, le croyait-elle, car sa grande jeunesse lui faisait oublier les points essentiels, elle avait décidé de partir avec Cachou.

Le chagrin qu'elle avait eu à ne pas en parler à Maâthor l'avait un instant retenue, mais le violent désir de partir mûrissait depuis trop longtemps en elle pour qu'elle lâchât prise aussi vite. Satiah savait que l'immense confiance que sa mère avait mise en sa fidèle servante l'aurait à coup sûr fait parler. Alors, pourquoi la tenir au courant d'un projet qui à l'avance, était irrémédiablement voué à l'échec ?

En revanche, Cachou qui n'était pas beaucoup plus vieille que Satiah avait accepté d'emblée l'aventure. Quelques mots, quelques propos flatteurs avaient fait leur chemin dans l'esprit de la jeune esclave africaine qui, chaque fois que l'occasion se présentait, suivait sa maîtresse comme une ombre.

Certes, Satiah n'avait pas fait du théâtre pour rien et, dans cette histoire, son jeu était parfait, ses attitudes impeccablement étudiées et ses gestes aussi naturels que ceux qu'elle effectuait chaque jour. Quant à ses yeux, s'ils s'enthousiasmaient au moindre rappel de sa décision, ils ne s'attristaient qu'à l'idée de laisser seuls sa mère et Rekmirê.

Ces quelques instants de remords s'étouffaient pourtant assez vite lorsqu'elle pensait à la grande feuille de papyrus sur laquelle elle avait déjà tracé son message. C'était certes l'élan chaleureux, sincère d'une fille aimante pour sa mère, mais c'était plus encore un cri d'amour envers son bien-aimé qu'elle voulait rejoindre au plus vite.

Cachou, que Satiah avait tenu au courant depuis le début de son projet, avait ri et battu joyeusement des mains comme une enfant à qui l'on donne un jouet merveilleux. Cachou n'était pas compliquée et Satiah avait su ficeler parfaitement l'affaire. La jeune Africaine s'était laissée emporter par la séduction des mots et la couleur des propos avec des yeux étonnamment naïfs qui plaçaient tous les espoirs, même les plus précaires, au-devant de toutes possibilités.

Tout était préparé, minuté, huilé jusqu'à l'infime détail qui rendait l'atmosphère inchangée, l'engrenage de la mécanique du temps et de ses rites infaillible. Le baiser que la jeune fille avait donné la veille à sa mère n'avait nullement attiré l'attention de celle-ci et quand Rekmirê lui avait raconté l'anecdote de l'essieu cassé de son char, Satiah avait écouté avec application, posant même les questions qui prouvaient l'intérêt qu'elle portait à l'histoire de son frère.

Quant à Maâthor, elle s'était juste étonnée de voir sa protégée s'endormir aussi tard. Depuis longtemps, Satiah aimait se lever tôt, courir en char le long du Nil et musarder avec ses chevaux favoris. Mais en revanche, elle ne se couchait jamais plus tard que le dernier rayon du jour, celui qui annonçait la douzième heure sur les clepsydres.

Mais, ce soir-là, un petit brin de paille enraya quelque peu le plan de Satiah. Maâthor était sur ses talons et semblait ne pas vouloir la lâcher, lui rappelant sans cesse ses devoirs et ses obligations du lendemain.

Quand chacun fut endormi, Maâthor la suivait toujours, s'étonnant du prétexte qu'elle avançait pour ne pas se coucher. Satiah dut lui faire absorber un peu d'hellébore et de gentiane dans la tisane qu'elle prenait chaque soir juste avant de s'endormir. Connaissant les doses, elle fit en sorte que sa servante ne puisse s'éveiller avant le premier rayon solaire.

Dès que Maâthor eut sombré dans les profondeurs d'un rêve bien étrange qui la laissait béate d'inconscience, Cachou sauta de sa paillasse pour préparer la sacoche qui devait enfermer les victuailles pour la route.

Il fallut encore que Rekmirê se relevât pour contrarier le bon ordonnancement du départ. Mais, les yeux embués de sommeil, l'adolescent ne s'étonna pas que sa sœur soit levée et se dirigea tranquillement vers le cabinet d'aisances pour se soulager. Aucun doute n'avait effleuré son esprit et la jeune fille avait poussé un tel soupir que son cœur en battait encore.

Enfin, tout était prêt. Satiah sentait sa tête bourdonner de mille petits bruits curieux. Son dernier geste avait été celui de laisser le papyrus à sa mère. Elle savait que Séchat comprendrait le motif qui la poussait à vouloir profiter du retour de Thoutmosis sans devoir le partager avec Mérytrê.

Elles étaient parties dans la nuit, alors que l'air soufflait une brise fraîche dans le feuillage des sycomores et des grands palmiers-dattiers qui bordaient l'allée de la résidence. Au loin, le lac bordé de marbre rose miroitait sous une lune qui plaquait ses reflets blanchâtres entre les nénuphars où quelques libellules folâtraient en silence, attendant que le soleil levât son premier rayon.

Pour éviter toute rencontre nocturne qui eût infailliblement brisé leur plan, elles passèrent par l'arrière de la maison là où les potagers leur firent découvrir des ombres incroyablement étonnantes. Les concombres et les courgettes s'étalaient en ligne comme de grands serpents d'une affreuse noirceur et les oignons sortaient de terre comme de vilains petits monstres aux yeux blancs et inquisiteurs.

Quant aux melons, ils semblaient rouler d'énormes carcasses brunâtres qui n'avaient rien de commun avec la délicate couleur orangée qu'ils offraient en plein jour.

En passant entre les rangées légumières qu'un jardinier zélé avait tracées avec art, Cachou eut un sursaut, puis surmontant sa peur des ombres fantasques et mouvantes, elle arracha deux concombres et trois oignons qu'elle enferma dans la sacoche que portait sa mule. Quelques provisions de plus pour la route ne leur nuiraient pas.

Satiah se retourna. Les ombres la narguaient. Dieu d'Amon ! Que faisait-elle ? Où allait-elle ainsi à l'aventure ? Elle prit le temps d'observer une dernière fois la maison qui, à présent, se détachait au loin. Le chemin à travers le potager qu'elles suivaient les aidait considérablement. Aucun serviteur ne pouvait les voir.

Elle serra et tira la bride de sa mule qui piétinait alertement les belles et odorantes plates-bandes du potager. Assurément, c'était là un vrai carnage. Qu'allait dire le jardinier en voyant son travail ainsi saccagé ? Lui qui était si précautionneux, si attentif à la pousse de ses légumes !

Impuissante devant cet incident, elle soupira et entraîna sa mule sur le chemin extérieur qui commençait à se dessiner. La voie était libre. Le Nil présentait ses berges sous le meilleur aspect, éclairées par la luminosité d'une lune généreuse. Il n'y avait plus qu'à les suivre jusqu'au village prochain. Les gigantesques ombres avaient disparu pour faire place à un ciel criblé d'étoiles. Elles enfourchèrent leur mule et décidèrent d'avancer jusqu'à la moitié du jour suivant, là où l'heure est au zénith, quand il fait bon se reposer à l'ombre d'un vieux sycomore.

La route jusqu'à Memphis était longue et Satiah savait qu'il lui faudrait monnayer nourriture et gîte. Elle avait donc dissimulé quelques débens d'or soigneusement cousus dans ses vêtements et entouré ses poignets et ses chevilles de petits cercles d'argent, faciles à échanger pour le menu quotidien qu'elles devraient assumer.

Jusqu'à la tombée du jour suivant, les deux mules trottèrent à vive allure et les fugitives se retrouvèrent aux portes d'Abydos avant même d'être lasses. Leur seule inquiétude venait de la petite gourde d'eau qui se vidait trop vite. Satiah n'avait pas prévu le danger de la soif qu'affrontait tout voyageur. Elles avaient bu à grandes gorgées au lieu d'utiliser leur eau par doses réduites.

— Où allons-nous coucher ? fit Cachou vaguement inquiète.

— Nous allons demander asile au temple. Regarde, il se tient là-bas, derrière la barrière des grands acacias que nous cache l'horizon qui tombe. C'est celui de Séthi Ier. Ma mère m'en a beaucoup parlé. Elle s'y est arrêtée autrefois.

Au nom de sa mère, Satiah eut un frisson et une larme perla à sa paupière. N'avait-elle pas été trop impulsive dans sa décision ? Il était encore temps de rebrousser chemin. Satiah soupira. Non ! Elle irait jusqu'au bout du choix qu'elle s'était imposé. Certes, sa mère allait se sentir seule et délaissée sans sa fille, d'autant plus qu'elle se tourmentait depuis la disparition de Neb-Amon retrouvé depuis peu, mais pour qui elle tremblait encore.

— Tu vois, Cachou, fit Satiah pour se donner du courage, c'est là qu'autrefois les rois Thinites de l'Ancien Empire vivaient et construisaient leurs nécropoles.

— Je ne les vois pas, fit Cachou en posant sur son front sa main en visière pour isoler l'horizon des stries orangées que le soleil couchant laissait traîner sur toute leur longueur.

— Regarde plus loin, Cachou. Le piémont rocailleux s'étend devant la falaise de l'Occident. Le temple se tient derrière la barrière des sycomores et les nécropoles sont installées tout au long de la roche.

Elles firent avancer leurs mules en direction du rocher qui s'élevait en larges colonnes arrondies dont la base se recouvrait de hiéroglyphes.

— Sais-tu, Cachou, remarqua Satiah, que Thoutmosis sera fier de moi quand je lui raconterai que j'ai visité la nécropole du dieu Osiris ?

Elles tressaillirent. Un bruit les fit se retourner. Satiah sauta de sa mule et la retint par la bride. Cachou l'imita. Les grandes colonnes commençaient à leur jouer le tour de l'affreux potager. Elles diffusaient des ombres effrayantes qui léchaient silencieusement leurs pieds qu'elles avaient chaussés de sandales de cuir souple pour parer aux longues marches.

Instinctivement, Satiah baissa les yeux. Une énorme langue noire vint s'enrouler autour de sa cheville. Elle cria.

— Cachou ! Ce n'est pas une ombre !

La jeune esclave se précipita sur Satiah et d'un coup de main agile écarta la tête du reptile qui serpentait autour de la cheville de sa compagne.

— Laissez-le, entendirent-elles dans leur dos.

Satiah n'osa bouger, mais Cachou se retourna et vit un homme de petite taille, vêtu d'une large tunique blanche dont l'une des épaules était découverte. Il avait le visage grave, un peu austère et la main qu'il levait se tenait droite comme le symbole d'une justice à venir.

— Laissez-le, répéta l'homme, ces petits reptiles sont inoffensifs. Ils nous servent à éloigner les impies, les voleurs de tombes, les malfaiteurs de toutes sortes qui ne savent pas que leurs langues sont sans venin.

Satiah restait médusée, n'osant bouger et, voyant que Cachou ne lâchait pas sa prise, elle se retourna lentement, leva le visage sur l'homme et croisa son regard gris.

— Lâchez-le, je vous dis, réitéra l'homme d'un ton froid et calme qui n'admettait aucune réplique. Vous ne craignez rien.

Comme il lisait une grande frayeur dans les yeux des fugitives, il ajouta d'un ton moins austère.

— Faites-moi confiance, je suis le Grand Prêtre de ce temple.

Impressionnée, Cachou ôta sa main avec prudence. Libéré, le reptile s'enroula plus haut sur la jambe de Satiah et remonta sur sa cuisse nue que découvrait la courte tunique qu'elle portait.

Elle faillit crier, mais se retint. Sur elle, le reptile semblait à l'aise et l'homme ne faisait rien pour le retenir. Quittant sa cuisse et déroulant lascivement sa spirale, il grimpa à l'assaut de son buste. Le cœur de Satiah s'était arrêté, tout comme son souffle et sa respiration. Elle ferma les yeux et attendit. Les anneaux froids du reptile s'enroulèrent autour de son cou.

— Ne bougez pas. C'est inutile, fit le prêtre. Il va redescendre tout comme il est monté.

Cette fois, les jambes de Satiah commençaient à trembler. Cachou avança la main vers elle, mais la garda tendue, sans rien faire.

Le reptile s'attarda quelques instants, oscillant de la tête au-dessus de celle de Satiah. Sa langue pourpre allait et venait sans cesse dans un mouvement extrêmement rapide. Puis, se balançant encore quelques instants sur la chevelure de Satiah, il redescendit d'une façon identique en poursuivant le même trajet, traversant son buste, sa taille, ses cuisses, ses jambes. Quand il fut arrivé à ses chevilles, il glissa sur le sol et disparut lentement entre les colonnes de pierre.

— Vous êtes l'une et l'autre très courageuses, fit le prêtre en s'approchant d'elles.

Satiah ouvrit la bouche, prit sa respiration et Cachou abaissa sa main. Mais, ni l'une ni l'autre n'osa émettre le moindre son. Elles se regardèrent un instant, puis de nouveau Satiah respira une grande bouffée d'air qui arrivait des bords du Nil comme un havre de sécurité et de splendeurs. Soudainement, tout parut magnifique à Satiah.

— Vous êtes bien jeunes pour voyager seules. Où allez-vous donc ainsi ?

— A Memphis.

— A Memphis ! Et qu'allez-vous faire à Memphis ?

Satiah hésita. Elle ne pouvait révéler son nom au Grand Prêtre. Trop jeune, en effet, pour voyager seule en compagnie d'une esclave qui n'était pas plus vieille qu'elle, elles auraient été de suite ramenées à Thèbes après vérification de leur identité.

Satiah, on le sait, était une jeune fille hardie. Lorsqu'elle se laissait prendre au dépourvu, comme en cet instant où elle ne s'attendait pas si vite à cette question, elle prenait le parti d'en poser une à son tour.

— Grand Prêtre, pouvez-vous nous héberger cette nuit dans votre temple ?

Il ne parut pas surpris, mais son œil esquissa une petite frisure qui montrait que la demande était osée.

— Simplement une nuit, reprit Satiah assez précipitamment pour que le prêtre d'Abydos n'ait pas le temps d'opposer un refus. Je connais le roi Séthi Ier et l'époque de l'Ancien Empire auquel il appartient et je sais qu'il est le maître de ce temple. Je peux donc l'honorer de mes prières et lui donner l'un de mes bracelets d'argent en offrande.

Le prêtre dont la tunique de lin blanc enveloppait le corps entier, à l'exception de son épaule droite, haussa les sourcils et attendit. Puis, il fit quelques pas comme s'il s'en retournait et revint subitement vers les jeunes filles. Son regard gris et métallique se planta dans celui de Satiah qui n'attendait qu'un mot pour reprendre la conversation.

Il observa avec attention sa jeune silhouette et la souligna d'un hochement de tête. L'adolescente lui tenait tête assez hardiment, mais son éducation semblait parfaite. Elle était propre d'aspect. Sa tunique blanche était tissée dans un lin pur et fin attestant la haute lignée de sa condition. Ses cheveux soyeux et souples étaient tirés en arrière et ses pieds chaussés de riches sandales étaient juste recouverts de la poussière du voyage qu'elle avait fait depuis la veille.

De toute évidence, il avait remarqué depuis longtemps les bracelets qui enroulaient ses bras et ses chevilles.

— Dis-moi ton nom, ma fille, si tu veux que le temple t'accueille et dis-moi pourquoi tu te rends à Memphis.

Cette fois, Satiah ne pouvait plus reculer. Fort heureusement, l'ébauche d'un plan lui vint à l'esprit. Une idée qu'elle n'avait pas concoctée à l'avance puisqu'elle devait passer pour une jeune orpheline partie rejoindre un membre de sa famille à Memphis.

Tout à coup, la vieille argumentation qu'elle avait mise au point depuis si longtemps lui parut complètement idiote. Une orpheline et sa servante à la recherche d'un oncle ! Quelle stupide idée ! Comment avait-elle pu être aussi sotte pour envisager un tel alibi ? Ses talents de comédienne l'aidèrent.

— Je suis Isis, la déesse, fit-elle en élevant les bras au ciel.

Il la regarda d'un œil narquois. Un pli presque invisible étira ses lèvres.

— Isis, la déesse ! Rien que cela.

— Bien sûr, Grand Prêtre, c'est mon nom de théâtre.

— Et ton vrai nom, quel est-il ?

— Je préfère le taire. Je l'ai promis à celui pour qui je joue les scènes du spectacle.

— Un spectacle ! Es-tu comédienne ?

— Oui, Grand Prêtre et je dois jouer en public

à l'arrivée des armées de Thoutmosis qui revient vainqueur des pays d'Asie.

— Et tes compagnons de théâtre ? Je ne vois que cette jeune Africaine.

— C'est Cachou, ma servante. Quant au reste de la troupe, elle est déjà à Memphis et je dois la retrouver le plus vite possible.

— Alors, je te propose quelque chose. Les prêtres d'Abydos te nourrissent ce soir et t'abritent pour la nuit, toi et ta servante. En échange, après ton repas, tu nous joueras une ou deux scènes de ton spectacle.

— Bien sûr, s'écria Satiah. Et, en l'absence des autres comédiens, Cachou peut me donner la réplique.

— Attention, ma fille. Nous t'hébergerons seulement si tu dis vrai. Mais si tu as menti, nous te livrerons à la police d'Abydos. Et, crois-moi, elle n'est guère clémente, car elle arrête beaucoup de violeurs de tombes pour qui la justice est impitoyable.

— Je sais.

— Tu risques de partir loin de ton pays, d'avoir le nez coupé, ou pire encore, de moisir dans la prison d'une mine de Coptos.

— Je sais, Grand Prêtre, mais je ne suis pas une pilleuse de tombes.

L'homme se dit qu'il avait été un peu trop loin dans l'éventualité des sanctions à venir, car ses lèvres esquissèrent un sourire et il reprit :

— Je vois que ta servante se cache le visage derrière son bras. Qu'a-t-elle à craindre ?

— Ne faites pas attention, Grand Prêtre, Cachou a très peur. Certes, elle sait attraper les reptiles, mais elle n'est pas habituée à voyager.

— Je ne comprends pas, jeune fille, fit le prêtre en plissant le front, les comédiens et leurs esclaves, du moins s'ils ont la chance d'en avoir, ont l'habitude de sillonner les routes.

— Bien sûr, Grand Prêtre, mais Cachou vient du Pays du Pount. Elle est restée assez sédentaire. Et...

Elle s'arrêta subitement, consciente qu'elle en disait trop, intriguant ainsi le Grand Prêtre.

— Du Pays du Pount ! Parlerais-tu de ces esclaves ramenés de l'expédition qu'a entrepris autrefois sa Majesté, la pharaonne Hatchepsout ?

Satiah hésita. A présent, elle ne pouvait plus faire marche arrière.

— Oui, murmura-t-elle.

— Que fais-tu avec une esclave du Pount ? Elles ont toutes été destinées au palais de Thèbes.

— Cachou m'a été donnée en cadeau par ma mère.

— Et ta mère, d'où tenait-elle cette esclave ?

— Je ne sais pas, Grand Prêtre.

Satiah rougit. Certes, elle ne voulait pas s'engluer dans une suite de mensonges dont elle savait ne plus pouvoir sortir. Alors, elle tenta de s'en tirer par l'une de ses boutades pleines de séduction qu'elle avait pour habitude de lancer comme un atout lui permettant de gagner la bataille.

— Je vous en prie, Grand Prêtre, ne me questionnez plus. Attendez la scène de mon spectacle que je vous jouerai ce soir, dès que vous me l'aurez ordonné. Vous jugerez ensuite.

Il fut fait comme il fut dit, car ce petit prêtre ne semblait pas aimer les mensonges. Satiah et Cachou prirent un repas léger fait de lait caillé, de raisins et d'un gâteau au miel pour ne pas alourdir leurs gestes et leur esprit. Puis, elles s'apprêtèrent à jouer la comédie, bien que Cachou tremblât à l'idée de se tromper dans les répliques qu'elle devait donner à sa compagne.

— Peu importe si tu te trompes, lui chuchota Satiah. Ils savent que la comédienne, ce n'est pas toi.

Devant une rangée de prêtres au crâne rasé, le regard suspicieux — l'un d'eux leur jetait même une étincelle carrément accusatrice — elles durent s'incliner bas à terre, le buste ployé, les mains plaquées au sol.

Le lieu choisi à cet effet était la grande salle des offrandes. Au centre, une statue d'Osiris, le dieu des morts, trônait en puissance. Elle était sculptée dans un beau granit couleur de jaspe aux veines délicates et noires. A ses côtés, deux grandes urnes d'or recevaient les offrandes. Sur les murs blanchis à la chaux vive, des peintures représentaient la vie du roi Séthi 1er. Elles s'étalaient de bas en haut et forçaient étrangement le regard.

Le Grand Prêtre fit signe aux jeunes filles de se placer au centre du demi-cercle qu'ils venaient de former. Les prêtres d'Abydos s'étaient assis en scribe, mains posées sur les genoux, attendant que Satiah commençât son spectacle.

— Puis-je disposer d'une tunique longue, Grand Prêtre ? fit Satiah d'un ton tranquille. Celle que je porte ne convient guère au personnage que je dois incarner. On ne doit voir ni mes bras, ni mes jambes.

— Fais comme si c'était une répétition.

— C'est impossible, fit la jeune fille en secouant énergiquement la tête. Une répétition doit se faire sans public.

Le Grand Prêtre fit un signe à son intendant pendant que son scribe personnel inscrivait le déroulement de la séance.

— Cette jeune fille est bien exigeante, constata-t-il d'une voix où la bonne humeur perçait pourtant. Apportez quelques-unes de mes tuniques. Je ne suis pas grand de taille et l'une d'elles pourra, sans doute, faire l'affaire.

Intendant et scribe s'affairèrent aussitôt et quelques minutes plus tard, ils présentèrent à Satiah un vêtement long et bleu qui semblait ne jamais avoir été porté.

— Cela ira, Grand Prêtre, fit-elle en l'enfilant directement sur sa tunique courte. A l'exception, peut-être, des manches qui ne me laissent pas assez d'aisance pour travailler avec les mains.

Mais d'un bond Cachou fut près d'elle, fit un large revers et l'affaire fut close.

Satiah se plaça au centre du demi-cercle, décidée à ne pas se laisser impressionner. Puis, elle fit quelques pas, les yeux baissés, murmurant quelques mots pour créer un effet d'atmosphère. Enfin, elle leva le visage et ouvrit les lèvres. Mais, elle resta quelque temps silencieuse, laissant son public en alerte.

Le regard en coulisse qu'elle glissa vers les prêtres lui apprit qu'ils avaient l'air favorablement impressionnés. Il fallait commencer. Lentement, elle éleva son bras, le coude à hauteur de l'épaule. Puis, sa main balaya voluptueusement l'espace. Ainsi, elle allait jouer le rôle de la déesse, celui de sa compagne Méryet, morte en accouchant de sa petite fille laissée au harem pour y être élevée. Le rôle de la reine serait joué par Cachou. Dieu d'Amon ! Pourvu qu'elle n'écorche pas trop le répertoire de Satiah !

Sa voix se fit grave et chatoyante :

« Oh ! Déesse de l'amour, déesse de la vie, n'es-tu donc pas mortelle pour venir ici-bas jeter les fleurs de la gloire ? »

Elle abaissa son bras et entendit la petite voix de Cachou qui jetait :

« *Oui, déesse.* »

Rassurée, elle reprit :

« *Si je hante vos nuits, c'est que le Dieu Suprême est au-dessus de vous et que vos âmes viendront me rejoindre. Ah ! Reine divine, Pharaon immortel, l'Egypte t'écoute et s'incline devant toi. Toute l'Egypte t'ovationne. Réclame des offrandes pour tes déesses bien-aimées et des sacrifices pour les dieux qui te protègent.* »

Elle se courba et chuchota :

— Prosterne-toi, Cachou.

Puis, elle fit brusquement volte-face et se dressa devant l'un des prêtres, celui qui, d'un regard moqueur, l'avait regardée tout à l'heure. Elevant le ton, elle déclama :

« *Moi, la déesse, moi Isis, je suis ton âme, ton esprit, ton masque et ta petitesse ne grandira que si tu me respectes, car je suis celle qui te permet d'amasser le blé que je sème et de boire le vin qui coule de ma coupe. Alors, écarte-toi de moi si tu ne peux me satisfaire. Le ciel de ma descendance ne te sera pas accordé.* »

Devant le regard de celui qu'elle haranguait ainsi — il fallait dire qu'à présent, elle improvisait totalement et c'était d'ailleurs mieux, car elle n'avait plus besoin des répliques de sa compagne qui tremblait à l'idée de lui répondre — elle vit passer la surprise, puis la contrariété.

Le Grand Prêtre se leva.

— Ton talent est certain, jeune fille, mais ta déesse me paraît bien vengeresse. Isis n'est-elle pas plus clémente ?

— Seulement quand les êtres sont de bonne volonté.

— Parfait ! Petite. Tu nous a convaincus. C'est du théâtre ou je ne m'y entends pas.

Il se pencha vers son compagnon de droite et lui chuchota quelques mots. Ce dernier acquiesça de la tête.

— Nous sommes ravis de ton interprétation. Aussi, nous te demandons de jouer encore quelques soirs pour éblouir et charmer nos vieilles oreilles qui n'entendent que des hymnes et des incantations sans cesse répétées. Acceptes-tu ?

Eberluée par tant de sollicitude, Satiah ne sut quoi dire. Voici qu'elle venait d'en faire trop. Comment faire marche arrière à présent ?

— C'est que je dois être le plus tôt possible à Memphis afin de rejoindre la troupe qui est déjà sur place.

— Nous te donnerons, à toi et à ton esclave, un char et un conducteur qui te mènera directement là où tu dois aller. Es-tu contente ?

— Mais...

— Allons, ne discute plus, petite ! C'est ainsi et tu dois nous remercier. Tu voulais gîte et couvert, nous te l'offrons.

Elles passèrent une nuit agitée, tant Satiah craignait que ce temple ne les retienne plus longtemps que prévu. Mais, que dire à présent que le prêtre lui avait proposé un char et un conducteur qui ferait le voyage dix fois plus vite ?

Elle eut l'impression qu'un piège se refermait sur elle. Une sorte de filet doré avec des mailles si fines qu'elle risquait d'en rester prisonnière. De rage, elle frappa le sol du pied.

A l'issue du voyage, faudrait-il dire au conducteur qu'il n'y avait ni troupe, ni comédiens et que seul l'amour qu'elle portait à Thoutmosis était en cause ? Son mensonge découvert, devrait-elle rendre des comptes à la police de Memphis ?

Le lendemain, on leur fit absorber un potage de melon et un pâté de poivron et de courgettes hachées. Puis, on vint lui annoncer que le Grand Prêtre voulait lui parler.

— As-tu bien dormi jeune fille ?

— Oui, Grand Prêtre, répondit Satiah en s'inclinant.

— Alors, tu vas rester parmi nous. Nous te gardons en otage.

Satiah sentit ses jambes flageoler et son front s'embuer d'une petite sueur froide et désagréable.

— Mais, fit-elle, je suis vraiment comédienne. Je ne vous ai pas menti.

— Si, sur un point.

— Lequel ?

La jeune fille avait retrouvé son aplomb.

— Tu n'as jamais sillonné les routes. Tu viens de Thèbes où d'ailleurs tu n'es pas née.

— Je suis née à Bouhen.

— C'est exact. Et tu as été élevée dans le harem du palais de Thèbes.

— Pourquoi aurais-je été élevée dans le harem royal ? reprit Satiah avec plus d'aplomb qu'elle ne l'aurait cru.

Elle cherchait éperdument une autre façon de s'en tirer et elle ne trouvait, pour l'instant, que l'arrogance.

— Parce que ta mère était la Grande Scribe Royale de la pharaonne Hatchepsout et que ses missions permanentes l'obligeaient à se déplacer.

— Qui vous a dit tout cela ?

— Ta mère. Oses-tu nier ?

Satiah eut un geste de colère.

— Ma mère ! Comment a-t-elle fait pour me retrouver ?

— C'est très simple. Elle se doutait que tu t'arrêterais à Negadah ou Abydos, ce sont les premières escales que tu étais censée faire. Tu ne pouvais aller plus loin.

— Elle m'a fait suivre.

— Presque. Tu oublies qu'il n'y avait que quelques heures de décalage entre le moment où ta mère a pris connaissance de ton message et celui où tu es partie.

La colère de Satiah s'atténuait. A quoi bon s'acharner sur le mauvais sort qui la poursuivait ? Elle soupira et se prit la tête entre les mains.

— Il me sera donc interdit de voir Thoutmosis avant la Grande Epouse ?

Le Grand Prêtre ne répondit pas et l'agressivité de Satiah reprit. Têtue, elle secoua la tête.

— Je ne veux pas rentrer.

— Ta mère est plus sage que toi, ma fille. Ce n'est pas ce qu'elle impose.

— Qu'exige-t-elle ?

— Que tu restes avec nous. Je te l'ai dit hier soir.

— Vous le saviez déjà ?

— Bien sûr, le messager de ta mère est arrivé juste avant toi.

— Alors, non seulement je ne pourrai pas accueillir le prince à Thèbes, mais il me sera interdit de le voir. Moi, la future Seconde Epouse ! éclata-t-elle.

— Allons, calme-toi. Ce n'est pas tout à fait ce que ta mère explique dans son message, dit-il en déroulant le papyrus qu'il avait enroulé dans la manche de sa tunique. Elle ne veut pas te brusquer ni te peiner. Les armées de Thoutmosis passeront ici et s'arrêteront au temple d'Abydos. Tu pourras l'y attendre et si tu le veux, nous préparerons ensemble les festivités de son retour.

*
* *

Nakht, l'astrologue, se courba devant la pharaonne mais ses vieilles épaules, creusées par le temps, arrivaient à peine à se relever. Hatchepsout le regarda s'avancer. Elle ne voyait qu'un corps, haut et décharné qui, se balançant malhabilement, n'était plus que l'enveloppe d'un squelette.

Nakht était revêtu d'une tunique longue, ample et propre mais dont la blancheur avait depuis longtemps laissé la place à la grisaille d'un vêtement trop usagé. Sa tunique était sommairement rattachée à la taille par une corde en fibre de papyrus au bout de laquelle était suspendu un ostraca en forme d'œil dont la pupille noire semblait se mouvoir.

Son crâne rasé, qu'autrefois il recouvrait d'une longue perruque tressée, était nu et offrait tout un sillage de veines apparentes qui venaient s'estomper sur son front haut et large.

— Relève-toi, Nakht, fit la pharaonne en venant vers lui, les mains tendues et le regard dispos, et dis-moi si tu as fait bon voyage.

— Vos hommes se sont montrés d'une extrême courtoisie envers ma vieille personne, répondit le vieil homme. Mais c'était un long parcours et je ne suis plus habitué à être ballotté ainsi sur les routes en proie au soleil qui lèche les vieux os avec voracité.

— Est-il donc si loin le jour où tu es venu à la cour de Thèbes pour la dernière fois afin de rendre hommage à ma mère, la reine Ahmosis ?

— Certes Majesté, je venais pour honorer votre mère, mais accordez-moi aussi le privilège de dire que votre père a eu souvent recours à mes bons et loyaux services. Que le Grand Pharaon, premier des Thoutmosis, m'emporte chez Sobek le dieu des crocodiles si je mens.

— Ah ! Nakht. Je sais que tu dis vrai. Mon père était un pharaon grand et puissant. L'Egypte entière l'écoutait et le peuple l'acclamait.

Elle éleva les yeux au ciel et eut un soupir qui retomba sur elle comme un murmure obstiné et tenace.

— Dis-moi, reprit-elle en abaissant son regard sur le vieil homme, suis-je aussi grande que mon père l'était ?

Le vieux Nakht plissa ses yeux. Ils disparaissaient presque entièrement dans les plis usés de son visage.

— Certes, Majesté. Vous avez fait de Thèbes un site grandiose et prestigieux. Vous avez fortifié et enrichi les grandes villes d'Egypte, Edfou, Abydos, Denderah en sont le vivant témoignage. Vous avez rénové, bâti, construit, élevé des temples et des obélisques qui plaisent aux dieux. Vous avez érigé le plus grand sanctuaire qui soit à Deir-el-Bahari, mêlant avec harmonie les dieux et la nature en utilisant la roche qui s'offrait à vous. Par le commerce, que vous avez su développer, vous avez donné du travail aux artisans et aux agriculteurs. Vous avez apporté la paix qui, plutôt que de détruire un peuple, le nourrit.

Satisfaite, la pharaonne acquiesça de la tête.

— Vous avez fait mieux encore, Majesté, poursuivit le vieux Nakht. Vous êtes revenue du Pays du Pount couverte de gloire et de prestige.

Il redressa l'index de sa main et l'éleva au niveau de ses yeux.

— Aucun pharaon de votre dynastie n'avait pensé à enrichir l'Egypte autrement que par l'apport d'esclaves rapportés des pays conquis. Les dieux vous ont été favorables, Majesté, car votre cœur a préféré la paix à la guerre.

Il s'arrêta pour prendre une respiration qui sortait d'on ne sait où, tant ses lèvres étaient fermées et les narines de son nez pincées. C'est à peine s'il ouvrait la bouche pour parler.

— Les dieux m'ont été favorables, dis-tu ! Ne le seraient-ils donc plus ?

— L'ombre d'Osiris veille sur vous, Majesté.

— Ce qui veut dire ?

— Que l'ombre du prince veille aussi.

— Ah ! Nakht. Ceci je le sais et je n'ai pas besoin de toi pour me le confirmer.

— Majesté, seul le maître tout-puissant peut décider.

Hatchepsout eut un petit geste agacé et sa lèvre supérieure frémit comme une aile de papillon que l'on veut déloger d'une branche de tamaris en fleurs. Nul n'avait besoin de lui dire que le maître tout-puissant décidait de tout. Elle retourna vers le sofa où, quelque temps plus tôt, elle était allongée.

— Allons, Nakht, ne me dis pas que tu refuses de m'aider.

— Majesté, je ne suis plus très rapide à présent. Je ne professe plus. Je me contente de regarder le ciel et les étoiles.

Songeant aux éventuelles prédictions que pouvait encore lui faire l'astrologue, Hatchepsout fit quelques pas vers lui.

— Allons, vieil astrologue. Veux-tu dire qu'à présent, tu garderais pour toi ton savoir et tes expériences ?

Elle se plaça juste devant lui et piqua ses yeux dans les siens. Il avait un regard usé, décoloré par le temps. Ses paupières étaient dépourvues de cils et, sous l'œil, la peau tombait en deux ou trois plis qui s'affaissaient comme ceux d'une figue séchée. Les bruits qu'on colportait sur le vieil astrologue disaient qu'il avait au moins cent ans d'âge.

— Il n'y a pas si longtemps, fit la reine, que par deux fois, tu as sauvé mon amie Séchat.

— Sauvé !

— Ne l'as-tu pas aidée à retrouver sa fille Satiah dans les marais du delta ?

— En effet, je me souviens.

— Ne lui as-tu pas confié, un peu plus tard, les cartes du trajet allant jusqu'au Pays du Pount qui ont permis à mes vaisseaux de se tirer d'affaire sur un océan que nous ne connaissions pas ? Indirectement, tu m'as aidée à rapporter les parfums qui plaisent tant à nos dieux.

Le vieux Nakht hocha la tête dans un signe affirmatif.

— Vieil homme ! Il n'est pas dans mes intentions de te laisser repartir, car tu dois me révéler des signes, des impressions, des certitudes.

— Vous voulez me séquestrer ? fit le vieil homme avec un sourire qu'il sut rendre suffisamment narquois pour déstabiliser la reine.

— Qui te parle de séquestration ? Tu seras installé comme un prince. Tu mangeras à ta faim et boiras à ta soif.

— A mon âge, je n'ai plus besoin de rien. L'esprit nourrit mon corps.

— Alors, je vais te présenter le problème sous un autre angle. Désormais, tu veilleras sur moi, car j'ai besoin de toi.

— Je ne peux rien faire pour vous, Majesté.

— Si, lança-t-elle d'un ton sec, et je t'ordonne de loger désormais dans la pièce contiguë à ma chambre. Elle est grande, claire, très spacieuse et, la nuit, elle ouvre sur les étoiles.

Puis, elle se mordit violemment la lèvre inférieure comme pour s'éveiller d'un mauvais rêve et reprit d'un ton plus adouci :

— Qui te retient là-bas, dans ta masure ? Tu n'as plus de famille. Ta fille unique est morte avant toi.

— C'est vrai, il ne me reste plus que le ciel et les astres qui l'habitent.

D'un air assez dubitatif, Hatchepsout se prit le menton entre le pouce et l'index. Puis elle en caressa la pointe quelques secondes, geste qu'accomplissait autrefois son père lorsqu'il présidait les séances de conseils. Très jeune, Hatchepsout avait copié ce geste qui lui plaisait et, surtout, qui lui donnait de l'assurance lorsqu'elle s'attachait au menton la barbe postiche pour présider les assemblées de dignitaires.

A présent, à chacun de ses gestes, ses doigts blancs et amaigris s'agitaient nerveusement et semblaient ne plus avoir de repos depuis qu'on cherchait à la supprimer. L'index était recouvert d'une énorme turquoise enchâssée de perles de corail. De superbes fragments chatoyants et orangés qu'elle avait ramenés du Pount. Des coraux éblouissants qui se mêlaient étrangement à la couleur de la turquoise bleue et de la verte malachite.

— Attends, fit Hatchepsout, veux-tu te rafraîchir avant de parler ?

Sans attendre sa réponse, elle frappa dans ses mains et une jeune servante vint aussitôt, portant un plateau de boissons fraîches.

— Aïcha, fit Hatchepsout devenue soudain pâle et suspicieuse, est-ce bien du sirop d'acacia mêlé à du vin de Chypre que tu m'apportes là ?

— Oui, Majesté. Voulez-vous que je goûte ?

D'un geste las, Hatchepsout fit un signe affirmatif. Combien de ses servantes étaient déjà mortes empoisonnées pour avoir goûté avant elle les breuvages qu'elle prenait ! Même Nebetta, la Grande Nourrice Royale n'avait pas survécu à ce terrible sort.

Aïcha posa le plateau sur la table basse qui offrait des fleurs fraîches coupées soigneusement et dont les tiges étaient piquées en terre à côté d'une plante qui leur faisait de l'ombrage.

Délicatement, avec des gestes mesurés et un calme parfait qu'au passage la pharaonne admira, elle versa quelques gouttes sur les pétales des fleurs. Ce test avait été prescrit par Neb-Amon, le médecin. Quand les délicats pétales mouillés du breuvage se mettaient à friser légèrement, Hatchepsout ordonnait de jeter la boisson. Quand elles ne présentaient aucune ridule anormale, Aïcha pouvait goûter.

Hatchepsout et sa servante regardèrent attentivement le comportement des fleurs et virent qu'aucun symptôme tragique ne venait en perturber la fraîcheur et la beauté. Alors, elle se tourna vers Aïcha et jeta :

— Goûte.

Nakht s'approcha aussi vite qu'il le put et retint le bras de la servante.

— As-tu soif ?

Alors, Aïcha se mit à trembler. Certes, le test agissait neuf fois sur dix. Mais, cette dixième fois avait emporté déjà deux de ses compagnes. Comme Nebetta, elles étaient mortes défigurées, violacées, déformées dans d'affreuses convulsions.

— As-tu soif ? répéta le vieil homme.

— Non, murmura Aïcha. Mais je dois boire.

De sa main décharnée, Nakht saisit la coupe et la tendit à la reine.

— Me faites-vous confiance ?

— Oui, puisque je t'ordonne de rester.

— Alors, bois.

Aïcha s'élança vers la coupe.

— Non ! s'écria-t-elle. Ne buvez pas, Majesté. Je dois goûter avant vous.

D'un geste sec, Hatchepsout repoussa Aïcha qui, de ses yeux effarés, regardait l'astrologue.

— Laisse-moi boire.

Puis elle se fit plus imprécise, plus douce, presque tendre et, de sa main qui ne tenait pas la coupe, elle passa un doigt sur la joue satinée d'Aïcha.

— Allons, ne tremble plus. Mon destin s'accomplira comme il se doit.

Elle ferma les yeux et but d'un trait le liquide pourpre clair qui, dans sa gorge, eut un terrible goût de fiel.

Le corps fluet d'Aïcha tremblait comme une feuille d'acacia secouée par les grands vents de la crue montante et son visage hagard était tourné vers sa maîtresse. Cependant, les secondes qui passèrent ne révélèrent aucune trahison.

— Ce n'est pas par le poison que vous mourrez, Majesté.

Hatchepsout eut un las et interminable soupir qui vida ses poumons et éclaircit ses idées. Ah ! Dieu d'Horus, dieu mâle des pharaons ! Dieu dont elle avait usurpé la barbe, le fléau, la crosse et le fouet. Mourir par le poison la hantait à un tel point qu'elle ne pouvait plus rien absorber. Quitter le royaume de la terre avec un visage violacé, déformé et un corps monstrueusement enflé la terrifiait.

— Vous pouvez boire et vous nourrir sans crainte, affirma l'astrologue. Le poison ne détruira pas votre corps.

Quand, de sa propre initiative, il congédia la servante, Hatchepsout parut surprise, mais ne fit aucun mouvement pour retenir Aïcha.

— Allons, laisse-nous parler, petite. Tu reviendras plus tard lorsque j'aurai tout enseigné à ta reine.

— Veux-tu donc me dire autre chose ?

— Peut-être.

— Alors, suis-moi.

Par une porte que dissimulait une tenture de papyrus recouverte d'oiseaux et de fleurs, ils entrèrent dans une immense pièce ouverte sur un horizon sans fin. Deux grandes colonnes de marbre blanc enserraient un ciel criblé d'étoiles qui filait à l'infini. La Grande et la Petite Ourse semblaient se défier, mais ce soir-là, il aurait fallu à la pharaonne plus de concentration pour qu'elle vît d'elle-même ce que le vieil homme s'apprêtait à lui montrer.

Face à la grande ouverture qui donnait sur les jardins, avec en premier plan des sycomores et des tamaris diffusant des arômes incomparables, il y avait un grand cadran solaire en pierre blanche et des appareils d'astronomie pour étudier le ciel et les étoiles.

— Tout ceci est à toi, fit Hatchepsout en désignant la panoplie complète des instruments astrologiques qu'elle mettait à la disposition du vieil homme.

Sur le visage de Nakht, aucune satisfaction particulière ne vint s'installer, mais il entraîna tout de même Hatchepsout à sa suite :

— Depuis bien longtemps, je n'ai plus besoin d'appareils pour étudier les signes des astres.

Il lui fit lever le visage et jeta tranquillement :

— Regardez sur votre droite.

Hatchepsout redressa le buste et fixa les étoiles.

— Regardez, Majesté, à droite, le bras de Mars enserre la corne du Bélier. Il y a combat, lutte, affrontement, mais il n'y a pas de rencontre franche, d'explication loyale, directe. Regardez, le Bélier se rebiffe et Mars tourne son bras vers la gauche.

Hatchepsout écoutait, attentive et vigilante, mais elle ne voyait qu'une série d'étoiles toutes ressemblantes. C'est à peine si elle remarquait que certaines étaient plus grosses ou plus petites que leurs voisines.

— Voyez-vous cette traînée poussiéreuse qui termine l'étoile la plus grosse, celle qui jouxte la queue du Taureau et qui, par son extrémité, touche le pied du Grand Chien ? Elle débouche sur l'étoile la plus éteinte, la plus endormie. Celle-ci vous ne pouvez la voir.

— Pourquoi ? Parce qu'elle ne brille plus ?

— Elle dort.

Hatchepsout savait qu'elle devait décrypter les termes de l'astrologue. C'était ainsi. Il ne lui dirait rien d'autre que des mots à double sens, des mots dont elle devait elle-même découvrir la signification.

— Elle est entrée dans un profond sommeil, poursuivit l'astrologue. Certes, elle a brillé autrefois, car il lui reste un point lumineux, là juste au centre, à la place du cœur. L'œil de Saturne juste au-dessus d'elle la protège et veille sur son repos.

— Connais-tu l'heure de son réveil ?

— Non, car c'est elle-même qui décidera de sa renaissance, comme elle a décidé de son assoupissement.

*
* *

A l'aube du matin suivant, alors que des soldats de l'armée royale venaient d'annoncer l'arrivée du prince Thoutmosis aux portes de Memphis, Osiris, le dieu des morts, s'était saisi de l'âme du vieux Nakht. Il était mort sans bruit, couché sur la terrasse, face aux astres et aux étoiles qu'il avait étudiés durant sa longue vie.

Anéantie à l'idée de n'avoir pu profiter de la sagesse et de l'aide qu'aurait pu lui apporter le vieil astrologue, Hatchepsout médita sur ce nouveau coup du sort et décida de se relever une fois encore, serait-ce la dernière. Emplie de dignité, elle réclama pour son vieil ami Nakht un bel embaumement et des obsèques dignes de celles d'un prince.

Mais son esprit était tourmenté, car les armées de Thoutmosis avançaient sur Thèbes avec des menaces de plus en plus virulentes. Le prince voulait le trône et le peuple semblait le suivre. On disait que ses capitaines d'armes qui, lors de cette dernière expédition, s'étaient taillé une réputation à toute épreuve s'apprêtaient à détrôner Hatchepsout.

On ébruitait aussi que des servantes avaient été payées pour glisser dans sa couche des scorpions qui avaient l'art de ne s'éveiller qu'en sentant le corps de leur victime endormi tranquillement entre les draps de lin blancs et soyeux. Aussi, Hatchepsout dormait assise dans son grand fauteuil d'osier, un coussin calé dans le dos et les pieds allongés sur un tabouret.

On disait encore que des espions étaient à la solde d'Antef pour glisser sous la porte de sa chambre des cobras venimeux et suffisamment habiles pour se montrer au moment précis où leur langue acérée s'apprêtait à piquer leurs victimes.

Allongée aux pieds d'Hatchepsout qui, sur son fauteuil, surveillait et épiait plus qu'elle ne dormait, Aïcha couchait à même le sol, mais ne s'endormait que quand la fatigue la terrassait au point que ses yeux se fermaient malgré elle.

A l'arrivée du prince, les jours qui suivirent furent un tel délire que la foule commençait à s'agiter même dans les rues de Thèbes. Thoutmosis avait été acclamé à Memphis comme un pharaon. Ses armées ramenaient une telle quantité de trésors de guerre qu'il n'était plus possible de douter de la vaillance du futur maître d'Egypte. Esclaves, soldats, artisans, princesses et princes captifs suivaient en silence le flot des armées victorieuses, attendant que leur destin soit désigné par le futur pharaon.

Les villes du bord du Nil, Hermopolis, Thinis, Denderah, même Abydos où Satiah, disait-on, avait accueilli Thoutmosis en véritable Seconde Epouse, avaient fêté l'arrivée du vainqueur. A Thèbes, les festivités s'annonçaient gigantesques. Jamais encore, le peuple n'avait vu une arrivée aussi triomphale. On avait réquisitionné chanteurs et danseuses du temple d'Amon, acrobates, jouteurs, musiciens de haute et de basse Egypte. On avait exercé les conducteurs de chars les plus renommés pour se mesurer dans des courses qui devaient se dérouler à l'intérieur des cours du palais de Thèbes.

Après les obsèques du vieux Nakht qui resta quarante jours dans le sel de natron pour la bonne conservation de son corps, après que l'on eût enlevé le liquide de sa cervelle et ôté les viscères de son corps pour être mis dans des canopes d'argile, après l'embaumement à l'huile de palme suivi de l'emmaillotement à multiples bandages de fines toiles de lin, Hatchepsout resta enfermée, songeuse et amère.

Mérytrê, la Grande Epouse, rayonnante comme elle ne l'avait jamais été, tenait son fils dans ses bras comme s'il était déjà pharaon avant même que son père eût reçu la couronne. Quant à Séchat, la Grande Scribe, trop impatiente d'attendre Neb-Amon à l'intérieur de sa maison, elle était déjà partie sur les rives du Nil pour accueillir son époux.

Délaissée par tous, Hatchepsout avait tout le loisir de réfléchir. Dans quelques jours, elle aurait à se battre plus farouchement encore contre les dignitaires qui, rentrés à Thèbes, avaient suffisamment mûri leur plan pour la faire disparaître. Antef reprendrait de l'assurance, bien qu'il n'en eût jamais perdu et avec lui, l'échec d'un plan en ramenait toujours un autre.

Hatchepsout le savait. Pour elle, il n'y aurait plus aucun répit, aucune lueur d'espoir. Seuls, les espions et les hypocrites tisseraient leur filet autour d'elle, l'enserrant chaque jour davantage. Même Aïcha ne suffirait plus à la protéger. Peut-être allait-on, d'ailleurs, la supprimer avant la pharaonne pour qu'elle ne fasse plus obstruction devant les pièges et les risques qu'encourait sa maîtresse.

Certes, Hatchepsout pouvait manger et boire sans crainte depuis que le vieux Nakht lui avait prédit qu'elle ne mourrait pas par le poison. Mais elle ne dormait plus, tant elle avait peur qu'on lui jetât à la face un scorpion ou qu'on glissât un cobra entre les lanières d'osier de son fauteuil.

La nuit, elle se plaçait souvent devant le ciel étoilé et cherchait à comprendre les paroles de

Nakht. Elle en venait toujours à la même signification : l'astre brillant et vainqueur qui, en une nuit, était devenu une étoile endormie ! L'astre qui avait décidé de sombrer dans un sommeil profond pour resurgir au plus haut du zénith !

L'astre ! C'était elle, il n'y avait aucun doute. Nakht n'avait pas ménagé ses mots. Elle devait réfléchir en ce sens. A mesure que Thoutmosis approchait de Thèbes, elle en comprenait la signification, ce qui la faisait frémir. Que pouvait-elle faire d'autre ? S'opposer seule au prince qui, derrière lui, avait l'assentiment de tout un peuple applaudissant à grands cris ses victoires ? Fuir, pour ne pas recevoir une lame d'acier en plein cœur et mourir honteusement, plongée dans une mare de sang rouge, épais et visqueux ? Fuir ! Ce n'était pas là son tempérament et elle exécrait les lâches et les irresponsables.

L'astre endormi vu par Nakht dans le ciel était la seule issue. Elle ! La pharaonne serait l'étoile éteinte par son seul vouloir. Mais comment se procurer la dose de narcotique suffisante pour ne plus s'éveiller ?

Soudain, elle se rappela qu'Aïcha lui avait parlé de Lien d'Argent, l'une de ses juments personnelles qui devait mettre bas. Et, tout à coup, elle eut le pressentiment qu'elle tenait l'élément de sa délivrance.

Accompagnée d'Aïcha, elle se rendit aux écuries et demanda à voir la jument. Couchée sur le flanc, l'animal respirait calmement. De temps à autre, elle léchait tranquillement son pelage. Le poulain n'était pas encore prêt à sortir du ventre de sa mère. Lorsque Hatchepsout la regarda, elle eut un glissement du chanfrein vers elle et se mit à hennir doucement. Hatchepsout caressa sa crinière.

— Ah ! ma douce, murmura-t-elle, nous n'irons

plus faire de promenades ensemble et tu tireras d'autres chars que le mien.

Quand elle vit le palefrenier près d'elle, elle regretta ses mots jetés à voix basse, car ils ne s'accordaient certes pas avec ce qu'elle s'apprêtait à lui dire. Mais, il ne semblait pas l'avoir entendue, alors elle jeta d'un ton bref :

— Je vais aller au-devant de Thoutmosis et de son armée et je veux deux jeunes chevaux pour tirer mon char. Montre-moi les plus fougueux.

— Majesté ! Ce n'est pas prudent, fit le palefrenier.

— Je n'ai pas demandé ton avis, fit Hatchepsout agacée. Allons, je veux voir le plus fou de tes chevaux.

Malgré le conseil que venait de lui donner le palefrenier, Hatchepsout vit s'allumer dans son œil une lueur vive et acérée qu'elle ne sut interpréter. Etait-il lui aussi à la solde d'Antef comme la plupart des serviteurs ?

Elle darda son œil froid dans le sien. Le garçon d'écurie s'inclina devant elle, réfléchit quelques instants et l'amena vers un box à demi fermé où un jeune cheval noir piaffait dans la paille fraîche qu'on avait jetée sous ses sabots.

— C'est Flèche d'Or, Majesté, fit le palefrenier en approchant l'animal qui se mit à hennir en reculant d'un bond. Il n'y a pas plus fougueux.

— Ce cheval me plaît, répliqua la reine. Il suffira de le calmer un peu la veille du départ. Nous lui donnerons de l'hellébore, juste ce qu'il faut pour l'apaiser avant de partir. Je vais m'en occuper moi-même.

— Majesté, ce n'est peut-être pas la peine. J'en ai toujours quelques feuilles avec moi que je mélange à leur avoine. Il arrive souvent que les chevaux aient besoin d'être calmés.

— Non. Je veux la potion que la Seconde Epouse fait absorber à ses chevaux et à ceux du prince. Celle dont les ingrédients ont été préparés par Neb-Amon, le médecin de mon hôpital. On dit que c'est un calmant efficace et qui n'ôte rien à l'énergie de l'animal.

Comme le garçon d'écurie la regardait avec une lueur étrange dans les yeux, un éclat qui n'avait rien de similaire avec celui qu'il lui avait jeté tout à l'heure, elle poursuivit :

— Aïcha t'apportera la potion ce soir. Demain à l'aube, tu prépareras mon char léger. Je ne veux que Flèche d'Or pour me conduire.

Elle approcha la main du cheval mais, rétif, l'œil noir et la crinière vaporeuse, celui-ci fit un écart et rua vers le fond de son box.

*

* *

En quelques minutes, tout le palais apprit que la pharaonne avait le soudain désir d'aller à la rencontre de Thoutmosis. Si elle n'avait eu autant d'amertume au cœur, Hatchepsout aurait été ravie de la bonne organisation de son subterfuge.

Comme par hasard, sur le chemin de l'hôpital, elle rencontra Antef. Le vieil homme semblait l'attendre entre les colonnes d'albâtre blanches qui séparaient le palais des annexes diverses constituant l'ensemble de la résidence.

Petit, recroquevillé sur lui-même, il se tassa davantage en plissant les yeux sous ses sourcils blanchis par l'âge.

— Salut à vous, Pharaonne ! J'apprends que vous désirez rejoindre votre neveu sur le bord du Nil, au lieu de l'attendre...

— Enfermée dans mon palais, c'est exact Antef, coupa nerveusement Hatchepsout. Cela te dérange-t-il ?

— Aucunement, Majesté. Quel parcours voulez-vous emprunter ?

— Cela ne te regarde pas, Antef.

Il eut un mauvais sourire. Elle poursuivit sans attendre.

— Et ne t'avise pas d'agiter plus qu'il ne faut mon cheval par tes pratiques hypocrites, je lui donnerai moi-même un calmant pour l'apaiser et je ferai examiner les roues et les essieux de mon char juste avant de partir. Le piège que tu cherches déjà à me tendre ne réussira pas.

Un peu à l'écart, Aïcha et deux autres jeunes servantes l'accompagnaient. Hatchepsout repoussa Antef de la main. Son corps était encore solide malgré l'aspect décharné qu'il offrait. Le geste qu'elle fit l'étonna tant elle dut le bousculer fort pour le faire reculer.

Il ne répliqua rien et rebroussa chemin. Mais au rictus qu'il esquissa sur ses maigres lèvres, Hatchepsout comprit qu'il devait être satisfait d'avoir pu entendre de sa propre bouche qu'à l'aube prochaine elle se servirait bien de son char.

Elle réprima un vertige qu'elle sentit venir à elle comme une ombre insidieuse et menaçante à l'idée que, bientôt, Antef sourirait de joie devant son corps définitivement endormi, et il fallut qu'Aïcha la soutînt quelques instants avant qu'elle puisse pénétrer dans la grande salle de l'hôpital.

L'assistant de Neb-Amon qui le remplaçait en son absence vint à elle et se courba comme il se devait, buste plié au sol et mains à plat.

— Relève-toi. Je veux que tu me donnes simplement la potion qui calme les chevaux lorsqu'ils sont trop excités. Je sais que Neb-Amon a préparé pour Satiah un mélange de plantes qui les apaise sans les diminuer physiquement. Tu m'en donneras une fiole.

— La voulez-vous maintenant, Majesté ?

Elle jeta un coup d'œil à l'ensemble de la grande pièce. Elle était claire, spacieuse et très aérée. De grandes ouvertures donnaient sur un jardin ombragé, tranquille et reposant, où les convalescents se réconciliaient avec la vie quotidienne.

La salle sentait le natron, mais Hatchepsout n'y prit pas réellement garde. Elle avait assisté à suffisamment d'embaumements pour ne plus être gênée, plus qu'il ne fallait, par cette odeur âcre et forte qui prenait à la gorge.

Sur les étagères étaient posés les bocaux emplis de diverses plantes, hellébore, pavot, mandragore, ciguë, pivoine et autres herbes régénérantes. Des pots en terre cuite enfermaient les extraits de roches diverses traitées en médecine. Ils étaient serrés les uns contre les autres, côtoyant les potions, les huiles calmantes et les fioles d'ingrédients qui servaient à apaiser et à soigner les corps malades.

A côté de cette grande salle où les médecins préparaient leurs remèdes, une autre pièce, plus immense encore, s'ouvrait elle aussi sur le jardin. C'était là que les malades placés sous surveillance étaient tous réunis. L'œil vigilant des quatre médecins qui se partageaient le travail ne cessait de surveiller les malades.

Un peu à l'écart, sur la gauche de l'ensemble hospitalier, se tenait le pavillon des opérés. Plus loin encore, une petite maternité avait été mise en place pour les nouveau-nés qui présentaient de graves difficultés à la naissance.

— Donne-moi ce calmant maintenant, je te

prie. Aïcha ira le porter au garçon d'écurie qui s'occupe de Flèche d'Or.

Elle s'approcha du maître-assistant hospitalier et, tendant la main pour saisir la petite fiole, elle jeta négligemment :

— Peut-on lui faire absorber la moitié du contenu ?

— Que non ! Majesté, vous le tueriez net.

Elle eut un sourire qu'elle s'efforça de réprimer.

— Souffrirait-il ?

Il secoua la tête et sourit à son tour.

— Cette potion n'est pas un poison, expliqua-t-il. Prise à l'excès, elle endort, mais ne fait pas souffrir.

— Elle endort ! Veux-tu dire définitivement ?

— Oui, Majesté. Mais le corps reste reposé et intact. Aucune marque vilaine, aucun signe monstrueux ne vient enlaidir le corps de l'homme ou de l'animal qui en a absorbé une trop forte dose.

Hatchepsout soupira. A présent, elle avait exactement ce qu'elle cherchait.

— C'est bien. Aïcha dira au palefrenier de lui en donner quelques gouttes.

— Dix suffiront, Majesté. Après, il serait préférable que votre suivante me restitue la fiole qui, d'ailleurs, sera encore presque pleine. Je ne voudrais pas que ce produit traîne entre n'importe quelles mains.

— Tu as raison, Aïcha te la rapportera.

*

* *

Plus tard dans la nuit, il fallut qu'Hatchepsout versât avec attention quelques gouttes de la potion dans la boisson d'Aïcha pour que celle-ci ne la suivît pas là où elle voulait se rendre.

Hatchepsout avait choisi le lieu sacré de son enfance : le temple d'Amon, où elle avait passé ses jeunes années d'initiation divine en compagnie des dieux qui, sur terre, l'avaient tant aidée et protégée. Vingt années de règne pacifique allaient désormais consacrer sa vie terrestre.

Les yeux secs, le geste sûr, l'esprit enfin vidé de toute angoisse et de toute amertume, elle visita une dernière fois le sanctuaire d'Amon, celui d'Hathor et la salle des offrandes où, tant de fois, elle avait vu s'accumuler à foison des dons qui enrichissaient les prêtres du temple.

Puis, quittant les sanctuaires, elle traversa d'un pas tranquille la première salle hypostyle où son père le Grand Pharaon Thoutmosis avait fait tracer les éléments importants de sa vie. Hatchepsout éprouva un sentiment de joie, de sérénité. Les siens étaient inscrits sur les soubassements de son monument funéraire à Deir-el-Bahari, là où sa momie allait reposer pour l'éternité.

Elle y avait fait tracer et dessiner tout ce qu'elle avait exécuté ici-bas, accompli dans la paix et l'harmonie du peuple. Les hiéroglyphes racontaient la construction de ses multiples temples et sanctuaires, l'agrandissement et l'embellissement de Thèbes, de Karnak et du site d'Amon, la rénovation des villes de province, l'élévation de ses obélisques, l'entreprise de ses voyages au Pays du Pount afin d'en rapporter les parfums qui plaisent aux dieux.

Oui ! Elle partait en paix, comme l'avait été son règne.

Elle s'arrêta quelque temps dans la salle du troisième pylône et releva la tête. Tout était gigantesque. Tout s'élevait en plein ciel, serein, paisible, comme si le terrestre et l'au-delà allaient se confondre dans une pure harmonie qu'elle seule pouvait admirer.

Elle poursuivit son chemin pour s'arrêter devant l'immense obélisque dont la pointe d'électrum lui servirait de dôme et le socle en granit de couche. Elle avait élevé ce premier obélisque juste avant la construction de son palais de Deir-el-Bahari. Il semblait l'appeler sans la dominer, la préparer sans la tourmenter, la fondre dans l'éclat de sa pierre, la rehausser bien au-delà des autres pharaons.

Elle grimpa sur l'une des marches du socle de granit. Elle était large et spacieuse. Elle lui parut fraîche et douce, malgré la rugosité qui en formait la matière.

Levant les yeux sur le ciel étoilé qu'offrait une nuit paisible, elle prit la petite fiole et la porta lentement à sa bouche. Le contenu qu'elle but en une seule gorgée ne lui parut ni âcre ni sirupeux.

Elle se coucha, le dos calé sur le granit, les yeux fixés sur l'étoile éteinte que lui avait fait découvrir le vieil astrologue.

De son bon vouloir, Hatchepsout laissait la place à son successeur Thoutmosis le troisième.

AVERTISSEMENT

Cette suite d'ouvrages qui s'intitule Les Thébaines comporte six parties :

*La Couronne insolente**

De roche et d'argile **

*Vents et parfums****

L'Ombre du Prince ****

*La Seconde Epouse******

Les Dieux indélicats ******

Le récit est basé sur des faits historiques et la plupart des personnages, à l'exception des Thébaines, ont existé et portent leurs noms authentiques (que l'on trouve orthographiés différemment dans les ouvrages, selon les historiens).

Si les Thébaines ressortissent de la pure fiction, on peut comprendre qu'avec une féministe au pouvoir, telle que la pharaonne Hatchepsout, et en l'absence de certitudes, elles aient pu exister et marquer leur histoire telle que je l'ai racontée.

Dans ce cas, le réel peut se mêler harmonieusement à la fiction, laissant rêver les lecteurs.

DU MÊME AUTEUR

ROCKING-CHAIR — *Poèmes*, Editions Millas-Martin

LE PAYS D'ALICE EST À QUELQUES DÉRIVES D'ICI — *Poèmes*, Editions Millas-Martin, *Préface de Denise Miège*

RETENDRE LA PEAU DES PAVÉS — *Poèmes, Préface d'Andrée Appercelle, Illustrations de l'auteur*, Editions La Bruyère

LEONOR FINI OU LES MÉTAMORPHOSES D'UNE ŒUVRE — *Biographie, étude de l'œuvre*, Editions Le Sémaphore.

ELLES ONT SIGNÉ LE TEMPS — *Anthologie biographique des femmes écrivains des origines au 19e siècle*, Editions L'Harmattan.

DHUODA OU LE DESTIN D'UNE FEMME ÉCRIVAIN EN L'AN 840 — *Roman historique*, Editions Le Sémaphore.

LES THÉBAINES

La Couronne Insolente *

De Roche et d'Argile **

Vents et Parfums ***

Editions Le Sémaphore.

A paraître :

La Seconde Epouse *****

Les Dieux indélicats ******

En préparation :

AU-DELÀ DE LEUR ART — *Anthologie biographique des femmes peintres et sculpteurs des origines au 19e siècle.*

Composition réalisée par JOUVE

Imprimé en France sur Presse Offset par

BRODARD & TAUPIN

GROUPE CPI

La Flèche (Sarthe).
N° d'imprimeur : 16334 – Dépôt légal Édit. 30001-02/2003
LIBRAIRIE GÉNÉRALE FRANÇAISE - 43, quai de Grenelle - 75015 Paris.
ISBN : 2 - 253 - 15180 - 7

31/5180/0